Jessica Strang
Stapenhorststraße 15
33615 Bielefeld

tagtraeumer-verlag.de
info@tagtraeumer-verlag.de

Buchsatz: Laura Nickel
Lektorat: Sabine Wagner
Umschlaggestaltung: Rica Aitzetmüller
Bildmaterial: © shutterstock.com
Illustration: © pixabay.com
ISBN:978-3-946843-44-3
978-3-946843-43-6

Alle Rechte vorbehalten
© Tagträumer Verlag 2018

Printed in Germany

161011
RÜCKKEHR

AURELIA L. NIGHT

*Die großen Begebenheiten der Welt werden nicht gemacht,
sondern sie finden sich.*
-Georg Christoph Lichtenberg-

Weil du meine große Begebenheit im Leben warst –
und noch immer bist.
Weil du für mich da bist,
wenn ich mich aufgeben will.

KAPITEL 1

Wütend starrte die Frau aus dem Fenster und ließ ihren Blick über die verdorbene Stadt schweifen. Keiner von diesen dummen Schafen wusste, in welcher Gefahr sie tatsächlich waren. Niemand ahnte, dass unter dieser hübschen Fassade etwas brodelte. Etwas, das alles vernichten konnte, wenn es nur wollte.

Sie spielte mit dem Kugelschreiber in ihrer Hand und hing ihren Gedanken nach. Seit zwanzig Jahren versuchte sie, die Menschen zu beschützen, wurde aber von ihrer eigenen Kreation hintergangen. Ihre Finger umschlossen den Kugelschreiber fester, sodass er bedrohlich knackte. Niemand hatte geahnt, dass die Experimente einen eigenen Willen haben könnten. Niemand hatte damit gerechnet. Sie hatte alles dafür getan, damit es nicht passierte. Sie biss die Zähne aufeinander, sodass ihre Kiefer anfingen, zu schmerzen.

Alle Berechnungen hatten darauf hingedeutet, dass die Experimente gut gesinnt werden würden, sobald sie aufwachten. Die Frau verstand es nicht. Niemals hätte so was passieren dürfen. Die Experimente hätten durch die Medikamente, die sie nach dem Aufwachen erhalten hatten, willenlose Soldaten sein sollen. Und jetzt hatte *sie* alles zerstört. Ihre Zähne knirschten. Ihre Sturheit hatte alles vernichtet. Aber wieso wunderte es sie? Die Experimente trugen dasselbe verräterische Gen in sich, das sie selbst in sich zerstört hatte.

Sie wandte sich ihrem Schreibtisch zu. Auf diesem standen Bilder ihrer Familie – ihrer alten Familie, die ebenso verderbt waren, wie sie es einst gewesen war. Eigentlich stellten die Leute Bilder auf, damit man seine Liebsten immer um sich hatte. Aber die Forscherin wollte sich daran erinnern, wovor sie geflüchtet war. Was sie zurückgelassen hatte, weil alle sie im Stich ließen.

Wut erfasste die Frau, unendliche Wut, die sich durch ihre Adern brannte und ihren Blick rot werden ließ. Ihre Finger krallten sich in das edle Holz ihres Schreibtisches. Sie sah ihre Familie an, die ihr freudig entgegenlächelte und warf den Schreibtisch an die gegenüberliegende Wand.

»Bald ...«, schwor sie sich außer Atem. »Bald werde ich mich rächen.«

VERLUST
KAZE

Dunkelheit umgab mich. Hüllte mich in eine Schwerelosigkeit, die meinen Körper emporhob und mich unglaublich leicht fühlen ließ.

Ich fühlte starke Arme, die mich hielten. Hörte eine Stimme, die mich zu sich rief. Fühlte etwas Dickflüssiges, das meine Kehle hinabrann.

Ich konnte keinen klaren Gedanken fassen. Alles war verschwommen und drang nicht zu mir durch, nur einzelne Empfindungen gelangten durch die undurchdringliche Schwärze zu mir.

»Kaze, wach auf!«

Etwas zog an mir, wollte, dass ich wiederkehrte. Aber wohin?

Ich erinnerte mich an eine kalte Welt, die mich voller Lügen empfangen hatte. Die mich hinausstieß und mich als Werkzeug benutzt hatte. Ich erinnerte mich daran, wie ich gedrillt worden war, dazu gezwungen worden war, Vampire zu hassen und denen zu dienen, die mich eingesperrt hatten.

»Kaze, komm schon!«

Die Stimme wurde penetranter. Versuchte, mich aus der angenehmen Dunkelheit zu reißen, die sich um mich herum gebildet hatte. Die mich von all dem abschirmte, was mich außerhalb dieser Mauern erwartete. Meine Gedanken wurden klarer. Aber ich weigerte mich, den Frieden der Dunkelheit zu verlassen. Ich wollte nicht zurück. Forscher hatten mich erschaffen, damit ich tötete. Ich sollte die Rasse töten, zu der ich teilweise gehörte. Die Wesen, die mir zeigten, dass ich mehr war. Mehr als nur eine Jägerin. Ich hatte Gefühle. Hatte einen Namen.

»Kaze, jetzt komm schon! Gabe braucht dich.«

Sein Name riss mich aus der Dunkelheit und schleuderte mich in blendendes Licht. Meine Augen waren weit aufgerissen, ich erinnerte mich daran, dass Gabe mein Blut getrunken hatte – zu viel meines Blutes.

»Gott sei Dank! Kaze!«

Meine Augen richteten sich auf die Frau, auf deren Beinen ich lag. Blaue, freundliche Augen strahlten mir entgegen. Mein Atem ging schnell und mein Herz hämmerte gegen meine Rippen.

»Luisa …«, röchelte ich. Mein Hals war wund und generell fühlte ich mich schwach.

Suchend glitt mein Blick weiter durch die Gegend. Es schien, als wären wir noch immer in der Hauptzentrale. So viel Zeit konnte nicht vergangen sein, seit ich ohnmächtig geworden war. Ich konnte Gabriel nirgends sehen, aber Sascha hockte etwas abseits von mir über einem gigantischen Klotz und weinte. Nero stand bei ihr, versuchte, sie zu trösten.

Mein Herz zog sich zusammen, genauso wie das von Devil, als es aufgehört hatte, zu schlagen. Ich schloss die Augen, als die Erinnerung auf mich einströmte. Gabes Blick, der genussvoll auf dem Herzen in seiner Hand gelegen hatte, drehte mir noch immer den Magen um.

»Gabe …?«, fragte ich atemlos und sah hinauf zu Luisa.

Ihr Blick trübte sich und ihre Mundwinkel zogen sich nach unten. »Er ist weg.«

»Wie, weg?«, fragte ich verwirrt. Meine Stimme kratzte noch immer.

»Er … er … Lass mich dir das später erklären. Ja?«

Ich runzelte die Stirn, nickte dann aber. Langsam setzte ich mich auf. Mich überkam ein Schwindel und ich musste mich auf Luisa stützen, damit meine Beine nicht unter meinem Gewicht nachgaben.

Schluchzer zogen meine Aufmerksamkeit wieder auf Sascha. Sie kniete alleine neben Devils Leichnam und hielt seine Hand krampfhaft umklammert. Mir zerriss es das Herz, sie so zu sehen. Mein Verbundener war schuld daran, dass sie ihren verloren hatte. Ich sollte mich deswegen nicht schuldig fühlen. Aber ich hatte bloß danebengestanden, als Gabriel Devils Herz herausgerissen hatte. Ich hatte nichts dagegen getan.

Vorsichtig raffte ich mich auf. Luisa beobachtete mich kritisch und versuchte, mir ihre Hilfe anzubieten, die ich bestimmt ablehnte. Auf wackeligen Beinen stakste ich zu Sascha.

Ich ließ mich neben ihr nieder und legte meine Arme um ihre bebenden Schultern. Versuchte, ihr zu zeigen, dass sie nicht alleine war. Wir kannten uns kaum – eigentlich gar nicht –, doch sie hatte mir mit Gabriel geholfen und ich wollte es ihr danken, indem ich einfach für sie da war.

»Es tut mir leid«, murmelte ich in ihr blondes Haar.

Sie schluchzte herzzerreißend und legte sich in meine Umarmung.

Langsam glitt Devils Hand aus ihrer, bis sie schlussendlich den Halt verlor und auf den Boden fiel.

Sascha legte die Arme um mich, klammerte sich an mich, während ich zusah, wie Nero Devils Leiche abtransportieren ließ.

»Danke«, hauchte sie nach einer Weile. Ihre Stimme klang so schwach, wie ich mich fühlte.

Bedächtig schüttelte ich den Kopf. »Ich habe nichts getan«, sagte ich und hoffte, dass sie meine Entschuldigung darin erkannte. Wir stützten uns gegenseitig beim Aufstehen. Luisa eilte auf uns zu und drängte sich in unsere Mitte. Wir mussten ein wirklich lächerliches Bild abgeben.

»Wie wäre es«, fragte sie und versuchte sich an einem Lächeln, »wenn wir jetzt nach Hause gehen? Ich habe da noch etwas Braten im Ofen, der gegessen werden muss. Und du«, ihr Blick richtete sich auf mich, »musst eine ganze Menge trinken.«

Skeptisch betrachtete ich Gabriels Mutter. Sie wirkte nervös und traurig. Sorge regte sich in mir. Ich wusste noch immer nicht, was sie damit gemeint hatte, als sie gesagt hatte, dass Gabriel weg sei.

»Was ist mit Gabriel?«, fragte ich. Ich konnte meine Neugierde nicht verbergen. Der Klang meiner Stimme nervte mich. Noch immer wirkte sie rau und schwach. So gar nicht wie ich. Ich war nicht schwach. Im Gegenteil, ich war stark. Ich war dazu erschaffen worden, stark zu sein und trotzdem zitterten meine Beine unter meinem Gewicht.

Ihr Blick wandte sich mir zu. Ich konnte den unsicheren und traurigen Glanz in ihnen sehen. Mein Herz zog sich vor Angst zusammen. »Luisa …?«, hakte ich weiter nach.

»Er ist weg«, wiederholte sie.

Kurz schloss ich genervt meine Augen und holte tief Luft. »Inwiefern weg?«, spezifizierte ich meine Frage und fixierte sie mit meinem Blick, während ich mich weiter darauf konzentrierte, einen Schritt vor den nächsten zu machen.

»Er ist abgehauen.«

Erschrocken blieb ich stehen. Ich versuchte, zu verstehen, was ihre Worte bedeuteten. Aber ich konnte nicht glauben, was Luisa zu mir sagte. Gefühle wüteten durch meinen Körper und ich wusste nicht, was ich zuerst empfinden sollte. Trauer, weil er mich verlassen hatte, obwohl ich gerade mein Leben für ihn aufs Spiel gesetzt hatte? Oder Wut? Immerhin hatte ich so viel für ihn aufgegeben, um ihn zu retten, und er dankte es mir, indem er einfach ging.

Verzweiflung?

»Was?«, fragte ich und klammerte mich an den Zorn, der durch meine Adern raste und meinen Puls beschleunigte. Der mir die nötige Kraft gab, um nicht zusammenzubrechen, obwohl sich jede einzelne Zelle meines Körpers das wünschte. Was fiel Gabe nur ein, wegzurennen?

»Die Blutlust ...«, verzweifelt versuchte Luisa, nach den richtigen Worten zu suchen, sah sich hilfesuchend nach Sascha um, doch diese blickte Gabes Mutter voller Entsetzen an.

»Du meinst, dass er wie ein Feigling weggelaufen ist?« Meine Stimme brodelte von der unterdrückten Wut, die ich krampfhaft versuchte, niederzudrücken, um mich zu beruhigen. Doch gleichzeitig hieß ich die Wut willkommen. Sie gab mir Kraft und ließ mich nicht mehr so entsetzlich schwach fühlen. Aber Luisa konnte nichts dafür. Ich durfte, und vor allem sollte ich meine Wut nicht an ihr auslassen.

»Er ... na ja ...« Luisa seufzte. »Gabriel hat Angst, dich oder uns zu verletzen. Deswegen ist er gegangen. Er will wiederkehren, wenn er sich sicher ist, dass er sich unter Kontrolle hat. Als er über dich gebeugt war, und du wie tot unter ihm gelegen hast ... Kaze, du hast seinen Blick dabei nicht gesehen. So viel Angst habe ich noch nie in seinen Augen gesehen. Er dachte, er habe dich getötet.«

Knurrend wandte ich mich von Luisa und Sascha ab und rammte meine Faust in die nächste Wand. Den Schmerz spürte ich kaum, alles war durch die Wut und Verzweiflung betäubt. Dabei wollte ich den Schmerz. Ich brauchte das körperliche Leiden, das vielleicht den Schmerz vernichtete, der mich innerlich zerriss. »Vielleicht wäre es besser gewesen, mich zu töten. Wenn ich ihn das nächste Mal sehe ...« Ich ließ den Satz offen. Was würde ich dann tun? Ihn hassen? Ihn lieben? Ich konnte nicht fassen, dass er mich verlassen hatte. Dass er mich einfach so zurückgelassen hatte, um sicherzugehen, dass er mir nicht wehtat. Bei dem Gedanken konnte ich mir ein belustigtes Schnaufen nicht verkneifen. Hatte ich ihm nicht bewiesen, dass ich bereit war, jeden Schmerz für ihn auszuhalten? Dass ich ihm bei allem beiseitestehen würde?

»Kaze ...«, versuchte Luisa beruhigend, auf mich einzureden, doch ich schnitte ihr das Wort ab.

»Er ist weg! Das kannst du nicht schönreden. Erst bedient er sich an meinem Blut und haut dann ab! Wie ein Feigling«, stellte ich fest und durchbohrte Luisa mit meinem Blick.

Ihre blauen Augen hielten meinem Zorn stand, sodass ich den Kopf neigte. *Sie hat mir nichts getan*, rief ich mir in Erinnerung. Tief atmete ich ein und versuchte, die unkontrollierte Wut zurückzudrängen. *Luisa kann nichts dafür. Der Einzige, der meinen Zorn verdient hat, ist weg.*

»Sie hat recht«, stimmte Sascha mir zu. Ihre Augen waren geschwollen und durch das Weinen rot unterlaufen. »Er ist abgehauen wie ein Feigling.« Ihrer Stimme hörte ich an, dass sie ebenfalls die Wut zurückdrängte und Mühe hatte, Gabriel nicht direkt hinterherzustürmen.

»Hört zu. Ich verstehe euren Zorn«, begann Luisa, »aber weder Gabriel noch euch bringt es etwas, wenn ihr ihn zulasst. Mein Sohn hat seine Gründe, auch wenn ich sie nicht gutheiße. Aber ihr beide braucht gerade Ruhe.« Ihr Blick richtete sich auf mich. »Du noch mehr als Sascha.«

Ich biss mir auf die Unterlippe. Das Bedürfnis, diesen Idioten zu suchen und ihn zurechtzuweisen, pochte in meinem Körper. Doch eben dieser zitterte alleine vom Stehen. »Es ist nur etwas Blut, das mir fehlt«, winkte ich ab und versuchte, die Schwäche meines Körpers zu verbergen, in dem ich mich anspannte.

Luisa zog eine Augenbraue hoch. Sascha musterte mich ebenfalls kritisch. »Luisa hat recht, was dich betrifft.« Ihre kalten, blauen Augen richteten sich auf Gabriels Mutter. »Aber ich brauche keine Ruhe. Ich habe gerade meinen Verbundenen sterben sehen, zu dem ich nicht einmal eine Verbindung hatte. Ja, ich habe ihn gefühlt, aber mehr hat sich nicht abgespielt. Dank Gabriel werde ich niemals einen Verbundenen haben. Und er flüchtet vor seiner! Das kann ich nicht zulassen. Trotz allem ist er noch immer mein bester Freund. Und ich gönne ihm sein Glück. Ich ... ich weiß, dass das nicht er war, dass da noch etwas anderes mitspielte. Aber das rechtfertig sein Verhalten nicht«, sagte sie leise.

»Moment!«, hielt ich dazwischen. »Wie, das war nicht er?«, verlangte ich, zu wissen.

»Die Blutlust …«, wisperte Luisa.

Ich fühlte mich, als würde mir der Boden unter meinen Füßen weggerissen werden. Ich erinnerte mich sehr genau an Kain, an seine roten Augen und die Gier in seinen Blicken, als er mein Blut gerochen hatte. Erst jetzt sah ich die Parallelen, die Kain und Gabriel aufwiesen. Aber wie lange hatte es gedauert, bis Kain so geworden war? Waren es Tage? Oder Jahre? Oder nur wenige Stunden? Mir wurde schlecht. Gabriel konnte nicht so enden. Das durfte nicht wahr sein! Meine Welt drehte sich, alles verschwamm vor meinen Augen und die vollkommene Schwärze umfing mich.

GABRIEL

Meine Beine trugen mich durch Tamieh. Ich dachte nicht wirklich darüber nach, wohin ich ging. Zuerst brauchte ich einen neuen Unterschlupf. Ich konnte nicht hierbleiben. Bei dem Gedanken zog sich mein Herz schmerzhaft zusammen. Kaze' Gesicht blitzte vor meinem inneren Auge auf und veranlasste mich fast, umzukehren. Ich wollte zu meiner Verbundenen, der ich mein Herz geschenkt hatte, ohne es zu wollen. Zu meiner Mutter, die von Anfang an gewusst hatte, dass Kaze und ich mehr waren als bloß Verbundene, dass wir auf einer ganz anderen Ebene noch zusammengehörten und zu Sascha … Kurz stockte ich. Ich konnte niemals zurückkehren. Ich hatte die wichtigste Regel in unserem System missachtet. Hatte einem Vampir seinen Verbundenen geraubt und das mit einem Lächeln auf dem Gesicht. Die Blutlust hatte mich komplett in ihrer Hand gehabt.

Solche Vampire hatte ich früher gejagt. Die Last dieses Wissens versuchte, mich in die Knie zu zwingen. Die Hoffnungslosigkeit breitete sich in meinem Körper aus. Ich war ein Ausgestoßener geworden. Hatte mich zu dem verwandelt, das ich gejagt hatte, um Ordnung in unserem System zu bewahren.

Meine Knie zitterten. Ich sah keinen Ausweg. Kaze würde mich hassen, wenn sie aufwachte. *Wenn*. Ich erinnerte mich daran, wie ihr Blut in meine Kehle geflossen war, wie sie immer schwerer in meinen Armen geworden war. Ihr Gesicht, das kalkweiß und leblos ausgesehen hatte. Kalter Angstschweiß breitete sich auf meinem Körper aus. Wenn ich Kaze umgebracht hatte ... Ich wollte es nicht einmal zu Ende denken.

Meine Knie wurden schwächer. Ich wusste nicht einmal, was mich weitergehen ließ. Wie von selbst trugen mich meine Beine weiter und weiter.

Nicht nur Kaze würde mich hassen, auch Sascha. Zu Recht. Ich hatte ihr das genommen, was bei uns als heilig galt. Einen Verbundenen. Niemals würde sie das Glück haben, denjenigen kennenzulernen, der für sie bestimmt war, selbst wenn er nur ein guter Freund geworden wäre ... Sie würde niemals die Chance haben, es herauszufinden – wegen mir.

Stützend hielt ich mich an der Hauswand neben mir fest. Das Wissen über das, was ich getan hatte, legte sich auf meine Schultern und versuchte, mich herunterzudrücken. Mich zu Fall zu bringen. Meine Kiefer presste ich schmerzhaft zusammen. Ob es die Gewohnheit war, für das zu kämpfen, was mir wichtig war, die mich stehen bleiben ließ oder doch dieser kleine Funke Hoffnung, dass ich die Blutlust besiegen und nach Hause zurückkehren konnte, wusste ich nicht. Aber zu was sollte ich zurückkehren? Wollte ich Saschas und Kaze' Augen hasserfüllt auf mir spüren? Wollte ich mich ihnen aussetzen und sie daran erinnern, was sie verloren hatten? Wollte ich ein Mahnmal bilden, wegen dem, was ich getan hatte?

In meinem Kopf begann sich alles zu drehen. Mein Kreislauf verlangte nach Blut. Ich schloss die Augen, drängte das Bedürfnis in den Hintergrund.

»Und wie ist der Spaziergang so?«

Ich erstarrte bei dem Klang seiner Stimme. »Was willst du?«, presste ich hervor.

Er gluckste leise. »Ich will meinem kleinen Bruder bloß ein bisschen Gesellschaft leisten, während er mit sich ringt, ob er mir lieber an den Hals springt oder mich doch ausreden lässt.« Max' Tonfall war belustigt.

Ich konnte ihn nicht verstehen. Er tat immer, als sei er absolut allwissend. Dabei hatte er keine Ahnung. Er wusste nicht, was ich getan hatte. Zumindest hatte ich ihn nicht gesehen. Ein Knurren löste sich aus meiner Kehle und ich drehte mich zu ihm. Seine Erscheinung war wie immer herausgeputzt. Doch trug er heute Nacht keinen Anzug, sondern seine Kampfmontur. Ich hatte gar nicht gewusst, dass er überhaupt eine besaß. Anscheinend hatte er wirklich nicht gewusst, wie zurechnungsfähig ich war. »Und die Wahrheit?«, verlangte ich.

»Kaze war bei mir, während du ein … Wie darf ich das nennen? Gefangener? Versuchskaninchen?«

Mein böser Blick brachte ihn zum Schweigen.

»Nun gut, als du … nennen wir es *anderweitig* beschäftigt warst, beehrte mich deine Verbundene.«

»Ich weiß. Und weiter?«

Kurz flog Überraschung über Max' Gesicht und seine Maske der belustigten Gelassenheit verflog, aber nur für einen Moment, bevor sie sich wieder wie gewohnt auf sein Gesicht legte. »Woher weißt du das?«

»Was willst du mir erzählen?«, brachte ich ihn zurück auf sein Anliegen.

»Na gut. Danach müssen wir uns aber darüber unterhalten. Lass uns weiterlaufen. Beim Gehen kann man bekanntlich besser nachdenken.«

Widerstrebend folgte ich ihm, als er an mir vorbeilief.

»Also, Kaze besuchte mich und brachte erstaunliche Erkenntnisse mit sich …«

»Dass Vater lebt?«, unterbrach ich ihn.

Skeptisch richtete sich sein Blick auf mich. »Exakt?« Die unausgesprochene Frage begleitete dieses eine Wort.

»Ich konnte euch sehen.«

Er runzelte die Stirn. »Uns sehen?«, hakte er neugierig nach.

Seufzend gab ich seinem Drängen nach. »Als ich im Labor gefangen war und schon anderes Blut zu mir genommen hatte, befand ich mich während des Schlafes in einer anderen Art des Traumlandes. Es war alles blass und fühlte sich nicht echt an. Aber, wenn ich meine Gedanken auf Kaze konzentriert habe, hat sich ein Fenster geöffnet, aus dem ich sie beobachten konnte.«

Max' Stirn war in Falten gelegt, während wir stillschweigend weiterliefen.

»Davon habe ich noch nie gehört«, brach mein Bruder irgendwann das Schweigen.

»Ich auch nicht«, gab ich zu.

»Kann es daran liegen, dass ihr zu diesem Zeitpunkt noch nicht vollständig miteinander verbunden wart? Aber du sie aus der Verzweiflung heraus sehen wolltest?«

Ich zuckte ahnungslos mit den Schultern. »Ich weiß es wirklich nicht.«

»Das ist merkwürdig.«

»Ja.«

»Und was willst du jetzt machen?«, fragte Max.

Dass die Frage kommen würde, hatte ich gewusst und mich davor gefürchtet. Ich wusste momentan gar nichts. Weder, wie das Traumland zustande gekommen war, noch, was ich jetzt tun oder wohin ich sollte.

»Keine Ahnung«, gab ich geschlagen zu.

»Das habe ich mir fast gedacht«, merkte Max an und schenkte mir ein wissendes Lächeln.

Ich zog die Stirn kraus. »Was weißt du?«

»Bist du nicht überrascht, dass dich die Blutlust nicht ganz so übermannt, wie du dachtest? Ich habe Vater gesehen ...«

Ich erkannte in seinem Gesicht den Schrecken, mit dem er an Vater zurückdachte und Angst zog sich wie eine Schlinge um mein Herz zusammen. »Und was?«, verlangte ich zu wissen.

»Er ist nicht mehr zu retten«, gab Max bekannt.

Ich hörte die Trauer in seiner Stimme und spürte, wie mir der Boden unter den Füßen weggerissen wurde. Fühlte die Leere, die sich schlagartig in meinem Kopf und Herzen ausbreitete. »Das ... das kann nicht sein«, stotterte ich.

Max' braune Augen richteten sich auf mich. »Doch, kleiner Bruder, das ist es. Er ist nicht mehr heilbar. Ich kann es mir zumindest nicht vorstellen.« Die Sorge breitete sich auf Max' Gesicht aus. »Es ist nichts mehr von dem, den wir gekannt haben, übrig.«

»Gar nichts ...?«, fragte ich atemlos. Der Gedanke, dass mein Vater diese zwanzig Jahre im Labor verbracht hatte, nur um jetzt den Gnadenschuss zu bekommen, ließ mich innerlich erstarren. Es war unglaublich. Der Urvater aller Vampire, ein Mann, der schon vergleichsweise ewig lebte, wurde von der Blutlust dahingerafft. Wie sollte ich es dann schaffen?

Max schüttelte langsam den Kopf.

Ich wusste nicht, was ich denken sollte. Meinen Vater hatte ich als starken und liebevollen Mann in Erinnerung. Aber dann rief ich mir vor Augen, was die Blutlust mit mir gemacht hatte, wie sie meine Schwäche gegen mich verwendet hatte. »Meinst du, für mich besteht noch Hoffnung?«, fragte ich leise. Meine Stimme zitterte vor Angst.

Stille folgte auf meine Frage. Ich fühlte, wie sich Max' Körper bei der Frage anspannte und wie er die Luft anhielt. »Ich hoffe es, kleiner Bruder.

Das Positive ist, du bist klarer als Vater. Wir müssen nur herausfinden, wie wir diesen Zustand beibehalten können.«

Ich biss die Zähne zusammen. Was sollte ich auch anderes tun? Ich brauchte einen Ausweg, eine Lösung. Etwas, das die Blutlust in mir sterben ließ, ohne dass sie mich mitriss.

»Ich habe eventuell eine Idee …«, begann Max leise. Sein Blick war in die Ferne gerichtet.

»Was?«

»Ich kenne eine Hexe.«

»Was hast du ihr angetan?«, erkundigte ich mich mit gerunzelter Stirn. Max' böser Blick traf mich. »Ich habe ihr gar nichts angetan. Würde ich auch niemals.«

Der letzte Satz verwunderte mich. Max hatte eigentlich noch weniger für Hexen übrig als ich. Ich drängte die Gedanken beiseite, ich brauchte eine Lösung, damit ich nicht in die Fußstapfen meines Vaters trat.

»Okay, wie kommst du darauf, dass sie mir helfen kann und vor allem wird?«, fragte ich.

»Sie ist eine Hexe. Reicht das nicht?« Max betrachtete mich mit einer hochgezogenen Augenbraue.

»Wenn du das meinst«, erwiderte ich unsicher. »Wo kann ich sie finden?« Ich glaubte nicht an Hexerei. Hatte ich auch noch nie. Mir waren all die Frauen, die angeblich zum Teufel beteten, suspekt. Sie waren unberechenbar. Aber, wenn sie wirklich eine Hexe war … Wenn sie wirklich Magie besaß … dann war sie die einzige Chance, die ich zum jetzigen Zeitpunkt hatte.

»In Deutschland.«

Mein Herz sackte in die Hose. »Das wird eine lange Fahrt«, bemerkte ich und spürte schon den nagenden Hunger, der an mir zerrte und Max' Vene immer appetitlicher aussehen ließ.

»Ich kann dich mit Blutbeuteln …«

»Nein. Lass sie stecken«, murrte ich und erinnerte mich nur zu gut an die Erinnerungen, die mich heimsuchten, nachdem ich das Blut von jemand anderem getrunken hatte.

»Du solltest aber wirklich etwas dabeihaben«, meinte Max und betrachtete mich besorgt.

»Um wen machst du dir mehr Sorgen«, fragte ich. »Um die Hexe oder mich?«

»Um die Hexe«, antwortete Max, ohne zu zögern.

Ich runzelte die Stirn. Konnte es sein, dass Max' unbekannte Hexe seine Verbundene war? Normalerweise gab er nicht so viel auf das Leben einer Fremden. Ich schüttelte den Kopf. »Blut macht das alles nur noch schlimmer«, bemerkte ich.

Ich spürte Max' sorgenvollen Blick auf mir. »Ich wünsche dir wirklich, dass du stärker bist als die Lust«, sagte er leise.

Kurz schloss ich die Augen. *Ja, das wünsche ich mir auch.*

KAPITEL 2
SCHMERZ

KAZE

Die weiche Matratze unter meinem Körper und der bekannte Duft verrieten mir, dass ich in Luisas Haus war. Ich war wach, aber wollte noch nicht aufwachen. Ich wollte weiterschlafen und vergessen.
Vielleicht konnte ich einfach für immer schlafen. Mich aufgeben und nie mehr wach werden. Zumindest nicht so lange wie Gabriel nicht bei mir war.
Am liebsten wollte ich mich selbst ohrfeigen. Wieso machte ich mich von Gabriel so abhängig? Wieso zerriss es mich, dass er gegangen war? War es die Liebe? Ich schnaufte, so euphorisch, wie ich gewesen war, um ihn zu retten, so niedergeschlagen war ich jetzt, mit dem Wissen, dass Gabriel mich verlassen hatte. Es zerschmetterte mich, ohne dass ich es wollte.
Tränen stiegen in meinen Augen hoch, doch ich versuchte, sie zu unterdrücken. Erfolglos. Sie rannen über meine Wangen, während ich noch immer die Augen geschlossen hielt.
Ich war zu ihm gekommen, als alle geglaubt hatten, er sei verloren. Und er ging. Er verließ mich, ohne sich zu verabschieden, ohne mich zu fragen, ob ich mitkommen wollte.
Mein Herz ächzte in meiner Brust und der Schmerz raubte mir den Atem. Als ich Martin für einen Verräter gehalten hatte, tat es nicht einmal

ansatzweise so weh.

Ich öffnete die Augen und schaute auf die strahlend weiße Decke des Zimmers. Mein Blick wanderte durch den Raum und als ich mir sicher sein konnte, dass keiner da war, ließ ich los.

Der Schmerz rannte mich nieder, überrollte meinen Körper. Meine Finger krallten sich in die Bettdecke. Ich schrie und weinte. Ließ alles raus, was rausmusste. Ich wollte diesen Schmerz nicht fühlen. Wollte nicht, dass ich schwach wirkte.

Ich hatte mich nie verlieben wollen. Verdammt! Ich war eine Jägerin. Ich hatte keine Gefühle gehabt, bis Gabriel sie mir eingeprügelt hatte. Ich hatte mich so dagegen gewehrt, Gefühle zu entwickeln, weil sie mir Angst gemacht hatten. Aber plötzlich waren sie da. Auf einmal empfand ich etwas für diese Monster, die mir zeigten, wer ich wirklich war und ich konnte es nicht mehr abstellen. Dabei wollte ich es. Ich wollte, dass es aufhörte. Niemals hatte ich Gefühle für dieses Monster entwickeln wollen, das mich verschleppt, mir ein neues Leben gezeigt und mir einen Namen gegeben hatte. Trotzdem lag ich in diesem Bett, umringt von all den Monstern, die mir ans Herz gewachsen waren und jetzt weinte ich wegen des Verlustes von einem von ihnen. Mein Herz war zerrissen, wegen ihm – einem Monster. Weil er mich zurückgelassen hatte, weil er gegangen war, ohne zu fragen, ob wir das schaffen konnten, ohne mich miteinzubeziehen.

Ich wollte den Schmerz nicht mehr fühlen und mich ihm hingeben und doch liefen Tränen weiterhin ungeniert über meine Wangen und benässten das Kissen, auf dem ich lag. Es schien mir alles so unnütz. Dieser Schmerz brachte mich nicht weiter, ebenso wenig wie das Weinen und noch immer konnte ich nichts dagegen tun. Es schien, als bräuchte mein Körper diese Zeit zum Trauern und riss sie mit aller Macht an sich, um mich zu zerstören.

Alles hielt mich in seinem Griff. Ich war eine Gefangene meiner eigenen Gefühle und konnte nicht ausbrechen. Ich hatte nicht einmal Luisa gehört, bis sie sich neben mich gelegt und ihre Arme um mich geschlungen hatte.

Ich spürte ihre Wärme, ihre Zuversicht, aber ich war in einem Kreislauf gefangen. Einerseits hasste ich es, dass ich mich so fühlte. Hilflos. Verlassen. Schwach. Anderseits ging es gerade nicht anders. Ich fühlte mich von Gabriel verraten. Ich hatte alles für ihn aufgeben wollen. Aber meine Sturheit, die mich so lange begleitet und an die mich so verkrampft geklammert hatte, raubte uns die Zeit. Und nun lag ich hier. Zerrissen. Verletzt. Während die Blutlust in ihm wütete und ihn Dinge tun ließ, die er niemals bei klarem Verstand getan hätte.

»Ich bin da«, raunte Luisa mir ins Ohr.

Ich badete in ihrer Wärme. Noch immer liefen die Tränen. Ich konnte sie nicht stoppen. Als Gabriel nicht zurückgekehrt war, wusste ich, dass er nicht freiwillig wegblieb. Ich hatte gewusst, dass er zu mir zurückgekehrt wäre, wenn er gekonnt hätte. Dieses Mal hatte er mich wie ein ungeliebtes Spielzeug, das man nicht mehr brauchte, zurückgelassen. Und ich wusste nicht, was ich tun sollte. Ich wollte ihm hinterherrennen, ihm zeigen, was ich davon hielt, dass er gegangen war – ohne mich. Aber gleichzeitig wollte ich mich verkriechen. Mein Herz wieder zusammenflicken und vergessen. Vergessen, dass es diesen Mann gegeben hatte, der mir das Leben gezeigt hatte. Diesen Mann, der mich nicht aufgab, obwohl ich ihm die Augen auskratzen wollte. Diesen Mann ... in den ich mich verliebt hatte.

Obwohl das Verkriechen so anziehend klang, wusste ich, dass ich das nicht konnte. Gabe war ein Teil von mir, so wie ich ein Teil von ihm. Wir waren verbunden. Übers Blut. Er konnte ohne mich nicht mehr leben. Genauso wenig wie ich ohne ihn, obwohl ich sein Blut nicht brauchte. Ich brauchte seine Nähe. Ich brauchte seine Stimme. Sein Lachen. Seine Augen, die mich voller Zorn anfunkelten und sein Stöhnen, wenn ich ihm mit meiner Sturheit den letzten Nerv raubte.

Aber er hatte mich zurückgelassen. Hatte mir gezeigt, dass er nichts von meiner Nähe hielt. Und dieser Gedanke ließ mein Herz zerbrechen. Wie hauchdünnes Glas zerplatzte es und die Splitter bohrten sich in meinen Körper, zerrissen mich von innen. *Er wollte mich nicht verletzen*, rief ich mir Luisas Erklärung in Erinnerung. Dieser Gedanke ließ mich innerlich noch immer lachen. Als ob ich nicht alles für ihn geben würde, nur damit es ihm wieder gut ginge.

Luisas Arme schlossen sich fester um meinen Körper, hielten mich zusammen, damit ich nicht vollends zerbrach. Sie wisperte beruhigende Worte in mein Ohr.

Erschöpft versiegten meine Tränen. Ich fühlte mich leer. Der Schmerz war noch immer da, unter der Oberfläche, doch ich ertrug ihn. Ich musste ihn ertragen. Denn ich konnte Gabe nicht gehen lassen. Ich konnte nicht zulassen, dass er mich ohne Worte des Abschieds verließ. Ich wollte, dass er mir ins Gesicht sah und mir sagte, dass er nicht wollte, dass ich ihn begleite. Dass wir alles, egal, was es auch sein sollte, nicht zusammen durchstehen würden.

»Kaze?«, flüsterte Luisa hinter mir.

»Ja?«, fragte ich. Meine Stimme war rau.

»Er hätte dich nicht verlassen, wenn er es nicht gemusst hätte. Glaub das niemals.«

Ich wusste nicht, wie ich darauf reagieren sollte. Ich war ohnmächtig gewesen, als er gegangen war. Hatte ihm nicht noch einmal ins Gesicht sehen können.

Sie rappelte sich aus dem Bett hoch und betrachtete mich nachdenklich. »Es war schwer für ihn. Wenn er hätte bleiben können, wäre er noch hier.«

Luisa meinte es gut. Ich verstand, dass sie ihren Sohn in Schutz nehmen wollte. Ich sah dennoch nur den Aspekt, dass er weg war. Dass er ohne ein Wort des Abschieds gegangen war und mich zurückgelassen hatte. Ohne auch nur eine Erklärung oder Ähnliches. Als wollte er keine Spuren in meinem Leben hinterlassen.

Ich rieb mir über meine gereizten Augen und setzte mich im Bett aufrecht hin. »Ich versuche, es zu verstehen, Luisa, wirklich. Aber ich habe ihn nicht gesehen. Ich … Ich hätte mir gewünscht, dass er da wäre, dass er uns eine Chance gegeben hätte«, gab ich leise zu.

Gabes Mutter sah mich mitleidig an. »Ich weiß. Ich hätte es mir auch gewünscht«, stimmte sie mir zu und schloss die Zimmertür hinter sich.

Ich starrte an die gegenüberliegende Wand. Sie war in einem sanften Grün gestrichen. Ich überlegte, was ich machen könnte. Schon bevor ich versucht hatte, Gabe zu retten, hatte ich mich in der Gemeinschaft nicht geborgen gefühlt. Es hatte etwas gefehlt – und dieses etwas fehlte noch immer. Aber es war das einzige Zuhause, das ich besaß. Es war alles, was ich kannte. Ich verbarg mein Gesicht in meinen Händen. Nero hasste mich, was auf Gegenseitigkeit beruhte. Ich würde mich niemals wohlfühlen, solange er da war. Seufzend stand ich auf und schnappte mir frische Klamotten.

Luisas Badezimmer war nicht einmal ansatzweise so angenehm gestaltet wie das von Gabe. Ich hatte das Gefühl, dass Luisa mehr auf die älteren Möbel stand oder sich nicht wirklich gern von bewährten Sachen trennte.

Es war klein. Ein kristallisiertes Fenster hinderte daran, hinaus- oder hineinsehen zu können. Weiße, kleine Fliesen zierten den Raum, auf denen in regelmäßigen Abständen Blumenmuster zu finden waren. Das Badezimmer strahlte das aus, was Luisa war. Gütig, freundlich und besonnen.

Während ich in der kleinen Duschen stand, ließ ich meine Gedanken schweifen, obwohl ich diesen einen Namen umkreiste und krampfhaft versuchte, nicht an ihn zu denken. Aber ich war wie eine Motte und er das Licht. Immer wieder kehrte ich zu ihm zurück. Die Sorge um ihn schnürte mir die Brust zu. Die Angst, dass er genauso werden könnte – oder vielleicht schon war – wie Kain, ließ das Blut eiskalt durch meine Venen fließen und mich erzittern. Die von Wut verzerrten Augen stiegen in meiner Erinnerung hoch, als Gabriel das Herz aus Devils' Brust gerissen hatte. Ich verdrängte die Erinnerungen schnell. Ich konnte – wollte – nicht glauben, dass Gabriel schon so war. Kain war zwanzig Jahre lang in der Gefangenschaft der Doktoren gewesen. Gabriel nur etwas über zwei Wochen. Mein Mund wurde trocken. Konnte er wirklich so viel schwächer sein als sein Vater? Oder war Kain der Lust so früh verfallen und hatte sich trotzdem am Leben erhalten können?

Die Fragen überschlugen sich in meinem Schädel und er begann, zu brummen. Mir behagten die Überlegungen nicht, aber ich musste Gabriel irgendwie erreichen. Ich dachte darüber nach, ihn in seinen Träumen zu besuchen, doch verwarf den Gedanken wieder. Damit ich ihn sehen konnte, mussten wir beide schlafen. Außerdem war er in all der Zeit nicht in meine Träume gekommen, wieso sollte er es also ausgerechnet jetzt tun?

Ich stellte die Dusche ab und ließ mich noch kurz abtropfen, ehe ich aus der Wanne stieg und ein Handtuch um meinen Körper schlang. Meine Beine zitterten noch immer ein wenig unter meinem Gewicht, aber ich musste Gabriel irgendwie aufspüren. Und dabei konnte mir nur einer helfen.

Ich rümpfte die Nase bei dem Gedanken, schon wieder zu ihm gehen zu müssen, aber ich wüsste sonst niemanden, der eine Ahnung haben könnte, wo Gabriel sich aufhielt. Mir schien, als wüsste Max einfach alles.

Entschlossen trocknete ich mich ab und zog die frischen Klamotten an.

Unten empfing mich der Duft von gebratenem Speck und Eiern, der mich direkt in die Küche lotste, wo Luisa am Herd stand. »Ich dachte, du willst was essen, damit dein Blut sich wieder regeneriert. Er hat sehr viel genommen.«

Ich wusste nicht, ob sie wegen mir oder wegen sich selbst auf seinen Namen verzichtete. Aber ich war ihr dankbar für die Geste.

»Wie könnte ich nur bei deinem Essen Nein sagen?«, fragte ich und versuchte, ausgelassen zu klingen. Was mir kläglich misslang.

Luisa versuchte sich ebenfalls an einem Lächeln und es sah genauso aus wie mein Versuch, fröhlich zu klingen. Ziemlich miserabel. »Wir sind schrecklich, oder?«, fragte Luisa dann. Dieses Mal lag ein ehrliches, aber trauriges Lächeln auf ihren Lippen.

Ich verstand, was sie meinte und nickte bloß. Wir waren schrecklich darin, so zu tun, als sei alles in Ordnung, während wir beide innerlich weinten.

»Wie … Wie geht es Kain?«, fragte ich, während ich mich mit einem übervollen Teller an den Tisch setzte.

Über Luisas Augen waberte ein Schatten, als sie sich zu mir setzte. »Nicht gut. Gís hat mir so viel Blut abgenommen, wie es möglich war, damit er es Kain geben kann … aber … na ja. Bisher gibt es keine Verbesserungen hinsichtlich seines Zustandes. Aber immerhin auch keine Verschlechterungen.«

Ich fühlte, dass das kein Trost war, aber ich freute mich ein klein wenig über die Information. »Immerhin etwas«, murmelte ich und biss ein Stück vom harten Speck ab.

»Ja, so kann man es sehen«, flüsterte Luisa. »Wir dürfen die Hoffnung nicht verlieren. Selbst in den dunkelsten Stunden unseres Seins gibt es einen Grund für all das Leid, das wir erleben.«

Die Trauer in meinem Herzen drohte, mich niederzureißen. Aber sie hatte recht. Wenn wir die Hoffnung aufgaben – was besaßen wir dann noch?

Hastig schlang ich das Essen herunter und richtete mich auf. »Ich muss zu Max«, klärte ich Luisa auf.

Sie zog die Augenbrauen zusammen. »Wieso?«, erkundigte sie sich.

»Wenn es jemanden gibt, der weiß, wo Gabriel ist, dann ist er es«, teilte ich ihr mit und stapfte die Treppe nach oben, um meine Jacke zu holen.

»Kaze!«

Ich drehte mich zu der männlichen Stimme um, die mir hinterherrief und entdeckte meinen Bruder. Seine grünen Augen strahlten mir entgegen, während er mich besorgt musterte. »Wie geht's dir?«, fragte er.

»Es geht mir gut. Nur ein bisschen zittrig«, sagte ich wahrheitsgemäß. Er runzelte die Stirn. »Wohin willst du?«

Ich verdrehte die Augen. Seine Stimme klang herrisch und besorgt. »Ich will zu Max«, klärte ich ihn auf und wollte an ihm vorbeigehen.

Er stellte sich mir in den Weg und verschränkte die Arme vor der Brust. »Wieso?«

»Was soll das werden?« Meine Geduld wurde auf die harte Probe gestellt. Jede Sekunde, die ich hier verschwendete, brachte Gabriel weiter von mir fort und das konnte ich nicht zulassen.

»Wie willst du dorthin kommen? Das Motorrad ist noch in Tamieh. Lass mich Susan anrufen, dann bringen wir di–«

»Kaze! Da bist du ja endlich. Ich warte schon die ganze Zeit auf dich.« Sascha tauchte zwischen den Bäumen auf und strahlte mich an, als sei sie das blühende Leben.

Verwirrt musterte ich sie, als sie mir freundschaftlich den Arm um die Schultern legte und mich an sich drückte. »Wir wollten doch in die Stadt zu Max«, sagte sie. »Das Auto steht um die Ecke. Willst du mit … Martin, richtig?«

Martin schaute skeptisch zu Sascha. »Nein. Pass auf sie auf«, murmelte er und wandte sich ab.

»Na komm«, befahl Sascha und lief in die Richtung, aus der sie gekommen war.

Überrumpelt folgte ich ihr. »Wieso wolltest du nicht, dass ich …?«

Sie unterbrach mich. »Würde ein ›Danke‹ nicht reichen?«

»Ich bin bloß verwirrt«, murrte ich. »Und verstehe nicht, wieso du mich in die Stadt begleiten willst.«

Sie drehte sich zu mir um und ihre blauen Augen bohrten sich in meinen Blick. »Die Blutlust hat mir nicht nur meinen Verbundenen geraubt, sondern auch meinen besten Freund und einen von beiden will ich wiederhaben. Bei meinem Verbundenen könnte es schwer werden, aber Gabe, den kann ich zurückholen. Dafür brauch ich aber dich. Denn du bist die Einzige, die ihn noch zu Verstand bringen kann. Also lass uns keine Zeit verlieren und Max ausquetschen.«

Ich akzeptierte es, dass sie mich begleitete und folgte ihr. »Was genau bewirkt die Blutlust? Und wie kommt sie zustande?«, hakte ich nach.

»Die Blutlust nistet sich in den Verstand ein. Sie ist wie eine zweite

Persönlichkeit, die einen antreibt, sich selbst zu vergessen und sich ihr immer mehr hinzugeben«, erklärte Sascha. »Ich habe schon oft von ihnen gehört – den Verstoßenen –, aber noch nie habe ich mit eigenen Augen gesehen, wie sehr sich die Vampire dadurch verändern.« Ihre Stimme klang von Trauer durchzogen und ihr Blick war in weite Ferne gerichtet. »Wir erkranken an der Blutlust, wenn wir unsere Verbundenen gefunden haben und uns dann von Blut ernähren, das nicht von ihnen stammt. Das ist die Strafe Apollons, weil Kain Cassandra damals verrückt werden ließ.«

Wir erreichten das bereits laufende Auto und ich stieg auf den Beifahrersitz, während Sascha sich hinters Steuer klemmte.

»Kain hat euch ziemlich viele Flüche eingebracht ...«, meinte ich nachdenklich, während ich mich anschnallte.

Sascha hatte nur ein Schnaufen für mich übrig.

Nachdenklich schaute ich während der Fahrt nach draußen und beobachtete, wie die Bäume an uns vorbeirauschten.

»Das heißt, das ... das, was mit Devil passiert ist, war nicht direkt Gabriels Schuld?«, fragte ich nach einer Weile.

»Er war die ausführende Kraft, aber der Antrieb war die Lust selbst. Gabe hätte niemals meinen Verbundenen oder einem anderen ...« Sie suchte nach dem richtigen Wort. Kurz traf mich ihr entschuldigender Blick. »Experiment etwas zuleide getan. Deinetwillen. Er wusste, dass all diejenigen, die gezüchtet sind, zu deiner Familie gehören. Er ist kein Mann, der wahllos jemanden tötet, der schon am Boden liegt. Als Jäger des Clans musste er diejenigen töten, die der Lust verfallen waren, um uns zu schützen.«

Mein Herz schnürte sich zusammen. Ich biss meine Kiefer aufeinander, sodass es schmerzte. »Er ist zu dem geworden, was er hasst ...«, sprach ich meine Gedanken aus.

»Er hasst es nicht«, korrigierte mich Sascha. »Er ist zu dem geworden, was er hasste, zu töten.«

Es war egal, wie wir es nannten. Er musste sich tief in seinem Inneren hassen. Er stellte eine Gefahr für all jene dar, die er liebte. Und so langsam verstand ich, wieso er gehen musste, auch wenn ich dem nicht zustimmen konnte.

Gemeinsam hätten wir eine Lösung finden können – es musste einfach eine geben – und ich würde nicht lockerlassen. Aber dafür musste er hierbleiben und nicht wie ein Feigling wegrennen.

Sascha hielt vor dem *Bite*. Angst brannte wie eine Welle in mir hoch und versuchte, mich zu verschlingen. Was war, wenn Gabriel nicht wollte, dass wir zusammen arbeiteten? Wenn er mich nicht in seiner Nähe haben wollte? Und was sollte ich tun, falls Max nicht wusste, wohin Gabriel gegangen war?

»Kommst du nun?«, riss mich Sascha aus meinen trüben Gedanken und starrte mich abwartend an.

Noch einmal holte ich tief Luft und stieg dann aus dem Wagen.

Mit jedem Schritt, den wir dem *Bite* näher kamen, legte sich ein Stein, so schwer wie Blei, auf meine Innereien, erschwerte jeden Schritt. Meine Knie wurden immer wackeliger.

Mein ganzer Körper zitterte, als wir vor Max' Bürotür standen. Musternd ließ Sascha ihren Blick auf mir ruhen. Sie merkte, dass es mir nicht gut ging und überließ mir die Entscheidung, ob ich wirklich klopfen wollte.

Doch bevor ich diese treffen konnte, wurde die Tür aufgerissen. Max strahlte uns entgegen. »Wollt ihr noch länger unnütze vor meiner Tür stehen?«

»Ich wollte gerad–«

»Ach, egal. Kommt rein.« Max lief voraus, setzte sich hinter seinen Schreibtisch und deutete uns, uns ebenfalls hinzusetzen.

»Also, wie kann ich euch dieses Mal helfen?« Seine braunen Augen, die Gabriels so sehr ähnelten, richteten sich auf mich. »Aus Erfahrung weiß ich, dass es kein Höflichkeitsbesuch ist.«

»Wo ist Gabriel?«, fragte ich direkt.

»Siehst du ihn hier?«, stellte er die Gegenfrage und sah sich gespielt überrascht um.

Ich kniff die Lippen zusammen. »Max«, begann ich. »Gabriel muss das nicht alleine durchstehen. Ich … ich will ihm helfen.«

»Aber was wäre, wenn die einzige Hilfe ihm gegenüber wäre, ihn umzubringen?«

Die Welt hörte auf sich zu drehen. Mein Herz stockte mitten beim Schlagen. Die Zeit stand still. Entgeistert sah ich Max an. »Nein … nein, das kann nicht sein!«, wisperte ich und krallte meine Finger in die Armlehnen des Stuhles. Mein ganzer Körper hatte sich versteift.

Max zuckte bloß mit seinen Schultern. »Es kommt drauf an, wie schnell du bist.«

»Dann sag mir, wo ich ihn finden kann«, zischte ich und beugte mich bedrohlich zu Max hinüber.

»Das ist nicht meine Aufgabe. Noch ist er hier. Aber nicht mehr lange.«

Ein Knurren entstieg meiner Kehle und ich stand langsam auf. »Wo?«

»Ich denke, dass er im Wald ist.«

Mich konnte nichts mehr halten. Ich ließ alles hinter mir und rannte.

GABRIEL

Sie lebt.

Ich hörte und fühlte sie. Ich spürte durch unsere Verbindung, wie sie mir näher kam und ein Stein fiel von meinem Herzen. Ihr schneller Atem verriet, wie aufgewühlt sie war. Sie war in Eile. Sie machte hastige Schritte, als würde sie vor etwas fliehen. Ich war auf dem Weg zu meiner Scheune gewesen, meine wenigen Habseligkeiten zusammenpacken, ehe ich nach Deutschland fuhr. Aber, als ich sie hörte, wollte ich sie noch ein einziges Mal sehen. Ein allerletztes Mal, ehe ich sie verlassen würde. Nur, um den leeren Ausdruck in ihrem Gesicht zu vergessen und zu sehen, dass es ihr gut ging. Zumindest redete ich mir das ein. Dass ich so viel mehr wollte und, dass ich mich nach ihr sehnte, verdrängte ich.

Meine Füße trugen mich zu ihr. Sie bemerkte mich und blieb wie erstarrt stehen. Ebenso wie ich. Ihr Anblick erleichterte mich. Kurz schloss ich die Augen und genoss das Wissen, dass sie lebte und mich voller Zorn in ihrem Blick anstarrte. Ich öffnete die Augen und erwiderte ihren Blick. Die Wut hatte sich in etwas anderes gewandelt. Etwas, das ich nicht hatte sehen wollen: Schmerz.

Keiner von uns wagte es, das erste Wort auszusprechen. Stumm betrachteten wir uns.

Ich hatte sie verletzt. Hatte zu viel Blut von ihr genommen und die Angst, dass sich die Blutlust wieder auf sie stürzen würde, wenn sie näher an mich herankam, ließ mich keinen Zentimeter vorangehen. Ich hatte nicht das Recht, als Erster zu sprechen.

»Gabe …« Ihre Stimme zitterte und ließ mein Herz zerbrechen. Sie klang so verzweifelt und voller Sehnsucht.

Ich machte den Mund auf, wollte etwas sagen, das es uns beiden erleichterte, zu gehen. Irgendwas, damit die Situation uns beide nicht so schmerzte. Aber kein Ton kam über meine Lippen. Ich wollte nicht, dass sie weinte, wollte nicht, dass sie sich schwach fühlte. Das Schlimmste daran war, dass ich wusste, dass ich der Grund war. Sie hatte sich in Gefahr begeben, um mich zu retten. Hatte alle ihre Ängste über Bord geschmissen. Und wie dankte ich es ihr? Ich benutzte sie und ließ sie fallen. »Es tut mir leid«, sagte ich leise, weil mir nichts Besseres einfiel.

»Was tut dir leid?«, fragte sie mit erstickter Stimme.

Ich erwiderte ihren Blick. Wie schon beim ersten Mal nahmen mich ihre Augen in ihren Bann. Es würde sich niemals etwas daran ändern. Sie war alles für mich geworden. Mit ihrer Sturheit hatte sie mich verzaubert und ich gehörte ihr. Mit allem, was ich hatte, war ich der ihre. Nur konnte ich es ihr nicht zeigen. Denn das hieß, dass ich Nähe zulassen müsste. Nähe, die sie umbringen konnte. »Alles. Dass du leidest, dass ich schuld an deinem Leiden bin.« Ich redete mich um Kopf und Kragen, während ich in ihre Augen blickte, in denen ich als Erstes die Veränderung sah. Der Schmerz in ihrem Blick wurde durch den Zorn ersetzt, den sie gerade verdrängt hatte. Ihre Launen waren wie das Meer, komplett unberechenbar und ich liebte sie dafür.

Sie lachte laut auf. »Wieso lässt du es dann zu?«, fragte sie.

»Ich bin eine Gefahr. Hätte meine Mutter mich nicht aufgehalten, Kaze, ich hätte dich bis auf den letzten Tropfen Blut leer gesaugt. Dein Geschmack vernebelte mir die Sinne. Ich konnte nicht genug bekommen«, versuchte ich ihr zu erklären und trat einen Schritt auf sie zu. Als ich sah, dass sie stehen blieb, kam ich ihr noch näher. »Ich konnte nicht genug von dir bekommen. Kaze ... Ich kann nicht garantieren, dass du in meiner Gegenwart sicher bist.«

Tränen füllten ihre Augen und sie schüttelte traurig den Kopf. »Gabe, ich verlange nicht, dass du mich beschützt. Ich will, dass wir zusammen sind. Ich weiß, dass wir diese Blutlust besiegen können – aber nur gemeinsam.«

Sie kam ebenfalls einen Schritt auf mich zu, überbrückte die Distanz, die zwischen uns herrschte. Nur ein Zentimeter trennte uns noch voneinander. Mein Körper schrie danach, ihren zu berühren. Jedes Nervenende sehnte sich danach, ihre Haut zu streicheln, ihre Muskeln an meinen zu spüren und ihre Wärme aufzunehmen.

Ihre Hand legte sich sanft auf meine Wange. »Gabe, geh nicht«, bat sie mich.

In ihrer Stimme klang ein Flehen und fast bekam sie mich dazu, zu bleiben. Ich wollte sie nicht verlassen. Ich wollte bei meiner Familie bleiben und bei ihr. Aber ich spürte es. Das Ziehen in meinem Zahnfleisch, den Drang, meine Zähne in ihren schlanken Hals zu rammen und zu trinken. Den Geschmack von Beeren wieder auf meiner Zunge spüren zu können, raubte mir die Sinne. Meine Hände umfassten ihre Hüften. Sie schlang ihre Arme um meinen Nacken, zog mich zu sich herunter und küsste mich. Wild, voller Leidenschaft und mit der Verzweiflung, die sie verspürte.

Meine Hände fuhren über ihren Körper, mit der Absicht, sich jedes einzelne Detail einzuprägen, während sich unser Kuss vertiefte. Genauso wie Kaze, legte ich alles in unseren Kuss. Meine Liebe, die Sehnsucht zu ihr. Aber auch die Verzweiflung, die uns beide zu Ertrinkenden machte. Jeder von uns zog den anderen herunter, in dem Versuch, nicht unterzugehen. Und das konnte ich nicht zulassen. Kaze war ein Ballon und ich der Stein, der sie festhielt. Sie sollte frei sein.

Ich löste mich von ihr, schob sie eine Armlänge weg und betrachtete sie. Ihr Blick lag voller Hoffnung auf mir. Doch als sie in meine Augen sah, erstarb der kleine Funken.

»Gabe, nein«, wisperte sie. »Tu mir – tu uns – das nicht an. Bitte.«

»Es tut mir leid. Es geht nicht anders.« Es zerriss mir das Herz, als ich mich von ihr abwandte.

»Gabe!«, schrie sie. Ihre Stimme war voller Trauer und Verzweiflung, aber ich hörte auch den Zorn, der unterschwellig brodelte. Er ermöglichte es mir, weiterzugehen. Sie sollte mich hassen. Sie sollte niemals mit den traurigen Augen, die sie jetzt besaß, zu mir zurückblicken. Sie sollte den Hass empfangen und mit ihren Gefühlen nähren, bis nur noch er übrig war.

Ich konnte ihr das, was sie brauchte, nicht geben. Ich war ein Junkie und sie war meine Droge. Ich liebte sie. Mit jeder Faser meines zerfetzten Herzens. Aber ich konnte nicht zulassen, dass sie sich an mich band, während ich so war. Nicht, wenn ich mich selbst nicht einschätzen konnte.

»Gabriel! Wenn du jetzt gehst, brauchst du niemals wieder zu kommen!«

Der Schmerz vermischt mit der Wut machte ihre Stimme schrill, aber ich konnte nicht zulassen, dass ich sie mit hinabzog. Es reichte, dass ich ein Ausgestoßener war. Sie hatte noch so viel vor sich. In ihrem ganzen

Leben hatte sie noch keinen einzigen Tag wirklich gelebt. Die Bedrohung vom Labor war ausgeschaltet, sie brauchte von dort keine Gefahr erwarten und konnte alles tun, was sie wollte. Reisen, lieben, leben. Obwohl der Gedanke, dass sie sich an jemand anderen binden könnte, mir das Atmen erschwerte, versuchte ich, ihr den Freiraum zu lassen. Sie hatte all das und noch viel mehr verdient. Nicht einen Junkie wie mich.

Immer weiter entfernte ich mich von Kaze, von meinem Herzen, denn ohne dass sie es wusste, gehörte ich ihr. Mit allem, was ich hatte, jede einzelne kaputte Faser war die ihre und würde das bis zu meinem letzten Atemzug bleiben.

Ich hörte ihren Schrei und biss die Zähne aufeinander, um nicht umzukehren. Ich konnte nicht zu ihr zurück. Ich konnte nicht erlauben, dass ich in ihrer Gegenwart die Kontrolle über mich verlor und selbst wenn die Blutlust gerade nur an der Oberfläche kratzte, so konnte ich sie trotzdem spüren. Wie sie mich drängte, wie sie versuchte, mich zu überzeugen, dass Kaze' Blut wunderbar köstlich durch meinen Rachen fließen würde.

Meine Fingernägel bohrten sich in die Handballen, damit ich nicht umkehrte. Ich durfte nicht zurück. Nicht, ehe ich mich unter Kontrolle hatte.

Immer weiter trugen mich meine Beine. Die Scheune kam in Sicht und ich zückte meinen Schlüssel aus der Hosentasche. Ich wusste, dass es für mich gefährlich war, so nah an den Clan zu gehen. Sie wussten wahrscheinlich schon alle, was mit mir geschehen war und diejenigen, die den Mumm hatten, würden nicht zulassen, dass ich näher an diejenigen rankam, die sie liebten. Ich war eine Gefahr für sie. Ich wusste das, aber ich brauchte Klamotten und mein Motorrad, damit ich gehen konnte, um gegen die Lust ankämpfen zu können.

In der Scheune erwartete mich eine ungeahnte Leere. Früher war sie mein Rückzugsort gewesen. Ich hatte diese Bruchbude mein Zuhause genannt, hatte mich immer drüber gefreut, zurückkehren zu können.

Ich zog die Augenbrauen zusammen. Mein Motorrad hatte immer bereit in der Scheune gestanden. Suchend sah ich mich um, aber in der Scheune stand es nicht. Ich verbarg das Gesicht in meinen Händen, als mir eine leise Vermutung kam, wer mein Motorrad entwendet haben könnte.

»Was willst du hier?«

Die bedrohliche Stimme meines Bruders kroch meinen Nacken wie eine Spinnenarmee hinauf und hinterließ einen unangenehmen Schauer.

»Ich wollte meine Sachen holen«, erwiderte ich und drehte mich langsam zu ihm um.

»Gabriel, du bist eine Gefahr für uns alle. Du hättest froh sein sollen, dass ich dich nicht an Ort und Stelle getötet habe.«

Ein Lachen wollte meine Kehle hinaufsteigen, aber mit Mühe konnte ich es unterdrücken. »Nero, in einer Milliarde Jahren hättest du keine Chance gegen mich«, grollte ich.

»Weißt du, du bist nicht der Einzige, der in den letzten Jahren trainiert hat. Nur, weil ich mich nicht als Retter der verdammten Seelen aufspiele, heißt es noch lange nicht, dass ich schwach bin. Es hat seine Gründe, wieso ich der Führer des Clans bin und nicht du.«

Ich hatte keine Lust auf dieses Gespräch. Mein Instinkt riet mir, Nero einfach den Kopf abzureißen und in seinem Blut zu baden. Mir die Herrschaft des Clans anzueignen und alle vergessen zu lassen, dass es jemals einen dritten Bruder gegeben hatte. Aber ich hielt mich zurück und stapfte durch mein Haus, um Klamotten in einen Seesack zu schmeißen.

»Wann verschwindest du?«, hakte Nero nach.

Seine Arme waren geschäftig hinter seinem Rücken verborgen, während er sich mit gerümpfter Nase bei mir umsah.

»Bald. Sehr bald. Sobald ich mein Motorrad gefunden habe«, brummte ich und hoffte, er würde endlich verschwinden.

»Ich hole es dir. Deine Verbundene hat sich damit auf den Weg gemacht, um dich zu suchen. Es steht noch in Tamieh.«

»Wenn du mich deins mitnehmen lässt, kann ich noch schneller verschwinden«, meinte ich mit einem hinterlistigen Grinsen. Ich wollte, dass Kaze etwas von mir behielt. Etwas, das sie an mich erinnerte. Ein Lächeln schlich sich auf meine Lippen, als ich an unseren Ausflug nach Tamieh dachte. Am Anfang war sie so angespannt gewesen, aber als ich ihr das Steuer überlassen hatte, war sie entspannt und frei gewesen. Das sollte sie behalten. Das konnte ich ihr nicht auch noch nehmen.

»Nun gut. Ich hole es dir. Und, Gabriel?«

Mein Blick richtete sich auf meinen Bruder, der mich aus seinen kühlen Augen musterte. »Ich will dich nie wieder sehen. Du weißt, dass ich dann keine andere Wahl habe.«

»Jaja. Ich weiß. Und falls ich zurückkehren sollte, ohne geheilt zu sein, bitte ich dich sogar darum.«

Nero zog eine Augenbraue in die Höhe. »Du weißt genauso gut wie ich, dass das nicht heilbar ist.«

Ich zuckte mit den Schultern. »Vielleicht doch. Ich werde mich nicht aufgeben.« *Nicht, solange ich noch halbwegs klar denken kann*, fügte ich im Stillen hinzu.

Nero wandte sich ab und ich packte meine Sachen weiter.

Überraschenderweise brauchte ich nicht viel. Ich wusste nicht, wie lange meine Reise dauern würde. Deutschland war nicht weit entfernt, aber mein Aufenthalt bereitete mir Sorgen. Diese Hexe hatte angeblich innerhalb von wenigen Monaten einen Vampir geheilt. Nervös fuhr ich mir durchs Haar.

»Du bist dir wirklich sicher, dass du wegwillst?«

Ich hatte sie gehört und traute mich nicht, mich zu ihr umzudrehen. »Mama, ich muss«, beharrte ich.

»Kaze würde alles dafür tun, dass es dir wieder gut geht. Gib bitte …«

»Ich gebe nicht auf. Aber wenn ich sie sehe, sie rieche, denke ich an den Geschmack ihres Blutes, wie weich das Blut meinen Rachen hinabgeronnen ist. Wie mich ihr Geschmack betäubt und alles andere ausgeblendet hat. Das kann ich nicht zulassen.«

»Ab-«

»Nein«, schnitt ich ihr das Wort ab. »Kaze hat etwas Besseres verdient als das, was ich ihr momentan bieten kann. Lass es gut sein«, bat ich sie. All meine Muskeln waren angespannt. Ich spürte ihren besorgten Blick auf mir, der sich in meinen Rücken bohrte, aber noch immer hatte ich nicht die Kraft, mich zu ihr zu drehen.

»Gut. Ich hoffe, dass du deinen Weg findest und es dann nicht zu spät ist …«, wisperte sie und ich hörte, wie sie sich abwandte.

Ich schloss die Augen und ließ mich kraftlos auf mein Bett sinken. *Ich hoffe ebenfalls, dass es dann nicht zu spät ist.*

Ich hatte das Gefühl, dass ich nicht bloß ein Stück von mir, sondern alles zurückließ, das mich ausmachte.

Das laute Röhren von Neros Maschine erklang und ich schulterte den Seesack. Es war Zeit, alle zu verlassen, die ich liebte, um sie zu schützen.

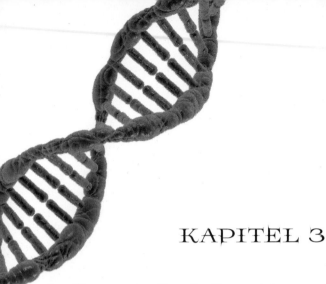

KAPITEL 3

Ihre Finger rasten über die Tastatur, als es an der Tür klopfte und sie erschrocken zusammenzuckte.

»Was?«, fuhr sie denjenigen an, der es wagte, sie zu stören.

Ein junger Mann kam in ihr Büro. Würde sie noch etwas wie Gefühle empfinden, würde sie sich freuen. Sie würde den jungen Mann in ihre Arme schließen. Aber er war ein Monster – ebenso wie ihre Familie. Sie würde ihn retten, zu gegebener Zeit. Noch brauchte sie ihn.

»Er ist weg«, verkündete er.

Die Augen der Forscherin wurden groß. »Was?!«, schrie sie. »Du solltest ihn doch herbringen!«

Der Vampir zuckte mit den Schultern. »Ich war zu spät.«

»Was ist mit 161011?«, fragte die Frau.

»Sie ist noch da.«

Verwundert stand die Frau auf und wandte sich zu dem Fenster um. Das Labor lag abseits von Tamieh, auf einem Berg. Sie konnte unbemerkt auf die Stadt heruntersehen.

»Behalte sie im Auge und halte sie von ihm fern. Ich brauche ihn verzweifelt«, murmelte sie nachdenklich. Anders würde sie ihn niemals überzeugen können, so zu werden wie sie. Sie brauchte ihn am Ende, damit sie neu anfangen konnten.

»Natürlich«, meinte der Vampir hinter ihr und sie hörte, wie er durch die Aufzugtüren ihr Büro verließ.

EINSAMKEIT

KAZE

Mein Herz war zerstört. Ich kauerte im Unterholz und konnte nicht glauben, dass er gegangen war. Wut, Trauer, Verzweiflung, aber auch Verständnis rangen in mir. Was sollte ich nur fühlen? Ich war betäubt. Der Unglaube stand noch immer an erster Stelle. Ich konnte nicht realisieren, dass er mich wirklich zurückgelassen hatte.

»Kaze!« Saschas Stimme hallte durch den Wald.

Ich wollte noch nicht gefunden werden und blieb still. Die Tränen waren versiegt und zurück blieb nur diese quälende Leere, die mich aufzufressen drohte. Ich wusste selbst nicht, was ich davon halten sollte. Einerseits konnte ich es so gut nachvollziehen. Als ich Dennis umgebracht hatte ... Hatte ich nicht genauso reagiert? Ich hielt mich für eine Gefahr und war weggerannt. Fort von allen, die mir helfen wollten und die mich mochten. Zurück zum Labor, weil ich glaubte, sie könnten mir helfen.

Aber gleichzeitig widersprach sein Verhalten dem, was er mir beigebracht hatte. Er war es gewesen, der mich in seinen Armen gehalten und gesagt hatte, dass ich keine Gefahr wäre. Was war so anders an unseren Situationen, dass er nun weglaufen durfte? Während ich zusehen musste, wie ich alleine zurechtkam.

Obwohl sich sein Kuss so echt angefühlt hatte, so voller Liebe und Leidenschaft, hatte er mich von sich geschoben. Ich war entsetzt darüber gewesen und konnte mich nicht rühren. Meine Beine hatten nachgegeben und ich war hart auf den Waldboden geprallt, als hätte Gabe meine ganze Kraft mit sich genommen.

»Kaze! Da bist du ja!« Sascha kam näher, doch als sie mich sah, blieb sie stehen. »Was ist passiert?«, fragte sie. Sorgsam sah sie sich um, aber sie würde niemanden entdecken.

»Er ... er ist gegangen«, brachte ich zitternd hervor.

»Oh, Kaze«, hauchte Sascha und ich fühlte, wie sich ihre festen Arme um meinen Körper schlangen. Ich ließ mich gegen sie sinken, genoss die Stütze, die sie mir war. Trotzdem tröstete es mich nicht. Gabriel hatte mich allein gelassen, in dieser Welt, die ich nicht kannte, die ich noch immer nicht verstand.

»Kaze, wir müssen zurück«, sagte Sascha irgendwann.
Meine Beine waren eingeschlafen, doch selbst das spürte ich kaum noch.
Sascha richtete sich auf und hielt mir auffordernd die Hand hin. Ich wollte nicht gehen, gleichzeitig wollte ich es aber doch. Es war zu viel. Ich hasste Gabriel, und doch konnte ich es nicht. Wut staute sich in mir und gab mir die Energie wieder, die ich brauchte.
»Kaze, wenn du nicht mitkommst, trage ich dich nach Hause«, drohte Sascha mir.
Ich sah das wütende Funkeln in ihrem Blick. »Brauchst du nicht«, murmelte ich und stand auf.
»Hat Gabriel noch irgendwas gesagt?«, erkundigte sich Sascha.
Ich schnaufte. »Nein«, meinte ich abfällig. »Und mir ist es egal, was er macht.« Ich wusste, dass das eine eiskalte Lüge war, aber wer war ich, dass ich ihm hinterherrannte? Er hatte gewusst, dass ich für ihn da wäre. Ich hätte alles mit ihm durchgemacht. Aber er wollte es nicht. Er wollte das alleine durchstehen, also sollte er es alleine durchstehen. Das war nicht mehr mein Problem.
Sascha warf mir auf dem Weg immer wieder sorgenvolle Blicke von der Seite zu, aber ich ignorierte es. Ich würde wegen *ihm* nicht zusammenbrechen. Das konnte er knicken. Ich war ein eigenständiges Lebewesen und nicht von ihm abhängig.
Das Auto kam in Sicht und meine Schritte beschleunigten sich. Ich wollte zu Luisas Haus und meine Ruhe haben. Ich runzelte die Stirn. Nein, ich wollte nicht meine Ruhe haben. Ich sehnte mich danach, Schläge zu verteilen. Wenn wir wieder im Dorf waren, würde ich zu Martin gehen.
Die Strecke war eine Tortur. Immer wieder sah Sascha zu mir und musterte mich abwartend. Ich wusste nicht, was sie erwartete. Wollte sie sehen, wie ich zusammenbrach? Wie ich in Tränen aufgelöst hier saß und nichts mehr mit mir anzufangen wusste? Ich ballte meine Fäuste. Darauf konnte sie lange warten. Gabe war weg. Ja. Aber ich war hier und mein Leben ging weiter – auch ohne ihn. Das nahm ich mir fest vor. Er war gegangen. Er wollte mich nicht bei sich haben. Also würde ich ihn nicht brauchen. Ich konnte ohne ihn leben.

Als Sascha an ihrem Haus hielt, sprang ich aus dem Auto und rannte schon fast zu Martin, der sich bei Susan, seiner Verbundenen, einquartiert hatte.

»Kaze …?«, rief Sascha mir hinterher, aber ich ignorierte sie. Ich wollte trainieren. Die Wut in mir brachte meinen Körper zum Zittern und ich brauchte jemanden, an dem ich diese angestaute Energie auslassen konnte.

Heftig klopfte ich an die Tür. Lange musste ich nicht auf meinen Bruder warten, der mir mit gerunzelter Stirn die Tür öffnete. »Was ist los?«

»Wir trainieren«, sagte ich im harschen Ton und drehte mich zum Trainingsplatz um.

Ich brauchte mich nicht zu Martin umzudrehen, um zu wissen, dass er mir folgte. Mein Ton ließ keine Widerworte zu und Martin wusste, dass ich ihn auch hinter mir her schleifen konnte, wenn ich es nur wollte.

Meine Schuhe kickte ich von meinen Füßen und riss meine Socken von ihnen. Der kalte Sand ließ mich erschauern. Ich brauchte den Halt, ich wollte die Erde unter meinen Füßen fühlen und die Kälte, die meine Füße betäubte. Erwartungsvoll drehte ich mich zu meinem Bruder um, der sich dehnte.

»Was habt ihr bei Max herausgefunden?«, fragte er mich herausfordernd.

»Nichts, was dich etwas anginge«, meinte ich und tat es ihm gleich. Ich streckte meine Muskeln, machte sie weich, damit sie geschmeidiger wurden.

»Bereit?«, fragte er mich und ich nickte. Dann rannten wir aufeinander zu und es war, als würden zwei Kometen zusammentreffen. Meine Wut traf auf sein Verständnis. Ich explodierte und rammte ihm meine Faust in die Seite. Doch bevor ich Fleisch berührte, wich er aus, indem er sich auf den Boden schmiss und mir die Beine wegkickte.

Hart traf ich auf den Sandboden auf, aber ich ignorierte den Schmerz und rappelte mich wieder auf. Martins Augen glühten mir grün entgegen, als er um mich herumlief, auf der Suche nach einer Schwachstelle. Ich hatte nicht die Geduld für das Spiel und sprang auf ihn zu. Meine Faust wollte in sein Gesicht fliegen, aber er duckte sich nach hinten, ergriff meinen Arm und zog mich mit sich. Ich flog über ihn drüber, drehte mich in der Luft und landete auf dem Rücken. Die Luft wurde mir aus meinen Lungen gepresst und ich schloss kurz die Augen. Versuchte, wieder zu Atem zu kommen.

Mit glühendem Blick stand ich erneut auf und fixierte Martin. Er holte schwer Atem, behielt mich aber ebenfalls im Auge. »Ich nehme an, du hast

Gabriel gefunden?«, erkundigte er sich beiläufig.

Knurrend warf ich mich auf ihn. Ich wollte den Namen nie wieder hören. Er hatte mich zurückgelassen und ich würde ihm nicht hinterherrennen. Es tat gut, meinen Bruder zu verprügeln. Obwohl sein Gesicht in meinem Geist Gabriels war. Meine ganze Wut ließ ich an ihm aus. Er wusste nicht, woher sie kam, aber er fing sie auf, schleuderte sie mit voller Wucht auf mich zurück, bis ich erschöpft liegen blieb, als er mich erneut aufs Kreuz legte.

»Kaze, was ist los? Normalerweise bist du besser«, keuchte er.

Mein böser Blick traf ihn, während ich nach Atem rang. Eine kleine Genugtuung bescherte es mir, als ich sah, dass er genauso aus der Puste war wie ich. »Gabe ist gegangen«, brachte ich schließlich zwischen zusammengebissenen Zähnen hervor.

Martin runzelte die Stirn. »Ich dachte ... Ich dachte, dass er bei Kain ist?«

»Nein«, schnaufte ich. »Er ist *wie* Kain. Die Blutlust hat ihn anscheinend gepackt, aber er will das lieber alleine durchstehen.«

»Ah«, gab Martin wissend von sich.

Ich sah fragend zu ihm auf. »Was ›ah‹?«

»Du bist sauer.«

»Ach nein? Ernsthaft?«, fragte ich herausfordernd. »Wie bist du nur darauf gekommen?«

»Und verletzt.«

»Ich bin sicherlich nicht wegen Gabriel verletzt«, wehrte ich ab und verschloss mich vor meinen Gefühlen. Ich wollte nichts mehr fühlen. Wollte nicht, dass irgendjemand meine Verletzlichkeit sah.

»Ach nein?«, forderte er mich heraus.

»Nein«, beharrte ich.

»Wenn du meinst«, sagte Martin schulterzuckend und ließ sich neben mir ins Gras fallen.

»Das meine ich nicht nur, das weiß ich«, gab ich besserwisserisch zurück. »Gabriel kann mich mal. Wenn er meint, das alleine durchstehen zu müssen – bitte! Dann soll er es doch machen.«

»Ja? So siehst du das wirklich? Kaze, ich bitte dich. Sei mal ehrlich zu dir selbst. Es geht dir gerade tierisch auf den Sack, dass Gabriel abgehauen ist, ohne dich. Du hast dein Leben in Gefahr gebracht, als du ihn suchen gegangen bist und wie dankt er es dir? Er stößt dich weg. Ich an deiner

Stelle wäre auch verletzt.«

Ich wandte mich von meinem Bruder ab und starrte in den Himmel, der von hellen Sternen übersät war. Eine Gänsehaut breitete sich auf meinen Armen aus, als ich an die Geschichte dachte, die Gabriel mir erzählt hatte.

»Ich verstehe es nicht«, gab ich leise zu. Meine Wut war wie verpufft.

»Was?«

»Wieso er nicht meine Hilfe annehmen will.«

Martin lachte schallend auf. »Ist das dein Ernst, Kaze? So blind kannst du doch nicht sein?«

Fragend betrachte ich meinen Bruder.

»Gabriel ist genauso stur wie du! Er will dich nicht mit seinen Problemen belasten und dich vor sich selbst schützen.«

»Ich bin nicht stur«, murrte ich.

Martin sah mich zweifelnd an. »Doch, bist du und Gabriel ist genauso. Erinnerst du dich noch daran, dass er hinter dir her ist, als du jemanden umgebracht hast? Du hättest alles in dem Moment getan, um ins Labor zurückkehren zu können, aber er ließ dich nicht. Was im Nachhinein sehr gut war.«

Ich schnaufte bloß.

»Du brauchst es gar nicht abzustreiten. Eigentlich müsstest du Gabriel am besten verstehen. Er will dich einfach beschützen.«

»Ich muss aber nicht beschützt werden«, grollte ich.

»Das weiß ich, aber er ist immer noch er und kann das nicht abstellen. Wäre ich in seiner Situation, ich hätte genauso gehandelt, um Susan zu schützen.«

»Wenn er meint, dass er das alleine schafft, bitte, soll er machen. Aber ich werde dem Kerl keine Träne nachweinen!«

»Wir werden sehen, Schwesterchen.«

Martin betrachtete mich amüsiert und ich ließ ihm das durchgehen. Ich hatte keine Lust, mich mit ihm zu streiten.

Als Luisa die Tür öffnete, sah sie mich erschrocken an. »Was ist passiert?«, erkundigte sie sich.

Überrascht sah ich sie an. »Wieso?«

»Du siehst aus, als wärst du in einen Kampf geraten.«

Ich sah an mir herunter. Meine Kleider waren voller Sand und das

T-Shirt war an einer Stelle aufgerissen. »Oh«, sagte ich. »Martin und ich haben trainiert«, erklärte ich und wollte an ihr vorbeilaufen.

»Ihr …? Was?«, verwirrt hielt mich Luisa auf. »Was ist mit Gabriel?«

»Was soll mit ihm sein? Er ist weg«, wiederholte ich ihre Worte und ignorierte den Stich in meinem Herzen, als ich es aussprach.

Luisa zog die Stirn kraus. »Und was hast du vor, dagegen zu tun?«

»Was sollte ich dagegen tun können? Das ist nicht mein Problem. Wenn Gabriel meint, dass er das alleine schafft«, ich zuckte hilflos mit den Schultern, »dann macht er das auch.«

Luisas Augen wurden bei meinen Worten groß. »Das ist nicht dein Ernst, oder?«

»Doch, Luisa, das ist mein Ernst. Ich habe an ihn geglaubt, als es kein anderer mehr tat. Als jeder der Überzeugung war, dass er tot ist, glaubte ich daran, dass er lebt. Ich hätte alles für ihn getan! Und was bekomme ich als Dank? Als Dank stößt er mich weg!« Ich wusste, dass jedes einzelne Wort gelogen war. Aber das wollte ich nicht wahrhaben. Ich würde alles dafür tun, dass Gabriel hier bei uns war. Sicher und gesund. Aber ich konnte es nicht zugeben.

Luisa sah mich fassungslos an. Ich nutzte die Chance, befreite mich aus ihrem Griff und lief nach oben. Mir tat es weh, so hart zu ihr zu sein, aber ich konnte nichts für Gabriel tun, nicht solange er das nicht selbst wollte.

Luisas Gästezimmer fühlte sich fremd an. Es war nicht mein Zuhause. Trotzdem ließ ich mich erschöpft aufs Bett sinken. Kurz verschnaufte ich und verbarg mein Gesicht in den Händen. Es fiel mir schwer, so gleichgültig gegenüber Gabriel zu sein. Aber ich würde ihm nicht hinterherrennen – obwohl alles in mir danach schrie, es zu tun.

Ich sammelte mir frische Anziehsachen ein und ging ins Badezimmer.

Am nächsten Morgen kam ich in eine kalte Küche. Das war selten in Luisas Haus der Fall. Ich runzelte die Stirn. Ich hatte es noch nie bei Luisa erlebt, dass nichts Essbares in der Küche vor sich hinköchelte oder backte. Ich öffnete die Kühlschranktür. Mein Blick glitt suchend durch die Ebenen, aber ich entdecke nichts, worauf ich Appetit hatte.

Rastlos lief ich durch das Haus. Ich wusste nichts mit mir anzufangen. Lust zu trainieren hatte ich keine – wozu auch? Ich brauchte es nicht mehr. Die Vampire waren keine Gefahr und das Labor gab es nicht mehr. Seufzend ließ ich mich aufs Sofa plumpsen und starrte die Wand an.

Ich war unruhig. Meine Finger zupften die ganze Zeit am Stoff des Sofas, während ich auf Luisa wartete. Ich wusste nicht einmal, woher die Unruhe kam, dass mir dabei die ganze Zeit Gabriels Name im Kopf herumschwirrte, ignorierte ich.

Mir tat es weh, mich nicht direkt auf die Suche nach ihm zu stürzen. Aber wieso sollte ich ihm folgen, wenn er es nicht wollte? Ich seufzte. Es brachte nichts, mir Gedanken darüber zu machen und doch fragte ich mich, was er gerade tat und wo er gerade war.

Ich wusste nicht einmal, wie es mit mir weitergehen sollte. Ewig konnte ich nicht mehr hier leben. Dass Gabriel fehlte, merkte ich mit jeder Faser meines Körpers. Ich fühlte mich unwohl. Das hatte ich schon gespürt, bevor Gabriel gegangen war, aber da hatte noch Hoffnung bestanden, dass er wiederkommen würde. Ich wusste nicht, was jetzt war, ob er zurückkehren würde, oder ob ... Ich verbat mir den Gedanken, aber dass ich nicht ewig bei Luisa, geschweige denn in diesem Dorf bleiben konnte, wusste ich. Mit absoluter Klarheit.

Die Tür zu den Gängen wurde aufgestoßen, Luisa kam hereingestolpert. Ich sprang auf und stützte sie. Sie war blass, ihre Augen rot unterlaufen, aber ihr Blick lag überrascht auf mir. »Was tust du noch hier?«, fragte sie.

Ich biss mir auf die Lippe. Das war eine gute Frage. »Ich weiß nicht«, sagte ich wahrheitsgemäß.

Sie lachte leise und schüttelte den Kopf.

Ich runzelte die Stirn. »Was ist los?«, fragte ich.

»Was los ist?« Sie sah mich an, als hätte ich den Verstand verloren. »Ich ließ meinen Verbundenen im Stich. All die Jahre habe ich nicht nach ihm gesucht. Ich konnte es nicht ...«, wisperte Luisa. »Und mein Gewissen erdrückt mich seitdem. Ich dachte, dass er schon zurechtkommen würde, obwohl ich ...«, sie verstummte kurz, »gefühlt habe, dass etwas nicht stimmt. Und jetzt? Jetzt sitzt er in einer Zelle, angebunden wie ein wildes Tier, das er mittlerweile ist. Nichts mehr ist von dem Mann übrig, dem ich mein Herz geschenkt habe. Und jetzt sehe ich dich und deine Sturheit und ich weiß einfach, dass Gabriel damit nicht zurechtkommen wird! Aber ich kann dich zu nichts zwingen.« Ihre blauen Augen richteten sich traurig auf mich. »Ich verlor in einer einzigen Stunde meinen Mann und meinen Sohn. Ich wusste, dass du leidest, und dass du Zeit brauchen würdest, um zu verstehen, dass Gabe dich braucht. Aber so? Egal, was er dir gesagt hat, er braucht dich.«

»Weder Kain noch Gabriel sind tot«, erinnerte ich sie.

Luisa lachte wieder. »Da hast du recht, Kain ist nicht tot.« Sie atmete tief ein. »Kaze, ich will dir was zeigen.« Abwartend beobachtete mich Luisa.

Ich konnte ihr den Wunsch nicht abschlagen und folgte ihr die Treppe hinunter, die in das unterirdische Tunnelsystem führte.

Immer weiter lief sie zu einer Tür voraus, die massiver war als die, die mich zurückgehalten hatten. Angst schnürte sich um mein Herz wie ein Stacheldrahtzaun. Ich wusste, wer – oder besser, was – dort sein würde. Ich hörte das Brüllen. Mein Blick wanderte zu Luisa. Ihre Augen waren feucht und ich sah die Anspannung in ihrem Körper. Sie hatte Angst. Genauso wie ich, aber wir beide hatten diese aus unterschiedlichen Gründen. Sie legte die Arme um ihren Körper. Ich kannte diese Geste. Sie versuchte, sich zusammenzuhalten, während alles in ihr zerbrach. Ich biss mir auf die Lippe und sah auf den Boden.

Kurz dachte ich darüber nach. Wir hatten wahrscheinlich aus denselben Gründen Angst. Sie öffnete die Tür und führte mich hinein.

Kains Augen funkelten mich rot an. Sein Körper war wie auch schon im Labor an Dutzenden Ketten befestigt. »Was wollt ihr hier?«, grollte er.

»Sie muss ihren Mut wiederfinden«, erklärte Luisa ehrlich.

Und sie hatte recht. Ich schluckte schwer und sah zu Luisa. Ich konnte Gabriel nicht zu dem werden lassen, was aus Kain geworden war. Auch wenn der Mistkerl das für sein Verhalten eigentlich verdient hatte. Aber … Ich würde es nicht für ihn tun – zumindest nicht nur. Eine Träne lief über Luisas Wange, als sie ihren Verbundenen betrachtete. Er war ruhiger als in der Zelle. Aber noch immer spürte ich, wie die Macht aus ihm herausströmte. Er machte keinen Hehl daraus, dass er uns alle aussaugen würde, wenn er nur freikäme. »Er ist ruhiger«, sagte ich leise. Meine Stimme klang fremd und rau in meinen Ohren.

»Ja. Aber nur, solange mein Blut durch seinen Kreislauf fließt. Doch … sobald er eigenes Blut produzieren müsste …« Sie schluckte schwer. »Sobald er sein eigenes Blut wieder produziert, dreht er durch. Die Blutlust ist in ihm. In jeder einzelnen Zelle hat sie sich breitgemacht. Er wartet nur darauf, dass die Ketten brechen … Nichts mehr ist übrig von dem Mann, den ich liebte. Gar nichts. Und das nur, weil ich ihn allein ließ, als er mich am meisten brauchte. Er ist mein Verbundener und doch wünsche ich mir, er wäre tot, statt das zu sein, was er gerade ist.«

Ein bedrohliches Knurren kam aus Kains Ecke. Seine blutroten Augen waren auf uns gerichtet. Der Geifer tropfte ihm von seinen Fangzähnen, während er uns unverhohlen voller Genuss anblickte.

»Du verstehst, wieso ich nicht zulassen kann, dass du Gabriel aufgibst, oder?«, fragte sie.

Ich hatte eine Ahnung. Sie war dabei, ihren Mann zu verlieren. Den Mann, dem sie Kinder geschenkt hatte und den Mann, dem sie Jahrhunderte treu gewesen war. Und jetzt war sie dabei, ihren Sohn zu verlieren, weil ich ihm seinen Willen gab, weil ich ihn ziehen lassen wollte.

»Ja«, hauchte ich. Irgendwas musste ich tun. Ich streckte meinen Rücken, richtete mich auf und sah zu Kain. »Ich werde nicht zulassen, dass es eurem Sohn ebenfalls so ergeht«, sagte ich und drehte mich um. »Auch wenn es er verdient hätte«, raunte ich leise und wusste, dass ich wieder log, während ich weiter durch die Gänge ging. Ich hatte diesen Anstoß von Luisa gebraucht. Ich machte mich gerade zu Gabes Fußabtreter, auch wenn ich es nur für Luisa tat, wusste ich, dass sie nur mein Antrieb war. Alles in mir sehnte sich danach, Gabriel wieder zurückzuschleifen – ob er wollte oder nicht.

Ich würde ihn finden und ihn zurückholen, kein Fleckchen Erde war vor mir sicher, bis ich ihn nicht wieder hier hatte.

Ich hatte eine Reise zu planen und dafür musste ich wieder zu Max. Denn nur er wusste, wohin Gabriel gegangen war.

Meine Schritte hallten sicher und fest durch die Gänge, als ich den Weg zurücklief, den Luisa mit mir gegangen war.

Oben angekommen, lief ich zuerst zu Saschas Haus. Ich klopfte und verschlafen öffnete Gabriels beste Freundin mir die Tür. Sie zuckte bei meinem Anblick kurz zusammen, aber als sie mir in die Augen sah, verschwand die Unsicherheit und derselbe Wille, den ich fühlte, erschien in ihrem Blick. »Ich zieh mich an«, sagte sie und verschwand in ihrem Haus.

Ich tat es ihr nach und packte das Wichtigste in eine Tasche. Ich würde nicht eher zurückkehren, bis ich Gabriel im Schlepptau hatte.

Ich würde ihn nicht ignorieren und warten, bis es keine Chance mehr für ihn geben würde, um mich dann im schlechten Gewissen suhlen zu können. Ich würde kämpfen. Dazu wurde ich erschaffen. Ich war eine Beschützerin und Jägerin. Ich musste Gabriel beschützen und wenn es sein musste, auch vor sich selbst.

Meine Tasche war schnell gepackt. Viele Dinge besaß ich nicht, abgesehen von Klamotten. Erwartungsvoll stieg ich die Treppe hinunter. Luisa stand schon an der Tür und musterte mich. »So gefällst du mir besser.«

Ich konnte ein Grinsen nicht verbergen. »Ich mir auch.«

Sie trat zur Seite, damit ich hinausgehen konnte. Sascha stand auch schon mit einem Rucksack bereit und sah mich kritisch an. »Können wir endlich?«

»Ich warte bloß auf dich«, sagte ich mit einem herausfordernden Grinsen im Gesicht.

Sie erwiderte es. »Dann wird es wohl endlich Zeit.«

Ich werde dich zurückholen, Gabe, egal, was es kostet. Wir werden das gemeinsam durchstehen – ob du willst oder nicht. Mich wirst du nicht mehr los.

GABRIEL

Der Wind fuhr mir durchs Haar. Ich hatte den Helm abgenommen, wollte die Freiheit noch ein wenig genießen, bevor ich alles hinter mir lassen würde.

Ich hatte mich für die Landstraßen entschieden, statt auf der Autobahn zu fahren. Auf die drängelnden Auto- und Motorradfahrer, die es alle eilig hatten, konnte ich verzichten. Deswegen fuhr ich lieber ein paar Stunden mehr zu Max' Hexe.

Die Landschaft rauschte an mir vorbei. Die Blutlust hatte sich noch nicht wieder so präsent gemeldet wie an dem Tag, an dem ich ... Ich verdrängte den Gedanken.

Doch es ließ mich stutzig werden. Ich wusste nicht, woran es lag. Komischerweise hatte ich es unter Kontrolle – bisher, wo mir keine Menschenseele entgegenkam. Die Befürchtung, dass es bloß die Ruhe vor dem Sturm war, war aber präsent in meinem Hinterkopf. Deswegen hatte ich auch nicht bleiben können. Das Bedürfnis war noch immer da. Ich konnte es nur in Schach halten.

Das nächste Ortsschild kam in Sicht und ich setzte meinen Helm auf. Mein Herz raste nervös in meiner Brust. Ich brauchte nur noch wenige

Minuten, ehe ich vor ihrer Haustür stehen würde.

Mein Mund wurde trocken, doch ich gab Gas, obwohl sich mein Magen schmerzhaft zusammenzog. Ich hatte ein ungutes Gefühl, aber diese sogenannte Hexe stellte meine einzige Chance dar, die Blutlust zu besiegen und damit wieder normal zu werden.

In meinem ganzen Leben hatte ich noch nie etwas von Hexen gehalten. Schon immer waren das hinterhältige Biester gewesen, die auf ihren eigenen Vorteil aus waren. Mir jagte es einen Schauer über den Rücken, wenn ich an das dachte, was die Hexe von mir verlangen würde. Wenn es etwas gab, was ich in meinem langen Leben gelernt hatte, dann, dass nichts kostenlos war. Selbst den Tod musste man mit seinem Leben bezahlen.

Der kleine Ort war verschlafen, keine Seele schien sich dort zu rühren. Ich schaute auf die Uhr. Es war gegen Mittag und die ganze Nachbarschaft lag still da. Eine Gänsehaut überzog meinen Körper. Langsam fuhr ich durch die Straßen bis zu meinem Zielort.

Vor einem kleinen Haus, das an die Villa Kunterbunt erinnerte, hielt ich an und starrte an dem Mauerwerk hinauf. Auf den ersten Blick wirkte das goldgelbe Haus mit den Efeuranken wie ein Familienhaus. Doch wenn man sich die Fensterscheiben genauer ansah, erkannte man Traumfänger und kryptische Zeichen, die die Fensterrahmen zierten. Bunte Tücher aus leichtem Stoff waren vor den Scheiben angebracht, um neugierige Blicke abzuschirmen.

Ich verzog den Mund und musste mich dazu überwinden, das Haus zu betreten.

Meine schweren Stiefel gaben einen dumpfen Laut von sich, als ich die Verandastufen betrat. Ein Knarzen ließ mich zusammenzucken. Ich richtete meinen Blick auf die rot angemalte Tür und musste einen Schauer unterdrücken. Sie war wie von Geisterhand aufgegangen. Niemand stand im Türrahmen, um mich zu begrüßen.

»Ich hasse Hexen«, murrte ich und betrat das Haus, das nach verschiedenen Räucherstäbchen roch und in mir Übelkeit hervorrief. Die Dielen gaben geräuschvoll unter meinen Sohlen nach, während ich tiefer ins Innere des Hauses lief.

Obwohl die Vorhänge nicht zugezogen worden waren, herrschte in den Räumen bloß dämmriges Licht. Gerade mal genug, um sich umschauen zu können, aber nicht, um sich Details anzusehen. Die Gänsehaut hatte es sich auf meinem Körper gemütlich gemacht und all meine Muskeln standen unter Strom. Die Atmosphäre des Hauses ließ alle meine Nerven in Alarmbereitschaft stehen.

»Ich kenne dich nicht.«

Kurz schloss ich die Augen. *War ja klar. Eine Stimme ... aus dem Nichts.* Als ich die Augen öffnete, sah ich mich um, konnte aber nirgends jemanden entdecken. »Mir wurde dein Name von einem gemeinsamen Freund genannt«, erklärte ich und schaute mich weiterhin um.

»Und von wem?«

»Maximus«, sagte ich und wartete gespannt, was die Hexe sagen würde. Aber es kam nichts. Die Stille dehnte sich aus und ich hatte schon Angst, dass sie mich allein gelassen hatte, doch dann hörte ich Schritte.

Ich drehte mich zur Treppe um, auf der eine Frau auf mich zukam. Ihr Blutgeruch wehte zu mir und ich roch Gänseblümchen und andere Kräuter. Meine Zähne pochten dumpf in meinem Zahnfleisch, als sie mir näher kam. Ihre blauen Augen musterten mich, wanderten von meinem Gesicht, über meine Brust, zu meinen Beinen und sahen wieder nach oben. »Du siehst ihm ähnlich.«

Ich zuckte mit einer Schulter. »Das liegt wohl nahe, wenn man die gleichen Eltern hat.«

Sie kniff ihre Augen bei meinem Ton zusammen. »Und was willst du hier?«

»Ich habe ein Problem«, meinte ich und beobachtete ihre Reaktion.

Die Hexe zog bloß eine Augenbraue skeptisch hoch und ließ mich nicht aus den Augen.

»Lass mich raten: die Blutlust. Ich sehe das Rot in deinen Augen.«

Ich nickte bloß.

Sie seufzte und kam ohne jegliche Angst auf mich zu. Die Hexe ging mir gerade mal bis zur Schulter und stellte sich auf die Zehenspitzen, um mir in die Augen schauen zu können.

Ich wich einen Schritt vor ihr zurück. »Was machst du da?«

»Ich will gucken, wie weit sie vorangeschritten ist. Aber es scheint, als gäbe es für dich noch einen Weg.« Sie lief in einen dämmrigen Raum und als sie diesen betrat, brannte plötzlich helles Licht darin. Ich verzog den Mund und folgte der Hexe widerwillig. Der Raum war eigentlich groß. Doch er war vollgestellt mit einem riesigen Sofa, zwei Sesseln und einem Bücherregal, das die ganze Wand einnahm. Doch ich konnte dem Raum nicht wirklich meine Aufmerksamkeit schenken. Sie stand vor dem

Regal und die Neugierde, wie sie gedachte, mich zu heilen, machte mich ungeduldig.

»Und was hast du jetzt vor? Bekomme ich einen Trank und bin dann geheilt?«

Die Hexe lachte laut und glockenklar. »Wohl kaum.« Ihre blauen Augen durchbohrten mich, als sie über die Schulter schaute.

»Also, wie ist dann dein Plan?«, fragte ich und konnte die Ungeduld nicht verbergen.

»Ich werde dir Blut geben.«

Erstaunt riss ich die Augen auf. »Was?«

»Das Blut heilt euch. Wenn du genügend zu dir nimmst, schadet es dir nicht mehr, sondern bringt dich wieder zurück.«

Angst jagte an meinem Rücken empor. Ich war versteinert. Das konnte nicht ihr Ernst sein. Das konnte ich nicht glauben, dass das der Ausweg war. Gerade das Blut von anderen war doch erst der Auslöser für diesen Schlamassel gewesen!

Mein Körper wollte, dass ich umdrehte, mein Verstand riet mir dazu, aber ich blieb, wo ich war. Sie hatte schon einmal jemanden geheilt. Und wenn ich irgendwann mal nach Hause zurückkehren wollte, musste ich die Blutlust in meinem Inneren besiegen. Koste es, was es wolle. Also zwang ich meinen Körper, zu bleiben, wo er war und richtete meine Aufmerksamkeit wieder auf die Hexe. »Wo sind die ganzen Menschen?«, fragte ich. Mir war es schon die ganze Zeit komisch vorgekommen, dass keine einzige Menschenseele sich draußen befand.

Ein Lächeln umspielte ihre Lippen. »Meinst du die?«, erkundigte sie sich und deutete hinaus auf die Straße. Verwirrt runzelte ich die Stirn, folgte aber ihrer Anweisung und erstarrte.

Bei meiner Ankunft war die Straße wie leer gefegt gewesen. Jetzt tummelten sich Dutzende von Kindern und Menschen auf ihnen. Ich richtete meinen Blick wieder auf die Hexe. »Wie …?«, fragte ich.

»Du bist eine Gefahr für sie. Also habe ich sie für dich unkenntlich gemacht. Zweifelst du noch immer an meinem Können?«

»Nein, ich denke nicht, dass ich weiterhin an dir zweifle«, sagte ich ehrlich und warf noch einen erstaunten Blick aus dem Fenster.

Sie schenkte mir ein überhebliches Grinsen. »Ich bin übrigens Alex.«

»Gabriel«, stellte ich mich vor.

»Gut, dann folge mir. Ich zeige dir dein … Na ja, Schlafzimmer.« Sie verließ den Raum und führte mich zu der Treppe, von der sie gerade heruntergekommen war. Doch anstatt mich nach oben zu führen, öffnete sie eine Geheimtür in der Treppe und deutete mir, voranzugehen.

Ich verzog den Mund, aber trat ein. Die Dunkelheit legte sich um mich wie ein Mantel und ich fuhr mit meiner Hand an der Wand entlang, um die Orientierung nicht zu verlieren. Aber das war gar nicht nötig, denn sobald Alex in den Raum getreten war, ging das Licht an und blendete kurzzeitig in meinen Augen.

Als diese sich wieder an die Helligkeit gewöhnt hatten, sah ich mich um. Eine Treppe führte nach unten in einen kleinen Raum, der bloß ein Bett und eine Toilette beinhaltete. Ich musste schlucken. Es sah aus wie eine Zelle. Ein Gefängnis.

»Lass dich nicht täuschen, wenn du vollkommen in der Lust gefangen bist, wirst du es gar nicht mehr merken«, meldete sich Alex zu Wort.

Ich wollte ihr glauben, aber konnte es nicht. Es erinnerte mich an die Zellen, in denen Kaze und ihre Geschwister gelebt hatten. »Wie lange meinst du, brauchst du?«, fragte ich und bemerkte erst jetzt die Ketten, die an der Wand befestigt waren, aber genug Spielraum besaßen, um mir etwas Freilauf gewähren zu können. Um mein Herz zog sich eine Schlinge. Ich war mit offenen Augen in ein Gefängnis gerannt.

»Bisher haben sich die Verbesserungen nach zwei Monaten gezeigt.«

Zwei Monate, hallte es in meinem Kopf wider, *in denen ich gefangen sein werde.* Angst schnürte mir meine Atemwege zu. Ich hasste es, gefangen zu sein, was sicherlich nicht nur an meiner letzten Erfahrung lag. »Aha«, brachte ich hervor.

»Du wirst kaum etwas davon mitbekommen«, erklärte Alex und drängte mich weiter in den Raum hinein. »Die Krankheit wird sich so ausleben, dass du die nächsten zwei Monate wie ein Delirium sehen wirst.«

Sie glaubte, mich zu beruhigen, aber das Gegenteil war der Fall. Ich hing an meinem Verstand und es fiel mir schwer, ihn in vollem Bewusstsein loszulassen.

»Komm, ich binde dich fest.«

Ich zog die Augenbrauen zusammen. »Wärst du jemand anderes, hätte der Satz mir wesentlich mehr Freude bereitet«, brummte ich und lief zu der Hexe.

Sie runzelte die Stirn, begann dann aber, lasziv zu grinsen. »Glaub mir, egal, was dein Mädchen kann, ich bin besser«, raunte sie und kam mit langsamen Schritten auf mich zu. In ihrer Hand lagen die Ketten, ihre Hüften schwangen aufreizend, als sie auf mich zukam und ich hatte meine Mühen, nicht die Augen zu verdrehen.

Für mich gab es nur eine einzige Frau. Genau die Frau, wegen der ich dieses Gefängnis auf mich nahm, damit ich zu ihr zurückkehren und ein normales Leben mit ihr führen konnte, um ihr die ganze Welt zu zeigen – wenn sie es nach alldem noch wollte.

»Das glaube ich kaum«, erwiderte ich auf ihre Anmache und hielt ihr meine Handgelenke hin.

Sie schnaufte kurz, aber ein Lächeln überzog ihre Lippen. »Ich bin gespannt, was du von ihr zu erzählen hast, wenn die Lust obliegt«, murmelte sie und machte die letzte Handschelle zu.

Ich runzelte verwirrt die Stirn. »Wie meinst du das?«

»Die Krankheit zeigt mir oftmals die wahren Gedanken einer Person, die dahintersteckt. Sie ist nicht schüchtern, oder an irgendwelche Konventionen gebunden. Sie ist frei und«, sie schenkt mir ein laszi:ves Lächeln, »in den meisten Fällen voller Leidenschaft.«

»Was?«, fragte ich entsetzt.

»Ich stehe auf Gefahren«, meinte sie schulterzuckend und überprüfte die Ketten. »Und mit einem Vampir ins Bett zu gehen, der sich nicht unter Kontrolle hat, ist eine ziemlich große Gefahr.«

Ich spürte, wie mir jegliches Blut aus dem Gesicht wich. »Das will ich nicht«, widersprach ich.

»Das werden wir sehen, Gabriel. Ich freue mich drauf.« Sie zwinkerte mir bedeutungsvoll zu und wandte sich mit einem aufreizenden Hüftschwung ab.

Dunkelheit umfing mich, als sie die Tür hinter sich schloss und ich begann damit, nervös an meinen Fesseln zu fummeln.

Ich wollte das nicht. Es schien mir eher wie eine Vergewaltigung, wenn sie und ich ... Ich wollte es mir gar nicht vorstellen. Wieder zog ich probehalber an meinen Ketten, doch sie saßen fest. Fester als die im Labor. Ein Knurren entglitt meiner Kehle. Ich würde das nicht zulassen. Ich gehörte zu Kaze und zu niemand anderem.

Die Zeit verrann und noch immer spürte ich, abgesehen von dem leichten Ziehen, nichts von meiner Blutlust. Ich hatte mich mittlerweile aufs Bett bugsiert und wartete nun auf Alex' nächste Schritte.

Max würde sich freuen, wenn ich ihm erzählte, dass seine Verbundene mit den Vampiren, die sie heilte, schlief. Ich verzog die Lippen. Vampire und ihre Verbundenen waren zwar miteinander sehr eng verbunden, aber es wurde nicht verlangt, dass sie zusammenblieben. Jeder Mensch, jeder Vampir hatte sich ein eigenes Leben aufgebaut, doch die Vampire hatten trotzdem einen natürlichen Besitzerinstinkt, was ihre Verbundenen anging. Die Gefahr, der sich Alex aussetzte, würde Max zu denken geben. Ich bezweifelte, dass er sie kommentarlos so weitermachen ließe, wenn er wüsste, was sie genau tat. Bisher schien er sie in Ruhe gelassen zu haben, wieso auch immer. Ich schürzte die Lippen. Hatte er eventuell auch ein schlechtes Gewissen gegenüber Lisa?

Mein Herz zog sich bei dem Gedanken an meine Schwester zusammen. Ich vermisste sie. Sie hätte mit Sicherheit gewusst, wie ich mich aus der Blutlust befreien konnte, ohne das Sexspielzeug einer Hexe zu werden. Bei dem Gedanken rann mir ein Schauer über den Rücken.

Sie war schon immer die Klügste von uns gewesen. *Natürlich bin ich die Klügste. Ich bin immerhin eine Frau*, hörte ich die Stimme meiner Schwester in meinem Kopf. Ein Lächeln schlich sich auf meine Lippen. Ich würde alles geben, um sie noch einmal sehen zu können. Um mich vernünftig von ihr zu verabschieden und ihr zu sagen, wie sehr ich sie liebte.

Ich legte mich auf das Bett und starrte in dem tristen Schwarz an die Decke. Meine Gedanken schweiften zu Kaze. Ob sie sich mittlerweile beruhigt hatte? Ich musste dabei lächeln. Wahrscheinlich verfluchte sie mich gerade und schimpfte Hasstiraden auf mich.

Die Frage, wieso sie überhaupt in den Wald gerannt war, bohrte sich in mich. Aber ohne Kaze nach dem Grund zu fragen, würde ich die Antwort wohl niemals erraten können.

Ich hoffte, dass Kaze ihren Weg finden würde, egal, wie dieser aussah. Obwohl ein kleiner Teil in mir darauf hoffte, dass sie ihren Weg gemeinsam mit mir – irgendwann – antreten würde.

Die Zeit zog sich. Alex ließ sich nicht blicken. Ich hörte, wie sie im Haus herumlief und mit anderen Menschen sprach. Aber nie erwähnte sie mich. Wieso auch? Ihre Nachbarn dachten wahrscheinlich, dass sie eine nette, junge Frau mit ein paar Eigenarten war.

Irgendwann ging die Tür auf und Alex kam herunter. In ihrer Hand hielt sie einen Beutel voll Blut.

Bei dem Anblick des flüssigen Goldes für Vampire fuhren meine Zähne aus und die Lust in mir pochte darauf, sich den Beutel zu schnappen. Aber ich hielt mich zurück. Hielt die Lust, soweit es ging, zurück.

»Du willst es haben, oder?«, fragte Alex mich und ihre blauen Augen wirkten trüb und irgendwie glasig. Als hätte sie irgendwelche Drogen zu sich genommen.

Vorsichtig zog ich mich zurück. Zu der Blutlust konnte ich keine Drogenprobleme gebrauchen. Aber Alex winkte ab. »Krieg dich ein. Ist nicht meins.«

Ich streckte meine Hand nach dem Blut aus und schnappte mir den Beutel. Zaghaft roch ich an dem Plastik und schloss genüsslich die Augen. Es war frisch, sogar noch warm, als hätte Alex es gerade erst abgenommen.

Gierig versenkte ich meine Zähne in das Plastik und saugte das Blut heraus. Seit Kaze' Blut schien eine Ewigkeit vergangen zu sein. Es war süßlich. Ein herber Geschmack nach Mangos und anderen Zitrusfrüchten erfüllte meinen Mund und ich stöhnte verzückt auf. Es war eine wahre Geschmacksexplosion auf meiner Zunge.

Alex' Finger fuhren mir durch mein Haar, ich ignorierte die Geste und konzentrierte mich auf das Blut.

»Das schmeckt dir, nicht wahr?«, fragte sie.

Ich antwortete ihr nicht, sie war nicht wichtig. Bloß das Blut, das meinen Rachen hinabbrann, war von Bedeutung. Ich gab mich der Illusion komplett hin und genoss das Gefühl, wie meine Organe sich dem Blut entgegenstreckten, um noch mehr davon abzubekommen.

Als sich kein Tropfen mehr aus dem Beutel lösen wollte, fixierte ich Alex mit meinem Blick. »Mehr«, knurrte ich. Mehr Blut, das war alles, woran ich denken konnte, woran ich denken wollte.

Ich spürte die Wärme der Sonne auf meiner Haut, als würde ich selbst dort wandeln und nicht die Erinnerungen eines anderen erleben. Ich fühlte den Spaß, die Ausgelassenheit, als ich die Musik in meinem Inneren hörte und begann, sie zu fühlen, wie sie in meinen Körper überging.

»Nein«, vernahm ich Alex' Stimme, die sich unglaublich weit weg anhörte, »für heute reicht das. Gute Nacht, kleiner Vampir.«

Den bedrohlichen und abwartenden Ton, der unterschwellig in ihrem Satz mitschwang, überhörte ich und gab mich der Musik in meinem Inneren hin. Bewegte meinen Körper im Takt der imaginären Tonleitern und vergaß alles andere um mich herum. Das Blut war angenehm. Es zeigte keine erschreckenden Erinnerungen, sondern wunderschöne, die ich erleben wollte. Die mich erinnerten, wofür ich das tat. Für das Leben.

Durch das Blut fühlte ich das Leben in meinen Adern pulsieren. Ich war geradezu berauscht von den roten Partikelchen, die in mir wanderten.

Bis die Euphorie mich verließ und ich kraftlos am Boden zusammensackte.

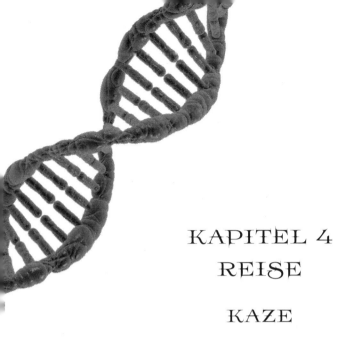

KAPITEL 4
REISE

KAZE

Sascha und ich liefen durch Tamieh. Es war erschreckend ruhig. Obwohl Mittag war, befand sich kein einziger Mensch auf der Straße. Nachdenklich runzelte ich die Stirn. Ich war zwar erst einmal tagsüber in Tamieh gewesen, aber da war es voller gewesen. Lauter. Lebendiger.
»Kommt dir das auch zu ruhig vor?«, fragte Sascha mich in dem Moment und sah sich unwohl um.
Ich nickte bloß und lief weiter zum *Bite*.
Als wir vor dem Nachtclub stehen blieben, sah ich zweifelnd an der Fassade hinauf. »Irgendwie sieht es hier nachts anders aus. Irgendwie…«, ich versuchte, das richtige Wort zu finden.
»Edler? Gehobener?«, half Sascha mir aus.
»Ja.«
»Das liegt daran, dass die Dunkelheit Makel verschwinden lässt, die durch die Sonne nur noch umso heller erstrahlen«, meinte Sascha und klang dabei, als würde sie das Gefühl nur allzu gut erkennen. Ich warf ihr einen abschätzigen Blick zu, beließ es aber dabei.
Gemeinsam liefen wir durch die Hintertür und fanden uns in einem gähnend leeren Gang wieder. Eine Gänsehaut überzog meinen Körper. »Das ist unheimlich«, sagte ich leise.
»Das ist aber normal. Wieso sollte sich tagsüber jemand in einem

Nachtclub aufhalten?«, fragte Sascha und wir gingen weiter bis zum Tanzraum und dann hoch zu Max' Privatgemächern.

Ich klopfte an seine Bürotür, aus der nur ein undeutliches Knurren erklang. Stirnrunzelnd sah ich zu Sascha, aber sie deutete mir, einzutreten.

»Was willst du schon wieder?«, fragte Max, legte seine Hände aneinander und durchbohrte mich mit seinen braunen Augen, die denen von Gabriel so ähnelten und einen Stich in meiner Brust auslösten.

Ich kniff die Lippen zusammen. »Ich weiß noch immer nicht, wo Gabriel ist«, sagte ich ehrlich.

Max zog eine Augenbraue in die Höhe, als wartete er nun auf die Erklärung, was wir von ihm wollten.

»Gib uns bitte die Adresse, wo sich Gabriel aufhält.« Sascha trat vor und stellte sich vor seinen massiven Schreibtisch.

»Wieso sollte ich wissen, wo mein Bruder ist?«, fragte Max herausfordernd.

Sascha lachte leise. »Max, ich kenne dich. Du weißt alles. Alles, was sich in Tamieh abspielt. Also: Wo ist Gabe?«

Max zuckte mit den Schultern und ließ sich in seinem Bürostuhl nach hinten sinken. »Bei einer Freundin.«

»Und wo lebt die?«, fragte ich.

»In Deutschland.«

In meinem Kopf arbeitete es. Ich erinnerte mich dunkel daran, dass Tamieh zwischen zwei Ländern lag.

»Deutschland ist nicht gerade klein ...«, gab Sascha zu bedenken und musterte Max fordernd.

»Ja, ist ja gut«, meinte Gabes Bruder abwehrend und schnappte sich einen Zettel und Stift. Er kritzelte etwas drauf und übergab das Papier Sascha. »Aber lasst euch eins gesagt sein, wenn ihr dorthin geht, kann es sein, dass sie mittendrin sind.«

Mein Herz zog sich zusammen. »Mittendrin?«, fragte ich.

Ein Lächeln zog sich über seine Lippen. »Mitten in dem Versuch, ihn zu heilen.«

Mir wurde eiskalt. Was meinte er damit? Gab es etwa doch ein Heilmittel? Aber ich erdrückte die Hoffnung. Gäbe es ein Heilmittel, hätte Max es direkt seinem Vater gebracht.

Plötzlich fiel mir etwas siedend heiß ein. Blut.

Blut war das Heilmittel, das Vampire brauchten, um alle Verletzungen überstehen zu können und jedes andere Blut, abgesehen von meinem, würde ihn weiter zum Abgrund bringen. Die Chance, dass er nicht so endete wie Kain, wurde schwindend gering.

»Danke«, sagte ich und stolperte die Treppe hinunter, rannte schon fast zu Saschas Auto. Wir mussten uns beeilen.

»Kaze, es ist nicht gesagt, dass er von anderen Leuten Blut nimmt«, versuchte mich Sascha zu überzeugen. Die meine Angst scheinbar erkannt hatte.

Ich blickte sie gehetzt an. »Nicht? Was ist euer Heilmittel Nummer eins?«, fragte ich herausfordernd. »Womit kann man alles heilen? Mit Blut. Und von mir hat niemand Blut auf Lager – zumindest nicht, dass ich wüsste.«

Sie kniff die Lippen zusammen und sparte sich ihre Antwort. Wir stiegen ins Auto und sie holte aus dem Handschuhfach ein quadratisches Gerät raus.

Ich runzelte die Stirn, es sah aus wie der Fernseher in der Zelle. Bei der Erinnerung an den Film musste ich einen Schauer unterdrücken. Sie tippte auf dem Bildschirm herum und klebte das Gerät dann mithilfe einer Halterung ans Fenster. Verwirrt beobachtete ich sie dabei.

Erschrocken zuckte ich zusammen, als eine Stimme aus dem Ding erklang. Meine Augen wurden groß. »Was ist das?«, fragte ich.

»Hm?«, fragte sie und folgte meinem verwunderten Blick. »Oh, das ist ein Navigationssystem. Darin kann man Adressen eingeben und dann verbindet sich das Gerät mit einem Satelliten, und führt mich dann dorthin.«

»Das ist beeindruckend«, murmelte ich, beobachtete das Gerät weiterhin, als Sascha den Motor startete und den Anweisungen folgte.

»Nach dem Navigationssystem müssten wir in acht Stunden da sein«, verkündete Sascha und fuhr durch Tamiehs Wald.

Die Reise verlief eher schleppend. Keiner von uns erzählte etwas. Mein Blick schweifte über die Gegend, die wir hinter uns ließen. Ich wusste nicht, wie ich mich fühlen sollte.

Einerseits wusste ich, dass Gabe mich aus freien Stücken verlassen hatte und diese Erkenntnis versetzte mich noch immer in unglaubliche Wut. Aber anderseits war mir bewusst, dass er es nicht getan hatte, um mich zu verletzen, sondern um mich vor Verletzungen zu beschützen. Er hatte Kain nicht gesehen, aber die Blutlust hatte er gefühlt und gemerkt, wie sie alles, was er liebte, vereinnahmte.

Ich ließ meinen Kopf gegen die Scheibe sinken. Meine Lider wurden immer schwerer, bis ich einschlief.

Verwundert sah ich mich um. Seit dem letzten Mal hatte sich das Traumland verändert. Es war dunkler geworden, irgendwie trister. Ich runzelte die Stirn. Es schien, als hätte es sich Gabes und meiner Laune angepasst.

»Kaze …«

Erschrocken drehte ich mich zu der Stimme um, obwohl ich wusste, wer dort sein würde. Mein Herz wollte, dass ich zu ihm sprang, ihn umarmte und meine Lippen auf seine presste. Aber mein Körper blieb stocksteif stehen. Er sah nicht gut aus. Schlechter sogar noch als bei unserer letzten Begegnung.

»Was tust du hier?«, fragte er.

Zorn wallte in mir hoch. »Dieselbe Frage könnte ich dir wohl auch stellen«, fauchte ich. Er müsste doch am besten wissen, dass wir beide nichts für unsere Träume konnten. Dass wir uns immer sehen würden, wenn wir schliefen.

Er schenkte mir ein verschmitztes Grinsen. »Stimmt. Es tut mir leid.«

Überrascht sah ich ihn an. Ich hatte jetzt damit gerechnet, dass er mich ebenso anfuhr wie ich ihn. Aber stattdessen auf das Verständnis zu stoßen, warf mich aus der Bahn.

»Ähm … ja«, stotterte ich hilflos. Ich wusste nicht, wie es weitergehen sollte. Ich konnte ihm nicht sagen, dass wir auf dem Weg zu ihm waren. So wie ich ihn kannte, würde er von dort weggehen und danach würden wir ihn nicht mehr so schnell finden.

»Es … Unser …« Er wand sich unwohl unter meinem Blick. »Unser letztes Treffen im Wald tut mir leid.«

»Was genau tut dir leid?«, hakte ich nach. »Dass du mich allein gelassen hast oder dass du mich geküsst hast?«

Seine braunen Augen starrten auf seine Füße. »Auch. Ich hätte dich so nicht alleine lassen dürfen … Aber«, er seufzte, »die Blutlust war unter der Oberfläche. Sie … brodelte in mir und erinnerte mich daran, wie köstlich dein Blut ist.«

»Gabe, wir hätten das gemeinsam schaffen können«, rief ich ihm in Erinnerung.

Er zuckte mit den Schultern. »Ja, wahrscheinlich. Aber, ich will dich nicht verletzen.«

Ein freudloses Lachen kam über meine Lippen. »Glaub mir, Gabe, das hast du schon. Und zwar so sehr, dass selbst ich nicht einmal weiß, ob es je wieder heilen kann.«

Erschrocken richteten sich seine Augen auf mich. Und erst jetzt erkannte ich den roten Schimmer darin. Das Herz in meiner Brust zog sich schmerzhaft zusammen, doch ich versuchte, mir nichts anmerken zu lassen.

»Ich weiß nicht, was ich dazu noch sagen soll, abgesehen davon, dass es mir leidtut.«

Ich konnte seinem Blick nicht mehr standhalten. Es schmerzte, zu sehen, wie ähnlich er Kain in der kurzen Zeit geworden war. »Du brauchst Blut. Oder? Dafür ist das Traumland ja eigentlich gedacht«, murmelte ich und krempelte meinen Ärmel etwas hoch.

»Kaze …«

Gabes Ton zwang mich, ihn anzusehen und zu erkennen, wie sehr ihn dieses Treffen schmerzte, die Erkenntnis, dass die Kluft, die zwischen uns beiden herrschte, schon fast unüberbrückbar war.

Ich hielt ihm mein Handgelenk hin. »Nimm dir, was du brauchst.«

»So will ich das nicht …«

Ich erwachte mit einem Ruck. Die Welt drehte sich um mich herum. Der Boden war oben, dann wieder unten. Schmerzhaft presste sich mein Körper immer wieder gegen den Gurt und wurde wieder zurück in den Sitz gezogen.

Bis wir auf einmal falsch herum liegend aufhörten, uns zu drehen. In meinem Kopf wirbelte noch kurz alles umher, ehe sich mein Blick wieder scharf stellte.

Verwirrt sah ich zu Sascha, die schlaff in ihrem Gurt hing. Ich streckte meinen Arm aus, stupste sie an, aber es kam keine Reaktion. Mein Herz raste in meiner Brust und ich versuchte, meinen Atem zu beruhigen.

»Scheiße«, fluchte ich. Mein Körper brannte, als wäre ich durch ein Inferno gelaufen. Tastend suchte ich nach dem Gurtschloss, um mich abschnallen zu können. Während die eine Hand suchte, drückte ich die andere Hand gegen das Autodach, um den Gurt nicht zu strapazieren.

Als ich das Schloss fand, konnte ich mir einen erleichterten Seufzer nicht verkneifen. Ich presste meine Hand gegen das Dach, um nicht darauf zu fallen, wenn ich mich abschnallte und drückte den Knopf.

Langsam ließ ich mich aus dem Polster sinken. Es war alles voller Scherben und ich spürte, wie einige von ihnen mir ins Fleisch schnitten. Die Windschutzscheibe lag zertrümmert ein paar Meter vom Wrack entfernt im Gras. Die Scherben schimmerten im Licht der untergehenden Sonne. Ich wandte mich wieder Sascha zu, die noch immer ohnmächtig in ihrem Gurt hing.

Schnell hatte ich sie daraus befreit und zerrte uns beide aus dem Auto heraus.

Wir waren ein paar Meter von der Straße entfernt auf einer Wiese gelandet, die friedlich dalag. Mein Blick schweifte weiter über die Ebene und in der Ferne sah ich zwei Lichter, die zu einem schwarzen Auto gehörten, das mit quietschenden Reifen wegfuhr. Ich runzelte die Stirn, schob es aber erstmal beiseite und wandte mich wieder Sascha zu. Sie war blass – blasser als sonst. Ihr Atem ging flach. Die Seite, in die das Auto gekracht war, war komplett blutüberströmt.

Ich fluchte wieder. Krempelte meinen Ärmel aber hoch und biss mir selbst ins Handgelenk. Sascha hatte nie mit ihrem Verbundenen einen Bluttausch vorgenommen, also konnte sie gefahrlos von meinem Blut trinken. Ich legte meine blutende Hand auf Saschas Mund und wartete darauf, dass sie endlich begann zu trinken.

Zuerst spürte ich, wie sich ihre Zähne in mein Fleisch rammten, dann fühlte ich jeden einzelnen Schluck. Ich schloss die Augen und versuchte, die Gefühle, die in mir hochkochten, zu unterdrücken. Mein Unterleib zog sich lustvoll bei jedem Saugen zusammen. Ich schloss die Augen und versuchte, mich zu konzentrieren. Ich hasste die Nebenwirkungen, wenn ein Vampir von einem trank.

»Danke«, murmelte Sascha, als sie von meinem Handgelenk abließ.

»Hm«, gab ich zurück und versuchte, meine Gefühle in den Griff zu kriegen.

Langsam richtete sich Sascha auf und schaute sich um. Ich konnte zusehen, wie sich ihre Wunden zusammenzogen. Noch immer erstaunte mich das. Obwohl meine eigenen Wunden sich ebenfalls so verhielten – zumindest solange, wie Gabriel und ich nicht allzu lange voneinander getrennt waren.

»Was ist passiert?«, fragte ich.

Die Blondine schnaufte sehr undamenhaft. »Irgend so ein Vollidiot ist mit Vollgas auf uns zugerast. Ich habe noch versucht, ihm auszuweichen, aber dabei habe ich die Kontrolle verloren. Der Wichser ist direkt in die Fahrerseite gefahren.« Ihr Blick richtete sich auf den vollkommen zerstörten Wagen. »Verflucht! Damit kommen wir nicht mehr weit.«

Im Stillen stimmte ich ihr zu. »Und jetzt?«, fragte ich.

Sie rieb sich müde übers Gesicht. »Ich meine, vor ein paar Kilometern ein Schild gesehen zu haben, dass wir bald in einer Ortschaft sind. Lass uns mal die Straße weiterlaufen.«

Ich richtete mich aus der knienden Position auf. Kurz wurde mir schwarz vor Augen, aber ich hatte mich schnell wieder gefasst.

Sascha war schon zum Auto gegangen, um zu gucken, ob sie unsere Taschen rausholen konnte. Zuerst krabbelte sie durch das Loch hindurch, wo einmal die Windschutzscheibe gesessen hatte, aber sie meckerte kurz darauf und kletterte wieder hinaus.

»Wir sind uns einig, dass dieses Auto eh Schrott ist, oder?«, fragte sie an mich gewandt.

»Ähm, ja?«, beantwortete ich ihre Frage, unsicher, was sie vorhatte.

Sie nickte und trat mit voller Wucht gegen die Heckscheibe, die splitternd nachgab.

Verwundert sah ich Sascha an, als sie sich bückte und unsere Taschen herauszog.

Sie musterte mich, ehe sie die Schultern zuckte. »Wir waren uns einig. Das Auto ist Schrott.«

Ein Grinsen legte sich auf meine Lippen, als ich ihr die Tasche abnahm und wir gemeinsam die Straße entlangliefen, während es um uns immer dunkler wurde.

GABRIEL

Ich konnte sie noch immer fühlen. Ihre Präsenz und ihren Duft, der um meine Nase wehte. Ich sorgte mich um sie. Normalerweise spürte man, wenn man erwachte. Ein Ziehen machte sich bemerkbar, bevor man das Traumland verließ. Aber bei Kaze kam es so unverhofft. Sie hatte mir ihr Blut angeboten und plötzlich war sie weg gewesen – ohne ein Wort des Abschieds.

Aber wer war ich, dass ich mich darüber beschwerte? Ich ließ mich an einen Baum sinken und starrte auf die strahlende Sonne, die erbarmungslos auf mich brannte. Obwohl ich einen Knacks hatte, war ich wieder im Traumland, konnte Kaze riechen, schmecken und mich mit ihr unterhalten. Die Vermutung, die Max aufgestellt hatte, könnte also stimmen, dass unsere Bindung zu schwach gewesen war, um uns bei einer solchen Entfernung zusammenzubringen.

Das erklärte aber noch immer nicht, wieso sie so plötzlich verschwunden war. Ich lehnte meinen Kopf an den Baumstamm und schloss die Augen, hoffte, dass mit Kaze alles in Ordnung war.

»Und, wie geht's dir?«, fragte Alex mich, als ich aufwachte. Sie saß neben mir auf dem Bett und betrachtete mich mit unschuldigen Augen.

»Gut«, brachte ich hervor und setzte mich auf, um Abstand zwischen unsere Körper zu bringen.

Sie schenkte mir ein Lächeln und zog einen Blutbeutel hinter sich hervor.

Ohne mein Zutun wuchsen meine Zähne und ich fühlte den Speichel, der sich in meinem Mund sammelte. Ich wollte mich gegen das Bedürfnis wehren, dieses Blut so sehr zu wollen. Doch ich konnte diesem Drang nichts entgegensetzen. Ich wollte das Blut, ich wollte es so sehr, dass ich alles andere um mich herum vergaß. Ich näherte mich Alex und griff nach dem Beutel, den sie spielerisch aus meiner Reichweite zog. »Was bekomme ich dafür?«

Ich runzelte verwirrt die Stirn. »Wie wäre es, wenn ich dich dafür am Leben lasse?«, grollte ich. Die Wut hatte mich gepackt. Obwohl ich nicht zornig deswegen sein sollte. Ich sollte glücklich sein, dass sie mir das Blut wegnahm. Es veränderte mich. Es war noch nicht so schlimm wie in dem Labor, aber ich fühlte die Veränderung. Diese unnütze Aggressivität, die durch meine Adern floss.

Sie lachte schallend. »Ich bitte dich. Du bist ein Vampir, der in meinem Keller, an meinen Ketten lebt. Meinst du wirklich, wenn ich es wirklich wollte, könnte ich dich nicht umbringen?«, forderte sie mich heraus.

Ich sah rot. Der Zorn pulsierte in meinen Adern. Ich brauchte dieses Blut. Auf. Der. Stelle.

Knurrend packte ich die Hexe und presste sie unter meinen Körper. Meine Hand legte ich um ihren zierlichen Hals, drückte ihr die Luft ab. Ihre blauen Augen wurden immer größer, sie füllten sich mit Tränen. Verzweifelt krallte sie ihre Nägel in mein Handgelenk, in dem Versuch, mich aufzuhalten. Ein Lächeln umspielte meine Lippen, als ich mich zu ihrem Ohr hinabbeugte. »Wie war das? Wenn du wolltest, könntest du mich umbringen? Wo ist deine große Kraft jetzt hin?«, forderte ich sie heraus.

Ihr Blick sprach Bände. Könnte sie sprechen, würde sie mich verfluchen. Ihre Augen sprühten Funken und ich badete in ihrem Hass. Ich fischte nach dem Blutbeutel, den sie über ihren Kopf weggeworfen hatte und schlug meine Zähne hinein.

Frisches Blut rann meine Kehle hinab. Noch immer lag Alex unter mir. Ihre wütenden Augen fixierten mich, ihre Lippen bewegten sich, aber kein Ton kam darüber.

Ich runzelte die Stirn über ihr Benehmen, doch meine Aufmerksamkeit wurde fortgerissen, als die Erinnerungen auf mich einstürmten.

Es war dunkel und feucht. Ich war eingesperrt, obwohl ich nicht schrie, wusste ich, dass mich niemand hören würde. Mein Körper schmerzte, jeder erdenkliche Knochen schien gebrochen zu sein. Alles pochte, ließ mich fast wahnsinnig vor Schmerzen werden.

Die Szene wechselte und ich spürte Schläge. Ich schrie, doch niemand hörte auf. Im Gegenteil, sie schienen wie angestachelt zu werden und schlugen noch weiter, bis ich verstummte ...

Luft ringend wachte ich auf. Mein Körper war von Schweiß überströmt. »Da bist du ja wieder.« Ihre blauen Augen funkelten zornig.

»Wessen Blut war das?«, keuchte ich.

Sie beachtete meine Frage nicht. »Weißt du, Gabe, wenn du dich gut mit mir stellst, wird das Blut, das du von mir bekommst, das beste und glücklichste auf der Welt sein. Aber wenn du meinst, dass du den Starken markieren musst, zeige ich dir, wer den Hebel wirklich in der Hand hat.« Sie betrachtete mich von oben herab. »Und das bist definitiv nicht du.«

Ich schluckte und beobachtete, wie sie wegging. Die Erinnerung ließ mich nicht los. Noch immer fühlte ich mich klein, verlassen und irgendwie verloren. Dass Alex diese Macht über mich besaß, bereitete mir eine Scheißangst. Wenn die Lust in mir stärker wurde, würde ich sie immer weiter herausfordern. Sie war dann nichts weiter für mich als ein wandelnder Blutbeutel.

Ich ließ mich auf den kalten Betonboden sinken und schloss die

Augen. Ich wusste, dass ich hier war, um die Lust besiegen zu können. Aber mittlerweile nagten die Zweifel an mir, ob Alex wirklich die Heilung war. Ich sehnte mich nach Kaze. Ihren warmen Körper, der sich an mich schmiegte, ihre weichen Augen, die so unnachgiebig werden konnten, wenn es um diejenigen ging, die sie beschützen wollte.

Ich erinnerte mich an ihre Verzweiflung, als sie vor Angst zerfressen gewesen war, weil sie einen Menschen getötet hatte, um mich zu beschützen. Sie hätte jede Qual auf sich genommen, um ihre Familie retten zu können, damit sie nicht so ein Fehler werden würden, wie sie einer sein sollte. Ich schmunzelte bei dem Gedanken, denn ich konnte mich an keinen einzigen Vampir oder Menschen erinnern, der jemals so perfekt gewesen war wie Kaze. Wenn ich mich anstrengte, fühlte ich noch ihre Lippen auf meinen.

Mein Herz zog sich bei den Gedanken an Kaze zusammen. Sie zu verlassen, war ein Fehler gewesen. Sie von mir zu stoßen, noch ein viel größerer.

›Glaub mir, Gabe, das hast du schon. Und zwar so sehr, dass selbst ich nicht einmal mehr weiß, ob es je wieder heilen wird.‹

Ihre Worte verletzten mich. Obwohl sie die Wahrheit ausgesprochen hatte. Dass ich sie nur verließ, um sie zu schützen, zählte nicht. Kaze war stark. Als wir in dem Labor aufeinandergetroffen waren, war sie unvorbereitet gewesen, aber mit jedem Tag wäre sie der Aufgabe mehr gewachsen gewesen. Das wusste ich. Aber ich hätte nicht zusehen können, wie sich Kaze immer wieder der Aufgabe verschrieb, mich retten zu wollen. Wie ich sie vereinnahmte, obwohl die Welt noch so viel für sie zu bieten hatte.

Ich seufzte und richtete mich vorsichtig auf. Meine Beine waren schwer und wollten mich nicht tragen, aber ich zwang sie, zum Bett zu gehen. Ich ließ mich auf die Matratze sinken und richtete meinen Blick auf die Decke.

Der einzige Weg, zu Kaze zurückzufinden, lag darin, Alex' Maßnahmen anzunehmen. Max vertraute ihr, dann sollte ich das auch tun – zumindest in der einen Sache.

Ich musste die Lust in Schach halten. Egal, wie schwer es mir fallen würde. Das würde mir aber nur gelingen, wenn ich bei klarem Verstand blieb. Und dafür brauchte ich eine Aufgabe.

In dem kleinen Zimmer sah ich mich um. Suchte nach einer Aufgabe, die mich erhalten können würde. Damit ich mich nicht der Blutlust hingab, auch wenn sie schon in mir brodelte.

Ernüchtert musste ich feststellen, dass es nicht wirklich etwas gab, das mir als Aufgabe dienen könnte. Grummelnd legte ich mich aufs Bett. Die Erinnerungen hatten mich erschöpft und ich wollte schlafen.

Den kleinen Funken, der an Kaze dachte und sich nach ihr sehnte, ignorierte ich.

Ich landete erneut im Traumland. Doch ich war alleine. Kurz schürzte ich die Lippen. Dann kam mir eine Idee. Ich wollte Kaze alles zeigen. Die ganze Welt. Ich wusste, dass es Morpheus uns überließ, wie das Traumland aussah. Daher hatte ich Kaze auch den See zeigen können, an dem ich früher mit meinem Vater gewesen war. Also könnte ich die Welt so verändern, dass sie ein klitzekleines bisschen reisen konnte.

Mit geschlossenen Augen stellte ich mir einen wundervollen Ort vor. Einen Ort, der Sehnsucht, aber auch Geborgenheit ausdrückte. Der die Wildheit der Welt und die von Kaze widerspiegelte. Ich hörte das Rauschen des Meeres, roch das Salz in der Luft.

Als ich die Lider öffnete, traten mir Tränen in die Augen. Das war mein Lieblingsplatz auf der Welt gewesen. Egal, wo ich mich befand. Das Meer hatte schon immer eine Anziehung auf mich ausgeübt, hatte die Rauheit in mir besänftigen können. Und nun wollte ich, dass Kaze es sah. Und ich hoffte, dass sie bald zurückkehren würde.

Das Treffen mit ihr hatte mich verletzt, auf so einer tiefen Ebene, dass ich den Hall des Schmerzes noch immer spürte. Aber ich war ein Junkie. Und abgesehen von dem Blut, war Kaze meine Droge. Ich sehnte mich nach ihr wie ein Ertrinkender nach der Luft.

Ich musste bei dem Gedanken schmunzeln. Denn genauso war ich. Ich ertrank in der Lust, sehnte mich nach der Erlösung, aber gleichzeitig wollte ich nicht aufgeben, weil ich wusste, dass es Kaze gab. Und das durfte ich nicht aus den Augen verlieren. Egal, wie dreckig es mir gehen würde. Ich hatte da draußen jemanden, für den es sich lohnte, jeden Schmerz, jedes Leid und jede Demütigung auszuhalten.

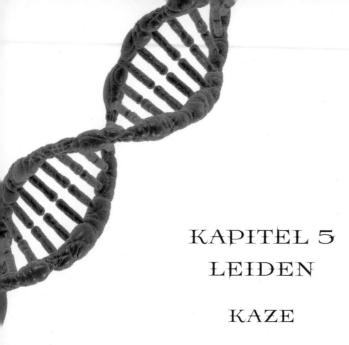

KAPITEL 5
LEIDEN

KAZE

Es war mitten in der Nacht, als wir den Ort erreichten, den Sascha gesehen hatte. Uns begegneten nur noch ein paar Nachtschwärmer, die sich beeilten, nach Hause zu kommen.
»Was haben wir jetzt vor?«, fragte ich.
»Wir suchen eine Pension, ein Hotel oder so was in der Art zumindest. Ich habe keine Lust, auf der Straße oder im Wald zu kampieren«, klärte Sascha mich auf.
Ich runzelte die Stirn. »Was ist das?«, erkundigte ich mich dann, als der Wissensschatz der Wissenschaftler nichts hergab. Mir fiel immer öfter auf, dass ich manche Sachen wusste, die ich noch nie gesehen hatte, aber manch andere Dinge stellten mich vor ein Mysterium. Ich konnte es nicht erklären, aber scheinbar hatten die Wissenschaftler unser Wissen irgendwie beeinflusst und uns manche Dinge wissen lassen, während andere nicht wichtig genug gewesen waren. Wobei ich dabei nicht wirklich ein System fand. Sie schienen es willkürlich bestimmt zu haben, was sie als wichtig empfanden und was nicht.
»Das sind Gebäude in denen sich viele Schlafzimmer befinden, die sich Menschen, die wie wir auf der Durchreise sind, mieten können. Für eine oder mehrere Nächte.«
Nickend bestätigte ich, dass ich verstanden hatte und suchte mit Sascha

gemeinsam nach einem Unterschlupf.

Wir fanden ein kleines sogenanntes Motel, das Sascha direkt bar bezahlen konnte und wurden in ein spärliches Zimmer verwiesen, in dem zwei Einzelbetten standen. Skeptisch sah ich mich in dem winzigen Raum um. Die Tapete war vergilbt und es roch ein wenig muffig, als hätte schon länger kein frisches Lüftchen durch den Raum geweht. Ich schürzte die Lippen. »Sehen alle so aus?«

»Um Gottes willen, nein!«, rief Sascha aus, die es sich schon auf einem der Betten gemütlich gemacht hatte. »Das ist eine ganz schlimme Absteige«, erklärte sie. »Aber ich bezweifle, dass wir in diesem kleinen Ort irgendwas Besseres bekommen werden. Und außerdem habe ich keine Lust, die ganze Nacht nach etwas anderem zu suchen.«

Ich nickte und setzte mich auf das verbliebene Bett. Es quietschte leicht unter meinem Gewicht und ich verzog das Gesicht. Das würde eine unruhige Nacht werden.

»Leg dich hin und schlaf«, meinte Sascha. »Wir müssen morgen ein neues Auto kaufen.«

Nachdenklich betrachtete ich Sascha. »Bekommt man denn so was einfach so?«

Sascha lachte auf. »Nein. Einfach so bekommt man gar nichts. Ich geh ins Bad«, tat sie kund, schnappte sich ihre Tasche und lief in den zweiten Raum.

Nach Sascha suchte ich das Bad auf. Der Raum war genauso verlebt wie das Zimmer, in dem wir schliefen. Die Fliesen waren mit Sicherheit einmal weiß gewesen. Die Dichtungen der Dusche waren teilweise schwarz angelaufen und hingen lose in der Luft. Ich traute mich gar nicht, genauer hinzusehen.

Von Saschas Bett kam bereits ein leises Schnarchen und ich ging schnell in meines.

Als ich im Bett lag, starrte ich an die Decke. Einerseits schrie mein ganzer Körper nach dem Marsch und dem Unfall nach Schlaf. Anderseits wehrte ich mich dagegen. Denn wenn ich schlief, würde ich *ihn* sehen. Unser letztes Gespräch hatte mir wieder gezeigt, wie sehr Selbstzweifel einen blind machen konnten. Und es hatte so abrupt geendet.

Gabes Augen waren rot gewesen. Noch nicht komplett, aber sie hatten mich an Kain erinnert. Ich schloss die Augen. Wir mussten ihn schnellstmöglich finden, damit wir diese Lust aufhalten konnten, ehe sie noch schlimmer wurde.

So lange hatte er um mich gekämpft, so viel hatte er für mich aufgegeben. Und jetzt, wo ich bereit war, alles zu tun, was ich geben konnte, schien das Schicksal uns in zwei Teile reißen zu wollen.

Ich verdrängte den Gedanken. Ich durfte nicht aufgeben. Ich musste an uns glauben. Denn wenn ich nicht dafür kämpfte, was blieb dann von uns? Abgesehen von einer flüchtigen Erinnerung, die schmerzte und mit dem Gedanken ›was wäre wenn‹ begleitet wurde?

Das durfte und wollte ich nicht zulassen. Ich hatte noch nicht viel gelebt, eigentlich noch gar nicht, aber ich wusste mit absoluter Sicherheit, dass ich dieses Leben mit Gabriel verbringen wollte. Und dann konnte ich nicht zulassen, dass einer von uns das Wir aufgab, das wir hatten.

Bevor ich etwas sah, hörte ich das Rauschen. Verwirrt runzelte ich die Stirn. Meine bloßen Füße standen im warmen Sand. Einzelne Körner kitzelten zwischen meinen Zehen. Salzige Luft wehte mir um die Nase. Völlig berauscht von den Sinneseindrücken, öffnete ich meine Augen und erstarrte. Bei dem Anblick vergaß ich kurzeitig, zu atmen.

Die Sonne stand tief und es sah aus, als würde sie blutrot im Meer versinken. Tränen liefen über meine Wangen. Die Wellen brachen an den Felsen, die aus dem Meer ragten.

Mein Atem verselbstständigte sich wieder und ich lief langsam auf das Meer zu. Voller Andacht näherte ich mich dem Schauspiel. Es hatte mich völlig in seiner Hand. Es war wie ein Wunder für mich. Ich erinnerte mich an Gabes und meinen ersten Kuss, wie sehr er mich berauscht hatte und dass es im wahren Leben noch heftiger gewesen war. Wenn der Anblick des Meeres mich im Traumland bereits so vereinnahmte, was würde dann erst geschehen, wenn ich wirklich am Meer stand? Wenn mein wahrer Körper seine Zehen im Sand versenken würde und sich den Wassermassen näherte? Ich erschauerte bei der Vorstellung. Ich wusste nicht, wo sich dieses Meer befand. Aber ich würde es herausfinden. Irgendwann – gemeinsam mit Gabriel.

Suchend sah ich mich um. Ich sehnte mich nach ihm. Seiner Nähe und seiner Wärme. Dass er mir diesen Moment geschenkt hatte, bedeutete mir viel. Obwohl ich nicht wusste, wie ich dieses Geschenk einordnen sollte.

Hoffnung und Zuversicht flossen durch meine Adern. Mit jedem Schlag der Wellen wurde es mehr und mehr durch meine Adern gepumpt. Ich spürte, wie eine drückende Schwere von mir fiel und holte tief Luft.

Mit geschlossenen Augen stand ich am Strand und ließ mich von den bloßen Tönen des Meeres verzaubern. Ich genoss diese Leichtigkeit. Ein Lächeln umspielte meine Lippen, als ich fühlte, wie er hinter mich trat. Das war ein wundervoller Pluspunkt des Traumlands. Ich fühlte Gabriel auf einer ganz anderen Ebene, als ich es im wahren Leben tat. Auf meinem ganzen Körper breitete sich eine Gänsehaut aus und ein freudiges Kribbeln durchfuhr meinen Körper.

»Hey ...«

Noch immer lächelnd, drehte ich mich um, schaute zu ihm auf und erschrak. Überrascht stolperte ich einen Schritt zurück und mein Fuß landete platschend im Meer. Das Rot hatte seine Iriden komplett vereinnahmt. Sorge schlang sich wie eine Schlinge um mein Herz und mein Körper versteifte sich. Tötete jedes positive Gefühl, das vorhin durch mich geflossen war und hinterließ nur die beißende Kälte der Angst. »Gabe ...« Sorge ließ meinen Satz unbeendet. Ich konnte ihn einfach nur anstarren.

Er hob seine Hand und strich mir sanft über mein Gesicht. Die Hoffnungstränen, die zuvor über meine Wangen gelaufen waren, veränderten sich in Trauertränen. Es zerriss mein Herz, Gabe mit den blutroten Augen zu sehen.

»Was machst du nur?«, fragte ich ihn mit zitternder Stimme. Ich wollte nach ihm greifen, aber hielt mich zurück, bevor meine Hände sein Gesicht erreichen konnten.

»Ich ...« Er rang mit sich, doch sein Blick wurde weicher. »Ich versuche, zu retten, was noch von mir übrig ist, Kaze – für uns.«

Ich wich einen Schritt von ihm zurück. »Glaubst du wirklich, das ist der richtige Weg? Was auch immer du tust, es scheint diese Lust schlimmer zu machen«, sagte ich. Die Skepsis in meiner Stimme war nicht zu überhören. »Du siehst deinem Vater so ... ähnlich.«

Er zuckte mit den Schultern. »Ich weiß es selbst nicht so genau. Aber ich hoffe es, denn wenn sie mir nicht helfen kann, weiß ich nicht, was mich noch retten kann.«

Ich legte den Kopf schief und betrachtete ihn. Wieso hatte ich es nicht gesehen? Warum war ich nur so blind gewesen? Er hatte genauso viel Angst wie ich! Aber ich war so verrannt in meiner eigenen Welt, dass ich nicht gesehen hatte, wie sehr ihn das mitnahm. Er versuchte, mich zu beschützen.

Vor der Verantwortung, dem Gefühl, nichts ausrichten zu können. Doch das brauchte er nicht. Ich streckte meine Hand nach seiner aus, die schlaff an seinem Körper herabhing.

»Gabe«, murmelte ich und versuchte, seinen Blick einzufangen. »Wenn du mir sagst, wo du bist, komme ich. Wir können das gemeinsam durchstehen. Du musst das nicht alleine schaffen. Ich will das mit dir machen, mit jedem Schmerz, jedem Verlust, der dazugehört. Wir machen das Schritt für Schritt.« *Dass ich ihm sowieso auf der Spur war, behielt ich für mich.*

Er drückte meine Hand und kam den Schritt auf mich zu, den ich von ihm weggegangen war. Er musterte mich, als würde er versuchen, sich jedes Detail einzuprägen. »Das muss ich alleine schaffen. Bitte, lebe. Du hast noch nichts gesehen und dich erwarten in dieser Welt noch so unendlich viele Wunder.« Er deutete mit dem Kinn auf das Meer hinter uns. »Das ist nur eines davon. Sie alle stehen dir offen.«

Ich haderte mit mir. Ich wollte ihn nicht verlassen. Wollte nicht, dass er alleine kämpfen musste. Wir waren ein Team und wir sollten das gemeinsam schaffen. Ich drehte mich zum Meer um. Doch er hatte auch recht. Ich wusste nichts von dieser Welt und niemand konnte abschätzen, wie lange ich leben würde. Ob ich ein genauso langes Leben besaß wie ein Vampir, oder diesen kurzen Augenblick, den die Menschen Leben nannten. Und ich wollte alles sehen. Ich wollte es genießen und mit jedem Atemzug leben. Mein Blick richtete sich wieder auf Gabe. »Ich will das, aber nicht ohne dich«, sagte ich ihm ehrlich und spürte, wie sich die Hitze in meinen Wangen ausbreitete. Ein klein wenig schämte ich mich für die Schwäche, die ich durch meine Worte zeigte. Wie abhängig ich von ihm war. Wie sehr er mein Leben bestimmte.

Seine Anspannung fiel von ihm ab, als hätte er genau das hören wollen, doch kurz darauf kehrte sie wieder. »Ich ... Ich verstehe dich. Glaube mir, könnte ich bei dir sein, würde mich nichts davon abhalten, dich zu sehen und dir all diese Wunder selbst zu zeigen. Aber ...«

Mein Herz raste. *Er wollte mich.* Und das war alles, was ich wissen wollte, was ich wissen musste, um durchzuhalten. Ich würde ihn nicht nur wegen Luisa finden. Sondern wegen uns. Ich unterbrach ihn, indem ich meine Lippen auf seine presste. Seine Arme schlangen sich um meinen Körper, zogen mich noch näher an ihn heran, sodass nicht einmal ein Staubkorn zwischen uns beide passte. Sein Mund öffnete meinen und die Zunge schob sich zwischen meine Lippen. Ich gab ihm alles, alles, was ich hatte, alles, *was ich fühlte. Nur, damit er nicht vergaß, dass ihm mein Herz gehörte. Mit jedem Schlag, mit jedem Pumpen war es ihm verfallen und damit es leben konnte, brauchte ich ihn. Ich würde nicht aufgeben. Ich würde ihn zurückholen und das gemeinsam mit ihm durchstehen.*

Wir klammerten uns aneinander, als wären wir Ertrinkende und ich genoss jeden einzelnen Augenblick davon.

Die Nähe zu ihm brachte mir etwas zurück, von dem ich geglaubt hatte, es verloren zu haben. Meine Kraft. Mit jeder Berührung fühlte ich, wie ich mehr und mehr wollte, dass wir kämpften, gemeinsam gegen die Blutlust und die Zuversicht, dass wir siegen würden, ließ mich jeden Zweifel vergessen.

»Ich wache auf«, raunte Gabe an meinen Lippen.

Ich zog die Augenbrauen widerstrebend zusammen. »Bitte, noch nicht«, wisperte ich und versuchte, ihn mit hauchzarten Küssen zu locken. Doch ich fühlte, wie er abdriftete, wie er an Substanz verlor und schließlich verschwand.

»Es tut mir leid«, hörte ich seine Stimme leise, aber ich konnte ihn schon nicht mehr sehen.

Seufzend wandte ich mich zum Meer um. Meine Hände ballten sich zu Fäusten. Seine Augen waren so rot gewesen. Doch noch war er bei klarem Verstand. Die Frage war nur, wie lange noch?

Die Sorgen trübten das Wunder, das sich vor meinen Augen abspielte. Ich wollte es nicht loslassen, auch wenn ich wusste, dass ich es irgendwann musste. Gabriel würde mir die Wunder selbst zeigen können. Jedes einzelne.

GABRIEL

»Gabe, aufwachen. Das Blut ruft nach dir. Hörst du es auch?«, amüsierte sich Alex über meine Abhängigkeit.

Ich warf ihr einen genervten Blick zu und wollte etwas erwidern, doch eine Stimme hielt mich davon ab.

›Wir haben uns lange nicht mehr gehört, mein Freund.‹

Erschrocken richtete ich mich im Bett auf. Mein Körper war angespannt wie eine Bogensehne, kurz vor dem Abschuss.

›Also Freude sieht anders aus …‹, murmelte die Blutlust und ein leises Kichern folgte ihren Worten.

Mit panisch aufgerissenen Augen sah ich zu Alex. »Was hast du mit mir gemacht?«, keuchte ich.

Sie zuckte mit den Schultern. »Ich weiß nicht, wovon du sprichst. Ich habe dir alles gesagt. Auch, dass es zuerst schlimmer werden muss, bevor es besser werden kann.«

›Sie riecht köstlich…‹, schnurrte die Stimme. ›Sie wäre ein appetitlicher Snack.‹

Ich presste meine Kiefer aufeinander. Alex hielt mir den Blutbeutel hin. »Trink.«

›Genau, trink. Trink *sie* leer.‹

Meine Hand griff nach dem Beutel. »Verschwinde«, presste ich hervor.

Alex musterte mich skeptisch. »Erinnerst du dich daran, worüber wir schon mal gesprochen hatten?«, fragte sie bedrohlich.

»Dieses Mal geht's darum, dich zu schützen«, meinte ich grollend und wandte mich von ihr ab. Ich wollte ihren Blutgeruch nicht riechen. Wollte die Gier danach nicht spüren. Die Zweifel, dass Kaze recht hatte und Alex mir keine Hilfe geben konnte, pochte hinter meiner Stirn.

»Meinst du nicht, dass ich mich selbst beschützen kann?«

In ihrer Stimme hörte ich die Verwirrung und auch den Zweifel.

›Wir sollten es ausprobieren. Ich rieche, dass ihr Blut mächtig ist. Lass uns mit ihr spielen‹, forderte die Lust mich heraus.

Meine Hand umfasste den Blutbeutel fester. Das Gefühl, dass sich die Lust in meine Glieder fraß, hatte begonnen.

»Es geht also los«, bemerkte Alex und ein zufriedenes Lächeln breitete sich auf ihrem Gesicht aus.

»Du wolltest das?«, fragte ich entsetzt.

»Natürlich. Viel Spaß beim Kampf«, meinte sie und zwinkerte mir zuversichtlich zu. Mit wackelndem Hintern verließ sie mein Gefängnis und ließ mich mit der Blutsucht alleine.

›Jetzt hast du sie ja doch gehen lassen‹, schmollte die Lust.

Erstaunt sah ich Alex nach. Meine Hand fühlte sich leblos an und ich ließ den Blutbeutel los, der mit einem Platschen auf den Steinboden traf, aber nicht platzte. »Ich werde sie nicht anrühren«, sagte ich und schüttelte den Kopf. Ich bückte mich nach dem Blutbeutel. »Und garantiert gebe ich dir nicht mehr so viel Macht wie vorher.«

Ein lautes Lachen erklang in meinem Kopf. ›Das werden wir ja sehen.‹

Ich schlug meine Zähne in das Plastik und saugte alles aus.

›Genau‹, raunte die Stimme, ›gib mir mehr …‹

Mit geschlossenen Augen trank ich widerstrebend weiter das Blut. Ich fütterte die Lust, ließ sie mehr und mehr ein Teil von mir werden.

›Mir ist langweilig‹, brummte die Lust in mir.

Ich versuchte, sie beiseitezuschieben und zu ignorieren. Das probierte ich schon den ganzen Tag und doch quälte mich die Stimme weiter.

›Ich bin in deinem Kopf‹, erinnerte sie mich. ›Ich weiß, dass du mich hörst.‹

Unruhig ging ich auf dem Betonboden hin und her, während die Ketten mir klirrend folgten. Immer wieder. Ich verfiel in einen Trott, nur um mich davon abzulenken, dass oben ein lebender Blutbeutel herumlief und mich festhielt. Gefangen mit meiner eigenen Lust. Die mit meinen Sinnen spielte. Ich rief mir in Erinnerung, wie Alexandra roch und zeigte mir, wie sinnlich nach wilden Früchten ihr Blut schmecken würde. Die Lust drängte mich dazu, die Ketten zu sprengen, die mich hier festhielten, aber noch konnte ich sie zurückhalten. So gerade eben. Ich spürte immer deutlicher, wie anstrengend es wurde, sie in Schach zu halten.

›Erinnere dich doch daran, wie viel Spaß wir hatten, Gabriel. Du hast es genauso genossen wie ich, das Herz in deiner Hand schlagen zu sehen. Zu beobachten, wie das Leben langsam, aber sicher aufhörte, durch die Adern des Experiments zu fließen.‹

Ich unterdrückte einen wohligen Schauer, der das Bild, das die Erinnerung hervorrief, mit sich brachte. Teils aus Wonne und der andere Teil bestand aus Ekel. Ich ekelte mich vor mir selbst, vor dem, was ich Devil angetan hatte. »Nein«, knurrte ich einfach und hasste mich im selben Moment für den Augenblick der Schwäche, in der ich der Krankheit die Beachtung geschenkt hatte, die sie brauchte und wollte.

Ein leises, raues Lachen ließ mich die Augen verdrehen.

Ich brauchte Ablenkung und das Einzige, was mir in dieser absolut leeren Zelle einfiel, war Sport. Ich begann mit leichten Dehnübungen, die von dem Klirren meiner Ketten begleitet wurden, das mich nervte.

Danach begann ich, Liegestütze zu machen, dabei in die Hände zu klatschen. Jedes Mal, bei jedem Klatschen, das von dem Klirren der Ketten begleitet wurde, erinnerte ich mich daran, wieso ich das tat. Wieso ich all dies über mich ergehen ließ.

›Auch das wird dir nichts bringen, Gabriel. Irgendwann wirst du nachgeben. Wir kennen dich. Das Spiel haben wir schon einmal gespielt‹, sagte die Stimme nach einer kleinen Ewigkeit.

»Ja«, keuchte ich. »Aber dieses Mal bin ich vorbereitet.«

Wieder erklang ein Lachen in mir. Ich kniff die Lippen zusammen und konzentrierte mich auf die richtige Haltung bei meiner Übung.

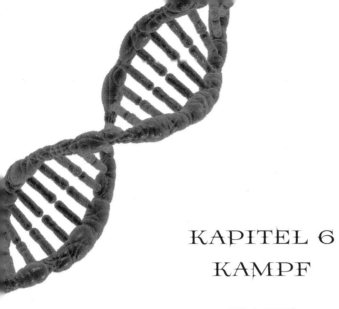

KAPITEL 6
KAMPF

KAZE

»Wo finden wir ein neues Auto?«, fragte ich Sascha.

Wir saßen in einem kleinen Café und sie spielte schon die ganze Zeit mit ihrem Handy herum. Als sie es herausgeholt hatte, hatte ich es kritisch gemustert, bis sie mir das Ding erklärt hatte.

Meine Finger trommelten ungeduldig auf den Tisch und meine Augen wanderten unruhig über die Gegend. Das Dorf war niedlich. Alles wirkte im Gegensatz zu Tamieh so klein.

»Ich suche es doch gerade schon, du Ungeduld in Person«, raunte Sascha und sah mich mit zornig blitzenden Augen an.

»Entschuldigung, dass ich Gabriel schnellstmöglich finden will. Du hast seine Augen nicht gesehen, Sascha. Sie sind komplett rot.« In meiner Stimme schwang Sorge mit, die ich nicht unterdrücken konnte.

Saschas Blick wurde weicher. »Ich weiß«, seufzte sie. »Ich will ihn ja auch finden. Aber zuerst brauchen wir ein Auto, das uns weiter bringt als fünfhundert Meter. Gib mir noch eine Stunde. In Ordnung?«

Ich nickte und stand auf. »Ich geh mich ein wenig umschauen.«

»Zieh aber keine Aufmerksamkeit auf dich«, warnte sie mich.

Meine Füße trugen mich aus dem Café. Ich hätte es nicht noch länger dort ausgehalten, mein Körper verlangte nach Bewegung. Ansonsten würde ich nämlich irgendwas auseinandernehmen müssen, damit ich mich gedulden konnte. Mein Blick glitt durch die Straße, durch die ich lief. Die Sonne brannte auf mich nieder, aber ich genoss die Wärme auf meiner Haut.

In dem Dorf war nicht viel los. Ab und zu kam mir mal ein Fußgänger entgegen und abgesehen von dem Café und dem Motel gab es hier keine weiteren Geschäfte – zumindest erkannte ich keine. Alle Häuser muteten eher wohnlich an als geschäftlich.

Ich bog in eine neue Straße ein, die mich hoffentlich einmal im Kreis führte, damit ich am Café wieder herauskam.

Die Sorge um Gabriel brachte mich fast um. Seine roten Augen gingen mir nicht aus dem Kopf. Und ich überlegte fieberhaft, was ich dagegen machen konnte.

Er brauchte mein Blut, um zu überleben. Gleichzeitig brachte ihn dieses Blut um den Verstand. Es vernichtete ihn von innen heraus. Es war wie ein Teufelskreis und zum ersten Mal verfluchte ich Kain, dass er schuld daran war, dass dieses Detail zum Vampirsein gehörte.

Auf einmal wurde ich gegen die nächste Hauswand gepresst. Meine Rippen knackten protestierend bei dem Aufprall. Automatisch grub ich meine Finger in den Arm, der versuchte, mir die Luft abzudrücken und lehnte mich dagegen.

»Hör auf, nach ihm zu suchen!«, zischte die Person mir gegenüber.

Erschrocken sog ich die Luft ein, als mich der irritierend bekannte Blick der braunen Augen traf, die ich so vermisste. Doch als ich mein Gegenüber näher betrachtete, verzog ich verwirrt das Gesicht. »Wer zum Teufel bist du?«, fragte ich aufgebracht und versuchte, mich aus seinem Griff zu winden.

»Das hat dich nicht zu interessieren. Du musst aufhören, nach Gabriel zu suchen. Sonst bringe ich dich dazu!«

Ich runzelte die Stirn. »Ich werde bestimmt nicht aufhören, nach Gabriel zu suchen«, grollte ich und legte meine ganze Kraft in einen Stoß, der mich von meinem Angreifer befreite. »Woher kennst du ihn überhaupt?«, versuchte ich, herauszufinden.

Er stolperte zurück und mir blieb Zeit, ihn zu betrachten. Ich ging dem Mann gerade mal bis zum Hals. Seine Haare waren braun und fielen ihm ins Gesicht und verdeckten nur leicht die braunen Augen, die mein Herz dazu brachten, sich schmerzhaft zusammenzuziehen. Sie sahen denen von Gabriel so unglaublich ähnlich. Ich schluckte und trat auf ihn zu.

Sein Blick fixierte mich, aber er blieb stumm.

»Wer bist du? Woher kennst du Gabriel und wieso sollte ich mich von ihm fernhalten?«, fragte ich erneut. Meine Stimme glich einem herannahenden Gewitter.

»Ich bin wie du. Nur besser«, erklärte er überheblich.

Ich zog spöttisch die Augenbrauen hoch. »Das sagte ein anderer auch schon.«

»Devil war ein Monster. Ein Fehler, der zufälligerweise so stark war, wie er dumm war. Es war gut, dass Gabriel ihn ermordet hat.«

Überrascht weiteten sich meine Augen und ich stockte. »Und wieso sollte ich aufhören, Gabriel zu suchen?«, hakte ich nach. Der Mann war mir suspekt. Woher wusste er von Devil? Meine Muskeln spannten sich an und ich behielt den Vampir weiterhin im Blick.

»Du siehst doch jedes Mal, wenn du die Augen schließt, das, was du ihm angetan hast. Meinst du wirklich, du bist gut genug für ihn?«

Ich runzelte die Stirn. »Wieso kümmert dich Gabriel so?«

»Das hat dich nicht zu interessieren.«

»Ist klar«, meinte ich und lachte laut auf. »Ich glaube einem dahergelaufenen Typen, dass ich schlecht für Gabriel bin, obwohl ich seine Verbundene bin.« Ironie tropfte aus jedem einzelnen Wort, das ich dem Mann an den Kopf schmiss.

Der Kerl belächelte mich. »Meinst du wirklich? Schon mal aufgefallen, dass du und deine Geschwister alle ziemlich gleich aussehen? Hast du eventuell mal darüber nachgedacht, dass du nur ein Klon bist? Und es nur eine Verbundene gibt?«

»Was?« Mein Kopf war plötzlich wie leer gefegt. Ich konnte keinen klaren Gedanken mehr fassen.

»Du bist ein Klon. Kein Mensch, kein Vampir, du bist einfach nur eine billige Kopie einer Verbundenen!«, klärte er mich auf. Seine Augen glitzerten dabei gehässig.

Die Wut staute sich in mir und verdrängte die Verwirrung über das Gesagte. Ich ignorierte den Schmerz, der in mir wütete und stürzte mich vollkommen in den Zorn, der heiß in mir brannte. Ich sprang auf den Kerl mit Gabriels Augen zu. Meine Fäuste wollten sich in sein Gesicht bohren, doch er wehrte mich mit einem Unterarm ab und versuchte, seine Faust in meine Seite zu rammen. Gerade rechtzeitig konnte ich ihm ausweichen und landete eine Armlänge von ihm weg. Ich konnte beobachten, wie sich seine Zähne verlängerten, nicht so viel wie meine, aber genauso bedrohlich ragten sie über seine Lippen.

Meine Zähne wuchsen ebenfalls und wir begannen, uns zu umkreisen. Mein Blick schweifte immer wieder ab. Ich schaute die Straße entlang, ob jemand kam. Aber die Gegend war genauso leer wie eben. »Hast du keine Angst, dass dich Menschen entdecken?«

Mein Gegenüber lachte. »Mit Sicherheit nicht. Ich bin ein Vampir. Menschen können mir nichts anhaben.«

Mir wurde eiskalt bei seinen Worten. Eine Gänsehaut überzog meinen Körper.

»Du solltest wirklich aufhören, Gabriel zu suchen – zu seinem Besten. Sonst muss ich dich weiterhin daran hindern, es zu tun.«

»Der Wagen …«, murmelte ich und erinnerte mich an das Auto, das weggefahren war.

»Ja, ich dachte, das war ein eindeutiges Zeichen. Aber scheinbar sind du und deine Freundin dümmer, als ich dachte.«

»Du hättest uns umbringen können!«, schrie ich ihn an.

»Das war mein Plan«, erwiderte er und zuckte lässig mit den Schultern. »Leider bist du aber nicht nur dumm, sondern auch hartnäckig – eine lästige Mischung.«

Knurrend stürzte ich mich wieder auf ihn und verpasste ihm einen Kinnhaken, der seinen Kiefer knacken ließ.

Anstatt des Keuchens erntete ich aber nur ein belangloses Lachen und direkt danach verspürte ich seine Faust in meinem unteren Bauchbereich und wurde von der Wucht auf den Boden geschmissen. Aus meinen Lungen wurde die Luft gepresst und ich sah Sterne vor meinen Augen. »Scheiße«, keuchte ich und rappelte mich direkt wieder auf.

Ich fixierte den Vampir mit bohrendem Blick. Er kam direkt auf mich zu und verpasste mir einen Tritt in die Rippen, der meinen Oberkörper wegschleuderte und ich hörte das Knacken von Knochen. Ich rang nach Luft. Er war schneller als ich. Und anscheinend auch kräftiger.

Ich stellte mich in Angriffsposition hin und versuchte, seinen nächsten Schlag vorhersehen zu können. Doch er schlug nicht zu. »Sieh es als Warnung. Halte. Dich. Von. Gabriel. Fern. Du bist nicht gut für ihn.« Damit drehte er sich um und ging.

»Warte!«, schrie ich, doch er beachtete mich nicht. Verwirrt starrte ich dem Fremden hinterher. Ich verstand seinen Sinneswandel nicht. Erst wollte er mich töten und jetzt? Jetzt ließ er mich mit einer Warnung davonkommen?

»Kaze! Da bist du ja.«

Überrascht richtete ich meinen Blick auf Sascha, die die Straße entlangkam, auf der ich mich befand.

Ich schaute zurück, doch ich konnte nichts mehr von ihm erkennen. Vor Wut presste ich die Kiefer aufeinander. Nicht nur, dass ich noch schneller Gabriel finden musste, ich musste stärker werden.

Der Mann schien zu wollen, dass Gabriel der Lust verfiel und ich musste herausfinden, wieso. Das konnte ich nur, wenn ich ihn zum Reden brachte.

»Was ist los? Ich dachte, du freust dich, wenn ich ein Auto habe.«

»Was?«

Sascha hatte mich mit ihren Worten aus meinen Gedanken gerissen. Sie runzelte die Stirn. »Alles okay?«, erkundigte sie sich und musterte mich kritisch.

»Nein«, sagte ich ehrlich. »Hier war gerade ein Vampir.« Ich machte eine kleine Pause. »Hat Gabriel noch mehr Familie?«

»Nein, es gibt nur Max und Nero. Wieso? Und was ist mit dem Vampir?«

»Er hat angedeutet, dass ich Gabriel in Ruhe lassen soll, sonst würde er sich darum kümmern, dass ich es tun muss«, erklärte ich.

Das Thema mit den Verbundenen ließ ich aus. Es konnte nicht sein, dass ich bloß eine Kopie war. Ich ballte die Hand zur Faust und selbst wenn ich doch ein Klon war, so hatte ich immer noch mein eigenes Leben, zu dem Gabriel gehörte. Und deswegen würde ich ihn finden und nach Tamieh zurückschleppen.

»Es schien, als wollte er, dass Gabriel sich verliert. Aber … ich verstehe es nicht. Er wusste Sachen, die er nur wissen kann, wenn … wenn er dabei gewesen wäre, als wir das Labor angegriffen haben.«

Ich war komplett überrumpelt. Der Vampir hatte Sorgen in mir geweckt, die ich nicht für möglich gehalten hatte. Aber woher wusste er von Devil? Woher wusste er, dass er das zu mir gesagt hatte? Woher kannte er ihn überhaupt?

Saschas Augen wurden groß und plötzlich fing sie an, zu lachen. »Ist klar. Der wird uns nicht ausschalten können. Wir bleiben einfach weiter zusammen. Und wenn du ihn das nächste Mal siehst, schnappen wir ihn uns«, meinte sie selbstsicher.

Ich schaute wieder die Straße entlang, wo der Vampir verschwunden war. Selbst, wenn Sascha so selbstsicher war, war ich es nicht. Irgendwas war an dem Vampir komisch gewesen.

»Okay, du hast ein neues Auto?«, lenkte ich vom Thema ab und ging auf Sascha zu.

An erster Stelle stand Gabriel und danach kam alles weitere. Wenn ich Gabriel holen sollte, würde der Vampir früher oder später wiederauftauchen.

»Ja, wir können es direkt abholen.«

Ich nickte erleichtert. Umso schneller wir von hier wegkamen, desto besser.

Das Auto hatte einem alten Ehepaar gehört. Es war nicht so luxuriös und nicht so groß wie unser erstes, aber ich konnte damit leben. Sascha hatte sich wieder hinters Steuer geklemmt und wir fuhren auf der Autobahn. Die Landschaft rauschte an uns vorbei und das Navigationsgerät sagte uns, dass uns nur noch wenige Stunden von Gabriel entfernten.

In meinem Bauch hüpfte etwas aufgeregt, als ich daran dachte, dass wir Gabriel bald gefunden haben würden. Der andere Vampir würde uns nicht aufhalten können. Egal, was er vorhaben sollte. Wenn Gabriel erst wieder bei uns war, würden wir zu dem Team werden, das wir sein sollten.

Doch eine kleine Stimme erinnerte mich daran, dass ich eventuell gar nicht seine wahre Verbundene sein könnte und Zweifel begannen, an mir zu nagen. Die ich jedoch schnell wieder versuchte, zu verdrängen, ehe sie die Überhand bekamen.

»Wie geht es deinen Rippen?«, zog mich Saschas Stimme aus meinen tristen Überlegungen.

Ich atmete zum Test tief ein und war überrascht. »Sie scheinen schon verheilt.«

Ich runzelte die Stirn. Als Gabriel und ich uns zwei Wochen nicht gesehen hatten, nicht einmal im Traumland, waren meine Heilungskräfte extrem geschrumpft. Anscheinend waren sie wieder da.

»Gut. Eine Stunde noch. Ich bin gespannt, was wir vorfinden werden.«

»Nicht nur du.«

GABRIEL

Blut.
 Alles, woran ich denken konnte, war das Blut, das sie mir geben würde. Ich musste nur noch ein bisschen warten und wenn sie runterkäme, würde ich es bekommen. Ich hörte, wie sie oben rumlief. Wie ein Hund saß ich unten in ihrem Keller. Horchte auf ihre Schritte, hoffte, dass sie bald hinunterkommen würde, um mich zu füttern. Mein Bauch krampfte sich schmerzhaft zusammen. Und das Warten auf meine Retterin stellte sich als immer schwieriger dar.
 ›Retterin ... pah. Du bist ein willenloser Köter‹, bellte die Lust in mir.
 Tief in meinem Inneren musste ich der Stimme in meinem Kopf zustimmen. Ich benahm mich wie ein Höriger. Das war eigentlich nicht meine Art. Aber Alex machte mich abhängig. Von ihr und dem Blut, das sie mir gab. Und ich brauchte jeden Schluck. Sehnte mich mit jeder Faser nach dem nächsten Beutel. Wie ein Junkie, der auf seine nächste Spritze wartete. Ich hasste mich für mein Benehmen. Und doch konnte ich nicht anders, als zu warten. Meine Ohren empfingen jeden Schritt, den sie oben machte. Sobald sie der Treppe näher kam, versteifte sich mein ganzer Körper. Aber wenn ich merkte, dass sie nicht die Treppe hinunterkommen würde, bohrte sich die Enttäuschung wie ein Messer in meine Gedärme. Ich wollte am liebsten etwas zerschlagen. Das Einzige, was jedoch hier unten war, das ich zerschlagen konnte, war das Bett. Das hatte ich schon in einem Anfall von Wut zerstört. Nur noch die Matratze war intakt.
 Ich hatte bemerkt, dass Alex mich immer skeptischer ansah. So, als würde etwas nicht stimmen. Aber ich konnte nicht darüber nachdenken. Alles, was für mich zählte, war das Blut. Genießerisch schloss ich die Augen und rief mir den Geschmack meiner letzten Mahlzeit zurück ins Gedächtnis. Trauben und ein weicher Nachgeschmack nach Holz. Ich schwebte im siebten Himmel. Doch als ich die Augen wieder öffnete, krampfte sich mein Magen schmerzhaft zusammen. Ich brauchte Blut. Jetzt. Sofort.
 Ich verstand so langsam, wieso die Vampire alles für Alex taten. Sie machte irgendwas mit dem Blut. Aber mir wollte nicht einfallen, was das sein könnte. Ich musste zugeben, dass ich nah dran war, ebenfalls so zu werden. Kaze war aus meinen Gedanken fast verschwunden. Nur noch ab

und zu zeigten meine Erinnerungen ein Bild von ihr. Ich wollte sie nicht mehr sehen. Mit ihrem Anblick waren Schmerzen verbunden. Schmerzen, die in meinem Inneren waren, die mich zerrissen und mir nicht guttaten. Alex tat mir gut. Sie verstand mich, wie Kaze es niemals könnte. Vielleicht wollte Kaze mich auch gar nicht verstehen. Was wusste ich schon?

Ich schüttelte mich und verdrängte die Gedanken. Was war nur los? Alex war ein Miststück. Ich würde nicht alles tun, was sie von mir verlangte. Eher würde ich sie umbringen.

›Du gehst mir auf den Keks‹, herrschte mich die Lust in meinem Inneren an.

Meine Zähne fuhren aus und ich bohrte die Fingernägel in meine Handballen. Ich sehnte mich nach dem Blut. Ich wollte doch nichts anderes mehr als Blut.

Die Schritte von Alex näherten sich der Tür. Blitzartig war mein ganzer Körper angespannt wie eine Bogensehne, wartete darauf, dass sie den Raum betrat und mir endlich gab, wonach ich mich so sehnte. Ich fühlte, wie der Geifer an meinem Zahn entlanglief. Ich wollte ihn aber nicht entfernen. Der Geruch des Beutels kam unter der Tür hindurch.

Jeder Nerv war hellwach und sandte die Info an mein Gehirn, dass das Blut kam.

›Volltrottel‹, murrte die Stimme in meinem Inneren. ›Wenn du wolltest, könntest du jedes Blut dieser Welt haben. Du bist nicht von ihr abhängig.‹

Ich wusste, dass die Lust recht hatte. Aber sie brachte mir jeden Tag aufs Neue frisches, delikates Blut. Sie war die beste Lieferantin. Und ich wollte das nicht verlieren. Obwohl ich auf die Ketten gut und gerne verzichtet hätte. Aber ich war bereit, den Preis zu zahlen, solange das Blut floss.

Die Hexe kam die Treppe herunter. Sie trug kaum etwas am Leib. Nur ein hauchdünnes Nachthemd, dem ich aber keinerlei Beachtung schenkte. Mein Blick lag einzig auf dem Plastikbeutel, den sie in ihrer Hand hielt.

»Na, wie geht es meinem kleinen Vampir?«, fragte sie mit rauchiger Stimme.

Ich beachtete sie nicht. Ich wollte das Blut von ihr, das so verführerisch in seinem Beutel hin- und herschwankte, dabei eine rote Spur auf dem Plastik hinterließ. Ich leckte mir über die Lippen und stand auf. Ich wollte ihr entgegenkommen. Der Hexe den Beutel aus der Hand reißen und meine Zähne in dem Plastik versenken, ohne dass sie mir dazwischenfunkte.

»Es ist scheinbar so weit.«

Ein Teil von mir reagierte auf ihre Worte und kurzzeitig ließ ich den Blick von dem Blut zu ihrem Körper schweifen. Doch die Vorsicht ließ schnell nach. Was sollte mir eine Frau, die keinerlei Waffen besaß, schon antun können?

Ihre Magie hatte ich in meinem Wahn nach Blut vergessen.

»Gabe, wir kommen jetzt zu deiner Bezahlung«, erklärte sie.

Ich konnte spüren, dass sich die Blutlust ebenfalls nach dem roten Gold sehnte, aber sie war intelligenter als ich. Und nicht so verblendet. Ich konnte und wollte keine Gefahr in Alex sehen. Wieso auch? Sie wollte mir helfen, die Krankheit in meinem Inneren loszuwerden. Damit ich wieder zurückkonnte.

Ich stolperte über den Gedanken und verbat mir die Erinnerungen, die mich nur den Schmerz erneut fühlen ließen, den ich vergessen wollte. So, wie ich jetzt war, konnte ich niemals zurück. Mein Blick ließ von dem Blut ab und zum ersten Mal registrierte ich Alex' Aussehen wirklich.

Das dünne Nachthemd umschmeichelte ihre sanften Rundungen und ließ kaum Platz für eine Fantasie. Ich konnte sogar ihre Brüste unter dem dünnen Stoff erkennen. Sie war barfuß und hatte ihre langen Haare offen über ihrer Schulter hängen. Ihre Lippen hatte sie komplett rot geschminkt, sodass es aussah, als hätte sie Blut getrunken.

Sie fuhr sich anzüglich mit ihrer Zunge über die Lippe. Ihre Pupillen waren geweitet. Mit jedem Schritt kam sie mir näher. Mein ganzer Körper versteifte sich. Sie blieb kurz vor mir stehen. Der Wunsch ihrer Bezahlung kam mir in Erinnerung. »Nein«, brachte ich keuchend hervor und stolperte von ihr zurück.

Ein anzügliches Grinsen bildete sich auf ihrem Gesicht. »Nein?«, fragte sie. »Ich glaube, doch, dass du das willst. Denn ich habe beschlossen, dass du niemals wieder Blut von mir bekommst, wenn du nicht das tust, was ich will«, erklärte sie und hielt den Beutel vor meine Nase.

Ich musste den Kloß in meinem Hals herunterschlucken. Ich krampfte meine Hände zu Fäusten und ließ dann wieder locker. Ich musste mich irgendwie ablenken. Das Blut in ihrer Hand ließ mich blind für alles andere werden.

»Ernsthaft, Gabriel. Du willst es doch auch.« Sie machte den Blutbeutel auf und das verführerische Aroma stieg in die Luft, umschmeichelte meine Nase. Ich leckte über meine Lippen, genoss den kurzen Moment meiner Schwäche. Doch ich hielt mich zurück.

»So will ich es nicht«, zwang ich mich, zu sagen. Meine Stimme klang gepresst. Ich war verloren, aber noch nicht so weit. Der Abgrund lag vor mir, lasziv rief er nach mir, umschmeichelte mich, damit ich sprang. Alles verließ, was mich ausmachte und zu dem wurde, was mir bestimmt war. Aber ich konnte nicht – noch nicht.

Alex überbrückte die letzte Distanz zwischen uns. Sie war eine hübsche Frau, keine Frage. Aber – Kaze' grüne Augen blitzten in meinen Gedanken auf – sie war nicht Kaze. Niemals würde sie Kaze sein.

Ihre Hand legte sich auf meine Brust, fuhr an meinem Bauch entlang. Alle meine Muskeln waren zum Zerreißen gespannt. Sie benutzte mich. Sie wollte, dass ich bezahlte. Ich war ein Jäger und ließ mich von einem dummen Schaf herumschubsen. Der Hass brodelte in mir auf.

›Zerreiße sie. Bade in ihrem Blut.‹

Dieses eine Mal stimmte ich meiner Lust zu. Ich wollte sie ausweiden, wegen dem, was sie tat. Nicht nur mit mir, sondern auch mit all den anderen Vampiren, die wegen ihrer Hilfe zu ihr gekommen waren. Ich wollte dieses hinterhältige Glitzern aus ihren Augen weichen sehen. Die Blutlust pulsierte in mir. Mit meiner letzten Kraft hielt ich mich zurück. *Sie ist Max' Verbundene, sagte ich mir. Ich will nicht noch so jemanden auf dem Gewissen haben. Auch wenn sie es verdient hätte.*

Ich schloss die Augen, als Alex' Hand an meinem T-Shirt-Saum spielte und ihre Finger darunter fuhren. Ihre Finger lagen warm auf meinem Bauch.

»Komm schon, Gabe. Du willst es auch. Lass uns beide mit der Gefahr spielen.«

Die Blutlust in mir lachte. ›Genau, Gabe, lass uns mit der Gefahr spielen. Ihr zeigen, dass du kein verweichlichtes Hündchen bist. Zeig ihr, wer du wirklich bist. Zeig ihr, dass sie sich den Falschen zum Spielen ausgesucht hat. Zerreiß ihren Körper, stiehl ihr das Herz und sauge es aus. Das hat dir beim letzten Mal doch auch so gefallen.‹

Ich erinnerte mich daran, wie Devils Herz in meiner Hand die letzten Schläge getan hatte und sehnte mich danach, das Gefühl erneut zu erleben. Die Hexe würde keiner vermissen. Ihr Blut würde sich köstlich in meinem Körper ausbreiten und jeder Zelle neues Leben geben.

Meine Vorderzähne bohrten sich in meine Lippen. Alex schmiegte ihren üppigen Vorbau an mich. »Na komm«, raunte sie und hauchte zarte

Küsse auf meinen Hals. »Danach bekommst du mein Blut.«

Ich war nicht wie ihre anderen Vampire. Ich war stärker. Ich war ein Nachfolger Kains. Ich würde mich nicht von meiner Beute bestimmen lassen. Ich wollte das nicht. Ich war niemandes Spielzeug und vor allem würde ich niemals ihres sein. Meine Vorwarnung war ein Knurren, das tief aus meinem Körper hervorhallte, als würde ein Gewitter heranziehen. Meine Zähne waren schon komplett ausgefahren, als ich mit meinen Händen ihre ergriff und aus meinem T-Shirt hervorzog. Brutal warf ich uns gegen die nächste Wand, wobei ein Knacken Alex' gebrochene Rippen verriet.

Sie keuchte. Ihre Augen waren vor Schock geweitet und wirkten vernebelt, sodass klar war, dass sie wieder unter irgendwelchen Drogen stand. »Gabe, warte!« Die Stimme zitterte. Der verführerische Ton war Panik gewichen. Sie hatte nicht mit Gegenwehr gerechnet. Sie hatte sich darauf verlassen, dass ich dumm und schwach war wie die anderen Vampire, die sie um Hilfe angefleht hatten.

Ich grinste, das gefiel mir schon besser. Der Geruch ihrer Angst war wie eine Liebkosung. »Das willst du doch«, raunte ich ihr ins Ohr und fuhr mit meiner Nase an ihrer Halsschlagader entlang, sog das Aroma der Panik in mich.

Sie zitterte unter meinen Händen. »Gabriel, hör auf! Du kommst hier ohne mich nie wieder raus«, versuchte sie, mich unter Druck zu setzen.

Ich lachte. »Meinst du wirklich, das interessiert mich? Ich bin nicht dein verdammtes Spielzeug.«

›Tu es endlich! Zeig ihr, dass du über ihr stehst! Dass du stärker bist als sie.‹ Die Blutlust stachelte mich an.

Ich wollte ihr wehtun. Ich wollte ihr jeden einzelnen Knochen im Leib brechen und danach würde ich sie ausbluten lassen.

Meine Hand umfasste ihren Hals, schob sie noch ein Stück weiter die Wand entlang hoch. »Darauf stehst du auch, nicht wahr?«, fragte ich sie gehässig.

»Hör auf!«, schrie sie. Ihre Stimme war schrill vor Angst und klang wie Musik in meinen Ohren.

Ich dachte gar nicht daran, aufzuhören. Es hatte gerade erst begonnen. Ich drückte noch fester zu und nur noch erstickte Laute kamen über ihre Lippen.

Ich packte ihre Haare und schleuderte die Hexe auf den Boden. Ihr

Schrei hallte in meinen Ohren und ich konnte mir ein Grinsen nicht verkneifen. »Du hättest nicht mit mir spielen dürfen«, belehrte ich sie und trat mit meinem Fuß auf ihren Arm. Die Knochen splitterten unter der Gewalt. Alex schrie weiter. Und ihr Schrei machte mich glücklich. Die Euphorie pulsierte durch meine Adern und ich würde fast behaupten, dass sich ihre Schreie besser anfühlten als Blut, das meinen Rachen hinabrann.

Sie bezahlte. Für alles, was sie mir und den anderen Vampiren angetan hatte, bezahlte sie. Sie hatte jeden Funken Schmerz in ihrem Inneren verdient. Denn dieser Schmerz kam nicht einmal ansatzweise an meinen heran. Sie hatte mir helfen sollen. Aber sie nutzte jeden von uns nur aus. Sie war für uns der Dealer, der seinen Junkies nur helfen wollte. Ich schnaufte amüsiert. Damit war jetzt Schluss. Sie hatte alles nur noch schlimmer gemacht und war stolz drauf gewesen. Ich war wie in einem Rausch, als ich ihr die Knochen brach und sie schreiend unter mir lag, nicht mehr in der Lage, sich zu wehren – zu schwach, um ihre Zauberkraft wirken zu lassen.

Ich war glücklich. Meine Zähne sehnten sich danach, in ihren Hals zu schlagen und das verbliebene Blut aus ihrem Körper zu saugen.

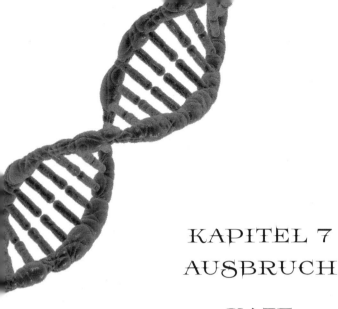

KAPITEL 7
AUSBRUCH

KAZE

Ich hörte die Schreie schon, als wir noch in dem Auto saßen und vor dem kleinen, gelben Haus hielten. Sascha hatte den Wagen noch nicht einmal ausgestellt, als ich schon aus dem Auto sprang und auf das Haus zuhastete. »Kaze, warte!«, hörte ich Sascha hinter mir rufen, gefolgt von ein paar Flüchen, aber ich ignorierte sie.

Das waren nicht Gabes Schreie, aber die Adresse stimmte. Und wenn es nicht seine waren, dann … Ich schüttelte den Kopf und stürmte zu der roten Tür. Mich konnte nichts aufhalten. Ich würde nicht zulassen, dass Gabe noch jemanden umbrachte und sich dann die Schuld gab.

Das Holz splitterte, als ich mich mit meiner Schulter dagegen warf. Schlitternd blieb ich stehen, lauschte. Die Schreie kamen aus dem Keller. Die Tür an der Treppe war offen und ich rannte darauf zu. Ich roch das Blut, bevor ich alles sah. Die Holztreppe knarzte unter meinen eiligen Schritten.

»Gabe!« Meine Stimme überschlug sich fast, als ich sah, was er tat.

Er folterte die Frau. In mir wurde alles eiskalt. Mein Verbundener hielt die Frau in der Luft. Er hatte gerade die Zähne in ihren Hals rammen wollen, als er mich sah. Das Rot in seinen Augen glühte mir entgegen und er wirkte eher wie ein Tier als ein Mensch.

»Geh von ihr weg«, sagte ich und versuchte, ruhig zu bleiben. Mein ganzer Körper zitterte vor Anspannung. Ich konnte nicht zulassen, dass er sie noch mehr verletzte, oder, schlimmer noch, umbrachte. Die Frau wimmerte in Gabes Griff. Ich wollte mir gar nicht vorstellen, was für eine unerträgliche Angst sie haben musste.

Schritt für Schritt kam ich Gabe näher. Seine Augen verfolgten jede meiner Bewegungen, aber noch ließ er es zu.

»Lass nicht zu, dass die Krankheit dich zwingt, sie zu töten. Das bist nicht du«, redete ich auf ihn ein. »Es ist nur eine Frau«, versuchte ich es weiter.

Gabe schnaufte, was wohl ein ungläubiges Lachen sein sollte. »Nur eine Frau«, brummte er belustigt, »die Vampire, die in ihrer Not zu ihr kommen, vergewaltigen will, damit sie das bekommen, wonach sie sich am meisten sehnen.«

Mein Blick verweilte geschockt auf der Frau. Jetzt erkannte ich das Nachthemd und musste schlucken. Das Bedürfnis, ihr selbst die Kehle aufzureißen, drängte ich zurück. »Das ist nicht in Ordnung, ich verstehe das. Aber du bist besser als sie. Lass sie. Komm her, bitte.« Immer weiter näherte ich mich ihm wie einem wilden Tier.

»Nein. Bleib stehen! Oder du wirst genauso enden wie sie.«

Ich blieb, wo ich war. Starrte ihn überrascht an und ließ meine Zähne wachsen. »Ich bin nicht wie sie«, knurrte ich.

Gabe ließ die Frau achtlos fallen, die mit einem Keuchen auf dem Boden landete. Wenn es stimmte, was Gabe erzählte, hatte sie die Schmerzen verdient. Ich konzentrierte mich wieder auf Gabriel. Sein ganzer Körper spannte sich an, was zeigte, dass er zum Angriff übergehen wollte. Noch nie hatte er so offen gezeigt, was er beim Kampf vorhatte. Bevor er von dem Betonboden absprang, rollte ich mich zur Seite, sodass er gegen die Wand krachte, an der ich gerade noch gestanden hatte.

»Kaze!«, schrie Sascha.

Kurz sah ich zu ihr herüber. Ihre Augen waren geweitet auf den Körper der Frau gerichtet. »Hol sie«, brachte ich hervor und wollte mich wieder Gabriel zuwenden. Doch ich wurde von einem Gewicht getroffen, sodass ich hart auf dem Boden landete. Die Luft wurde mir aus den Lungen gepresst und kurz sah ich Sternchen vor meinen Augen flirren, ehe sich mein Blick wieder schärfte. »Das hast du nicht getan«, meinte ich zischend und starrte in die roten Augen.

Ein fieses Grinsen, das ich von Gabriel nicht kannte, legte sich auf seine vollen Lippen. »Doch.« Seine Finger bohrten sich in meine Schultern und ich hatte das Gefühl, dass er sie zerquetschen wollte. Ich verkniff mir einen Schmerzensschrei, indem ich die Lippen zusammenpresste. Er zog mich näher an sich. Seine Fangzähne waren komplett ausgefahren und ich wusste, was jetzt kam. Bereitete mich auf den Schmerz vor.

Er rammte seine Zähne in mich. Ich hörte, wie er vor Wonne stöhnte. Sein Biss katapultierte mich in Ekstase, die ich nur schwer abschütteln konnte. Ich zog die Beine an meinen Körper und platzierte sie mit zusammengebissenen Zähnen unter Gabriels Körper. Er merkte, dass ich etwas vorhatte und versuchte, meine Beine mit seinen Knien wegzuschieben, während er weiter mein Blut trank. Aber ich presste meine Füße gegen seinen Bauch und stieß ihn von mir herunter. Dabei riss mein Hals noch ein wenig mehr auf.

Keuchend landete er neben mir und ich rappelte mich schnell auf. Beobachtete ihn, wie er aufstand und kurz strauchelte.

»Wirst du jetzt wieder vernünftig? Oder brauchst du wirklich eine Abreibung?«, fragte ich herausfordernd. Im Augenwinkel konnte ich sehen, wie Sascha ihr Blut in die Frau flößte, damit sie heilte. Gabriel bekam davon nichts mit. Seine Aufmerksamkeit und Wut lagen nur auf mir. Ich verstand auf einmal, dass er damals keine Lust gehabt hatte, gegen mich zu kämpfen. Ich sah in diesem Kampf gerade keinen Sinn.

»Ich bin vernünftig«, grollte er und sprang wieder auf mich zu.

Ich glitt an ihm vorbei. Er kämpfte nicht gut. Nicht so gut wie am Anfang. Seine Bewegungen waren unkontrolliert und fahrig. Als hätte er gar keine Kontrolle mehr über seinen Körper. Er kam wieder auf mich zu. Seine Faust hatte er erhoben und wollte nach mir schlagen. Ich ging in die Hocke und trat gegen seine Beine. Er strauchelte und konnte sich nur gerade eben wieder fangen. Ich richtete mich erneut auf und wartete, was er als Nächstes vorhaben würde.

Ich konnte seine Bewegungen hervorsehen. Er gab sich keine Mühe, als würde sein Verstand nur noch von dem Drängen nach Blut bestimmt werden. Er kam wieder mit glühenden Augen auf mich zu und versuchte, nach mir zu schlagen, aber ich wich ihm erneut aus. Als er mich einmal traf, war der Schlag zu schwach, um irgendwas ausrichten zu können.

»Du bist ein Schwächling«, klärte ich ihn auf. »Erst lässt du dich von einer Frau wie ein Tier in Ketten legen und jetzt benimmst du dich wie eines.«

Seine Augen blitzten wütend auf, als er das hörte. »Ich bin kein Tier.«
Ich lachte schallend. »Nicht? Dann benimm dich auch nicht so. Du weißt genau, wer ich bin. Wieso kämpfst du also gegen mich?«, hielt ich ihm vor.

Gabe stolperte. Überrumpelt blinzelte er und starrte mich mit großen Augen an, als würde er jetzt erst erkennen, gegen wen er kämpfte. Der Gedanke, dass er mich nicht sofort erkannt hatte, schmerzte, aber ich schüttelte das Gefühl ab. »Ich bin Kaze. Erinnerst du dich an mich?«, fragte ich.

Er wich vor mir zurück. Kurz flackerte die gewohnt braune Farbe seiner Augen durch, doch sie verschwand so schnell wieder, wie sie aufgetaucht war, dass ich es für eine Einbildung hielt. In seinen blutroten Augen konnte ich die Angst erkennen. »Kaze …« Seine Augen hörten auf, mich zu fixieren und wanderten durch den Raum. Als hätte er keine Ahnung, was passiert war. »Scheiße!«, fluchte er auf einmal und schlug auf den Boden ein.

Verwirrt betrachtete ich den Mann vor mir. Ich war in meiner Bewegung erstarrt, wieso tat er das? Er wirkte wieder wie er selbst – zumindest fast. Er schlug weiter auf den Beton ein und endlich kam der Befehl von meinem Gehirn, ihn davon abzuhalten. »Hör auf!«, rief ich und lief zu ihm, hinderte ihn daran, seine Fäuste weiter auf den Boden einschlagen zu lassen.

»Es … Es tut mir leid …« Gabes Körper begann, zu zittern. Nichts war mehr übrig von dem Tier, das er gerade eben noch gewesen war.

Ich nahm ihn in den Arm. »Ich weiß«, raunte ich in sein Haar und zog ihn an mich.

Kurz wehrte er sich gegen die Umarmung, doch dann ließ er sich hineinfallen und legte seine Arme um mich. Presste sich an mich und ich fühlte die Schluchzer, die seinen Körper erbeben ließen. Aber ich sagte nichts. Ich wusste nicht, was ich sagen sollte. Wusste nicht, wie ich irgendwas in Worte fassen sollte. Ich wiegte ihn in meinen Armen, so wie es Martin damals bei mir getan hatte, als Gabe nicht in dem Wagen gesessen hatte.

Wir waren schon ein komisches Gespann. Ich hörte, wie Sascha und die Frau nach oben gingen. Sie schien das Blut aufgenommen zu haben. Ich biss die Kiefer zusammen. Eigentlich hatte sie verdient, was Gabriel mit ihr vorgehabt hatte. Wenn sie wirklich die Vampire so ausnutzte …

Ich musterte Gabriel. Er war so dünn. Ich spürte seine Rippen unter dem T-Shirt. Alles schrie in mir, diese Frau zu verletzen, weil sie Gabriel so misshandelt hatte, aber ich hielt mich zurück. Er brauchte mich. Er brauchte mich so viel mehr, als ich meine Rache brauchte.

Ich drückte ihn an mich. »Bitte«, raunte ich, »verlass mich nicht mehr.«

Er drückte mich an sich, sagte aber nichts. Was mir schon wieder die Tränen in die Augen trieb. Ich drängte sie zurück. Es ging nicht um mich. Dieses Mal nicht.

Sascha kam die Treppe wieder herunter und musterte Gabriel voller Mitleid in den Augen. In ihrer Hand hielt sie Schlüssel. Sie hockte sich neben uns. »Gabriel, darf ich?«, fragte sie und hielt den Schlüssel hoch.

Seine roten Augen leuchteten ihr entgegen. Ich spürte, wie sich Sascha kurz anspannte. Doch Gabriel schüttelte den Kopf. »Nein.«

Überrascht sah ich an ihm runter und musterte ihn. »Wieso nicht?«

»Ich will dir nicht wehtun.«

Ich grinste ihn an. »Ich glaube, dass eine meiner Rippen wegen dir angeknackst ist und mein Hals, na ja …«, versuchte ich, zu scherzen.

Aber es rief nur das Gegenteil hervor. Seine Augen weiteten sich und er wich von mir zurück. Sein Blick fuhr zu meiner anderen Seite, wo er seine Fangzähne in mich gerammt gatte.

Ich biss mir auf die Lippen. »Es ist alles okay«, versuchte ich, ihn zu beruhigen.

»Nichts ist okay! Genau davor wollte ich dich beschützen! Damit du keine Schmerzen wegen mir hast!«, rief er und stand auf. Nervös tigerte er durch den Raum.

Ich stand ebenfalls auf. Sascha übergab mir die Schlüssel und ging wieder nach oben. Ich hörte noch, wie sie die Tür hinter sich schloss. Wir waren alleine und ich dankte Sascha im Stillen, dass sie uns die Zeit gab.

»Ich weiß, dass du mich schützen wolltest. Das Problem ist, dass du mich damit mehr verletzt hast, als du wolltest«, erklärte ich. »Ich habe es dir schon im Traumland gesagt, dass ich nicht mehr weiß, ob es noch heilen kann. Aber diese Rippe und auch die Haut, die heilen«, fuhr ich fort.

Seine roten Augen waren voller Trauer, als er mich betrachtete. »Ich weiß«, gab er seufzend nach. »Deswegen will ich das trotzdem nicht. Ich habe gerade die Kontrolle verloren. Und das … das will ich nicht noch mal.«

»Das wirst du nicht. Vertrau mir.«

»Dir vertraue ich. Aber ich vertraue mir nicht. Versteh das doch!«

»Ich verstehe das! Aber ich will, dass du uns vertraust. Dass du darauf vertraust, dass wir das gemeinsam schaffen können und aufhörst, dich wie ein Feigling zu benehmen und dich vor deinem Leben zu verstecken!«, schrie ich ihn an. Die Tränen liefen über meine Wangen, aber das interessierte mich nicht. Ich wollte, dass er endlich verstand!

»Du scheinst es nicht zu verstehen«, sagte er ruhig und wandte sich ab.

Ich knurrte. »Schön! Dann bring du das aber deiner Mutter bei, dass sie nicht nur ihren Mann verliert, sondern auch ihren Sohn, weil er zu feige ist«, fuhr ich ihn an.

Ruckartig drehte er sich zu mir um. Er umfasste meine Hüften und stieß mich mit dem Rücken gegen die nächste Wand. Der Stoß war sanfter als der letzte, sodass ich nur eine kurze Erschütterung spürte. Es war merkwürdig, aber trotz dieser Rauheit genoss ich seine Wärme, die mich umhüllte. Mit seinem Körper hielt er mich gefangen. Seine Ketten klirrten dabei. »Ich bin nicht feige!«, knurrte er.

»Nein? Dann beweise es«, forderte ich ihn heraus. Ich fixierte ihn mit meinen Augen. Die Spannung zwischen uns lud sich auf. Ich sehnte mich nach ihm. Nach dem starken Gabriel, der sich nicht versteckte.

Gabriel erwiderte meinen Blick. Wir führten ein Duell mit unseren Augen, das keiner zu gewinnen schien. Auf einmal presste er seine Lippen brutal auf meine. Ich spürte seinen Schmerz, seine Verzweiflung, er öffnete sich mir. Und ich gab ihm das, was er brauchte. Zuversicht, Hoffnung. Ich schenkte ihm alles, was ich hatte.

Meine Zunge fuhr über seine Lippen, bat um Einlass, den er mir bereitwillig gab. Ich fuhr mit meinen Händen durch seine Haare, während seine meinen Körper umschmeichelten. Ich umschlang seine Hüften mit meinen Beinen. Es fühlte sich so richtig an, in seinen Armen zu sein. Wieso merkte er das nicht? Wieso fühlte er nicht dasselbe, was ich spürte?

Ich schob die Fragen beiseite, dafür war ein anderes Mal Zeit.

»Ich hab dich vermisst«, raunte Gabriel an meinen Lippen.

Ich schmolz in seinen Armen dahin. Die Wut auf ihn verpuffte, gerade gab es nur uns. Keine Blutlust, keine andere Frau, sondern nur Gabriel und mich. Ich wollte diese Blase nicht verlassen, die wir uns schufen, aber ich wusste, dass wir uns irgendwann dem Leben stellen mussten. Mit all seinen Tücken, mit all den Schmerzen, die das Leben für uns bereithielt.

Aber ich war mir sicher, gemeinsam konnten wir das schaffen.

»Ich dich auch, du Vollidiot«, wisperte ich.

Wir hatten den Kuss unterbrochen und unsere Stirnen lagen aneinander.

»Wieso bist du hier?«, fragte er.

»Weil ich nicht zusehen kann, wie du alleine kämpfst. Es muss einen Weg geben, der dich nicht zu einem Tier macht«, antwortete ich wahrheitsgemäß. »Außerdem hat deine Mutter nicht mehr für mich gekocht, als ich ihr sagte, dass du mir gestohlen bleiben kannst.« Ein Lachen begleitete meine Worte.

Das Grinsen auf Gabes Gesicht war wieder das, was ich kannte und mein Herz hüpfte erfreut, als ich es sah. Ich küsste seine Mundwinkel, in der Hoffnung, dass dieses Lächeln nicht mehr verschwand.

»Das muss wirklich ein grausamer Tag gewesen sein, als sie nicht für dich gekocht hat«, murmelte Gabe.

Ich nickte entsetzt. »Aber total. Ich dachte, ich müsste verhungern.«

Dass Luisa mir an dem Tag Kain gezeigt hatte, verschwieg ich. Die Angst, dass Gabriel genauso enden würde, nagte schmerzlich an mir. Aber gerade wollte ich nur den Moment genießen. Diesen kleinen Augenblick voller Hoffnung, der nur uns beiden gehörte.

Langsam ließ Gabriel mich runter. »Du wirst mich nicht wieder gehen lassen, oder?«

Ich wusste nicht, ob ich mich jemals an das Rot in seinen Augen gewöhnen könnte, das mir einen Schauer über den Rücken laufen ließ. »Nein. Du kommst wieder mit nach Hause. Sie vermissen dich.«

Gabriel schmunzelte. »Ich glaube, nicht alle. Nero sagte, dass er mich umbringt, wenn ich zurückkehren sollte.«

Ich lachte laut. »Weil Nero so viel zu sagen hat.«

»Nur weil du ihn nicht magst, heißt das noch nicht, dass du seine Autorität herabsetzen kannst.«

»Du magst ihn auch nicht«, erinnerte ich ihn. »Und du gibst auch nicht wirklich etwas darauf, was er sagt.«

Gabe verdrehte die Augen und kurz fühlte es sich an, als wäre alles wie immer. Als gäbe es keine Blutlust, die ihm das Leben schwer machte. Ich nahm Gabriels Hände und schloss die Ketten auf.

»Habt ihr … habt ihr irgendwas anderes, um mich … na ja … zu fesseln?«

Mit gerunzelter Stirn sah ich zu ihm auf. »Wir brauchen dich nicht zu fesseln.«

Er presste die Kiefer aufeinander. »Doch. Du hörst sie nicht. Kaze, bitte.«

»Wen sollte ich denn hören?«, fragte ich verwundert.

»Die Blutlust. Sie erinnert mich daran, wie köstlich dein Blut ist. Wie es sanft meine Kehle entlang geflossen ist und wie warm dein Körper an meinem ist, als du dich an mich geschmiegt hast.«

Ich betrachtete ihn sorgenvoll, versuchte aber, ein Grinsen auf mein Gesicht zu zaubern. »Natürlich schmecke ich gut. Ich bin immerhin deine …«, das Wort blieb mir kurz im Hals stecken, weil ich mich an das Gespräch mit dem Vampir erinnerte, »Verbundene.«

Gabriel hatte aber nichts davon mitbekommen, zumindest zeigte er es nicht.

Ich schloss die Ketten auf und reichte ihm meine Hand.

»Lass uns nach Hause gehen«, forderte ich ihn auf.

GABRIEL

Skeptisch betrachtete ich ihre Hand, die sie mir hinhielt. Nach kurzem Zögern nahm ich sie aber an. »Okay, dann lass uns nach Hause gehen.«

Sie schenkte mir ein Lächeln, das mich die Blutlust kurz vergessen ließ. Ich genoss ihre Gegenwart. Erst jetzt wurde mir bewusst, wie sehr ich sie vermisst hatte. Ich hatte nicht nur mich mit meinem Fortgang bestraft, sondern auch sie. Das wurde mir aber erst jetzt klar. Sie hatte genauso darunter gelitten.

›Ihr Blut war so köstlich. Das Beerenaroma … Erinnerst du dich daran?‹

Ich schob die Stimme weg. Ich wollte sie nicht hören. Wollte nicht, dass sie diesen Moment zerstörte. Sie machte mich schwach und willenlos. Mein Blick lag auf Kaze' Rücken. Im Gegensatz zu ihr. Sie machte mich stark. Ich hatte vergessen, wer ich war. Was mich ausmachte, bis sie mich daran erinnert hatte, bis sie mir zurief, wer sie war. Ich hatte mich fast meiner Bestie hingegeben. Aber sie hatte mich zurückgeholt. Nachdem sie mich verprügelt hatte. Ich rieb mir die schmerzenden Stellen an meinem

Körper, während ich Kaze folgte. Sie hatte noch immer einen verdammt harten Schlag drauf. Ich war stolz auf sie. Sie hatte mich nicht geschont. Würde sie wahrscheinlich auch niemals. Ein Grinsen legte sich auf meine Lippen.

Sascha saß mit Alexandra in der Küche. Ihr Blick streifte mich kurz. Er war voller Misstrauen und Vorsicht. Es fühlte sich an, als hätte Sascha mich geschlagen und nicht nur angesehen. Alex richtete sich etwas gerader auf ihrem Stuhl auf. »Schön, dass du wieder normal bist, Gabe.«

Ich konnte das Knurren nicht verhindern, das meine Kehle hinaufrollte. Kaze' Hand umschlang meine und drückte kurz zu. *Ich bin da*, sagte sie mir. Ich erwiderte den Druck und ignorierte Alex. Sie war nicht mehr wichtig. Wenn ich mit Max sprechen könnte, würde ich ihm sagen, dass er seine Verbundene lieber zu sich holen, oder am besten einsperren sollte, um sie, aber auch andere vor ihr zu schützen.

»Wir sollten fahren«, sagte Kaze und klang dabei angespannt. Ihr Blick lag auf Alex. Ich runzelte die Stirn, bis mir einfiel, dass ich ihr alles gesagt hatte. Ich hasste diese Blackouts bei der Blutlust.

»Meinst du nicht, wir sollten ab–«

»Nein. Ich denke, die Hexe wird alleine zurechtkommen. Nicht wahr?«, unterbrach Kaze Sascha und fixierte Alex. Wenn ihre Blicke umbringen könnten, würde Alex tot vom Stuhl fallen.

Diese schenkte meiner Verbundenen nur ein überhebliches Lächeln. »Natürlich werde ich das.«

»Schön. Auf Nimmerwiedersehen.«

Kaze zog mich mit raus und ich war ihr dankbar dafür. Als wir aus der Haustür traten, blieb ich kurz stehen und atmete tief ein. Die frische Luft erfüllte meine Lungen. Ich fühlte mich schon etwas leichter, mit jedem Schritt, mit dem ich das Haus hinter mir ließ.

»Danke.«

Kaze drehte sich zu mir um. »Wofür?«

»Dass du mich nicht aufgegeben und mich gerettet hast – erneut.« Ich schenkte ihr ein Grinsen.

Sie erwiderte es. »Bleibt mir ja nichts anderes übrig«, versuchte sie, zu scherzen.

»Okay, Leute, dann wollen wir mal nach Hause!«, rief Sascha euphorisch und lehnte sich von hinten auf meine und Kaze' Schultern.

Wenn man uns so sah, hätte man glauben können, wir seien drei ganz normale junge Erwachsene, die in ihrer Freizeit abhingen. »Gabe, wo willst du sitzen?«, fragte Sascha und durchbohrte mich mit ihrem Blick.

Noch immer lag Misstrauen darin, was ich ihr nicht einmal verübeln konnte.

»Ich denke, es ist besser, wenn jemand mit mir hinten sitzt«, gab ich leise zu.

›Du solltest dich an der Schlampe rächen. Du hast das verdient! Du solltest zurück in diese Küche und sie ausbluten lassen. Kannst du dir nicht denken, was mit den anderen Vampiren passiert ist, die bei ihr waren? Als ob die wieder geheilt wären.‹ Die Lust schnaufte.

Ich bekam schweißnasse Hände. Das Bedürfnis, Alex die Kehle herauszureißen und mich in ihrem Blut zu suhlen, drängte sich in den Vordergrund. Ich wollte das. Unbedingt. »Vielleicht sollte ich noch mal rein …«, murmelte ich.

Aber Kaze und Sascha hielten mich fest. »Nein. Wir fahren jetzt nach Hause.«

Kaze' grüner Blick bohrte sich in meinen und zwang mich in die Knie. Wie konnte es sein, dass diese Frau noch immer so eine Auswirkung auf mich hatte? Obwohl ich so zerbrochen war?

Ich folgte den beiden zu einem silbernen Mercedes A-Klasse. Stirnrunzelnd betrachtete ich den Wagen. »Du hattest auch mal einen besseren Geschmack«, bemerkte ich gegenüber Sascha.

»Halt die Klappe und setz dich hinten hin«, meinte sie bloß und setzte sich auf den Fahrersitz. Kaze hielt mir die Tür auf und ich rutschte durch, damit sie nicht auf der Straße einsteigen musste.

Als sie die Tür schloss, wurde mir der beengte Raum erst wirklich bewusst. Ich saß zwischen Saschas und Kaze' Duft. Ich versuchte, flach zu atmen, den Duft nicht zu sehr in meine Nase zu bekommen.

›Ich kenne die Düfte‹, raunte die Lust.

Ich schloss die Augen, wollte die Stimme nicht hören.

›Beeren und … Honig. Köstlich! Stell dir eine Mischung der beiden Geschmäcker vor, wie sie deinen Rachen hinabläuft. Es muss eine Geschmacksexplosion sein, das erleben zu dürfen. Und du bist genau zwischen ihnen.‹

Meine Zähne wuchsen ohne mein Zutun. Meine Finger krallten sich in den Stoff des Sitzes. Ich wollte raus, wieder zurück in den Keller. Egal, was dort noch auf mich zugekommen wäre … Es konnte nur besser sein, als Kaze oder Sascha die Kehlen zu zerfetzen.

Ich spürte Kaze' warme Hand, wie sie meine Finger umfasste und sanft drückte. Ich öffnete die Augen und sah zu ihr. Sie lächelte mir aufmunternd zu. »Ich kann das nicht«, gab ich dann zu. »Ihr ...« Ich musste mich beim Sprechen anstrengen. Alles in mir verlangte nach dem Blut. Und ich wollte es so sehr! Ich konnte die Beeren, vermischt mit dem Honig, schon schmecken. Spürte, wie das Blut sanft meinen Rachen hinablaufen würde.

»Was soll ich tun?«, fragte Kaze.

›Dich ausziehen, auf meinem Schoß räkeln und mir deinen Hals darbieten. Wie es jede gute Blutsklavin tun würde.‹

Ich schob die Blutlust beiseite, obwohl ich die Vorstellung genoss, wie sich Kaze auf meinem Schoß räkelte. Aber es ging nicht – noch nicht.

»Schlag ihn bewusstlos«, kam es von vorne.

Saschas Blick begegnete mir im Rückspiegel.

»Aber ...?«, wollte Kaze fragen, doch ich schnitt ihr das Wort ab.

»Sascha hat recht. Zumindest bis wir zu Hause sind. Danach müssen wir uns was anderes überlegen.«

Ich sah Kaze an, dass sie sich damit nicht wohlfühlte und mit sich rang. Aber ich wollte das nicht fühlen. Dieses Drängen, meine Zähne in diejenigen zu rammen, die ich liebte, brachte mich noch mehr um den Verstand.

»Du musst auch so damit zurechtkommen«, sagte Kaze. »Wäre das mit dem Auto nicht eine gute Probe? Ich kann dich noch immer besinnungslos schlagen, wenn du dich nicht mehr zurückhalten kannst. Aber ich will dir vertrauen. Und ich will, dass du wieder lernst, dir selbst zu vertrauen.«

»Da hat sie auch recht«, meinte Sascha. »Solange seine Zähne nicht in meinem Hals sind, ist alles gut.«

Fassungslos sah ich zwischen den beiden hin und her. »Ihr wollt sterben, oder? Nicht nur, dass ihr mich sucht, als ob ihr Todessehnsucht habt. Nein, lassen wir den Irren auch noch wach!«

Kaze sah mich mit hochgezogenen Augenbrauen an. »Du übertreibst. Meine Güte, du bist ein totaler Waschlappen geworden. Wenn du mich noch mehr nervst, kann es doch sein, dass ich dich k. o. haue. Und jetzt reiß dich zusammen. Sei ein Kerl.«

Ich verschränkte die Arme und fühlte mich wie ein trotziges Kind, das seinen Willen nicht bekam. Aber das war mir egal. *Gut*, dachte ich mir, *sie werden schon sehen, was kommt, wenn ich die Kontrolle über mich verliere.*

›Sie wollen es nicht anders‹, meinte jetzt auch die Krankheit. Sie bekräftigte mich noch in meinem Gedanken. ›Sie betteln ja schon fast darum, dass du sie aussaugst. Verbinde die Geschmäcker! Es wird so köstlich munden!‹

Ich atmete genervt aus der Nase aus und schloss die Augen. Vielleicht konnte ich ja schlafen.

»Wie hat sie versucht, dich zu heilen?«, fragte Kaze in die Stille.

Ich biss die Zähne aufeinander. Ich wollte es ihr nicht verraten. Wollte ihr nicht sagen, dass ich wie ein Hund auf Alexandra gehört hatte, bis die Lust mich überrannt hatte. »Ich glaube nicht, dass es ihr Ziel war, mich zu heilen«, gab ich zu. Ich richtete meinen Blick auf Kaze. Ihre Augen funkelten wütend.

»Schade, dass wir zu früh gekommen sind«, murmelte sie leise.

Ich musste ihr recht geben. Die Welt wäre ein besserer Ort, wenn Menschen wie Alexandra nicht existieren würden.

Stille legte sich über den Wagen und ich konnte tatsächlich etwas schlafen.

»Gabe! Wach auf.« An mir rüttelte jemand. »Du bist zu Hause.«

Schlagartig wurde ich wach und riss die Augen auf. Jemand hatte die Tür geöffnet und die Luft roch nach Heimat. Der intensive Duft des Waldes machte sich in meiner Nase bemerkbar und ich sog ihn gierig ein. »Habt ihr Nero schon Bescheid gesagt?«, fragte ich vorsichtig, bevor ich ausstieg.

Kaze lachte. »Nein, und er wird da auch kein Mitspracherecht haben. Du gehörst hierher wie kein anderer. Also steig aus.«

Ich folgte ihr. Es war mittlerweile Nacht. Wir liefen direkt auf das Haus meiner Mutter zu. Ein Klumpen bildete sich in meinem Magen und mir wurde richtig schlecht. Ich hatte Angst, zu ihr zu gehen. Was war, wenn ich ihnen doch etwas antat? Wenn mich die Lust übermannte? Ich biss die Zähne zusammen. *Ich werde ihnen nichts antun*, sagte ich mir.

Ein leises Lachen war in mir zu hören. ›Das glaubst du aber nur. Gabe, wir beide wissen doch mittlerweile, dass du und ich zusammengehören. Du wirst sie verletzen und ich werde bei jedem Schluck, den du trinkst, mächtiger. Bis es irgendwann keinen Unterschied mehr macht, ob du es machst oder ich.‹

Ich schluckte hart. Genau die Angst hatte ich, aber ich schob sie weg.

Kaze klopfte und lächelte mir aufmunternd zu.

Meine Mutter machte mit rot unterlaufenen Augen die Tür auf. Kurz sahen wir uns wie erstarrt an. Sie sah so unglaublich schlecht aus! Ihre Wangen waren eingefallen, um ihre Augen lagen tiefe Schatten. »Mam-«, keuchte ich und sie fiel mir in die Arme.

»Oh, Gabriel ...«, schluchzte sie in meinen Armen. Sie drückte mich an sich, als hätte sie die Angst, ich könnte direkt wieder verschwinden.

Tief sog ich ihren Duft ein. Noch nie hatte ich meine Mutter so vermisst. Ich drückte sie an mich. Genoss ihre Wärme. Nahm sie in mich auf. »Es tut mir leid«, raunte ich in ihre Haare.

»Sollte es dir auch!«, weinte sie. Sie löste sich von mir. »Weißt du, was für Sorgen ich mir gemacht habe? Tu das nie, niemals wieder!« Sie boxte mich gegen die Schulter und ich zuckte zurück.

»Au!«, fluchte ich.

»Das hast du verdient«, sagte sie. Ihre blauen Augen funkelten mich wütend an und fast vergaß ich die dunklen Schatten unter ihnen – fast.

»Was ist passiert, als ich ... weg war?«

»Komm erstmal rein. Ich habe einen Eintopf vorbereitet.«

Mein Magen knurrte erfreut, als er das hörte und ich folgte meiner Mutter ins Haus.

Kaze und Sascha kamen ebenfalls herein und halfen beim Tischdecken.

»Weiß Nero schon, dass ich wieder da bin?«, fragte ich in die Küche, in der meine Mutter werkelte.

»Nein. Der spinnt gerade wieder. Irgendwas ist komisch«, gab sie zu und seufzte.

Ich runzelte die Stirn. »Inwiefern komisch?«

»Erzähle ich euch gleich beim Essen«, antwortete sie.

Neugierig setzte ich mich an den Tisch und wartete. Dass Nero spann, war nichts Neues. Für mich zumindest nicht. Aber es war neu, dass meine Mutter das auch bemerkte. Normalerweise konnte sie Neros Verhalten noch immer erklären und rechtfertigen, sodass es halbwegs logisch klang. Ich machte mir Sorgen. Wenn selbst sie das sagte, musste es wirklich merkwürdig sein. Mein Blick glitt zu Kaze, die ebenfalls etwas nervös aussah. Sie hatte wohl dieselbe Befürchtung wie ich.

Gemeinsam setzten wir uns an den Tisch und meine Mutter fing an, zu erzählen. »Also ...« Ihr Blick richtete sich auf Kaze. »Als du und Sascha weggefahren seid, fing es an. Es ist also noch gar nicht so lange her. Aber seitdem lässt Nero Patrouillen durch Tamieh laufen. Deine Geschwister. Sie sollen einfach nur präsent sein, meint er. Aber ich habe eine andere Befürchtung ...«

»Was?«

Kaze' Stimme brodelte vor unterdrückter Wut. Niemand hatte das Recht, ihre Familie zu benutzen. Dazu hatten sie schon zu viel mitmachen müssen.

»Max rief mich gestern an. Sie zeigen ihre Vampirseite. Vor Menschen.«

Kalter Schweiß brach auf meinem Rücken aus. Ich hatte Kaze die ganze Zeit beobachtet. Ihr Körper war angespannt. Die Hände hatte sie unter dem Tisch versteckt, aber ich vermutete, dass sie diese zu Fäusten ballte. Ihre Augen wurden leuchtend grün und ihre Zähne wuchsen.

»Ich muss mit Nero sprechen«, sagte sie mit zitternder Stimme.

Sie wollte schon aufspringen, aber Sascha hielt sie zurück. »Nein, du wirst ihn bloß vermöbeln.«

»Verdient hätte er es«, grollte Kaze und im Stillen gab ich ihr recht.

Ich wusste nicht, was Nero vorhatte, aber es konnte nichts Gutes sein. Vor allem, wenn er Kaze' Familie dazu missbrauchte. »Ich werde mit ihm reden«, verkündete ich und stand vom Tisch auf.

»Du solltest eventuell auch nicht mit ihm reden«, meinte Sascha und betrachtete mich besorgt.

»Weil?« Ich baute mich herausfordernd vor ihr auf. Niemand würde mich aufhalten können, wenn Kaze' Familie in Gefahr war.

»Weil du ihm ebenfalls die Kehle rausreißen wirst. Ich rede mit ihm«, bestimmte Sascha. Aus ihren Augen sprühten Funken. Ihr Blick zwang mich, mich wieder hinzusetzen. Aber ein protestierendes Grummeln konnte ich mir nicht verkneifen.

»Vielleicht sollte dich Kaze trotzdem begleiten.« Meine Mutter rührte in ihrem Eintopf herum. »Es ist ihre Familie, um die es geht.«

»Das denke ich auch!«, stimmte Kaze ihr schnell zu, bevor irgendjemand etwas dagegen sagen konnte.

»Und wer passt in der Zeit auf ihn auf?« Sascha deutete mit ihrem Löffel auf mich.

Ich verdrängte das Bedürfnis, die Augen zu verdrehen. »Ich sagte euch schon, dass ich zu gerne mitkomme. Dann könnte ich Nero auch direkt mitteilen, dass ich wieder da bin.« Ich runzelte die Stirn. »Obwohl er sagte, er bringt mich dann um.«

»Was?!«, rief meine Mutter aus.

»Was?«, fragte ich überrascht. »Nero will unser Zuhause schützen. Ich kann verstehen, dass er dann keinen Irren hier rumrennen haben will«, verteidigte ich meinen Bruder, obwohl ich es hasste, das zu tun.

»Hier bringt niemand jemanden um. Habt ihr verstanden? Sascha und Kaze gehen zu Nero und fragen, was er mit Kaze' Familie vorhat. Und du«, sie fixierte mich mit ihrem Blick, »gehst mit mir zu Gís. Er will dir Blut abnehmen. Kaze, du kommst danach dahin.«

Kaze nickte und richtete sich auf. »Dann lass uns mal zu Nero gehen«, presste sie hervor.

Ich sah ihr an jeder Faser an, dass sie keine Lust hatte, sich mit Nero auseinanderzusetzen.

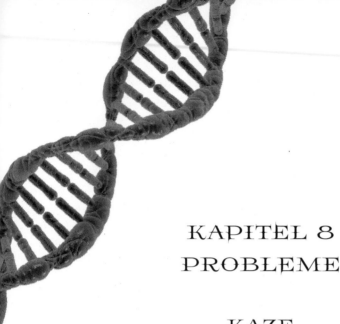

KAPITEL 8
PROBLEME

KAZE

Ich versuchte, die Wut zu unterdrücken, die in meinem Inneren rumorte wie ein Wespennest. Ich verstand nicht, was Nero mit meiner Familie vorhatte. Sie hatten ihm nichts getan! Sie wollten einfach nur ein normales Leben führen, soweit wir das als Experimente eben konnten.

Meine Schritte hallten in den unterirdischen Gängen wider. Ich konnte Sascha ihre Wut ebenfalls ansehen. Aber wir gingen schweigend zu Neros Büro, in dem er sich zu neunzig Prozent des Tages aufhielt.

Sascha klopfte an die Metalltür.

»Herein«, kam es von innen.

Ich unterdrückte den Drang, die Tür aufzutreten. Davon abgesehen, dass es eh nicht funktionieren würde, weil die Türen zu stabil waren.

»Ah. Kaze und Sascha. Wie kann ich euch helfen?«, fragte er und musterte uns neugierig.

»Was hast du mit meiner Familie vor?«, kam ich direkt zur Sache. Ich konnte nicht verhindern, dass meine Stimme bedrohlich klang.

Auf seiner Visage erschien ein beschwichtigendes Lächeln, dessen Wirkung bei mir vollkommen abprallte. Ich krampfte meine Hände zu Fäusten, die ich ihm ins Gesicht rammen wollte. Aber ich hielt mich zurück.

»Seit ihr weggegangen seid – worüber ihr mich nicht unterrichtet habt –, hat sich hier einiges verändert. Die Menschen sind ruppiger miteinander und auch mit uns umgegangen. Sie scheinen die Patrouillen des Labors zu vermissen. Also habe ich jetzt selbst einen Patrouillen-Plan zusammengestellt. Dadurch, dass deine Geschwister dies schon mal gemacht haben, im Gegensatz zu dem Großteil der Vampire, die hier sind, habe ich sie eingeteilt. Und die meisten waren damit auch einverstanden.«

Seine gestelzten Worte sollte er sich sonst wohin stecken. »Ich will mit ihnen sprechen«, grollte ich. Saschas Arm legte sich vor meinen Bauch. Ich hatte gar nicht gemerkt, dass ich vorwärtsgegangen war.

»Das darfst du. Wenn sie von ihrer Arbeit zurück sind. Die meisten freuen sich darüber, etwas zu tun zu haben. Immerhin sind sie nun ein Teil unserer Gesellschaft und haben bisher noch rein gar nichts dazu beigetragen.«

Arschloch, mehr fiel mir zu Nero nicht mehr ein.

»Wo ist Martin?«, fragte ich. Meine Stimme glich mehr einem Knurren als einer normalen Frage.

»Ich denke, er ist bei Susan. Er hatte sich dagegen ausgesprochen. Er wollte warten, bis du wieder da bist. Und dann mit dir trainieren, um ebenfalls ein Jäger zu werden.« Ein Schnaufen entwich Neros aufgeblähten Nasenflügeln. »Als ob wir so was noch brauchen.«

Ich biss mir auf die Unterlippe. »Wahrscheinlich eher als eine Patrouille, die …«

Sascha hielt mich zurück. »Danke, Nero, für deine Auskunft. Wir ziehen uns jetzt zurück. Ach ja. Gabe ist wieder da. Wir haben ihn zurückgeholt.«

Mein Blick glitt zu Sascha. Ihre Stimme wurde dunkler und ihre Augen blitzten vor Wut. »Und falls ihm etwas zustoßen sollte, lernt derjenige mich kennen, der dafür verantwortlich ist«, warnte sie ihn subtil und zog mich aus Neros Büro.

»Was für ein verficktes, selbstverliebtes Arschloch!«, brachte Sascha hervor, als wir sein Büro ein bisschen hinter uns gelassen hatten.

»Da stimme ich dir vollkommen zu«, grummelte ich. »Ich werde zu Martin gehen und fragen, ob er mehr weiß.«

»Nein, ich mach das. Geh du zu Gís. Vielleicht komme ich mit Martin auch dorthin.«

Ich nickte. »In Ordnung. Bis gleich.«

Wütend ging ich zum Labor. Es lag nicht weit von Neros Büro weg. Gabriel und Luisa saßen schon auf einer der Pritschen, während der

Arzt an seinem Computer saß und irgendwas hektisch darauf eintippte. Hinter ihm stand Felix. Erleichtert seufzte ich, als ich ihn hier sah.

Als hätte er mein Seufzen gehört, drehte sich mein Bruder zu mir um. »Kaze!«, rief er und kam mit großen Schritten auf mich zu. Er zog mich in eine stürmische Umarmung, die ich erwiderte.

Gís hatte sich ebenfalls zu mir umgedreht. »Du kommst gerade richtig«, bemerkte er und stand von seinem Stuhl auf. Er kramte in den Schubladen eines Schrankes herum und kam mit Spritzen auf mich zu.

Sofort versteifte ich mich. Ich hatte keine wirkliche Angst vor ihnen. Wieso auch? Sie taten mir nichts. Aber … es war ein unschönes Gefühl, sie zu sehen.

»Ich muss dir Blut abnehmen.«

»Juhu?«, murmelte ich und krempelte den Ärmel von meinem Longshirt hoch.

»Entschuldige«, raunte Gís.

Er schien zu ahnen, wieso es mir schwerfiel. Vielleicht hatte Felix dieselbe Phobie dagegen wie ich.

Gís bedeutete mir, mich neben Luisa zu setzen und band meinen Arm dann ab.

»Was hat Nero gesagt?«, erkundigte sich Gabriel.

Ich schnaufte. »Dass die Menschen anscheinend diese Patrouillen brauchen. Als ob! Er ist so ein …« Ich ließ es ungesagt, aus Rücksicht vor Luisa.

Sie zuckte mit den Schultern. »Ich weiß auch so, was du sagen willst.«

Ich schaute zu Boden und begann, zu überlegen. Was hatte Nero nur davon, wenn meine Geschwister durch die Straßen liefen? Ich begriff es nicht, mir wollte sich keine Logik erschließen.

»Ich nehme dir etwas mehr Blut ab. Damit wir … Na ja, damit wir Gabe damit füttern können.«

Verwirrt hob ich die Augenbrauen. »Er kann auch direkt von mir …«

»Nein!«, unterbrach mich Gabe. »Ich werde nicht in diesem Zustand direkt von dir trinken. Das kannst du vergessen.« Sein Blick lag finster auf mir und erlaubte keine Widerrede.

Ich biss mir auf die Lippe. »Okay«, gab ich nach.

Er riss kurz die Augen auf, als hätte er mit Widerreden gerechnet. Aber das Problem war, dass ich mich nur viel zu gut an das Ereignis im Labor erinnerte. Ich hatte mich gegen Gabriel nicht wehren können. Ich hatte nicht einmal gemerkt, wie er mehr und mehr von meinem Blut in sich aufgenommen hatte.

»Aber, einmal die Woche probieren wir es«, stellte ich klar.

»Nur, wenn noch jemand dabei ist.«

Ich nickte. »Gut. Dann hätten wir das geklärt. Und ich habe dann täglich einen Termin bei dir?«, erkundigte ich mich bei Gís.

»Jeder zweite Tag sollte reichen. Wenn ich dir dann einen Liter abnehme.«

»Okay.«

»Kaze!« Martin kam ins Labor gerannt und umarmte mich stürmisch. »Was hast du dir nur dabei gedacht, einfach sang- und klanglos zu verschwinden?«, fuhr er mich an.

»Ähm … Du hättest doch wissen können, dass ich Gabe zurückhole«, rechtfertigte ich mich.

»Das klang den einen Abend aber nicht so!«

»Welchen Abend?«, mischte sich Gabe ins Gespräch ein.

»Den Abend, als sie mir sagte, dass du ein rückgratloser Feigling bist, der es verdient, in der Hölle zu schmoren.«

Gabe zog eine Augenbraue hoch und starrte in meine Richtung.

»Ich sagte doch, ich hab dich nur gerettet, weil deine Mutter nicht mehr für mich gekocht hat«, erinnerte ich ihn. Ein Grinsen schlich sich auf meine Lippen.

Luisa prustete los. »Also kann ich dich mit Essen bezahlen?«

Ich nickte, wandte mich aber wieder an Martin. »Jetzt erzähl. Was hat das mit diesen Patrouillen auf sich?«

»Ich weiß es selbst nicht so genau«, meinte Martin und zuckte mit den Schultern. »Nero rief uns irgendwann zusammen und meinte, dass auf den Straßen immer mehr Kämpfe und Diebstähle stattfinden würden und wir die Menschen voreinander beschützen müssten, bevor sie sich gegenseitig zerfleischten und dafür jedes Mittel recht wäre. Ich zog mich schnell aus dem Gespräch zurück, weil ich nicht wieder irgendjemandes Soldat sein wollte. Aber die anderen … Sie suchten nach einer Aufgabe. Die meisten konnten auch keine richtige Beziehung zu ihren Verbundenen aufbauen. Nicht so wie wir. Und das macht ihnen sorgen.«

Ich fuhr mir mit meinen Händen übers Gesicht. Das klang nicht gut. In meinem Kopf überschlugen sich die Gedanken. »Inwiefern konnten sie diese nicht richtig aufbauen?«

»Du und ich, wir kommen sehr gut mit unseren Verbundenen aus.«

Ich zog die Augenbrauen hoch, als wollte ich ihn fragen, ob das sein Ernst war. Gabriel und ich wollten uns am Anfang die Köpfe einschlagen - er hatte es bei mir sogar getan.

»Du weißt, was ich meine. Aber sie können nicht einmal die Träume miteinander teilen.«

Mein Blick wanderte zu Gís und Felix, doch die beiden schüttelten den Kopf. Selbst sie konnten die Träume nicht miteinander teilen. Ich überlegte hin und her, ob ich dieses Gespräch wirklich erwähnen sollte. Kurz sah ich zu Gabriel rüber. In seine Stirn hatten sich tiefe Sorgenfalten gegraben. Es konnte nicht schaden, wenn ich es erzählte. Oder doch? Ich teilte meine Träume mit Gabriel. Hieß das, ich war eine wahre Verbundene? Und alle anderen, die nach mir und Martin gekommen waren, waren das nicht? Mein Kopf begann, bei den ganzen Überlegungen zu schwirren. Es würde uns wahrscheinlich sogar helfen, wenn ich es erzählte. Aber was tat ich damit Felix an?

Mein Blick heftete sich auf meinen Bruder und ich erzählte ihnen von meiner Begegnung mit dem anderen Vampir.

Während ich erzählte, mussten Gís und Felix sich setzen. Ich konnte Felix ansehen, dass er am liebsten fliehen wollte. Ihm lag etwas an Gís, das konnte jeder sehen. Und umgekehrt war es genauso.

Der Arzt griff nach Felix' Hand, versuchte, ihre scheinbar unechte Bindung aufrechtzuerhalten, aber Felix riss sich los und rannte fort.

»Bevor Sascha ihn sehen konnte, ist er dann geflohen«, beendete ich meinen Bericht und rannte Felix hinterher.

Ich wollte ihn in der Situation nicht alleine lassen. Ich hatte mich am Anfang genauso gefühlt wie er. Nur, dass meine Bedenken kleiner gewesen waren. Aber sie teilten nicht einmal das Traumland. Abgesehen von dem Blut in ihren Adern, verband sie nichts.

Felix rannte hinaus aus den Gängen und in den Wald hinein.

»Felix, warte!«, schrie ich und rannte weiter.

Mein Herz raste in meiner Brust. Es tat mir weh, ihn so zu sehen. Selbst, wenn er *nur* ein Klon sein sollte, war er trotzdem mein Bruder. Und ich würde alles dafür tun, dass es ihm gut ging – genauso wie meinen anderen Geschwistern.

Irgendwann hielt Felix an dem kleinen Bach an. Sein Atem ging schwer und ich konnte die Tränen sehen, die an seinen Wangen hinabliefen. Ohne irgendwas zu sagen. hockte ich mich neben ihn und umarmte ihn.

Eine Weile saßen wir so da. Martin stand hinter uns. Ich hörte seinen Atem und spürte, dass er sich nicht sicher war, wie er sich verhalten sollte. Aber ich glaubte, dass nur seine Anwesenheit Felix beruhigte.

»Felix, du wirst immer unser Bruder sein«, raunte ich irgendwann in sein Haar. »Egal, ob du ein Klon bist, ein Außerirdischer oder sonst was.«

Martin verkniff sich ein Lachen, genauso wie Felix. Dieser richtete sich auf und löste sich aus meinem Griff. »Das weiß ich«, gab er zu. Sein Blick richtete sich auf den Bach. »Aber was wird aus Gís und mir? Ich mag ihn. Sehr sogar. Aber … Wenn ich nicht sein richtiger Verbundener bin, was bin ich dann?«

»Du bist schon mal kein ›Was‹, sondern ein ›Wer‹«, bestimmte ich. »Und du bist Felix. Unser Bruder, ein klasse Kämpfer, der jeden beschützt, an dem ihm etwas liegt. Und den Rest? Das bestimmst du selbst. Du bist keine Kopie. Du bist einfach du.«

»Wenn du das sagst, klingt das gar nicht so schlecht.« Um Felix' Mundwinkel lag ein Schmunzeln und ich knuffte ihn in die Seite.

»Natürlich nicht. Ich bin deine große Schwester. Es muss alles gut klingen, was ich sage.«

Martin und Felix prusteten los.

»Was?«, fragte ich, obwohl ich mir das Lachen nicht mehr verkneifen konnte.

»Nichts«, sagten beide wie aus einem Mund.

Die Situation hatte sich verändert. Ich konnte Felix noch immer ansehen, dass er sich Gedanken wegen Gís und sich machte, aber es war nicht mehr so dramatisch. »Und außerdem«, fügte ich noch hinzu, »muss ein Vampir nicht mit seinem Verbundenen zusammen sein. Es passiert oft, ja. Aber es ist kein Muss. Also bleibt alles bestehen«, erinnerte ich Felix.

»Stimmt. Das hatte ich vergessen«, meinte Felix.

Ich grinste. »Ja, die Vampire haben ein ziemlich einnehmendes Wesen.«

Martin und Felix nickten. »Wer hätte noch vor zwei Monaten dran geglaubt, dass wir jetzt mit Vampiren zusammenleben?«

Ich lachte laut wegen Martins Frage los. »Ich niemals!«

»Ich auch nicht«, gab Felix zu. »Vor allem nicht freiwillig«, fügte er kichernd hinzu.

Das Gespräch mit den beiden tat unheimlich gut. Es war wie Balsam für meine Seele. Schon viel zu lange hatten wir nicht so miteinander gesprochen. Ich runzelte die Stirn. Ich konnte mich an kein einziges Gespräch erinnern. Irgendwie hatte uns immer ein ernster Umstand dazu gezwungen, rasch zu handeln. Aber gerade in diesem Moment konnten wir nichts tun, abgesehen davon, abzuwarten. Unsere Geschwister würden erst später zurückkehren. Gabe musste noch im Labor bleiben und ansonsten hatte er seine Mutter oder Sascha, die aufpassen würden, dass er niemanden zerfleischte.

Ich lag im Gras, hörte dem Rauschen des Baches zu und sah zu meinen Geschwistern. »Ich bin froh, dass ihr existiert«, sagte ich in die angenehme Stille hinein, die uns umfing.

Felix und Martin richteten ihre Blicke auf mich. Verwirrt sahen sie mich an.

»Stellt euch mal vor, ich müsste den ganzen Wahnsinn alleine durchstehen!«, rechtfertigte ich meinen emotionalen Zusammenbruch.

Beide schüttelten sich. »Ich bin aber auch froh, dass es uns gibt. Egal, wie wir entstanden sind. Das einzig Wichtige ist doch, dass wir leben, oder?«, sagte Martin und ich stimmte ihm zu.

GABRIEL

›Deine Mutter riecht fabelhaft. Nach Weisheit und reifen Früchten. Ihr Blut ist bestimmt wie ein köstlicher Wein, der nur darauf wartet, geöffnet zu werden.‹

Ich krallte meine Finger in die Bettdecke. Als ich unter den anderen war und etwas zu tun gehabt hatte, konnte ich die Stimme gut verdrängen. Aber alleine in meinem Haus hatte ich das Gefühl, dass sie mich gleich überrannte. Ich wollte am liebsten wieder zu meiner Mutter oder Kaze rennen, nur damit sie mir Ablenkung boten, aber das konnte ich nicht. Ich musste alleine mit der Krankheit zurechtkommen. Also musste ich lernen, dem Drang, alles in der Nähe zu zerfleischen, zu widerstehen oder ihn am besten ganz loszuwerden.

Seufzend legte ich meinen Kopf aufs Kissen und starrte an die Decke. Ich wollte mich nicht so oft in dem Dorf zeigen, aus gegebenen Gründen hatte ich etwas Angst, dass ich mich nicht kontrollieren konnte.

Auch wenn Kaze der Meinung war, dass ich übertrieb. Ich schürzte die Lippen. Sie war Felix hinterhergerannt, genauso wie Martin. Ich konnte mir vorstellen, dass das nicht einfach für Felix sein musste. Obwohl ich es komisch fand, wenn diejenigen, die Klone waren, sich nicht mit ihren Verbundenen verbinden konnten … Waren Martin und Kaze dann die Originale? Oder gab es noch andere?

›Sie schmecken bestimmt köstlich …‹

Ich verdrehte die Augen und rollte mich zur Seite, damit ich mein Gesicht ins Kissen vergraben konnte.

Wenn alle von ihnen schmecken würden wie Kaze … Spucke lief in meinem Mund zusammen. Aber ich versuchte, mir jeden Gedanken daran zu verbieten, wie köstlich das Blut von Kaze war. Wie Beeren, die man im Herbst bei Sonnenschein pflückte. Ich schluckte, als ich mir ihren Geschmack wieder in Erinnerung rief.

Ein Klopfen riss mich aus dem Kissen und ich lauschte. Allerdings konnte ich nichts hören. Schnaufend stand ich auf und ging die Treppe zu meiner Eingangstür hinunter. Mit einem komischen Gefühl im Magen machte ich sie auf. Vor mir stand Nero. Ich wollte die Tür gerade wieder zuschlagen, aber er hielt seinen Fuß dazwischen, sodass sie mit voller Wucht dagegen traf.

»Au!«, jammerte er.

Ich verdrehte die Augen. »Was willst du?«, fragte ich reserviert.

»Ich will nur meinen kleinen Bruder besuchen.«

»Haha.«

»Nein, wirklich. Wie geht's dir? Du siehst scheiße aus.«

Ich schnaufte. »Wie nett. Mir geht es gut. Du kannst gehen.«

Neros braune Augen funkelten gefährlich. Ich konnte seine Bewegung hervorsehen. Ohne dass er sich bewegte, hielt ich seinen rechten Arm fest. »Vergiss es«, sagte ich ihm. »Du kannst mich nicht besiegen.«

»Ich habe gesagt, dass ich dich umbringen werde, falls du zurückkommen solltest«, zischte mein Bruder.

Das Lachen kam tief aus meinem Bauch heraus und es tat unendlich gut. »Du hattest noch nie eine Chance gegen mich«, erinnerte ich ihn und ließ seine Hand los.

Nero stieß die Tür auf, sodass ich zwei Schritte zurücktaumelte und holte mit seinem Messer aus. Ich drehte mich von ihm weg und entging somit seinem Angriff.

Er sprang an mir vorbei ins Wohnzimmer. Ich wusste, dass er mich nur von der Tür weghaben wollte, damit keiner sah, was er mir antat. Aber ich folgte ihm trotzdem. Er hatte die Wut in mir geweckt, mit der gleichzeitig die Lust zutage kam. Mit ausgefahrenen Zähnen stand ich meinem Bruder gegenüber.

›Den kannst du eh nicht leiden. Lass uns ihm die Kehle zerfetzen und in seinem Blut baden‹, säuselte die Lust.

Aber ich drängte sie beiseite. Dieser Kampf war schon seit Jahrzehnten überfällig. Es war kein normaler Brüderkampf, es war ein Rivalenkampf. Ich hätte den Clan anführen sollen. Stattdessen hatte Nero den Platz an sich gerissen, als Vater weg war, obwohl sein Stuhl noch nicht einmal kalt gewesen war.

»Ich hatte dich gewarnt, dass du nicht mehr zurückkommen sollst«, knurrte mein Bruder.

Seine Zähne waren mittlerweile auch ausgefahren und wir umkreisten uns bedrohlich. Keiner von uns wollte den ersten Schritt machen. Wenn man den Gegner nicht gerade überraschen konnte, war es fatal, als erster in den Angriff überzugehen.

»Und noch immer bin ich der stärkere«, erwiderte ich und ließ ihn nicht aus den Augen.

Er fixierte mich. Wir waren wie zwei Tiger, die um ihr Revier kämpfen mussten.

»Das glaubst du«, murrte er. »Ich saß nicht die ganze Zeit untätig herum, auch wenn du das glaubst.«

»Dann zeig doch mal, was du draufhast«, provozierte ich ihn.

Auf so was war Nero schon immer angesprungen. Sobald er sich in seiner Männlichkeit bedroht fühlte, war er wie ein Keiler, dem man zu nahe kam. Ich behielt recht. Nero schrie kurz und kam mit einem Sprung auf mich zu. Ich ließ mich zu Boden fallen, rollte von ihm weg und rappelte mich wieder auf. In solchen Momenten war ich froh, dass ich so spartanisch lebte. Kaum etwas konnte in meinem Haus zu Bruch gehen.

Nero knurrte und drehte sich ruckartig zu mir um. Die Hand, in der sich das Messer befand, flog auf mich zu. Ich sprang zur Seite, meine Hand umfasste sein Gelenk und drückte zu. Er wurde gezwungen, das Messer fallen zu lassen. Ich zog meinen Bruder zu mir, stellte ihm dabei ein Bein, sodass er auf den Boden fiel und verdrehte seinen Arm auf den Rücken.

Mein Knie rammte ich in seine Wirbelsäule, die bedrohlich unter meinem Gewicht knackte. Ich hockte mich mit einem zufriedenen Lächeln im Gesicht hin. »Sagte ich nicht, dass du keine Chance gegen mich hast?«, raunte ich in sein Ohr.

Sein Geruch nach Birke schlug mir entgegen und ich wollte ihn beißen. Meine Zähne in seinen Hals versenken. Ich wollte es so unbedingt! Meine Eingeweide zogen sich vor Sehnsucht zusammen. Der Geifer tropfte von meinem Zahn.

»Es war 'ne ziemlich beschissene Idee, in mein Heim einzudringen, oder?«, fragte ich. Geifer tropfte mir von meinen Zähnen und etwas davon landete auf Neros Gesicht.

Mein Bruder zitterte unter mir. Die Angst hinterließ einen stechenden Geruch in seiner Duftnote, die es für mich nur noch anziehender machte.

»Gabriel!«

Mein Kopf ruckte hoch zu Kaze, die im Eingang stand und mich mit großen Augen ansah.

»Lass ihn los«, befahl sie, als sie sich wieder gefasst hatte.

»Wieso sollte ich?«, knurrte ich.

Jeden ihrer näher kommenden Schritte beobachtete ich, während sich mein Griff um meinen Bruder festigte. Er bewegte sich unter mir wie ein Fisch an Land.

»Du weißt, dass ich den auch nicht mag«, erinnerte sie mich. »Aber er gehört noch immer zu deiner Familie.«

Ich schnaufte. »Das hat ihn auch nicht gehindert, mich anzugreifen.«

»Willst du ihm wirklich einen Grund geben, dass er recht behält?«

Sie verschränkte die Arme vor der Brust und blieb stehen. Abwartend sah sie mich an.

›Du magst ihn nicht! Du kannst seinen Platz einnehmen, wenn er tot ist und alles haben, was du willst! Töte ihn!‹

Ich wusste nicht, ob die Stimme es wusste, aber gerade sie schreckte mich ab. Ich war kein Monster und würde mich nicht von ihr dazu machen lassen. Angeekelt stieß ich mich von meinem Bruder weg und ließ ihn laufen.

Er richtete sich auf und stolperte zu Kaze. »Du solltest zusehen, dass er verschwindet«, keuchte er und torkelte nach draußen. Es könnte eventuell sein, dass ich seinen Kopf stärker auf den Boden geschlagen hatte, als es nötig gewesen wäre.

Kaze sah mich anklagend aus ihren grünen Augen an.

»Ich weiß«, sagte ich bloß und hob abwehrend die Hände. Ihr Duft nach Beeren machte mich fertig. Ich drehte mich zur Küche und hoffte, dass sie wegbleiben würde. Was sie natürlich nicht tat.

Ich drehte den Wasserhahn auf und schlug mir kaltes Wasser ins Gesicht. Die Erfrischung tat gut und ließ mich wieder etwas mehr ich werden.

Ihre Hände schlangen sich um meinen Bauch. Ich zog die Luft ein, aber eigentlich genoss ich ihre Nähe. Ihre Wärme, die durch das T-Shirt drang und mich zu verbrennen drohte, vernebelte mir die Sinne. Ihren Kopf an meinem Rücken zu spüren, raubte mir den Atem. Ich hatte es so vermisst und jetzt konnte ich es nicht einmal wirklich genießen.

»Lass dich nicht von ihm reizen«, sagte sie an meinem Rücken.

Ich lachte. »Ich versuche es. Aber ich kann es nicht ausstehen, wenn man mich mit einem Messer bedroht.«

Das Knurren in meinem Rücken wurde von meinem T-Shirt erstickt. »Arschloch«, hörte ich sie fluchen.

»Wieso hat deine Mutter dich eigentlich alleine gelassen?«, erkundigte sich Kaze und ließ mich los.

Ich wollte sie am liebsten daran hindern, aber sie war zu schnell weg gewesen.

»Sie wollte Vater besuchen. Ich … Ich hätte ihn gern so in Erinnerung, wie ich es jetzt tue und nicht … als das.«

»Hm«, kam es von Kaze und sie setzte sich an meinen Küchentisch.

»Was ist mit Felix?«, fragte ich sie stattdessen und setzte mich ihr gegenüber. Sicher war sicher.

»Ihm geht es wieder gut. Es ist nur erschreckend, zu erfahren, dass man eigentlich nur eine Kopie ist …«

Sie weigerte sich, in meine Augen zu sehen. Ich griff über den Tisch und zwang sie dazu. »Du bist keine Kopie. Lass dir das von niemandem einreden«, beschwor ich sie.

»Das tue ich nicht – glaube ich.« Sie lachte unsicher und befreite sich aus meinem Griff. »Mir macht etwas anderes zu schaffen«, erklärte sie. »Dieser Vampir … Er sagte, ich würde dir nicht guttun. Und, dass ich mich von dir fernhalten sollte.«

Ich schnaufte. »Kaze, so gut wie du tat mir noch keiner.«

Sie schenkte mir ein sanftes Lächeln. »Das beruhigt mich.« Ein Gähnen begleitete ihre Worte. Ich runzelte die Stirn. »Wann hast du eigentlich zum letzten Mal geschlafen?«

Sie zuckte mit den Schultern. »Ich weiß es wirklich nicht.«

Ich stand auf und reichte ihr meine Hand. »Komm mit. Solange du damit leben kannst, eventuell von mir im Schlaf angeknabbert zu werden.«

Ihr Mund verzog sich zu einem Lächeln und ich hatte noch nie im Leben etwas Schöneres gesehen als sie.

»Ausnahmsweise«, murmelte sie und ergriff meine Hand.

Gemeinsam gingen wir hoch in mein Schlafzimmer. Es war noch immer zerwühlt, aber Kaze interessierte das nicht. Sie zog sich ein T-Shirt aus meinem Schrank heraus und ich drehte mich um. Ließ ihr ihre Privatsphäre, während ich mich ebenfalls entkleidete. Ich hatte nicht einmal eine Ahnung, wie spät es überhaupt war. Aber so lange waren wir noch nicht wieder zu Hause.

Ich hörte, wie Kaze ins Bett krabbelte und drehte mich wieder um. Sie trug nichts weiter als ein weißes T-Shirt am Leib und ich musste schwer schlucken.

»Kommst du jetzt?«, fragte sie ungeduldig und hob die Decke an.

Ich beeilte mich und legte mich neben sie. Meinen Arm streckte ich aus, damit ich sie umarmen konnte und sie legte ihren Kopf auf meine Brust.

Das Gefühl, sie in meinem Arm zu haben, war schöner, als nach Hause zu kommen. Erst jetzt fiel mir auf, dass es das erste Mal war, dass wir in vollem Bewusstsein gemeinsam in einem Bett lagen.

»Ich freue mich, dass du wieder da bist«, raunte Kaze und gab mir einen Kuss auf die Wange. Hitze strömte durch meinen ganzen Körper und ich legte meinen Finger unter ihr Kinn, zwang sie, mich anzusehen.

In ihren grünen Augen strahlte mir Ehrlichkeit, Zuneigung und Sorge entgegen. Ich küsste sanft ihren Mundwinkel, wollte mich nicht aufdrängen.

»Ich bin froh, dass du mich rausgeholt hast«, erwiderte ich und meinte es ernst. Es war eine Kurzschlussreaktion von mir gewesen. Ich hätte nicht einfach direkt verschwinden sollen. Alle hier wollten mir helfen. Abgesehen von Nero, aber den ignorierte ich. Jeder von ihnen versuchte, mir eine Stütze zu sein. Und ich hatte sie vor den Kopf gestoßen. Trotzdem waren sie noch da.

»Gerne«, wisperte Kaze und legte sich mit ihrem Ohr auf mein Herz und ich hoffte, dass sie hörte, dass es nur für sie schlug.

Ich lag in einem Bett, hörte das Rauschen des Meeres und das Rascheln von Palmenblättern. Verwirrt richtete ich mich auf. Mein Geist brachte mich überraschend häufig ans Meer. Doch dann entdeckte ich sie. Und ich erkannte, dass es gar nicht mein Traum war.

Der Wind spielte mit ihren braunen, langen Haaren, die offen um ihr Gesicht wehten. Den Blick hatte sie aufs Meer gerichtet. Ich wusste, dass sie mich spürte. Das Bett stand in einer kleinen, hölzernen Hütte, die fast nur aus Fenstern zu bestehen schien. Es war unglaublich hübsch. Ich richtete mich auf und ging zu ihr, ließ mich neben ihr in den Sand sinken. »Wo hast du das denn gesehen?«, fragte ich sie und folgte ihrem Blick in die Unendlichkeit des Meeres.

»In einer Zeitschrift. Während du geschlafen hast, sind Sascha und ich kurz stehen geblieben. Sie musste tanken und da hab ich das gesehen. Es ist wunderschön.« Das letzte hauchte sie.

»Ja, das ist es.« Es brach mir das Herz, dass sie noch nicht auf Reisen gehen konnte. Dass sie mich gerade an der Backe hatte. Gleichzeitig war ich aber so unendlich dankbar, dass sie bei mir war, dass es fast wehtat. »Irgendwann wirst du das alles in echt sehen. Das verspreche ich dir.«

Ihr Blick legte sich auf mich. »Aber nur gemeinsam.«

Ich schenkte ihr ein Lächeln. »Wenn du einen Psychopaten dabeihaben willst.«

Sie zuckte mit den Schultern. »Solange du der Psychopath bist, wieso nicht?«

Ich lachte. »Du bist verrückt.«

Sie nickte. »Ja, das glaube ich auch.« Kaze biss sich auf die Lippe und musterte mich.

»Was ist los?«, fragte ich.

»Ich weiß es nicht. Einerseits hat mich dein Fortgang sehr verletzt«, gab sie zu. »Aber anderseits verstehe ich es auch. Ich war sogar selbst so! Als ich Dennis getötet habe, um dich zu schützen, wollte ich fliehen, um alle anderen zu schützen. Wie soll ich dir das nachtragen, wenn ich selber doch nicht besser bin? Wenn ich selbst genauso handeln würde wie du?«

Ich musste hart schlucken.

»Ich weiß nicht, ob ich schon drüber hinweg bin. Es tut noch immer weh, wenn ich daran denke, wie du mich alleine gelassen hast. Aber ich würde dir gern verzeihen.« Eine Träne lief ihre Wange hinunter. »Weil ich dich noch

immer liebe. Und ich glaube kaum, dass sich jemals etwas daran ändern wird.«

Ich wusste nicht, was ich sagen sollte. Sie hatte mich mit ihrem Geständnis total aus der Bahn geworfen. Glück kroch in mir empor und erwärmte jede Zelle meines Körpers. Ich schloss sie in meine Arme, hörte und fühlte die Schluchzer, die ihren Körper beben ließen. »Kaze, ich liebe dich ebenfalls. Werde ich auch immer.«

Sie hielt die Luft an und schob mich ein wenig von sich weg. Ich verlor mich in ihrem unendlich grünen Blick. Wir hatten es endlich geschafft und besaßen eine wirkliche Chance. Ich schöpfte wieder Hoffnung. Ich würde mich nicht der Blutlust hingeben. Dafür würde Kaze sorgen. Wir waren ein Team – wie wir es schon immer gewesen waren. Sie umfasste meinen Kiefer und zog mich zu sich herunter. Unsere Lippen verschmolzen miteinander. Wir würden das schaffen. Alles, was uns in den Weg gelegt werden würde, würden wir wegräumen. Die Hauptsache war, dass wir es gemeinsam taten.

Kaze zog mich tiefer zu sich herunter. Wir lagen im Sand. Das Wasser berührte unsere Füße, aber uns interessierte es nicht. Es gab nur sie und mich. Zwei Liebende, die endlich zueinandergefunden hatten.

KAPITEL 9
ZEITREISE

KAZE

Die Sonne schien in einem satten Rotton in das Zimmer. Ich räkelte mich und stieß dabei an einen warmen Körper. Dieser grunzte leise, als ich ihn berührte. Ein Grinsen schlich sich auf meine Lippen. In jeder Faser meines Körpers fühlte ich Zufriedenheit und Glück. Es war fast so, als würde ich schweben, auf einer Wolke, die nur Gutes bereithielt.

Ich weigerte mich, aufzustehen und kuschelte mich noch einmal an Gabe. Mein Blick wanderte über sein Gesicht. Im Schlaf sah er so unschuldig und jung aus. Die Sorgenfalten waren verschwunden und nichts erinnerte mehr an den grimmigen Gabe, der an mir verzweifelt und mir ans Herz gewachsen war. Aber ich wusste, dass er, wenn er erwachte, wieder der alte sein würde. Ich strich ihm eine Haarsträhne aus dem Gesicht. Er schmiegte sich in meine Berührung und seufzte leise.

Er hatte den Schlaf nötig. Ich wusste nicht, was Alex alles mit ihm angestellt hatte und wenn ich mir das nur vorstellte, rumorte die Wut in mir und das Bedürfnis, zurückzufahren und ihr das Gesicht einzuschlagen, wuchs ins Unermessliche.

Ich legte meinen Kopf auf seine Brust und lauschte seinem Herzschlag. Regelmäßig und kräftig schlug sein Herz gegen mein Ohr. Mit jedem Schlag wurde ich mir mehr und mehr bewusst, dass er wirklich da war. Vorher hatte ich es noch immer ein wenig unwirklich gehalten.

Aber er war da. Bei mir. Ich grinste und versteckte es an seiner Brust. Ich war so verdammt glücklich! Meinetwegen konnte die Welt draußen zusammenbrechen – es war mir egal. Das Einzige, was für mich zählte, waren Gabe und ich. So egoistisch das auch klang. Aber hatten wir nicht auch mal etwas Zeit für uns verdient?

Ich seufzte. Luisa würde das wahrscheinlich nicht gutheißen, wenn ich ihren Sohn direkt wieder entführte und wir uns nicht melden würden. Ein Klumpen machte sich in meinem Bauch bemerkbar, als ich an das andere Übel dachte, das uns daran hindern würde, einfach zu verschwinden. Gabe würde niemals alleine mit mir weggehen, wenn er noch immer die Angst hatte, dass er mich überfallen konnte.

Aber dass wir hier so im Bett lagen, war doch ein gutes Zeichen, oder nicht? Weder waren seine Zähne ausgefahren, noch versuchte er, an meinen Hals zu kommen. Ich biss mir auf die Lippe. War die Blutlust gar nicht mehr so schlimm? Doch den Gedanken verwarf ich. Wäre sie nicht gefährlich, wäre Gabe nicht gegangen. Ich zog die Augenbrauen zusammen und beobachtete ihn. Sein Gesicht sah im Schlaf entspannt aus. Keine Regung oder Ähnliches ließen vermuten, dass in ihm die Blutlust schlummerte. Meine Hand lag auf seiner Brust, streichelte sie sanft. Am liebsten würde ich den ganzen Tag im Bett verbringen. Einfach nichts tun. Das klang göttlich!

Doch in meinem Hinterkopf klopfte das nächste Problem bereits an. Meine Geschwister würden heute aus Tamieh zurückkehren. Ich musste ihnen sagen, dass sie nichts für Nero tun mussten, wenn sie es nicht wollten. Doch ich wusste, dass Nero sie nicht zwang – zumindest nicht direkt. Er appellierte an sie und ihren Beschützerinstinkt. Wegen ihm würden wir alles tun, um diejenigen zu schützen, die es nötig hatten. Egal, was Nero mit ihnen vorhatte, es war mir nicht geheuer. Vor allem dann nicht, wenn sie dabei auf ihre Vampirgene zurückgriffen.

»Du hättest mich auch wecken können«, murmelte Gabe und küsste meine Schläfe.

Ich lächelte ihn an und versuchte dabei, die bohrenden Gedanken zu verdrängen. »Du sahst so niedlich aus im Schlaf.«

»Niedlich?« Er riss seine Augen gespielt auf.

Ich zuckte mit den Schultern. »Ja, niedlich.« Ich gab ihm einen Kuss auf die Nasenspitze und kuschelte mich noch einmal enger in seine Arme.

»Und woran hast du gerade gedacht, dass dein Gesicht so finster war?«, erkundigte er sich.

Ich sah zu ihm auf, begegnete seinem besorgten Blick. »Daran, dass meine Geschwister heute zurückkommen und ich keine Ahnung habe, was Nero mit ihnen vorhat. Das wurmt mich …«, gab ich seufzend zu.

Gabriel nickte. »Versteh ich. Mir würde das an deiner Stelle auch nicht gefallen.«

»Wie geht es dir?«, hakte ich nach.

Er schloss die Augen. »Die Blutlust ist noch immer da, erinnert mich, wie dein nach brombeerschmeckendes Blut meinen Rachen hinabgelaufen ist, während dein Körper sich nachgiebig an meinen presste.« Gabe schluckte hart und seine Finger bohrten sich in meine Schulter.

»Gut, dass du nicht auf sie hörst, nicht wahr?« Ein Lächeln umschmeichelte meine Lippen.

»Ja«, grummelte er. »Ich weiß.«

Doch er sah nicht so sicher aus, wie er klang. Die Sorgenfalte war wieder da und hatte sich tief in seine Stirn gegraben, während die Unsicherheit in seinem Blick flackerte.

Er legte sich auf die Seite, sodass wir uns gegenüberlagen. Seine Hand streichelte von meiner Schläfe hinunter zu meiner Wange zu meinem Hals. Ich legte mich in die Berührung, die winzige kribbelnde Stromschläge durch meine Haut jagte und mir eine Gänsehaut bescherte.

»Ich liebe dich, Kaze.«

Ich erwiderte seinen Blick, der voller Sehnsucht, Reue und Liebe auf mir lag. »Ich dich auch«, hauchte ich und legte meine Lippen auf seine.

Der Kuss begann langsam. Wir wollten nichts überstürzen. Doch die Sehnsucht in meinem Inneren zog sich pochend zusammen und ich wollte mehr. Ich wollte alles, was er mir geben konnte und ich nahm es mir. Ich umfasste sein Gesicht, zog mich näher an ihn heran, dass kein Blatt mehr zwischen uns passte. Wir vergaßen alles um uns herum. Ich ließ seine Zunge willig ein. Doch noch immer wollte ich mehr. Ich wusste nicht, wie viel mehr ich noch ertragen konnte. Mein Unterleib pochte, lechzte ebenfalls nach mehr.

Gabriel drehte mich auf den Rücken und schob sein Knie zwischen meine Beine. Er hockte über mir. »Du hast mir so gefehlt«, raunte er in mein Ohr, als unsere Lippen sich trennten und er sich dafür von meinem Kiefer, zu meinem Ohr hinab und an meinem Hals entlangküsste. Er leckte über meine erhitzte Haut. Ein Stöhnen entrang sich meiner Kehle.

Ich wusste nicht, was mit mir los war. Wusste nicht, was mit meinem Körper passierte. Er kribbelte überall, als stünden meine Nerven unter Strom. Mein Herz raste in meiner Brust und ich fühlte, wie mein Blut schneller durch meine Adern gepumpt wurde.

GABRIEL

Ihr Duft benebelte meine Sinne. Ihr Stöhnen heizte mich an. Ich wollte sie so sehr, dass alles in mir nur noch die Sehnsucht kannte. Ich küsste ihr Ohr und tastete mich an den Hals heran. Ihr Puls raste unter der Haut. Mir kam ihr Geschmack wieder in den Sinn. *Ich will das*, dachte ich und leckte über die Ader, die schützend von Haut umgeben war. Ich versuchte, mich davon loszureißen. Ein kleiner Teil in mir wusste, dass das nicht gut gehen würde, würde ich verweilen. Aber ich war zu schwach. Meine Zähne fuhren aus.

Ich zwang mich, den Kopf zu drehen und Kaze wieder ins Gesicht zu schauen. Sie erwiderte meinen Blick feurig. Ihre Zähne waren ebenfalls ausgefahren, aber nicht wie bei mir, wegen der Lust auf Blut, sondern wegen der Lust auf mich.

Mit einem Lächeln hob ich meine Hand und strich ihr mit einem Finger sanft über ihren Zahn. Sie erschauerte unter meiner Berührung. Die Zähne bei Vampiren waren erogene Zonen. Sie waren voller Nerven und dem Gift, welches die Hormone freisetzte, damit unser Biss nicht schmerzte – zumindest nicht lang.

Kaze legte ihre Lippen auf meine, presste ihren Körper gegen meine Muskeln. Wieder wanderte ich mit meinen Lippen ihren Kiefer entlang. Ihre Pulsader war wie ein Magnet für mich. Ich wollte es trinken. Ich wollte spüren, wie das Blut meine Kehle hinablief. Die Erinnerung, wie ihr Lebensnektar berauschend meinen Rachen entlanggelaufen war, brachte mich um den Verstand. Genauso wie ihr Duft, der mich alles um uns herum vergessen ließ. Nur noch sie und ich existierten. Ihre Hände wanderten unter mein T-Shirt. Ihre Nägel kratzten über meine Haut. Doch es machte mir nichts aus. Vorsichtig fuhr ich mit meinen Zähnen über ihren ungeschützten Hals. Als Reaktion drückte sie ihren Rücken durch, und ihr Hals lag frei vor mir. Geifer lief über meine Zähne.

›Es ist so einfach. Sie ist dir ausgeliefert.‹

Ich öffnete meinen Mund, wollte etwas sagen, aber alles blieb mir im Hals stecken. Ich konnte es nicht. Ich konnte nicht widerstehen. Meine Zähne bohrten sich in ihre Ader.

Kurz schrie sie auf, vor Überraschung. Doch ich begann, zu saugen und der Schmerz war vergessen. Das Blut rann meine Kehle hinab. Mein Mund war erfüllt vom Aroma der Beeren und ich wollte es nicht noch einmal missen. Ihre Hände kamen unter dem T-Shirt hervor. Ihr Stöhnen hallte in meinen Ohren.

Sie krallte ihre Finger in mein Haar. »Gabe«, raunte sie. Ich hörte sie. Aber sie war so weit weg. Sie war mein Rauschmittel.

»Gabriel!«, wiederholte sie, dieses Mal dringender.

Panik klang in ihrer Stimme mit, aber ich ignorierte es. Ich wollte nur noch mehr.

»Verdammt! Gabe, hör auf!« Jetzt schrie sie und wehrte sich unter mir. Doch sie war nicht vollkommen dabei. Einem Teil von ihr gefiel das und den kostete ich vollkommen aus. Die Beeren brachten mich um den Verstand. Für mich existierte nur noch der Geschmack.

»Es tut mir leid«, sagte Kaze. Ich verstand die Worte, aber nicht die Bedeutung. Was sollte ihr leidtun?

Sie zog ihre Beine an und trat mich weg – versuchte es zumindest. Ich hing an ihrem Hals und sie würde mich nicht loswerden können, ohne dass sie sich den ganzen Hals aufriss. »Scheiße!«, fluchte sie.

Dieses Mal benutzte sie ihre Arme und sie schaffte es tatsächlich, mich von ihrem Hals loszureißen, genauso wie ihre Haut, die schützend um ihre Adern gelegen hatte. Sie trat mich dieses Mal erfolgreich weg und ich landete torkelnd mit dem Rücken am Schrank. Ich bemerkte den Schmerz gar nicht. Ich wollte mehr. Mehr von der Köstlichkeit, die meinen Hals hinablief und mich leben ließ.

Kaze fixierte mich aus grün leuchtenden Augen. Ihre Augenbrauen waren zusammengezogen und eine Hand lag auf ihrem Hals. »Gib. Mir. Mehr.«

»Nein, das reicht«, sagte sie.

Ihr blasses Gesicht weckte etwas in mir. Erinnerungen kamen hoch.

Ihre Haut schneeweiß. Der Puls unglaublich schwach und aus ihrem Hals lief immer mehr Blut. Es verteilte sich und breitete sich auf meiner Hose aus.

Mein Körper begann, zu zittern. Ich ließ mich am Schrank hinabgleiten. »Verschwinde«, nuschelte ich. Meine Hände hatte ich in meine Haare gekrallt. *Schon wieder. Es ist mir schon wieder passiert.*
Ich hörte Kaze' wackelige Schritte auf dem Dielenboden, die näher auf mich zukamen. »Gabe. Es ist alles gut. Ich bin hier.«
»Verdammte Scheiße! Du sollst verschwinden, wenn du nicht als Leiche enden willst!« Ich wollte nicht so hart zu ihr sein. Sie konnte nichts dafür, dass ich ein hoffnungsloser Fall war. Ich war ein Junkie und daran konnte sich nichts mehr ändern.
»Bleibst du hier?«, fragte Kaze leise.
Ich wollte zu ihr sehen. Ihr sagen, dass alles gut war. Aber, scheiße, es war nichts gut. Der Morgen hatte so perfekt gestartet und ich machte alles kaputt.
Ihre Schritte entfernten sich schnell. Endlich konnte ich hinter meinen Armen hervorsehen. Das Bett war voller Blut, genauso wie eine Spur auf dem Boden zu sehen war. Ich schloss die Augen. *Das ist Kaze' Blut. Sie ist wegen mir verletzt.*
›Sie hat es nicht anders verdient. Sie hatte es doch ausgereizt.‹
Ich versuchte, die Stimme abzuschütteln. »Halt die Schnauze!«
›Nein, das werde ich nicht und das weißt du auch. Du willst mehr davon und ich bin derjenige der es dir geben kann. Du musst mich nur lassen. Lass mich an die Oberfläche kommen und es wird sich alles so viel besser anfühlen.‹
»Nein, wird es nicht«, knurrte ich und stand auf. Noch immer torkelte ich. Ich war aufgeputscht. Ich fühlte mich wie auf Wolken. Einerseits genoss ich dieses Gefühl von Freiheit, aber ich wusste, woher es kam und deswegen verabscheute ich es. Das war nicht ich. Das war die Blutlust.

KAZE

Tränen rannen mir über die Wangen, während ich mit nackten Füßen über die Wiese zu Luisas Haus lief. Sie machte mir auf, bevor ich klopfen konnte und zog mich hinein. »Gabe?«, fragte sie bloß.
Ich biss mir auf die Lippe und nickte. Ich hasste mich dafür. Ich wusste nicht, was ihn erwarten würde, was uns erwartete. Aber so konnte es nicht

bleiben. Wir mussten einen anderen Weg finden. Irgendeinen. Es war mir egal, was für einen. Solange er Gabe wieder gesund machte, sodass wir einen Morgen wie diesen genießen konnten, ohne dass ich mich zerfleischen lassen musste.

Luisa nahm das Telefon zur Hand und rief irgendwen an. Dabei behielt sie mich die ganze Zeit im Auge.

Aber ich war wie erstarrt. Ich hatte Gabriel gesehen, als ich ihn gegen den Schrank gestoßen hatte. Er fühlte sich schlecht. Das hatte ich gesehen. Er war verzweifelt gewesen und ich hatte ihm nicht helfen können. Nicht mit dem ganzen Blut an mir.

Kurz wechselte sie ein paar Worte und widmete sich dann mir. »Was ist passiert?«, erkundigte sich Luisa und zog meine Hand von der Wunde.

»Gabriel hat mich gebissen. Ich musste ihn wegstoßen und dabei hab ich …«

»Ja, ich sehe es«, wisperte Luisa.

Das schlechte Gewissen konnte ich aus ihrer Stimme heraushören. Wir hätten es anders angehen müssen. Gabriel war eine Gefahr. Für mich und für alle anderen, die hier lebten, solange er die Bestie in ihm nicht im Griff hatte. Nur hatte keiner etwas davon wissen wollen.

Luisa verschwand kurz in ihrem Gästebad und kramte dort in einem Schrank rum.

Mir schwindelte es, aber ich wollte mich nicht mit dem ganzen Blut auf ihr Sofa setzen. Stattdessen umfasste ich mit der sauberen Hand einen Holzstuhl und lehnte mich daran.

»Ich reinige jetzt die Wunde und lege dann einen Verband drum. Das kann etwas brennen«, warnte sie mich vor.

Ich nickte und streckte meinen Hals, damit sie besser herankam. Sie arbeitete still vor sich hin. Als sie das Jod auf der Wunde verteilte, zog ich die Luft ein.

»Was sollen wir mit Gabe machen?«, fragte ich leise.

Luisa stoppte kurz bei ihrer Arbeit. Im Augenwinkel sah ich, wie sie mit den Schultern zuckte. »Ich weiß es nicht. Diese Bestie in ihm ist noch nicht so weit wie bei seinem Vater. Ich habe also noch Hoffnung. Aber ich weiß nicht, wie wir das hinbekommen sollen, dass er stärker ist als sie.«

Ich kniff die Lippen zusammen. Luisa war genauso ratlos wie ich und das gefiel mir nicht. »Das Einzige, was ich als Lösung ansehe, ist, ihn einzusperren«, erklang die Stimme von Gabes Mutter leise.

Meine Augen wurden groß. »Du willst deinen eigenen Sohn einsperren?«

Sie machte meinen Verband fest und richtete sich auf. »Ich *will* meinen Sohn nicht einsperren, aber ich kann auch nicht zulassen, dass er dich zerfetzt«, klärte sie mich auf.

Ruhelos begann sie, durch das Wohnzimmer zu stapfen. »Er muss die ganze Zeit unter Beobachtung stehen – ohne dass man ihm zu nah kommen kann.«

Bei dem Bild, das sich vor meinen Augen abspielte, zogen sich meine Eingeweide zusammen. Alles in mir sträubte sich dagegen, Gabe einzusperren. Das hatte er nicht verdient, wo wir ihn gerade doch erst aus einem Kellerloch befreit hatten.

»Ich sehe keine andere Möglichkeit.« Luisas blaue Augen lagen ratlos auf mir.

Ich schaute an die Decke. »Ich weiß es auch nicht. Ich will ihn nicht einsperren ... Das war er in der letzten Zeit zu oft. Ich glaube nicht, dass das sein Vertrauen in ihm stärken würde«, sagte ich kleinlaut.

»Keiner ist gern eingesperrt. Aber wir wissen, dass mein Blut Kain immer für ein paar Sekunden zurückholen kann. Was ist, wenn das dein Blut ebenfalls bei Gabe bewirkt?«

Skeptisch sah ich wieder zu Luisa. »Meinst du, dass das helfen wird? Dann müsste es ihm doch jetzt noch viel besser gehen«, sagte ich hilflos.

»Eigentlich schon. Aber er hat dich auch nicht mehr angefallen wie ein Tier, oder? Nachdem du ihn von dir befreit hattest?«

Ich schüttelte den Kopf. »Nein, er zwang mich zu gehen.«

»Das ist gut, Kaze! Er ist noch da und hat die Macht über das, was er tut. Er ist nicht wie Kain.« Sie fasste mich an den Schultern. »Es besteht noch immer Hoffnung. Wir dürfen sie nur nicht verlieren. Okay?«

Ich nickte. Ich sagte ihr nicht, dass ich einen Haufen Hoffnung hatte. Aber das alles brachte nichts, wenn Gabe keine hatte und darum machte ich mir gerade am meisten Sorgen. Wir konnten so viel hoffen und beten, wie wir wollten, wenn er nicht glaubte, brachte das niemanden weiter.

»Martin und Susan sind zu Gabe gegangen. Geht es dir besser?«, erkundigte sich Luisa.

»Ja. Hast du etwas zu trinken für mich?«

Sie eilte direkt in die Küche und hörte, wie sie in ihren Schränken wühlte, ehe sie mit einer kleinen Wasserflasche zurückkam. »Bitte.«

Dankend nahm ich die Flasche entgegen und schluckte das Wasser gierig herunter. Ich spürte, wie es meine Speiseröhre hinabfloss und eine angenehme Kühle hinterließ.

»Dann lass uns zurück zu Gabe gehen.« Ein Seufzen begleitete Luisas Worte und nebeneinander liefen wir zu Gabes Haus.

Eine Gänsehaut breitete sich auf meinem Rücken aus und ich begann, zu zittern. Ich hatte Angst. Aber ich wusste nicht, wovor. Ich liebte Gabe und ich war immer noch der vollen Überzeugung, dass wir das wieder hinbekommen konnten. Aber wieso zitterte ich? Wieso begann mein Herz, zu rasen, als sei ich einen Marathon gelaufen?

»Gabe, mach die verdammte Tür auf!«

»Nein!«

»Bist du neun, oder was?«, knurrte Susan.

Ich lief die Treppe hoch und konnte meinen Bruder neben Susan stehen sehen. Sie hämmerte verzweifelt gegen die Tür, während Martin mit verschränkten Armen danebenstand und mich kurz besorgt musterte.

Ich nickte ihm zu, um zu verdeutlichen, dass mit mir alles in Ordnung war. Sanft schob ich Susan beiseite und schenkte ihr ein Lächeln.

Leise klopfte ich. »Gabe?«

»Gott ... Kaze, du solltest verschwinden!«, hörte ich drinnen Gabes verzweifelte Stimme.

»Ja, das sagtest du bereits. Aber ich bin nicht so gut im Befehle ausführen«, scherzte ich und hoffte, dass ich ihn damit aus der Reserve locken konnte.

Tatsächlich hörte ich ein amüsiertes Schnaufen. »Das stimmt.«

»Also kommst du raus?«

»Unter einer Bedingung.«

»Und die wäre?«

»Ihr sperrt mich ein.«

Mein Herz setzte einen Schlag aus und die Zeit schien einen kurzen Augenblick anzuhalten, ehe sich alles wieder weiterdrehte. Selbst Martin, Susan und Luisa sahen mich mit großen Augen an.

»Niemand will dich einsperren«, sagte ich gegen die Tür.

»Und ich will nicht eines Morgens aufwachen und mit deinem Blut bedeckt sein, weil ich mich nicht unter Kontrolle hatte.«

Ich kniff die Lippen zu einem schmalen Strich zusammen.

»Da hat er recht«, stimmte ihm Martin zu und auch Susan nickte zustimmend.

Nur Luisa und ich sahen uns noch unsicher an.

»Ich komme nicht eher raus. Ich bin eine Gefahr für dich, Kaze. Das hast du heute Morgen selbst mitbekommen. Ich bitte dich darum, mich einzusperren, damit ich dich nicht verletzen kann. Damit ich mich mit diesem Viech in meinem Inneren auseinandersetzen kann, ohne dass irgendwer verletzt wird.«

»Okay«, stimmte ich zu und dabei zerbrach mein Herz. Ich hasste es, ihn einsperren zu müssen. Ich hatte mir gewünscht, dass er sich selbst einfach zu vertrauen lernte. *Aber das kann er nicht*, flüsterte eine hämische Stimme in meinem Inneren.

Ich hörte, wie sich der Schlüssel im Schloss drehte und Gabe kam heraus. Sein T-Shirt war noch immer voller Blut. Meinem Blut. Seine roten Augen musterten mich traurig. Sein Blick verharrte an dem Verband um meinen Hals. »Es tut mir leid«, raunte er.

Ein Kloß bildete sich in meinem Hals. »Ich weiß.«

»Dann lasst uns mal zu den Zellen gehen«, meinte Martin und versuchte, euphorisch zu klingen. Er erntete aber nur böse Blicke und hob entschuldigend die Hände.

»Gabe, wie wäre es, wenn wir diesen einen Tag noch haben?«, fragte ich. »Und heute Abend bringe ich dich in … Na ja, in deine Zelle.«

»Okay«, stimmte er zu, obwohl er mich dabei unsicher musterte.

Ich sah ihm an, dass er selbst auch nicht in die Zelle wollte. Nicht, wenn er eine andere Möglichkeit hatte und jedes Aufschieben kam ihm richtig vor. Erleichtert ließ ich die angestaute Luft raus, die ich unbewusst angehalten hatte. »Wir sollten uns eventuell umziehen«, meinte ich dann.

Gabe grinste, auch wenn der freudige Glanz seine Augen nicht ganz erreichen konnte, reichte mir das. Wir würden nicht aufgeben. Nicht nach gestern.

GABRIEL

Sie war verrückt. Anders konnte ich nicht erklären, dass sie noch einmal mit mir wegwollte. Welcher Teufel ritt sie da nur? Ihr Blut hatte mich in ungekannte Höhen befördert, die ich zu gern direkt wieder erleben würde,

wenn dieser schnelle, zerschmetternde Fall nicht gewesen wäre.
Ich sprang schnell unter die Dusche. Ich wollte ihr Blut nicht mehr an mir haben. Wollte es am liebsten auch nicht mehr in mir haben. Zumindest redete ich mir das ein. Seufzend lehnte ich meinen Hinterkopf gegen die Fliesen. Ich war ein verdammter Junkie. Ich wusste gar nicht, wie oft ich mich noch wiederholen sollte.

Das Wasser prasselte heiß auf meinen Körper. Ich wünschte mir, dass Kaze bei mir wäre, aber gleichzeitig wünschte ich, dass sie unglaublich weit wegrennen würde. Dass sie endlich zur Besinnung kam und floh. Ohne zurückzuschauen, sollte sie laufen, so weit sie konnte und endlich etwas aus ihrem Leben machen, das nicht mit mir zu tun hatte. Aber ich wusste, dass Kaze das nicht zulassen würde. Selbst wenn ihre Gefühle für mich anders wären, würde sie nicht davonrennen. Dafür war sie zu stur. Ich seufzte und begann, mir das Blut abzuwaschen. *Nur noch der eine Tag*, redete ich mir zu. Den einen Tag würde ich überleben, ohne Kaze als Vorspeise anzusehen.

Kaze wartete schon unten auf mich. Ihre Haare waren noch feucht. Sie hatte sie zu einem einfachen Pferdeschwanz zusammengebunden und saß mit dem Rücken zu mir auf meiner Veranda.

»Okay«, sagte ich, »ich bin so weit.«

Sie drehte sich grinsend zu mir um. Das schlechte Gewissen regte sich in mir. Sie war noch immer so unglaublich blass. »Gut, dann können wir endlich los«, meinte sie und sprang voller Motivation hoch.

»Und wohin willst du?«

»Das wirst du sehen. Man könnte es eventuell auch eine Zeitreise nennen.« Sie zwinkerte mir zu.

Wann hatten wir die Rollen getauscht? Wann war Kaze so geworden? So viel Zeit war gar nicht vergangen und trotzdem wirkte sie ... selbstsicherer. Aufgeschlossener. Ich liebte diese Eigenschaften an ihr, keine Frage und sie verzauberte mich mit ihrer Art. Ich konnte kaum die Augen von ihr lassen. Aber ich fragte mich, was aus dem verschlossenen Mädchen geworden war, was jedem Vampir am liebsten den Hals umgedreht hätte.

»Zeitreise?«, hakte ich nach.

Ihre Augen glänzten, als sie zu mir zurückblickte. »Ja. Jetzt hör auf, so viel zu fragen und konzentrier dich lieber aufs Laufen.«

Ich schnaufte belustigt. Sie führte mich in den Wald und so langsam erkannte ich den Pfad, den wir entlanggingen. »Hier hattest du mich entführt«, erinnerte ich mich.

Sie kicherte. »Kann man das wirklich eine Entführung nennen?«, erkundigte sie sich belustigt. »Ich kann mich nicht erinnern, dass du dich gewehrt hättest.«

Ich verdrehte die Augen. »Du hieltest ein Messer an meinen Hals.«

»Mit der Erlaubnis deiner Mutter!«

»Das macht die Sache nicht besser.«

»Nicht?«

»Nein«, seufzte ich und folgte ihr weiterhin durch das Geäst.

Sie führte mich zu der Stelle an den Fluss, an dem irgendwie das ganze Drama begonnen hatte. Hier hatte ich akzeptiert, dass ich Kaze gehen lassen musste, weil sie einfach zu stur gewesen war.

»Erinnerst du dich?«, fragte sie und kam auf mich zu.

Ich spürte ihre Wärme durch die Kleidung hindurch. Sie ließ mir die Knie wackelig werden. »Ja. Ich erinnere mich. Hier hast du zugegeben, dass du Angst hast.«

»Und du wolltest mich gehen lassen.«

Kurz schwiegen wir. »Heute sollte ich wohl sagen, dass ich Angst habe«, gab ich dann leise zu.

Kaze blickte zu mir. In ihren Augen sah ich nichts außer Leid und ich wusste, dass ich in einen Spiegel sah. Ihre Augen drückten genau dasselbe aus wie meine.

»Dann sollte ich wohl zulassen, dass du gehst?«, fragte sie. Ihre Stimme war nicht mehr als ein Wispern im Wind.

»Nein«, antwortete ich. »Ich will nicht gehen, im Gegensatz zu dir damals.«

Ein kleines Lächeln legte sich flüchtig auf ihre Lippen. »Es war gut, dass du mich damals gehen lassen wolltest.«

»Wieso?«

»Ich hatte das Gefühl, selbst entscheiden zu können, was ich wollte. Du warst es, der mir dieses Gefühl gab. Obwohl ich dir niemals einen Grund gegeben habe, mir zu vertrauen, hast du es in dem Augenblick getan. Und ich bin hier, um dir zu sagen, auch wenn du dir selbst momentan nicht vertraust, dass ich es tue. So wie du mir damals.« Sie warf mir einen vielsagenden Blick zu. »Jemand sagte mir mal, dass die Welt nicht schwarz und weiß ist. Genauso wenig bist du bloß böse. Ich weiß, dass diese Krankheit in dir daran schuld ist und nicht du. Gäbe es nur uns beide, würde ich dir mein Leben in die Hand geben, ohne es jemals zu bereuen. Weil ich dir vertraue. In dieser kurzen Zeit hast du mein Leben so kompliziert und verwirrend gemacht. Ich bin dir dafür jede Sekunde dankbar.« Tränen liefen über ihre Wangen.

Mein Herz flatterte wild in meiner Brust. Ihre Rede hatte mich berührt. Ich ging zu ihr und wischte zärtlich mit dem Daumen die Nässe von ihren Wangen weg. »Glaub mir, niemand kann ein Leben so kompliziert machen wie du.« Ein Grinsen umschmeichelte meine Lippen. Zum ersten Mal fühlte ich nicht die Blutlust, die an meinem Bewusstsein zupfte, um Aufmerksamkeit zu bekommen.

Sie erwiderte mein Grinsen und boxte mir im Scherz gegen den Arm. »Du bist fürchterlich«, schimpfte sie.

»Genau deswegen liebst du mich«, raunte ich an ihren Lippen und erstickte ihre nächsten Worte.

Kaze legte ihre Arme um meinen Hals. Ich umfasste ihren Hintern mit meinen Händen und hob sie auf meine Hüften. Ich lief vorwärts zum nächsten Baum und stützte sie mit dem Rücken dagegen. Verlor mich in unserem Kuss. Ich wollte es dieses Mal nicht so weit kommen lassen wie heute Morgen im Bett. Kaze fuhr mir mit ihren Händen durch die Haare, klammerte sich an mich wie eine Ertrinkende. Wir hatten so viel durchmachen müssen und noch immer waren wir nicht am Ende. Ich wollte einfach nur den Moment genießen, in dem die Blutlust uns nicht störte und ich all meine Konzentration auf Kaze legen konnte. Auf ihren schweren Atem, ihr rasendes Herz, das im selben holpernden Takt schlug wie meines, ihre Sehnsucht, die genauso drängend und fordernd war wie meine.

All das ließ ich zu und verlor mich in Kaze, ohne auch nur einen vermaledeiten Gedanken an die Lust zu verschwenden. Es gab nur uns. Der Rest der Welt war gerade nicht existent. Genauso wenig wie die anderen Probleme, die sich noch vor unserer Nase türmten. Was zählte, waren einzig allein wir.

Ich ließ mich an den Baum sinken und setzte mich auf den Erdboden, mit Kaze auf meinem Schoß. Unsere Lippen waren miteinander verschmolzen und ich saugte jede Empfindung auf wie ein Schwamm. Nicht nur ihr Blut machte mich zu einem Junkie. Alles an ihr. Ihr Duft, ihre Haut, die sich samtig weich unter meinen Fingerspitzen anfühlte.

Einfach alles zog mich in ihren Bann.

Sie löste sich sanft von mir. Die Sonne brach orange durch das Blätterdach. Die Zeit war wie im Flug vergangen. »Ich muss gleich gehen«, sagte sie leise und legte ihre Stirn an meine.

»Ich auch«, erwiderte ich daraufhin, um ihr den Abschied etwas angenehmer zu machen.

»Willst du, dass ich dich in deiner selbstgewählten Gefangenschaft besuchen komme?«, fragte sie.

In ihrer Stimme schwang ein klein wenig Bitterkeit mit. Sie hieß meine Entscheidung nicht gut. Ich auch nicht. Aber alles war besser, als irgendwann morgens mit ihr als Leiche neben mir aufzuwachen. Ihre Frage weckte allerdings etwas in mir. Kaze war stark. Würde sie immer sein. Momentan war ich das nicht.

Kurz schloss ich die Augen und ließ meinen Kopf gegen den Stamm hinter mir sinken. »Nein.«

»Was?« Ihre Augen wurden groß, als sie meine Antwort realisierte.

»Momentan bist du die starke von uns und das will ich nicht. Ich will dir ebenbürtig sein und dafür brauche ich Abstand. Ich will nicht von dir abhängig sein. Mich an dich binden und falls du mich irgendwann verlassen solltest, am Boden liegen, ohne irgendeinen Halt. Ich möchte mich selbst wiederfinden.«

Sie biss sich auf die Lippe und rutschte ein Stück von mir weg. Ich konnte in ihren Augen sehen, dass sie verstand, obwohl sie sich weigerte, zu akzeptieren. Zumindest rang sie gerade mit sich. Ihr Gesicht war wie ein offenes Buch für mich.

»Das heißt nicht, dass ich dich nie wieder sehen will«, versuchte ich, ihren inneren Krieg zu zerschlagen. »Gib mir nur ein paar Tage oder so. Okay?«

Sie verzog den Mund wie ein trotziges Kind. »Okay. Ich werde dich vermissen.«

»Ich dich auch, wie verrückt. Aber ich brauch das. Die letzte Zeit war …«

»Aufwühlend?«, beendete sie meinen Satz.

Ich nickte. »Ja, so kann man es nennen.«

»Wir sollten gehen, oder?«, fragte sie und starrte in den Himmel, der mittlerweile immer dunkler wurde.

»Ja, das sollten wir wohl.«

Das Wissen, dass dies erstmal unser letztes Treffen war, zerriss mich. Obwohl ich selbst Schuld daran trug, fand ich es nicht gut. Aber ich merkte, dass es das Richtige war.

Schweigend liefen wir den Weg zurück. »Danke«, sagte ich und betrachtete ihr Profil.

Überrascht sah sie zu mir auf. »Wofür?«

»Für die Zeitreise. Hat gutgetan.«

Sie grinste. »Gern.«

Wir liefen auf die Siedlung zu, unsere Hände fest umschlungen. Ich hatte das Gefühl, dass wir beide langsamer wurden, um unsere Trennung noch ein klein wenig herauszögern zu können. Aber irgendwann konnten wir ihr nicht mehr entkommen. Wir standen mitten in der Siedlung. Sie würde jetzt zu ihrer Familie gehen, die sich in Susans Haus versammelt hatte und ich würde von meiner Mutter in die Zelle begleitet werden.

»Bau keinen Mist, okay?«, stellte sie klar und sah mir traurig in die Augen. Ich zog sie in meine Arme und beugte meinen Kopf zu ihr herunter.

»Ich? Niemals«, beruhigte ich sie und strich leicht mit meinen Lippen über ihre.

Kaze lehnte sich in die Berührung. »Gut«, wisperte sie und vertiefte den Kuss.

»Solange du auch keine Dummheiten machst.«

Sie riss die Augen auf. »Ich? Niemals.«

Wir lachten beide und gaben uns noch einen zärtlichen Kuss, ehe wir uns voneinander trennten.

Kurz sah ich Kaze hinterher, ehe ich noch einmal tief Luft holte und meinen Gang in mein eigen gewähltes Gefängnis antrat.

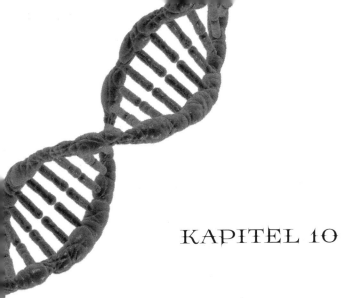

KAPITEL 10

Die Frau brütete über ihren Ergebnissen. Es war zum Haareraufen. Egal, wie sie die Dinge kombinierte, wie sie mit ihnen herumspielte. Niemals kamen solche Exemplare wie die 1600er-Reihe zustande. Nichts war so wie diese Reihe. Sie rieb sich müde übers Gesicht. Sie brauchte einen Erfolg und keine Tiefschläge mehr. Sie hoffte, dass 181011 bald zurückkommen würde – mit guten Neuigkeiten. So lange hatte er sich noch nie nicht gemeldet. Die Sonne stand immer noch hoch am Himmel, als sie aus dem Fenster schaute.

Vielleicht war sie auch einfach nur überarbeitet und deswegen funktionierte nichts. Sie runzelte die Stirn und streckte sich einmal. Protestierend knackten ihre Knochen. Es hatte Nachteile, ein Mensch zu sein. Sie war so verletzlich und zerbrechlich.

Es klopfte an die Tür zum Forschungsraum.

»Ja?«, fragte die Frau und wandte sich dem Eingang zu.

181011 betrat das Zimmer. Jede Frau wäre an ihrer Stelle stolz gewesen. Er hatte sich grandios gemacht. Er war, auch ohne die Medikamente, loyal. Er vergötterte sie und gerade dies nutzte die Forscherin aus. Sie benutzte ihn, obwohl sie das bei ihm niemals hätte machen sollen. Aber er war alles, was sie noch hatte. »Was gibt's?«, fragte sie und beobachtete seine Reaktion genau.

Er zuckte zusammen, als hätte er ein schlechtes Gewissen. »161011 hat ihn rausgeholt.«

Wut erfasste die Forscherin. Voller Zorn wischte sie über den Tisch und schrie. »Wie konnte dir das passieren?«, fuhr sie den Nichtsnutz an.

»Ich ... ich weiß es nicht.«

»Bieg es wieder gerade, 181011.« Plötzlich kam ihr eine Idee. »Hol mir 161011 hierhin. Egal, was es koste und bring ihm das.« Sie stürzte sich auf Zettel und Stift und schrieb einen Brief.

Sie überreichte ihm den Zettel. »Und, 181011, vermassle es nicht«, warnte sie ihn.

Er nickte und beeilte sich, aus dem Raum zu kommen. Die Frau sah aus dem Fenster und ein Grinsen breitete sich auf ihren Lippen aus. Wenn sie es schaffte, 161011 hierherzuholen, schlug sie zwei Fliegen mit einer Klappe. Sie konnte mithilfe von 161011s Daten entziffern, wieso ihr bei ihnen das Experiment gelungen war. Und als Bonus würde er kommen, um sie zu retten.

ENTSETZEN

KAZE

Noch ein einziges Mal sah ich über die Schulter und konnte beobachten, wie er sich umdrehte, um zu seiner Mutter zu gehen. Ich runzelte die Stirn. Es fühlte sich falsch an, dass er sich selbst einsperrte. Ja, die Blutlust war schlimm. Aber heute war die Lust nicht ein bisschen hervorgekommen – nach dem kleinen Ausrutscher heute morgen. Doch es war seine Entscheidung, ob ich die nun guthieß oder nicht.

Ich wandte mich wieder um und betrachtete Susans Haus. In meinem Bauch machte sich ein Brocken bemerkbar. Ich hatte keine Angst vor meinen Geschwistern, aber ich hatte Angst, was Nero ihnen gesagt haben könnte. Ich ballte meine Hände zu Fäusten. Es würde alles gut gehen. *Sie zeigen niemandem, wer sie wirklich sind*, redete ich mir ein. Obwohl ich wusste, dass Luisa mich nicht anlügen würde. Aber vielleicht war sie einfach falsch informiert worden? Das konnte sein.

Die Tür zu Susans Haus stand offen und ich ging direkt hinein. Es war genauso geschnitten wie Gabes und Luisas Haus, aber Susan hatte ihren eigenen Charme eingebracht. An den Wänden hingen Landschaftsbilder. Ich erkannte den Wald von Tamieh, der uns umgab und vor neugierigen

Blicken schützte. Die Bilder waren harmonisch und luden dazu ein, sie länger zu betrachten, aber ich riss mich von ihnen los. Die konnte ich mir auch ein anderes Mal noch ansehen.

Meine Füße trugen mich ins Wohnzimmer. Eine große Wohnlandschaft stand in dem kleinen Raum und dominierte diesen. Die Wände hatten eine Holzfaserung. Ein Sideboard, auf dem ein Fernseher stand, dominierte eine Raumseite. Bei dem Anblick bekam ich noch immer eine Gänsehaut. An der anderen Wand stand ein Schreibtisch, auf dem ebenfalls ein Monitor stand.

Ein paar wenige meiner Geschwister saßen schon im Wohnzimmer auf dem ganzen Boden verteilt und schienen auf mich zu warten. Es waren nicht einmal dreißig zusammengekommen. Ich seufzte. »Wo ist denn der Rest?«, fragte ich.

Miriam reckte sich und ich meinte, mich erinnern zu können, dass sie 45 gewesen war, aber ich war mir nicht mehr sicher. »Die sind in Tamieh geblieben.«

»Wieso?«

Sie zuckte mit den Schultern. »Ich glaube, Nero wollte die Patrouillen jetzt aufteilen, damit auch mal andere Pause haben konnten.«

Meine Kiefer pressten sich zusammen. Ich hasste ihn! Er benutzte meine Familie für seine Zwecke und ich wusste von nichts. »Okay, Luisa hat mir das von den Patrouillen erzählt. Was macht ihr denn da?«, fragte ich vorsichtig.

»Na ja, genau das, was wir vorher auch gemacht haben. Wir laufen durch die Straßen. Genau dieselben Routen wie auch das Labor und wenn uns einer anpöbelt, dürfen wir ihnen einheizen.« Ein fieses Grinsen legte sich auf das Gesicht meines Bruders und mir kroch eine Gänsehaut den Rücken hoch.

»Inwiefern einheizen?«, hakte ich nach.

»Wir sollen ihnen zeigen, wer das Sagen hat«, erklärte jemand anderes.

Mir begann, der Kopf zu schwirren. Was zum Geier hatte Nero vor? »Wieso solltet ihr das Sagen haben?«

»Na ja, wir sind die stärkere Rasse«, warf einer schulterzuckend ein.

Meine Augen wurden groß. »Was seid ihr?«

»Nero sagte, dass wir die stärkeren sind. Die Menschen seien Nichtsnutze. Und seien wir mal ehrlich, keiner von uns kann die Menschen wirklich leiden. Sie haben uns als Experimente geschaffen und für ihre

Zwecke missbraucht. Wieso sollten wir unser Können nicht einsetzen?«

»Ist das euer Ernst?«, fragte ich vollkommen entsetzt. Ich konnte nicht glauben, was mir meine Geschwister erzählten.

Der eine, der erwähnt hatte, dass die Menschen Nichtsnutze waren, stand auf. »Kaze, du weißt doch selbst am besten, was das Labor mit uns – mit Gabriel – angestellt hat. Wieso sollten wir uns nicht wehren dürfen?«

Ich glaubte, sein Name war Daniel, aber wirklich sicher war ich mir nicht mehr. Wieso sahen wir auch alle gleich aus? »Hast du diese Menschen, denen du auf der Straße begegnest, auch nur einmal im Labor gesehen?«, fragte ich ihn und warf meinen Blick in die Runde. »Hat irgendjemand von euch überhaupt schon einmal mit einem Menschen gesprochen, der nicht zu den Wissenschaftlern gehörte?« Meine Stimme überschlug sich. Ich war so wütend! Ich konnte einfach nicht fassen, wie sie so blind Neros Ansprache folgen konnten. »Keiner der Menschen war dabei, als wir gezüchtet wurden. Keiner von ihnen zwang uns zu irgendwas. Keiner von ihnen hat uns jemals auch nur ein Haar gekrümmt. Wir leben vor ihnen verborgen. Ja, aber nur, um uns zu schützen! Und ihr macht das alles zunichte! Was kann passieren, wenn sie sich alles zusammenreimen und glauben, dass wir Vampire sind? Habt ihr das Video gesehen, das im Labor gezeigt wurde? Ich habe noch Albträume davon! Und ihr? Ihr zeigt ihnen auch noch, dass wir tatsächlich diese grausamen Wesen sind!«

Meine Geschwister sahen mich mit schlechtem Gewissen in ihren Augen an. »Die Menschen brauchen keine Patrouillen. Die gab es nur, um Vampire zu entdecken! Das haben die Leute uns im Labor oft genug erklärt. Wir waren da, um die Vampire zu vernichten. Den Menschen haben wir nie etwas getan.«

Daniel erwiderte meinen Blick böse. Seine Augenbrauen hatten sich vor Wut zusammengezogen. »Woher willst du das wissen? Warst du wieder in Tamieh? Hast du dir schon mal angesehen, wie diese Menschen leben? Wie oft sie einander an die Gurgel gehen?«, forderte er mich heraus.

Ich knurrte und hielt seinem Blick stand. »Nein, ich war noch nicht wieder in Tamieh. Ich hatte andere Dinge zu klären, wie du ganz genau wissen solltest. Aber das ändert nichts an der Tatsache, dass das nicht unser Problem sein kann! Ihr solltet euch ein Leben aufbauen, von dem ihr von niemandem abhängig seid! Vor allem nicht von Nero ...«

Ich wollte noch weiter ausführen, dass sie eigenständig sein sollten, doch hinter mir hörte ich ein Räuspern. »Darf ich dich unterbrechen?«

Neros aalglatte Stimme jagte mir einen Schauer den Rücken entlang. Langsam drehte ich mich zu ihm um. Ich war mir sicher, dass meine Augen glühten. Ich unterdrückte den Drang, ihm meine Faust ins Gesicht zu schlagen.

»Kaze, deine Familie ist herzlich willkommen. Aber auch dir sollte bewusst sein, dass jeder etwas tun muss, um in einer Gesellschaft akzeptiert zu werden. Oder?«

Meine Zähne mahlten aufeinander. Ich wusste, dass er recht hatte, aber alles in mir sträubte sich dagegen, ihm recht zu geben.

»Nun ja und deine Geschwister tun eben, wofür sie geschaffen wurden. Sie beschützen die Stadt vor Raufbolden. Das ist doch vollkommen legitim, oder etwa nicht? Dafür stehen ihnen ein Dach über dem Kopf, eine warme Mahlzeit und ein Bett zur Verfügung. Und wenn die Menschen eben zu dumm sind, um zu lernen, wie sie sich zu benehmen haben«, er zuckte nachlässig mit den Schultern, »dann müssen nun mal härtere Maßnahmen getroffen werden.«

Ich wollte mich knurrend auf ihn werfen. Das konnte doch nicht sein verdammter Ernst sein. »Aber nicht so«, hielt ich dagegen. »Wieso müssen wir das denn tun? Die Menschen kommen auch ohne uns prima zurecht.«

»Weil wir die stärkere Rasse sind. Die Menschen sind nichts wert. Sie sollten lernen, dass die Zeit der Vampire gekommen ist.«

Meine Augen wurden groß. Litt er unter Größenwahn? »Wie kommst du auf so was?«

Er deutete meinen Geschwistern an, das Haus zu verlassen. Ich presste die Lippen zusammen und wartete, dass wirklich jeder gegangen war. Martin warf mir einen besorgten Blick zu, aber ich nickte ihm aufmunternd zu.

»Also, wieso?«, wiederholte ich.

»Die Menschen nahmen mir das, was mir am wichtigsten war. Wieso sollte ich sie nicht jetzt, wo ich die Leute dafür habe, bestrafen?«

»Lisa …«, erinnerte ich mich und mir wurde einiges klar. Nero war zerfressen. Zerfressen von Hass und Rachegelüsten.

»Genau die. Niemand hat sie je gefunden. Sie könnten alles mit ihr gemacht haben und jetzt will ich meine Rache. Das Zeitalter der Vampire hat begonnen und entweder, du unterstützt mich dabei oder du gehst.«

»Das wird dir Lisa auch nicht zurückbringen«, hielt ich dagegen.

»Nichts kann sie mir zurückbringen. Aber die Rache macht dieses

Leiden ein wenig erträglicher. Sie rief mich an dem Tag ihres Verschwindens völlig aufgelöst an und ich hatte keine Zeit, zu ihr zu kommen, weil ich hier beschäftigt war. Dann fanden wir Thomas – tot. Und kurz darauf verschwand Vater.«

»Du bekommst keine Antworten, wenn du die Menschen, die nichts dafürkönnen, maßregelst«, versuchte ich, zu ihm durchzudringen.

»Ich will keine Antworten mehr«, sagte er leise. »Ich will Rache. Und du wirst dich nicht gegen mich stellen. Deine Geschwister folgen mir freiwillig. Find dich damit ab.«

Ich biss die Zähne zusammen. Ich wusste nicht einmal, was ich darauf antworten sollte. Dass sie ihm freiwillig folgten, konnte ich nicht einmal verleugnen! Sie taten es, obwohl es falsch war. Nero drehte sich weg und lief aus dem Haus heraus. Kurz wartete ich, bis er wirklich fort war und rannte ebenfalls los.

Die frische Luft kühlte mich ab. Meine Gedanken rasten in meinem Kopf wild umher. Ich wusste nicht, was ich tun sollte. Wie sollte ich ihnen klarmachen, dass das, was sie taten, falsch war? Die Vampire hier lebten versteckt vor den Menschen. Warum genau, wusste ich nicht. Aber auch als ich mit Sascha unterwegs gewesen war, hatten sie nie ihr wirkliches Wesen gezeigt. Wir waren immer wie Menschen aufgetreten.

Ich rieb mir über die Stirn. Wie sollte ich meine Familie beschützen? Sie alle hatten ihren freien Willen und wenn ich ihnen vorschreiben würde, was sie zu tun und zu lassen hatten … Meine geballte Faust traf auf den Baumstamm neben mir.

Der Zorn, den die Hilflosigkeit hervorrief, machte mich verrückt. Ich musste es rauslassen. Kurz sah ich mich um, ob noch irgendjemand hier war, den ich zum Training überzeugen konnte, aber die ganze Siedlung war leer gefegt. Am liebsten würde ich mit Gabriel trainieren … Aber er wollte mich nicht sehen und saß in seinem eigen gewählten Gefängnis. Traurigkeit legte sich über den Zorn, aber das machte es auch nicht besser. Ich verstand ihn und ich selbst brauchte die Auszeit von uns wahrscheinlich ebenfalls. Ich hatte mich ohne ihn so verloren gefühlt. Das ging nicht. Ich war ein eigenständiges Wesen, genau wie meine Geschwister.

Seufzend lief ich in den Wald. Ich wollte zu dem Bach, an dem ich heute schon einmal gewesen war. Ich brauchte Ruhe, um nachdenken zu können. Und eventuell konnte ich dort etwas meine Wut rauslassen – egal, an wem oder was. Die Wut über die Hilflosigkeit wütete noch immer in mir, auch wenn die Traurigkeit momentan die Oberhand hatte. Ich wollte mich nicht aufgeben. Wollte nicht, dass ich von jemandem abhängig war. Also steigerte ich mich in den Zorn hinein. Wie konnte Nero es überhaupt wagen, meine Familie zu missbrauchen? Wie rachsüchtig musste er sich fühlen, um Unbeteiligte mit hineinzuziehen?

Ich stapfte laut durch das Unterholz und hatte meine Freude daran, wenn die Äste unter meinen wütenden Schritten brachen. Das Geräusch gab mir das Gefühl, ein kleines bisschen die Macht zu haben. Ich hatte Macht. Ich war nicht hilflos.

»Hatte ich dir nicht gesagt, dass du dich von ihm fernhalten sollst?«

Erstarrt blieb ich stehen. Mein Herz raste. Ich sah mich zu allen Seiten um, konnte den anderen Vampir aber nicht entdecken. »Wo bist du?«, verlangte ich, zu wissen.

Ein leises Lachen ließ mich nach oben schauen. Da hockte er. Er hielt sich an einem Ast fest, während er auf einem anderen balancierte.

»Was willst du?«, fragte ich ihn erneut.

»Das habe ich dir bereits gesagt. Aber scheinbar willst du nicht zuhören.«

Ich schnaufte. »Sicherlich höre ich nicht auf dich.«

Er grinste mich an. »Gut. Wer nicht hören mag, muss fühlen.«

Mit gerunzelter Stirn schaute ich zu ihm auf. Der hatte mir gerade noch gefehlt! Hätte er nicht an einem anderen Tag auftauchen können? »Falls es dich interessiert«, rief ich zu ihm hoch. »Ich bin eine richtige Verbundene.«

Ich konnte beobachten, wie sich die Augen des Vampirs kurz weiteten. Doch dann legte er wieder die grinsende Fassade auf. »Das ist schön, zu hören und wird sie freuen.«

»Hä?« Ich stand auf dem Schlauch. Ich wusste nicht einmal, was der Kerl von mir wollte. »Wen wird das freuen?«, fragte ich ratlos.

Er ließ den Ast über sich los und sprang den Baum herunter. Ich hielt den Atem an. Er landete wie eine Katze auf den Beinen. »Kommst du?«, fragte er und deutete mir den Weg.

»Nein?«, sagte ich und verschränkte die Arme vor der Brust. »Ich folge dir doch nicht. Wenn ich mich recht an unser letztes Aufeinandertreffen erinnere, dann wolltest du mich da umbringen.«

Er grinste mich an. »Ja, da erinnerst du dich richtig.«

»Wieso sollte ich dir dann folgen?«

»Wieso solltest du es nicht tun?«, widersprach er.

»Weil ich an meinem Leben hänge?«

»Hm ... Gut. Dann willst du es nicht anders.«

Er sprang auf mich zu, seine Faust erhoben. Im letzten Moment, bevor er meine Schläfe traf, wehrte ich seinen Angriff mit meiner Faust ab, indem ich sie gegen seinen Arm boxte und ihn damit von seinem Kurs abbrachte.

»Kleine Mistkröte«, fluchte er und griff mich wieder an.

Ich erinnerte mich zu gut an letztes Mal. Wäre Sascha nicht vorbeigekommen, hätte er mich sehr wahrscheinlich ausknocken können. Deswegen versuchte ich, ihn gar nicht erst anzugreifen, sondern machte mir einen Weg frei und hielt ihn auf Abstand, damit ich zurück in die Siedlung konnte.

Doch er kam mir immer wieder zu nah, drängte mich zurück und schnitt mir den Weg ab.

Ich wich seinem Schlag nach meinem Kopf erneut aus, drehte mich unter ihm weg und wollte losrennen. Doch er hatte es scheinbar vorausgesehen. Er umfasste meinen Knöchel und zog daran.

Der Länge nach fiel ich ins Geäst und hob die Hände vors Gesicht. Er zog mich näher zu sich. Ich versuchte, nach hinten auszutreten, aber auf dem Bauch liegend war das schwerer als gedacht. »Ich muss dich mitnehmen«, keuchte er.

Immerhin konnte ich ihn aus der Puste bringen. »Ich habe aber keine Lust, mitzukommen«, erwiderte ich ebenfalls atemlos und strampelte weiter.

»Miststück.«

Ich hörte, wie er etwas aus dem Unterholz hervorholte und spürte nur noch einen Schlag auf den Hinterkopf. Dann wurde alles schwarz.

GABRIEL

Ich war überrascht. Die Blutlust hatte sich noch nicht wieder gemeldet. Sonst war sie direkt die erste gewesen, die sich über mich lustig gemacht hatte, wenn ich wieder irgendwo festsaß. Aber komischerweise spürte ich nichts von ihr. Ich schürzte die Lippen und zog die Knie an. Ich hockte auf dem einfachen Bett in der Zelle und versank in meinen Gedanken.

Meine Mutter saß noch immer mit mir in dem Raum. Sie hatte sich einen Stuhl mir gegenüber geschnappt und beobachtete mich. »Meinst du wirklich, dass das hier notwendig ist?«, erkundigte sie sich.

Ich wusste nicht, wie oft sie mir schon diese Frage gestellt hatte. Zu oft für meinen Geschmack. Ich sah zu ihr und bedachte sie mit einem bösen Blick. »Ich steh auch nicht darauf, hier festzusitzen. Aber ich will Kaze schützen und das geht nur, wenn ich mich komplett auskuriere. Sie wird sich von Gís weiterhin Blut abzapfen lassen, damit ich nur ihres zu trinken bekomme. Den Rest werden wir dann sehen.«

Sie presste die Lippen zu einem schmalen Strich zusammen. »Du weißt, dass Kaze' Blut für dich ein Heilmittel ist, oder? Wenn ich deinem Vater Blut gebe, kann er sich kurz an mich erinnern. Aber er ... Er kann es nicht zulassen, dass es so bleibt.«

Ich wandte den Blick ab. Ich konnte meinen Vater verstehen. Wenn er seit zwanzig Jahren schon so war, würde er Sachen erlebt haben, die sich keiner von uns auch nur vorstellen konnte. Und diese Dinge vergessen zu können, war wahrscheinlich ein Segen. Ich würde es an seiner Stelle nicht anders machen. Aber ich bezweifelte, dass Mutter das verstand. Sie sah nur, dass ihr Mann weg war, sich verschanzte, genauso wie Kaze es bei mir auch gesehen hatte. Ich seufzte und ließ meinen Kopf gegen die Wand sinken.

»Du wirst dich hier zu Tode langweilen«, weissagte Luisa und sah mich mit einer erhobenen Augenbraue an.

Ich zuckte mit den Schultern. »Besser so, als wenn ich irgendjemanden umbringe, wenn ich frei bin.«

Sie schnaufte. »Fühlst du sie noch?«

»Weiß ich nicht«, gab ich ehrlich zu. Ich hatte Angst. Angst, dass ich glaubte, sie sei nicht mehr da, aber die Blutlust sich dann im unpassendsten Augenblick zeigte.

»Hast du schon mal darüber nachgedacht, dass dein letzter Ausbruch vielleicht deine Heilung komplett gemacht hat? Das Blut deiner Verbundenen sollte wieder durch deine Adern fließen und die Blutlust rausgespült haben«, merkte sie an.

Ihre Finger trommelten ungeduldig auf die Stuhllehne. Ich schüttelte den Kopf. »Nein, habe ich nicht. Lass uns doch jetzt erst einmal abwarten.

Wir haben doch keinen Stress.«

Meine Mutter kniff die Lippen zusammen. Das ließ sie nur noch älter aussehen, aber das sagte ich ihr nicht. Ich machte mir Sorgen um sie. Noch nie hatte sie so alt und abgekämpft ausgesehen. Ich wusste, dass sie sich ein schlechtes Gewissen machte, weil sie damals nicht für meinen Vater da gewesen war. Ich verstand noch immer nicht, wieso sie nicht gewusst hatte, dass er in der Klemme gesteckt hatte. Aber ich würde ihr keinen Vorwurf daraus machen – zumindest versuchte ich es. Die Chance, dass es Kain besser gehen würde, hätten wir bereits vor zwanzig Jahren gewusst, wo er war, stand hoch. Wir hätten ihn eher befreien können.

Ich versuchte, meine Gedanken auf etwas anderes zu konzentrieren. Es war nicht mehr wichtig. Seine Zeit war abgelaufen. Das hatte mir Gís erzählt, als ich bei ihm gewesen war. Das Blut meiner Mutter konnte ihm kaum noch helfen. Den Kain, der er einmal gewesen war, gab es nicht mehr. Es war nur noch das Ungeheuer in ihm übrig. Alles andere, seine Erinnerungen und seine Bande für die Familie, bedeuteten nichts mehr.

Ich wollte nicht so enden. Ich wollte nicht alles vergessen. Wollte nicht, dass meine Familie ein Biest hier hortete, um das sie sich kümmern mussten. »Mama?«

Überrascht sah sie hoch. Ich hatte sie schon lange nicht mehr so genannt. »Lass mich nicht am Leben, wenn ich so werden sollte wie mein Vater.«

Tränen sammelten sich in ihren Augen und sie sprang vom Stuhl auf, kam zu mir und nahm mich in die Arme. »Du wirst nicht so werden wie dein Vater. Kaze lässt das nicht zu und ich auch nicht. Du bist hier in Sicherheit. Dir kann nichts mehr passieren.«

Ich schluckte den Kloß herunter, der sich in meinem Hals gebildet hatte. Ich wollte die Angst nicht spüren, die mich taub machte für alles und jeden. Wollte das alles einfach nicht. Meine Mutter drückte mich fester an sich und ich genoss es. Ich fühlte mich wie damals, als ich zehn gewesen und von meinem Pferd gefallen war. Nero und Max hatten mich ausgelacht. Aber meine Mutter hatte mich an ihre Brust gedrückt, während mein Vater sich danach mit mir auf mein Pferd gesetzt hatte. Ich vermisste die Zeiten von einer heilen Familie. Ich vermisste sie alle, sogar Nero.

Der Verlust von Lisa hatte uns alle zu anderen gemacht. Wir waren nicht mehr dieselben. Abgesehen von Max. Zumindest schien es so, als ob ihn nichts erschüttern konnte.

»Danke«, flüsterte ich und befreite mich aus der Umarmung meiner Mutter.

»Du wirst nicht so wie dein Vater«, versicherte sie noch einmal. »Kains Hilfe kam viel zu spät für ihn. Du bist noch in der Anfangsphase. Wir bekommen dich wieder hin. Du glaubst doch nicht ehrlich, dass Kaze dich gehen lassen würde?«

Ich zog eine Augenbraue in die Höhe. »Nein, wahrscheinlich nicht«, sagte ich dann mit einem Schmunzeln.

»Die Besprechung mit ihren Geschwistern sollte doch schon vorbei sein«, murmelte meine Mutter und sah nachdenklich auf die Uhr, die an der Wand hing.

»Ich hab sie gebeten, nicht zu kommen.«

Mit großen Augen sah mich meine Mutter an. »Wieso?«

»Weil ich Abstand brauche. Ich … Ich will alleine gesund werden und nicht von Kaze abhängig sein«, gab ich zu und erwiderte Luisas fassungslosen Blick.

»Ist das dein Ernst? Du brauchst Kaze. Sie ist deine Verbundene.«

»Aber ich kann auch alleine gesund werden«, beharrte ich.

»Also darf sie bloß deine Blutspenderin sein?«, fragte meine Mutter und ihre Augen funkelten bösartig zu mir herunter.

Ich machte den Mund auf, um ihr zu antworten, doch wollte mir nichts Plausibles einfallen. So hatte ich das noch gar nicht gesehen.

»So doof kannst du doch nicht sein, dass du sie nur benutzen willst!«, fuhr sie mich weiter an, als ich nichts sagte.

»Na ja …« Ich wollte irgendwas sagen, dass meine Absicht unterstützte, aber mir fiel nichts ein.

Meine Mutter schnaufte und stand vom Bett auf. Energisch lief sie im Raum auf und ab. »So kann ich dich nicht erzogen haben!«, wütete sie. »Das kann wirklich nicht wahr sein! Sie hätte dich doch schmoren lassen sollen!«

Mit hochgezogenen Augenbrauen beobachtete ich meine Mutter. Ihre Hände ballten sich zu Fäusten und ich hatte die Angst, dass sie gleich einen Anfall bekam.

»Wie kamst du nur auf die dumme Idee, dass du sie nicht brauchst? Solche Ereignisse schweißen euch doch nur zusammen!«

Ich presste meine Lippen aufeinander. Ich fühlte mich wieder zurück in meinen Kinderkörper versetzt, um ihre Standpauke über mich ergehen zu lassen. Was hatten Mütter nur an sich, dass sie einem immer wieder das Gefühl gaben, ein kleines Kind zu sein, wenn man etwas falsch gemacht hatte?

»Mama, lass es gut sein. Sie gibt mir bloß ein paar Tage Zeit.«

Sie verdrehte die Augen. »Genau diese paar Tage könnten alles sein! Ihr solltet jeden Moment genießen, so lange wie ihr könnt! Wir alle wissen nicht, was für eine Lebensspanne Kaze hat. Hast du daran schon mal einen Gedanken verschwendet?«

Mein Herz blieb einen Augenblick lang stehen, bevor es weiter über die Worte meiner Mutter stolperte. »Nein«, gab ich ehrlich zu. Ich hatte noch nie einen Gedanken an Kaze' Lebensspanne verschwendet. Ich war immer davon ausgegangen, dass sie genauso lange leben würde wie ich, weil sie einem Vampir sehr ähnlich war.

»Weißt du was darüber? Gís hat doch ihr Blut untersucht!«

»Nein. Gís konnte darüber nichts herausfinden.«

Ich musste schlucken. »Das ist ... blöd ...«, murmelte ich.

»Blöd? Das nennst du blöd? Ich finde es blöd, dass du sie weggeschickt hast!«

»Ich habe sie nicht weggeschickt!«, versuchte ich, mich zu retten. »Ich habe ihr nur gesagt, dass sie mich nicht besuchen soll.«

Meine Mutter wedelte mit der Hand, als würde sie eine Fliege verjagen. »Das ist dasselbe.«

»Die Diskussion bringt nichts«, sagte ich. »Die paar Tage wird Kaze schon nicht an Altersschwäche sterben.«

Luisa warf mir einen bösen Blick zu. »Trotzdem war es dumm von dir.«

Ich seufzte. Das könnte jetzt die ganze Zeit so weitergehen. »Ich weiß. Beim nächsten Mal bin ich schlauer.«

»Das will ich hoffen. Ich geh jetzt was Leckeres kochen. Soll ich dir was bringen?«

»Nein, aber danke. Ich versuche, etwas zu schlafen.«

Sie nickte und klopfte dann zweimal an die Tür, damit Stefan sie herausließ. Er warf mir noch einen mitleidigen Blick zu, ehe er die Tür wieder verriegelte.

Ich schloss die Augen. Ich liebte meine Mutter, aber sie war anstrengend. Besonders, wenn sie sich Sorgen machte.

Ich war wohl eingeschlafen. Verwirrt richtete ich mich auf, als ein Tumult vor meiner Tür lauter wurde.
»Stefan?«
Ich bekam keine Antwort. Auf der anderen Seite der Tür hörte es sich an, als würden zwei miteinander ringen. Aber wieso sollte Stefan sich mit irgendwem anlegen?
»Stefan?«, fragte ich erneut.
Noch immer hörte ich dumpfe Schläge und Keuchen. Sollte ihm nicht jemand mal zu Hilfe kommen? Ich sah zu der Überwachungskamera in der Zelle und winkte. »Seid ihr taub und blind?«, fuhr ich die Beobachter an. »Da ist irgendwas los!«
Von dort hörte ich aber auch nichts. Ich zog die Augenbrauen zusammen, als plötzlich Stille einkehrte. Ich drehte mich zu der Tür um. »Stefan?«, fragte ich erneut und hoffte auf eine Antwort. Nichts kam. Stattdessen wurde ein Zettel unter der Tür hindurchgeschoben.
Verwundert hob ich ihn hoch und sah auf ihm die viel zu vertraute Schrift. Ein Kloß bildete sich in meinem Hals. Mein Verstand weigerte sich, zu akzeptieren, dass das *ihre* Schrift sein konnte. Das durfte nicht wahr sein. Das konnte nicht wahr sein.

Hallo Gabriel,
lange nichts mehr von mir gehört, oder?
Vielleicht willst du das ändern
und deine Verbundene zurückholen.
L.

Mein Mund blieb offen stehen. Ich drehte das Papier hektisch um, in der Hoffnung, noch mehr Hinweise zu finden, aber dort stand nur eine Adresse.
Ich betrachtete die Zeilen wieder. L. Mit dieser Handschrift. Sie war doch tot. Das konnte nicht Lisa sein! Ich fuhr mir mit meinen Händen durch die Haare. Jemand erlaubte sich da einen Streich. Einen üblen Streich und wenn ich den jemanden in die Finger bekäme, könnte der sich auf etwas gefasst machen. Ich würde es nicht zulassen, dass irgendwer ihren Namen missbrauchte. Ich begriff nicht einmal den Inhalt der Nachricht, konnte nur das L in der geschwungenen Schrift erkennen, die

mir genauso bekannt war wie meine eigene.

»Lasst mich hier raus!«, schrie ich die Kamera an.

Noch immer hörte ich keinen Schlüssel, der das Schloss entriegeln würde.

Wie ein Wahnsinniger begann ich, gegen die Tür zu klopfen. »Verdammt, Stefan, mach die verfluchte Tür auf!«

Noch immer regte sich nichts auf der anderen Seite.

Das konnte nicht Lisa sein. Es war schlichtweg unmöglich. Ich stieß mich von der Tür weg und lief unschlüssig durch den Raum. Ich fühlte mich wie ein Tiger in einem Käfig. Ich wollte hier raus. Ich musste hier raus. Noch einmal las ich den Brief und erst jetzt fiel mir die Zeile auf, die meine Welt komplett aus den Bahnen warf. »Nein«, keuchte ich. *Vielleicht willst du das ändern und deine Verbundene zurückholen.* Sie hatte Kaze.

Mir wurde schlecht. In meinem Bauch setzte sich ein Felsen fest und ließ mich schwer zur Erde gleiten. Ich hätte Kaze beschützen müssen! Schweiß brach aus meinen Poren aus. Ich musste hier raus. Mein ganzer Körper begann, zu zittern. Ich musste denjenigen entlarven, der meinte, dass er meine Schwester spielen und Kaze entführen konnte, ohne mit Konsequenzen rechnen zu müssen.

Es war einfach unmöglich!

Ich rammte meine Faust in den Boden. Die Hilflosigkeit hinterließ eine brennende Spur in meinem Inneren. Ich musste hier raus und wusste gleichzeitig nicht, wie derjenige die Leute an der Kamera und Stefan ausgeschaltet hatte, ohne dass jemand etwas mitbekommen hatte. Mein Blick glitt zu der Tür. Es war eine Schiebetür, ich konnte sie nicht aufhebeln. Alles, was ich dafür brauchte, lag auf der anderen Seite.

Ich war gefangen. Und das, obwohl ich gerade nichts sehnlicher wollte, als hier rauszukommen. Das Schlimmste war, dass ich selbst an dieser Misere schuld hatte. Ich hatte mir nicht vertraut. Hatte Angst vor mir selbst gehabt. Aber wer hätte das nicht gehabt, wenn er ein Monster in sich trug? Wenn alles Blut so verführerisch roch, dass man am liebsten seine Zähne hineinschlagen wollte?

Knurrend rappelte ich mich auf. Ich würde nicht aufgeben – nicht schon wieder. Dieses Mal war es Kaze, die meine Hilfe brauchte. Ich würde alles dafür tun, dass sie diese auch bekam.

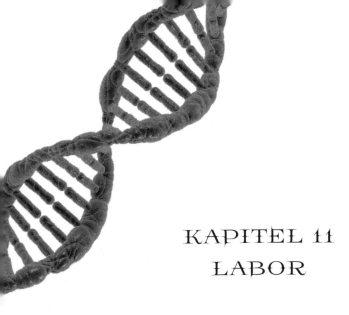

KAPITEL 11
LABOR

161011

Mein Kopf schmerzte tierisch. Motorengeräusche drangen an mein Ohr und die Oberfläche, auf der ich lag, wackelte extrem. Ich biss die Zähne zusammen. Er hatte mich entführt! Wieso zum Geier? Ich lauschte, ob ich noch irgendwas anderes, abgesehen von den Motorengeräuschen, hören konnte, aber nichts.

Der Stoff über meinen Augen verhinderte, dass ich auch nur ein bisschen Licht sah und die Gegend vielleicht erkennen konnte. Ich versuchte, die Augenbinde zu bewegen, indem ich mich im Takt des Autos bewegte. Doch es brachte nichts. Ich musste mir ein Knurren verkneifen. Meine Hände und Füße waren auch festgebunden.

»161011! Schön, dass du wieder wach bist.«

Mein ganzer Körper versteifte sich schlagartig. »Woher …?«

»Na ja, du bist das Eigentum von jemand anderem, der dich schon verzweifelt gesucht hat. Immerhin braucht sie die Aufwieglerin.«

Kalter Angstschweiß brach aus meinen Poren aus. »Aber … Das Labor …?« Ich war vollkommen verwirrt. Wir hatten das Labor doch ausgeschaltet? Der Professor war nicht mehr da. Ich hatte ihn eigenhändig ermordet!

»Glaubtest du wirklich, dass wir nur so wenige sind? Dass in Tamieh unser einziges Quartier ist? Und das bei den Untersuchungen, die wir machen? Das ist viel zu wichtig, um alles nur einmal zu besitzen.«

Ja, das hatte ich tatsächlich gedacht. Das gab ich aber nicht zu. »Und was habt ihr mit mir vor?«

»Das, wofür du da bist. Wir wollen sehen, wo unser Fehler war, damit wir es bei der nächsten Reihe besser machen können.«

Ein fetter Kloß setzte sich in meinem Hals fest. Ich hatte keine Angst. Ich wollte das nicht. Ich war kein verdammtes Experiment! Ich war ein Lebewesen. »Und was ist, wenn ich es nicht will?«, versuchte ich, ihn herauszufordern, obwohl ich wusste, dass es nichts bringen würde.

Er lachte laut auf. »Als ob uns das interessieren würde. 161011, du wurdest nur zu einem Zweck gezüchtet und da hast du auf voller Linie versagt. Meinst du nicht auch?«

Dieses Mal konnte ich das Knurren nicht zurückhalten, das in meinem Rachen vibrierte. Doch ich brachte den Vampir nur zum Lachen. »Ich weiß, das ist nicht einfach für dich. Aber wenn du dich benimmst und mitmachst, wird es nicht ganz so schlimm, als wenn wir dich zwingen müssen.«

Ich schnaufte. Als ob. Ich kannte die Masche mit den *Belohnungen*. Noch immer bekam ich eine Gänsehaut, wenn ich nur an diesen Film dachte, der abgespielt wurde, damit ich keine Langeweile bekam und der als meine Belohnung fungierte.

»Mach dir nichts draus, 161011. Du wirst uns helfen. Das ist doch auch ein Ziel, das sich anzustreben lohnt. Oder nicht?«

»Wir können dabei sehr gern die Rollen tauschen«, knurrte ich.

Darauf erwiderte er bloß ein leises Lachen. Ich biss die Zähne zusammen und versuchte, meine Hände von den Ketten zu befreien, die bei jeder Bewegung leise klirrten. Ein Seil wäre einfacher gewesen. Durch Reibung hätte ich es zerfetzen können. Aber diese Ketten hielten mich fest und zwangen mich, die Rolle der Gefangenen zu spielen.

Verzweiflung wallte in mir hoch und überschlug sich über mir. Ich wollte nicht in dieses Labor. Gerade erst hatte ich gelernt, wie es war, zu leben. Das wollte ich nicht aufgeben. Wozu auch? Ich hatte ein Recht darauf, zu leben. Ob man es mir nun gönnte oder nicht.

Ich konnte nichts machen. Die Ketten waren für mich nicht zu sprengen und ich würde nicht einmal wissen, wo wir uns befanden. So uneben wie die Straße war, hielten wir uns nicht mehr in Tamieh auf.

Immer wieder döste ich ein. Bei dem kleinsten Laut schreckte ich wieder auf. Mein Kopf schmerzte noch immer. Eins musste ich ihm lassen: Er hatte einen guten Schlag drauf.

»Wann sind wir da?« Meine Kehle kratzte, als ich ihn ansprach. Ich hatte Durst. Ich versuchte, mich daran zu erinnern, wann ich das letzte Mal etwas getrunken hatte. Das war gestern Abend gewesen. Als die Welt noch irgendwie halbwegs in Ordnung gewesen war. Jetzt saß ich in einem Auto fest und wurde dahin gebracht, wo ich so lange hingewollt hatte – nur jetzt nicht mehr. Ich wollte zurück zu Gabriel und zu Luisa. Ich musste zurück. Mein Platz war dort und außerdem musste ich meinen Geschwistern noch irgendwie einreden, dass das, was sie taten, falsch war.

»Nicht mehr lange.«

Ich verdrehte die Augen unter der Binde. Das sagte unglaublich viel aus.

Meine Glieder waren mittlerweile steif und unbrauchbar, als wir endlich anhielten. Ich konnte mir einen erleichterten Seufzer nicht verkneifen, als das Auto zum Stehen kam.

»Die Fahrt war doch nett«, versuchte mich mein Entführer, aufzuziehen.

Ich ging nicht drauf ein. Die Fahrertür öffnete sich und wurde hart wieder zugeschlagen, sodass ich zusammenzuckte.

»Hast du sie?«, fragte eine gedämpfte Frauenstimme. Der Klang ihrer Stimme wollte gar nicht zur momentanen Situation passen. Ich hatte mir eher etwas Raues oder Kratziges vorgestellt. Dass die Böse in diesem Drama eine melodische Stimme besaß, der man gerne zuhörte, hätte ich niemals gedacht. Ich biss die Zähne zusammen, als ich hörte, wie die Kofferraumklappe geöffnet wurde. Kalte Luft traf auf mich.

Die Frau schnalzte mit der Zunge. »Musstest du sie so zurichten?«

»Sie ist nicht gerade freiwillig mitgekommen«, erwiderte der Entführer und ich meinte, mir einzubilden, dass ein wenig Spott in seiner Stimme vorzufinden war.

Sie seufzte. »Na gut. Dann bring sie zuerst auf die Krankenstation, damit sie einen normalen Check-up bekommt. Danach bringst du sie zu mir.«

»In Ordnung.«

Ihre Schritte entfernten sich und mein Entführer nahm bereits meine Ketten in die Hand, als die Schritte verstummten. »Ach, und, 181011?«

Ich bekam eine Gänsehaut. Er war auch ein Experiment. Genauso wie wir. Wie viele hatte das Labor gefertigt?

»Ja?«

»Hast du gut gemacht. Den Brief hast du auch hinterlassen, oder?«

»Natürlich.«

Mein Entführer klang so unterwürfig. Mir wurde schlecht, während ich den beiden zuhörte, bis ich stutzte. »Was für einen Brief?«, fragte ich.

»Das wirst du noch früh genug erfahren«, meinte 181011.

Ich kniff die Lippen zusammen, als er mich unsanft hochhob und meinen Bauch auf seine Schulter fallen ließ. »Ich dachte, du solltest besser mit mir umgehen?«, zischte ich.

Er hob mich noch mal hoch und ließ mich auf seine Schulter fallen, sodass mir schlecht wurde. »Ich habe dich nur zurechtgerückt.«

Irgendwann würde ich ihm die Kehle zerfetzen. Das stand fest. Und niemand würde mich davon abhalten können. Danach würde ich dieses verdammte Labor in Schutt und Asche legen.

181011 ging mit mir durch Gänge, die seine Schritte wiedergaben. Ich ließ ihn erstmal walten und versuchte, mich darauf zu konzentrieren, wo wir waren. Mit den Ketten an Händen und Füßen würde ich sowieso nicht weit kommen.

Irgendwann klopfte er gegen eine Holztür, die nach kurzer Zeit geöffnet wurde. »Bring sie rein. Die Chefin hat euch schon angekündigt.«

Ohne ein Wort zu sagen, lief er weiter und ließ mich unsanft auf eine Liege fallen.

»Uff«, kam es von mir, als ich darauf traf.

»Du solltest wirklich vorsichtiger mit ihr sein, wenn du die Chefin nicht verärgern willst«, riet die eine Stimme. Ich vermutete, dass die Worte an meinen Entführer gingen und wollte am liebsten zustimmen, hielt mich aber geschlossen. Es würde nur zu meinem Nachteil ausfallen, würde ich jetzt irgendwas sagen. Also wartete ich ab, bis der Mensch, dem die Stimme gehörte, mich untersucht hatte. Er nahm mir dafür die Ketten nicht ab. Er fuhr nur grob über meinen Körper, um zu fühlen, ob irgendwas gebrochen war. Dann sah er sich meinen Kopf an.

Er zog scharf die Luft ein. »Da hast du aber nicht an deiner Kraft gespart, 181011.«

»Sie hat mich sauer gemacht«, versuchte er, sich zu rechtfertigen.

Ich konnte mir ein Schnaufen nicht verkneifen.

»Um die Wunde zu säubern, muss ich ihr die Augenbinde abnehmen«, erklärte der Arzt, oder was auch immer er war.

»Mach doch. Wir sind am Ziel. Jetzt darf sie sich umsehen.«

Ich spürte, wie der Doc an meinem Hinterkopf rumhantierte. Dann wurde der Druck auf meinen Kopf erträglicher und ich konnte wieder sehen. Ich musste zwei-, dreimal blinzeln, ehe ich mich an die Lichtverhältnisse gewöhnt hatte, aber dann konnte ich mich umsehen. Das Erste, was ich sah, war das amüsiert grinsende Gesicht meines Entführers und ich musste mich zurückhalten, um ihm nicht in seine Visage zu springen.

Mein Blick schweifte weiter. Es sah aus wie das Zimmer von Gís, in dem er alle verarztete und seine Tests machte. Ein paar weiße Schränke, die mit Sachen beschriftet waren, die sich darin aufhielten, zwei Liegen für die Patienten und ansonsten gab es einige Gerätschaften, mit denen ich nichts anfangen konnte.

Der Arzt trat in mein Blickfeld und lächelte mir aufmunternd zu. Er hatte eine kleine Taschenlampe herausgeholt und hob seinen Finger in die Höhe. »161011, bitte folge mit deinen Augen dem Finger. Nicht den Kopf bewegen.«

»Kaze«, erwiderte ich.

»Hm?«, fragte er überrascht.

»Ich heiße Kaze und nicht 161011. Das war ich einmal«, gab ich zurück und schaute auf den Finger.

Im Augenwinkel sah ich, wie der Doktor zu meinem Entführer schaute, der zuckte aber nur mit den Schultern. Der Arzt räusperte sich und fuhr dann mit seinem Check-up fort. Ich folgte seinem Finger mit meinen Augen.

»Eine Gehirnerschütterung scheint sie nicht zu haben. Ein Wunder bei der Verletzung. Ansonsten ist sie gesund. Ich desinfiziere die Wunde eben und dann kann sie zur Chefin.«

181011 nickte und fixierte mich mit seinem Blick.

Bei seinen Augen rieselte wieder ein Schauer über meinen Rücken. Sie sahen denen von Gabe so erschreckend ähnlich.

Der Arzt sprühte etwas auf meinen Kopf, was die Wunde direkt brennen ließ. Dieses Mal zog ich scharf die Luft ein, sagte aber nichts.

»Sie kann weg.«

Ich kniff die Lippen zusammen, als 181011 auf mich zukam und mich wieder auf seine Schulter hob. »Schön, wenn du bald in deiner Zelle sitzt«, grummelte mein Entführer.

»Als ob ich nicht selber laufen könnte«, meinte ich. Meine Worte wurden von einem Schnaufen begleitet.

Der junge Mann lachte. »Natürlich kannst du selbst laufen. Wahrscheinlich weit weg. Und dann müsste ich dir hinterher. Habe ich keine Lust drauf.«

Ich kniff die Augen vor Wut zu schmalen Schlitzen zusammen.

Wieder ging er mit mir durch unzählige Korridore. Alle sahen gleich aus. Überall gab es weiße Wände und grauen Linoleumboden. Trotzdem versuchte ich, mir den Weg zu merken. Wir waren zweimal links abgebogen und dreimal rechts. Dann waren wir eine Treppe hochgegangen und standen jetzt in einem Fahrstuhl. Mein Magen wurde nach unten gedrückt, als es nach oben ging.

»Ich hasse Fahrstühle«, murrte ich.

»Find dich damit ab. Anders kommt man nicht in ihr Büro«, erwiderte 181011.

Ich verdrehte die Augen und fand mich erstmal mit meinem Schicksal ab. Aber ich schwor mir, wenn ich jemals ohne meine Ketten hier sein sollte, würde ich alles kurz und klein schlagen.

Der Fahrstuhl kam zum Stehen und die Türen öffneten sich.

»Ach wie schön, da seid ihr endlich. 181011, setz sie dort auf dem Sofa ab.«

Er tat, wie sie ihm befahl und schmiss mich aufs Sofa, das leicht federte.

Mit grimmigem Blick starrte ich die Frau an. Doch als ich sie wirklich sah, wusste ich nicht, was ich sagen sollte. Sie sah aus wie Luisa. Nur ihre Augen. Die würde ich überall wiedererkennen. Sie waren die von Gabe, beziehungsweise die von Kain. Mein Hals war schlagartig zu einer Wüste gedorrt und in mir drängte sich eine Vermutung. Aber das konnte nicht sein. Alle hielten sie für tot.

»Hallo, 161011, schön, dass wir uns auch mal kennenlernen. Ich war von deinem Auftritt in Tamieh sehr überrascht.«

Ich hörte die Worte, aber ich war noch immer geschockt, weil sie Luisa so ähnlich sah.

»Ist sie stumm?«, fragte sie an 181011 gewandt.

»Nein.«

»Nun gut. Ich bin Dr. Thomas.«

»Ich bin Kaze«, brachte ich dann hervor. Bestimmt gab es eine andere plausible Erklärung für ihr Aussehen.

»Kaze? Tut mir leid, aber ich würde lieber bei der Nummer bleiben, wenn du nichts dagegen hast.«

»Hab ich aber.«

Sie kniff die Lippen zusammen. »Ach?«, fragte sie und gab 181011 ein Zeichen.

Ein gehässiges Lächeln erschien auf seinem Gesicht, als er auf mich zukam. Ich sah den Schlag und konnte mich nicht wehren. Ich schmeckte Blut und mein Gesicht wurde zur Seite geschleudert.

»Also, 161011. Wie geht es dir und wieso konntest du dem Drang widerstehen, Vampire töten zu wollen?«

Ich runzelte die Stirn. »Was?«

»Ihr habt doch genug Nahrung im Labor bekommen. Oder?«

Ich verstand überhaupt nicht, was die Frau von mir wollte. »Wir haben zu essen bekommen.«

Dr. Thomas begann, durch das Büro zu laufen. Das gab mir etwas Zeit, mich umzusehen. Das Zimmer war groß. Neben dem Sofa standen sechs Bücherregale, die überfüllt waren mit Ordnern oder roten Einbänden. Der Boden bestand aus Holz und eine riesige Fensterfront zog die Aufmerksamkeit auf sich. Ich konnte von hier die ganze Stadt überblicken. Also waren wir doch in Tamieh geblieben. Aber 181011 musste einen Umweg gefahren sein.

Ich sah zu ihm. Er stand unbeteiligt neben dem Sofa und hatte die Arme vor seiner Brust verschränkt.

»Gut, 161011. Ist irgendwas Ungewöhnliches passiert?«, erkundigte sich Dr. Thomas.

»Abgesehen davon, dass ich von Vampiren entführt wurde? Oder, besser gesagt, gerettet? Nein«, antwortete ich ehrlich. »Obwohl man wohl dazu sagen sollte, dass das ganze Labor etwas ungewöhnlich war.«

Wieder nickte sie 181011 zu und direkt bekam ich den nächsten Schlag ab. Aber es interessierte mich nicht. Ich würde nicht darauf achtgeben, was ich sagte, nur damit es ihr besser gefiel.

»Bekamst du bei den Vampiren zu essen?«

»Ja.«

Sie schürzte die Lippen. »Das musste die Wirkung aufgehoben haben …«, murmelte sie und lief auf die Fensterfront zu.

»Was hast du noch bei den Vampiren gemacht?«, hakte sie weiter nach. Darauf antwortete ich nicht. Das hatte sie nichts anzugehen. Ich würde ihr gar nichts über die Vampire verraten.

Dr. Thomas drehte sich zu mir um und fixierte mich. »Was hast du noch bei denen gemacht?«, wiederholte sie ihre Frage.

»Nichts, was Sie auch nur einen Hauch angehen würde«, erwiderte ich und hielt ihrem Blick stand. Sie knurrte und rannte dieses Mal selbst auf mich zu, um ihre Faust in mein Gesicht zu rammen.

Der Schmerz, der durch meinen Körper raste, wurde von der blinden Wut in meinem Inneren zerschlagen. Ich fühlte keinen Schmerz mehr. Keine Trauer. Ich fühlte nur noch den Hass und die Wut. »Sie können mich so oft schlagen, wie Sie wollen«, sagte ich und spuckte das Blut auf ihren Boden, das sich in meinem Mund gesammelt hatte. »Das wird meine Antworten auf Ihre Fragen nicht ändern. Ich werde Ihnen nicht sagen, was Sie wissen wollen.«

»Das werden wir noch sehen, 161011.« Sie schaute wieder zu 181011. »Bring es weg. Ich will es nicht mehr sehen.«

Er nickte, hob mich auf seine Schultern und brachte mich wieder in den Fahrstuhl. Während wir auf ihn warteten, sah ich Dr. Thomas noch einmal an. Sie erwiderte meinen Blick und ich hoffte, dass sie den ganzen Hass spürte, den ich in meinem Herzen ihr gegenüber empfand.

GABRIEL

»Mach die Tür endlich auf!« Ich trat und schlug gegen die Tür. Aber noch immer schien sich dahinter keiner zu rühren. Die Sorge um Kaze schnürte mir die Luft ab. Ich wusste nicht, wer *L* war. Aber, wenn es wirklich Lisa sein sollte, und sie sich zwanzig Jahre versteckt gehalten hatte … Mir schwante Übles. Ich wollte diesen Gedanken nicht einmal zu Ende führen. Ich wusste nicht, wie sehr sich meine Schwester in dieser Zeit verändert hatte.

Endlich hörte ich ein Stöhnen hinter der dicken Tür. »Stefan! Lass mich hier raus!«, rief ich und hämmerte weiter gegen die Tür. Jemand stolperte in meine Richtung und ich hörte, wie das Schloss nachgab. Erleichterung machte sich kurzzeitig in mir breit. Derjenige, der den Zettel hinterlassen hatte, hatte sie nicht alle umgebracht.

Meine Augen wurden groß, als ich Stefan sah. Sein ganzes Gesicht war geschwollen und Blutergüsse schimmerten bereits violett auf seiner Haut. »Scheiße, wer hat dich denn so zugerichtet?«, fragte ich entsetzt.

»Dieser kleine Teufel kam einfach von hinten. Ich habe ihn nicht gehört«, nuschelte Stefan und stützte sich an der Tür ab.

»Na komm, wir bringen dich erstmal zu Gís«, erklärte ich und schlang mir seinen Arm um den Nacken.

Ich wusste nicht, wie sein restlicher Körper aussah, aber so pfeifend, wie Stefan atmete, war das nicht gut. Kurz warf ich noch einen Blick zu den Kameras hoch, aber von denen kam noch keine Reaktion. Wenn ich Stefan weggebracht hätte, würde ich als Erstes dort vorbeisehen, um mich zu vergewissern, dass sie alle in Ordnung waren und wieso ihm keiner geholfen hatte. Ich presste die Kiefer aufeinander. Wie hatte nur eine Person hier reinkommen können, ohne dass einer etwas bemerkt hatte?

Gís und Felix saßen vor ihren Bildschirmen und gingen irgendwelche Daten durch. Als sie uns hörten, drehten sie sich synchron um. Gís schaltete zuerst und kam auf mich zu. »Was ist mit ihm passiert?«, fragte er und checkte dabei Stefans Verletzungen schon einmal oberflächlich.

»Keine Ahnung. Ich habe nur Tumult vor meiner Tür gehört«, berichtete ich, was ich wusste.

Gís musterte Stefan und zog eine Augenbraue hoch. »Und was ist passiert?«, fragte er nun an Stefan gewandt.

»Mich hat einer von hinten angegriffen, und als ich mich umdrehte, wurde ich schon von einem Schlaghagel getroffen. Keine Ahnung, was das war«, gab er zerknirscht zu.

Meine Zähne trafen mahlend aufeinander. Niemand hätte hier unbemerkt eindringen können. Das durfte einfach nicht sein. Als ich sie letzten Monat ausgebildet hatte, nur um die Verbundenen zu befreien, hatte ich schon gemerkt, dass die Abwehrkräfte unseres Clans unterirdisch waren. Aber so? Damit hatte ich nicht gerechnet.

»Ich geh mal zu den Überwachungsräumen«, stellte ich klar und überließ Stefan Gís und Felix. Die konnten mehr für ihn tun als ich.

Mit schnellen Schritten lief ich durch die Gänge. Ich war in höchster Alarmbereitschaft. Aber ich hörte nichts, absolut gar nichts.

Ich knüllte den ominösen Brief in meiner Tasche. Lisa kannte sich hier aus. Sie hätte gewusst, wie sie an den Kameras vorbeikonnte und wie sie alle ausschalten könnte. Sie war sogar besser trainiert als der ganze jämmerliche Haufen, der sich Vampire nannte. Nicht einmal ihr Zuhause konnten sie schützen!

Ohne zu klopfen, riss ich die Tür der Überwachung auf und erstarrte mitten in der Bewegung. Der Blutgeruch war unerträglich. Hier war ein richtiges Massaker angerichtet worden.

»Scheiße«, entkam es mir.

Den beiden Vampiren, die Dienst gehabt hatten, waren die Kehlen brutal herausgerissen worden. Ich sah mich im Raum um und entdeckte die rausgerissenen Kehlen an der anderen Wand. Jeder andere wäre bei dem Anblick herausgerannt. Aber gerade so ein Tatort verriet viel über den Täter.

Er oder sie mochten das Töten. Er sah es als Spaß an und genoss es. Trotzdem machte er es schnell und lautlos.

Ich musste schlucken. Meine Füße trugen mich zu den Bildschirmen zwischen den beiden Leichen und ich tippte auf den Tasten herum, bis sich die Überwachungsbänder zurückspulten. Ich schätze, dass es eine Stunde her gewesen sein musste, als Stefan vor der Tür zusammengebrochen war. Also fixierte ich den Bildschirm, der auf den Gang gerichtet war.

Ein junger Mann trat in den Flur. Er bewegte sich leise und vorsichtig. Sein Blick erwiderte kurz den der Kamera und er grinste hämisch hinein. Meine Hände ballten sich zu Fäusten. Er ging auf Stefan zu, der unbeteiligt in die Luft schaute. Am liebsten wollte ich ihn gleich noch mal für seine Unaufmerksamkeit schlagen. Er hatte auf ein Monster aufgepasst und war einfach so ... dumm. Was Besseres fiel mir nicht ein. Der Fremde schlug ihn mit einem gekonnten Griff nieder und trat noch auf ihn ein. *Sicher ist sicher.* Dann holte er aus seiner Jackentasche einen Brief und schob ihn unter der Tür hindurch.

Ich verschränkte die Arme vor der Brust. Die Wut, die in mir brodelte, wollte das Zimmer auseinandernehmen, für so viel Dummheit auf einem Haufen.

Schritte näherten sich dem Raum. Ich drehte mich um und sah zu Nero.

»Du bist aus deiner Zelle raus«, bemerkte Nero und sah sich das Massaker zu meinen Füßen an. Er hob die Augenbrauen fragend und musterte mich.

»Das war ich nicht«, sagte ich ihm. »Sonst wäre ich kaum noch hier«, stellte ich klar und drehte mich wieder um. Noch einmal spulte ich zu der Stelle zurück, an der der Fremde aufgetaucht war. Ich wusste, dass Nero das ebenfalls sehen wollte.

»Stefan scheint kein guter Wachmann zu sein«, meinte Nero.

»Nein«, erwiderte ich kurz angebunden.

»Wo ist mein Motorrad?«, verlangte Nero, zu wissen.

»In Deutschland. Es gehört jetzt wohl der Verbundenen unseres Bruders.«

Ich spürte Neros fragenden Blick, aber ignorierte ihn.

»Und, wie geht's dir?«

Mein Blick richtete sich auf meinen Bruder. »Erstaunlich gut.«

Er nickte. »Was ist das für ein Brief?«

Ich holte den zerknüllten Zettel aus meiner Tasche und reichte ihn Nero. Ich spürte, wie er sich versteifte, als er die Schrift erkannte. »Meinst du ...?«

Ich sah die Unsicherheit in seinen Augen. So hatte ich ihn schon lange nicht mehr gesehen. »Ich weiß es nicht. Aber Zufall kann so was kaum sein, oder?«

»Nicht wirklich. Meinst du, wir sollten Mutter einweihen?«

»Nein«, beharrte ich. »Ihr geht es momentan eh schon schlecht. Ich werde zu der Adresse fahren, die auf der Rückseite steht, es mir ansehen und Kaze wiederholen.« Die Wut wurde von der Sorge um Kaze zurückgedrängt. Nie konnte ich sie alleine lassen! Immer passierte irgendwas.

»Gut, mach das. Nimm aber jemanden mit.«

»Wen denn?«, meinte ich herablassend. »Du hast hier keine vernünftigen Krieger. Nicht einmal ihr Zuhause können sie beschützen.«

Ich sah, wie Neros Kiefer arbeitete. »Nimm Martin mit. Er konnte mit Kaze mithalten. Dann wird er deinen Ansprüchen wohl genügen.«

Schulterzuckend stimmte ich ihm zu. Im Labor hatten sie ein besseres Training genossen als hier. »Ich suche ihn«, meinte ich.

»Viel Erfolg«, rief Nero mir hinterher.

Ich hob die Hand zum Dank und lief weiter. Martin würde sicherlich bei Susan stecken, so wie ich die beiden kennengelernt hatte. Sie konnten kaum ohne einander. Ich seufzte. Also würde Susan wahrscheinlich auch mitkommen.

Als ich aus meinem Haus trat, schien mir die Sonne ins Gesicht. Aber heute hatte ich kein Auge dafür. Ich musste Kaze finden. Dafür brauchte ich Martin.

»Gabriel!«

Ich verdrehte die Augen und wandte mich zu Sascha um, die winkend auf mich zukam. Ohne etwas dagegen ausrichten zu können, umarmte sie mich. Ich wollte sie von mir schieben, aus Angst, aber ich bemerkte, dass ich noch immer keine Lust verspürte, meine Zähne in ihren Hals zu rammen. Ich runzelte die Stirn. Wie war das möglich?

»Wie geht es dir?«, fragte sie.

»Gut«, antwortete ich ehrlich. »Aber ich muss wieder los.«

Sie runzelte die Stirn. »Was ist los?«

»Kaze wurde entführt.«

»Was? Von wem?«

Ich reichte ihr den Zettel. Sascha war auch gut mit Lisa ausgekommen. Der Schock machte sich direkt in ihrem Körper bemerkbar. »Wie kann das sein?«, hauchte sie. »Wir haben sie so lange versucht, zu finden!« Mit großen Augen gab sie mir den Zettel wieder.

»Ich weiß es nicht. Aber glaube mir, ich werde es definitiv herausfinde, wenn sie es ist.«

Sascha biss sich auf die Unterlippe. »Ich komme mit.«

»Wa-?«

»Du brauchst mich! Kaze ist auch mittlerweile meine Freundin. Ich will ihr helfen. Außerdem solltest du nicht alleine irgendwohin.« Sie zuckte entschuldigend mit den Schultern.

Ich seufzte. »Ich wollte Martin mitnehmen.«

»Sehr gut! Dann komm, holen wir ihn! Hast du noch etwas von Kaze' Blut getrunken? Wir werden wohl länger weg sein.«

»Gestern Morgen erst«, gab ich zerknirscht zu.

Sascha runzelte die Stirn und begutachtete mich fragend. Ich ignorierte ihren Blick. Sie brauchte nicht alles zu wissen.

Gemeinsam liefen wir zu Susans Haus und klopften.

Susan machte die Tür auf und sah uns neugierig an. »Was gibt's?«

»Darf Martin rauskommen zum Spielen?«, fragte Sascha, ehe ich den Mund aufmachen konnte.

Ich warf ihr einen bösen Blick zu, den sie mit einem Grinsen quittierte.

»Martin?«, rief Susan über die Schulter. Kurz darauf erschien er hinter ihr.

»Was ist los?«

Kommentarlos reichte ich ihm den Brief. Er überflog die Zeilen. Mit jedem Wort spannte sich sein Körper an. »Gut, wann fahren wir los?«

»Jetzt«, sagte ich.

Martin nickte und gab Susan, die den Zettel ebenfalls gelesen hatte, einen Kuss. »Bis dann«, rief er über die Schulter und gemeinsam gingen wir zum Auto.

Fragend sah ich Martin an. »Wieso will Susan nicht mit?«

»Du wolltest doch nur mich dabeihaben, oder nicht?«

Ich zog die Augenbrauen fragend hoch, aber erwiderte nichts. Umso weniger wir waren, desto besser.

»Kann man dich denn wieder auf Menschen loslassen?«, erkundigte sich Martin.

Knurrend sah ich zu ihm. »Ja, und wenn, würde ich mich an dir satttrinken.«

Sascha prustete leise und wir stiegen gemeinsam ins Auto.

Ich gab die Adresse auf der Rückseite des Briefes ins Navi ein und wir fuhren los. Eine halbe Stunde würden wir unterwegs sein.

»Woher hast du eigentlich den Brief bekommen?«, fragte Sascha irgendwann in die Stille, die nur vom Brummen des Motors unterbrochen wurde.

»Er wurde unter der Tür hindurchgeschoben.«

Ich sah im Augenwinkel, wie sie die Stirn runzelte. »Und von wem kam der Brief?«

»Das weiß ich nicht«, knurrte ich. »Er hat die Leute in der Überwachung ermordet und danach Stefan verprügelt.«

»Oh ...«, kam es vom Beifahrersitz.

Ich krallte die Finger um das Lenkrad, sodass meine Knöchel weiß hervortraten. »Ja, oh«, murrte ich.

Es war ein unhaltbarer Zustand, dass die Vampire ihr eigenes Zuhause nicht einmal gegen eine Person schützen konnten! Ich ruderte mich in die Wut hinein, die tausendmal besser war als das Messer, das sich in mein Herz bohrte, sobald meine Gedanken zu Kaze schweiften. Ich wusste nicht, was Lisa mit ihr vorhatte und wollte es mir auch nicht vorstellen. Sie hatte ihren eigenen Verbundenen verloren. Auf brutale Weise war er ermordet worden, keiner wusste, wieso und von wem. Aber dann war sie einfach weg gewesen. Egal, wie sehr wir sie gesucht hatten, wir hatten sie nirgends finden können. Ich hatte all unsere Lieblingsplätze auf der Welt abgesucht, aber sie nicht gefunden. Und jetzt? Jetzt schickte sie jemanden los, um Nachrichten auszurichten und uns zu zeigen, dass sie bloß eine halbe Stunde von uns entfernt lebte. Sie war die ganze Zeit vor unserer Nase gewesen – unerkannt.

Ich wollte auf das Lenkrad schlagen und an irgendwas meine Wut auslassen. Aber ich hielt mich gerade so zurück. Jetzt war nicht die Zeit dafür. Ich würde meine Antworten bekommen. Entweder von ihr oder von demjenigen der meinte, bei uns einbrechen zu müssen.

Meine Zähne fuhren aus. Ich konnte die Wut nicht mehr unterdrücken.

»Was meint ihr, wieso er Kaze mitgenommen hat?«, fragte Martin, der den Brief in der Hand hielt.

Ich sah in den Rückspiegel. Seine grünen Augen waren voller Sorge um seine Schwester. Ich verstand ihn so gut. »Um mich hervorzulocken«, brachte ich hervor und war mir sicher.

Lisa wollte etwas von mir und nicht von Kaze. Sie war bloß ein Kollateralschaden. Ich biss die Kiefer aufeinander. Ich hatte sie in Gefahr gebracht – schon wieder.

Kopfschüttelnd schob ich den Gedanken weg. Sie war stark und Lisa würde ihr nichts antun. Zumindest hoffte ich das. Ich hatte Lisa nie aggressiv gesehen. Sie war die ruhigste von uns gewesen. Unser Küken. Sie hatte nie einen Grund gehabt, wütend zu werden. Sie war unsere Prinzessin gewesen. Immer. Was hatte sie nur so wütend gemacht, dass sie verschwunden war und jetzt nicht zu uns kam, sondern mich zwang, zu ihr zu gelangen?

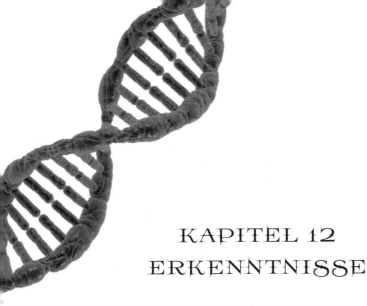

KAPITEL 12
ERKENNTNISSE

161011

Die Zelle, in die 181011 mich brachte, war genauso aufgebaut wie in dem anderen Labor. Ich saß auf dem Bett und starrte an die Decke. Ich kam mir wie in einem Zeitstrudel vor, der mich wieder in die Vergangenheit befördert hatte.

Es waren sogar genau zweiundfünfzig Fliesen. Erschöpft rieb ich mir über meine Augen. Was sollte ich nur machen? Ich konnte hier nicht ausbrechen. Die Türen waren massiv und mit einem Handabdruckleser ausgestattet.

Noch immer steckte mir die Wut in meinen Knochen und machte mich zittrig. Das konnte nicht Lisa sein. So wie Gabriel von ihr gesprochen hatte, war sie liebenswürdig und nett gewesen und nicht so ein Miststück. Am liebsten wollte ich ihr die Kehle herausreißen. Wie 181011 da reinpasste, verstand ich nicht. Er hatte so viel Ähnlichkeit mit Dr. Thomas und auch mit Gabriel. Mich überkam eine Gänsehaut. Sie mussten miteinander verwandt sein. Anders konnte ich mir die Ähnlichkeit nicht erklären. Er war allerdings einfach nur die ausführende Kraft von Dr. Thomas. Ich glaubte kaum, dass sie ihn anders behandelte als mich. Er war in ihren Augen wahrscheinlich genauso ein hassenswertes Experiment. Aber mir wollte nicht in den Kopf, wieso er das mitmachte.

Er hatte scheinbar viele Freiheiten in diesem Labor und er musste in dieser Zeit doch schon mehr gesehen haben. 181011 musste doch irgendwelche Fragen gestellt haben?

Mein Kopf begann, zu pochen. Ich lehnte mich an die kühlen Fliesen und starrte an die Decke. Dabei huschte mein Blick zu der Kamera, die genau auf mich herabsah. Ich verzog die Lippen. Es war alles wie immer. Ich war wieder eine Nummer. Nur irgendein ersetzbares Experiment, das keinerlei Beachtung wert war. Meine Hände ballten sich zu Fäusten. *Nein!* Ich war ein Experiment, ja. Aber ich war immer noch ich. Eine eigenständige Person. Ich schloss die Augen und versuchte, es zu verinnerlichen. Vor einem Monat wäre es noch ein Traum gewesen, wenn das Labor mich zurückgeholt hätte. Ich schnaufte. Und jetzt? Hatte ich nichts anderes als Hass für die Menschen übrig, die hier arbeiteten und dachten, sie würden das Richtige tun, indem sie an uns herumdokterten.

Martin hatte bestimmt mittlerweile bemerkt, dass ich nicht mehr da war. Aber wie sollten sie mich jemals finden? Ich glaubte nicht daran, dass meine Entführer ihnen eine Adresse hinterlassen hatten. ›Entschuldigen Sie, wir haben 161011 entführt, abholen können Sie sie dort und dort.‹ Ich verzog die Lippen bei meinen Gedanken zu einem bitteren Lächeln.

Ob Martin Gabe davon unterrichten würde, dass mich niemand fand? Wie würde Gabriel reagieren? Würde er seine Angst überwinden, um mich zu finden? Oder würde er sich erst um sich kümmern?

Ein kleiner Teil hoffte, dass er mich finden würde. Dass ich ihm so wichtig war, dass er anfing, sich selbst zu vertrauen und dass er niemandem schaden würde. Aber ich glaubte nicht daran. Gabriel war ein Feigling geworden, wenn es um sich selbst ging. Ich liebte ihn trotz allem, aber er hatte sich verändert. Genauso wie ich. Vielleicht passten wir deswegen so gut zueinander.

Ich öffnete meine Augen und erwiderte den Blick der Kamera.

Ein mechanisches Zischen war zu hören. Mit zusammengekniffenen Augen sah ich zu der Tür und konnte beobachten, wie eine Klappe hochgezogen wurde. Dann schob jemand Essen hindurch. »Guten Hunger, 161011.« Die Stimme meines Entführers konnte ich klar und deutlich erkennen.

Ich verdrehte die Augen und beachtete das Essen nicht weiter. Ich konnte nicht davon ausgehen, dass in dem Essen nichts gemischt war, das mich verändern würde. Also ließ ich die Finger davon. Obwohl mein Magen protestierend knurrte, als der Duft in meine Nase stieg.

Ich brauchte kein Essen. Zumindest brauchten Vampire kein Essen. Ich hatte genug Gene von einem Vampir in mir, dass ich hoffte, dass ich es überleben würde, ihr Essen nicht anzurühren.

Ich langweilte mich. Die Müdigkeit zerrte an mir. Ich hatte keine Ahnung, wie lange ich schon in dieser vermaledeiten Zelle saß, aber ich wollte raus. Das Gefühl, dass die Wände näher auf mich zukamen, versuchte ich, zu ignorieren. Ich wusste, dass das nicht sein konnte. Dass es total unmöglich war. Trotzdem brach mir kalter Schweiß aus und ich begann, leicht zu zittern.

Die Arme schlang ich um meinen Rumpf. Ich wusste gar nicht, wann ich das letzte Mal so lange alleine gewesen war. In der letzten Zeit war immer jemand bei mir gewesen. Sei es Luisa, Martin, Sascha oder Gabriel. Ich konnte nichts mehr mit mir anfangen, so alleine. Ich schnaufte. Konnte ich vorher auch schon nicht. Ich wollte irgendwas tun. Mein Körper sehnte sich nach Bewegung.

Mein Blick glitt zu dem unangetasteten Essen. Es war mittlerweile kalt geworden. Allerdings sah es noch immer köstlich aus. Ich wandte den Blick davon ab. Sie würden mit Sicherheit irgendwas darein gemischt haben.

Schritte wurden vor meiner Tür laut. Wieder erklang ein Zischen, doch dieses Mal öffnete sich die Tür und 181011 stand davor. Er hatte sich lässig an den Rahmen gelehnt und sah spöttisch zu mir herüber. »Ist dir langweilig?«, fragte er.

»Und wenn«, meinte ich und erwiderte zornig seinen Blick.

»Ich könnte dir ein bisschen das Labor zeigen.«

Ich zog die Augenbrauen zusammen. »Was sollte mir, beziehungsweise euch das bringen?«

»Wie du siehst, bin ich auch ein Experiment. Aber ich kann mich im Gegensatz zu dir frei bewegen. Wenn du dich gut benimmst, könntest du das auch.«

»Wenn ich mich dem Labor, also Dr. Thomas, beuge und alles tue, was sie sagt, darf ich *frei* sein?«

»Ja, so könnte man es sagen.«

»Danke, ich verzichte.« Ich wandte meinen Blick von ihm ab und starrte die weiße Fliese mir gegenüber an.

»Ist das Gefangensein wirklich so viel besser als die Freiheit? Selbst, wenn ich nach deinen Maßstäben gefangen bin, sitzt du in dieser Zelle.«

»Du kennst den Unterschied zwischen gefangen und frei nicht, oder?«, fragte ich ihn herausfordernd, starrte aber dabei noch immer geradeaus.

»Ich kann mich frei bewegen. Du sitzt hier auf dem Bett in einem viel zu kleinen Zimmer. Also versuch mich nicht zu belehren.«

Ich musste wegen seiner Worte lachen. Vor einem Monat hätte ich noch genauso geredet. Alles war gut, solang man eine Aufgabe hatte. Vampiren waren nichts wert und das Labor hatte immer recht. Mitleid regte sich in mir für mein Gegenüber. »Du verstehst gar nichts, 181011. Ich bin freier, als du es jemals sein wirst, wenn du noch weiter im Labor bleibst.« Ich sah zu ihm, in seine braunen Augen und versuchte, zu ihm durchzudringen. »Vor einem Monat war ich genauso wie du«, erklärte ich. »Die Vampire entführten mich. Zeigten mir, was Freiheit wirklich bedeutet. Das hast du nicht.«

»Du hast doch gar keine Ahnung.« Seine Augenbrauen hatten sich zusammengezogen und er funkelte mich wütend an.

Mir war es egal. Er hatte keine Ahnung und ich wusste nicht, ob sich das jemals ändern würde. Vielleicht, wenn er es selbst erlebte. Oder, wenn er wie ich sein Herz an jemanden verlor, der frei war.

Ich zuckte mit den Schultern und beachtete ihn nicht weiter. Die Tür fiel zischend wieder ins Schloss. Ich schloss die Augen und versuchte, ein wenig zu schlafen. Obwohl ich bei jedem Geräusch zusammenzuckte, merkte ich, wie sich meine Muskeln langsam entspannten, wie mein Kopf leerer wurde und ich in einen traumlosen Schlaf fiel.

Schlagartig war ich wach, als ich das Zischen der Tür hörte. Ich hatte gar nicht mitbekommen, dass ich mich hingelegt hatte. Ich richtete mich auf und sah in Dr. Thomas' braune Augen. Sie kam herein, musterte das Essen mürrisch. »Hast du keinen Hunger?«, fragte sie und versuchte, ihren Ton nett klingen zu lassen.

Ich wollte die Augen verdrehen, schluckte das Bedürfnis aber herunter. »Nein«, antwortete ich ehrlich und beobachtete die Frau, die ins Zimmer schritt.

»Du kannst mich nicht leiden.«

Mit hochgezogenen Augenbrauen musterte ich sie. Ich dachte nicht daran, ihr eine Antwort zu geben. Wozu auch? Sie hatte recht. Ich konnte sie nicht leiden. Wollte ich auch gar nicht.

»Weißt du, dass Vampire mir meinen Ehemann geraubt haben?«, fragte sie. »Ich kam mittags nach Hause und da lag er. Mit aufgeschlitzter Kehle.«

Ich schluckte. Das war nicht schön. Aber was sollte ich daran ändern? »Es gibt nicht nur schwarz und weiß«, wiederholte ich Gabriels Worte. »Es gibt gute sowie böse Vampire – ebenso wie Menschen.«

Dr. Thomas musterte mich. »So wurdest du aber nicht erzogen.«

»Nein, das wurde ich nicht.«

»Und wie kommst du dann darauf?«

»Wozu wollen Sie das wissen? Das bringt Ihnen nichts. Ich werde nicht wieder so ein stumpfsinniges Etwas, das einfach Befehle befolgt.«

Ein Lächeln glitt über ihre Lippen. »Vielleicht will ich das gar nicht.«

Ich musterte sie. »Und was wollen Sie dann?«

»Das könnten wir gemeinsam herausfinden, wenn du mit uns zusammenarbeitest. Aber dir ist sicherlich bewusst, dass wir die Menschen vor den Vampiren schützen müssen. Sieh dir an, was die Vampire mit deinen Geschwistern gemacht haben. Sie behandeln sie nicht besser, als das Labor es getan hätte.«

Mein ganzer Körper versteifte sich und mir wurde eiskalt. »Woher wissen Sie das?«, fragte ich mit einem Grollen in der Stimme.

»Ich bin nicht blind. Mir liegt etwas an Tamieh und den Menschen, die dort leben. Es ist meine Heimat. Und wenn nicht bald etwas passiert, dass deine Geschwister von der Straße verschwinden, muss ich sie zwingen, zu gehen.« Ihr Ton ließ keine Widerrede zu.

»Das können Sie nicht machen!«, fuhr ich sie an und sprang vom Bett auf. »Sie wurden doch von Ihnen erschaffen!«

Die Doktorin lachte leise. »Sie haben sich aufgelehnt. Sie bringen die Menschen in Gefahr. Das kann und werde ich nicht zulassen.«

Ich presste die Lippen zusammen und ballte die Hände zu Fäusten. Ich hatte ihr schon viel zu viel verraten. Wütend über mich selbst, drehte ich ihr den Rücken zu.

»Weißt du, 161011, wir könnten ein Superteam sein, mit 181011 zusammen. Wir könnten viel erreichen. Aber das geht nur, wenn du mitmachst. Wenn nicht, muss ich dich lehren, mitzumachen. Glaube mir, das wollen wir beide nicht.«

Ich hörte, wie sie aufstand und zur Tür ging. Meine Fingernägel krallten sich in meine Handballen. Ich versuchte, mich durch den Schmerz zur

Besinnung zu rufen.

Sie hatte meine Geschwister bedroht. Wenn sie nicht bald aufhörten, diese schwachsinnige Patrouille zu laufen, würde Dr. Thomas sie umbringen. Ich warf der Tür in meinem Rücken einen Blick zu. Angst keimte in mir und rankte sich wie eine Schlingpflanze um mein Herz. Wie sollte ich sie aufhalten, wenn ich hier war?

Dr. Thomas hatte mich vor die Wahl gestellt. Entweder wurde ich zu einem Teil ihres ›Teams‹. Ich schnaufte über den Begriff. Oder ich würde meine Geschwister ins Verderben rennen lassen.

Ich hatte die Wahl zwischen Cholera und Pest.

Meine Beine begannen, zu zittern und ich setzte mich wieder aufs Bett, bevor sie mir den Dienst versagten. Ich vergrub mein Gesicht in den Händen. Was sollte ich tun? Konnte ich wirklich alles vergessen, was Gabriel mir beigebracht hatte, um meine Familie zu schützen?

Ich wusste nicht, wie lange ich so dasaß und versuchte, eine Ordnung in meine hilflos verworrenen Gedanken zu bekommen, als die Tür schon wieder aufging.

»Ich soll dich mitnehmen.«

Ich zog die Stirn kraus. »Wohin?«, fragte ich 181011.

Er reichte mir wortlos seine Hand, aber ich ignorierte sie. Das fehlte mir noch. Ich raffte mich auf und ging zu 181011. »Dann lass uns gehen«, murmelte ich und folgte ihm, während er mich durch die Gänge führte.

»Dr. Thomas dachte, dass du dich über eine Dusche freuen würdest. Sie hat dir auch neue Anziehsachen herausgesucht.«

Ich runzelte die Stirn. Das Blut und den Dreck abwaschen zu können, und in neue Klamotten zu schlüpfen, klang himmlisch. »Und, was will sie dafür?«, fragte ich und musterte 181011s Gesicht.

Er betrachtete mich komplett emotionslos. »Nichts.«

Ich biss mir auf die Unterlippe und konnte nicht glauben, dass es so einfach sein sollte. Nach einem kurzen Moment griff ich nach den Sachen und lief zu der Tür, auf die 181011 zeigte.

Hinter ihr befand sich eine einfache Nasszelle. Auf einem Regal konnte ich die neuen Sachen ablegen und dort lagen auch Shampoo und Handtücher bereit. Kurz wanderte mein Blick die Decke ab, aber scheinbar hatten sie hier keine Kamera angebracht. Hastig zog ich mich aus und stellte die Dusche an.

Wohlig seufzend stellte ich mich drunter und genoss, dass der ganze Dreck von mir gewaschen wurde. Ich beeilte mich nicht mit der Dusche. Wozu auch? Meinetwegen konnte 181011 dort draußen Wurzeln schlagen.

Ich hielt das Shampoo vor meine Nase und roch daran, aber kein Geruch kristallisierte sich heraus, als würde es nach gar nichts riechen. Ich zuckte mit den Schultern und rieb mich damit ein. Hauptsache, es bekam den restlichen Dreck von meiner Haut.

Frisch geduscht und mit neuen Anziehsachen trat ich wieder vor die Tür. 181011 stand lässig daneben und betrachtete mich. »Du siehst gar nicht so scheiße unter dem ganzen Dreck aus.«

Ich warf ihm einen bösen Blick zu. »Und jetzt?«, fragte ich.

»Was willst du machen?«, stellte er die Gegenfrage.

»Nach Hause gehen.«

Er lachte schallend los. »Den Wunsch kann ich dir leider nicht erfüllen.«

»Ich lege keinen Wert auf deine Gesellschaft«, stellte ich fest.

Er hob eine Augenbraue und musterte mich kritisch. »Ach nein? Also willst du wirklich wieder alleine in deine Zelle?«

Ein Schauder rann meinen Rücken hinab. Er hatte einen wunden Punkt getroffen, aber ich versuchte, ihn mir nicht anmerken zu lassen und drehte mich in die Richtung um, aus der ich gekommen war.

»Nein, komm mit. Ich zeige dir noch mehr«, hielt 181011 mich auf und umfasste meinen Unterarm mit seiner Hand.

»Und was?«

»Siehst du gleich«, meinte er und versuchte, mich anzulächeln. Er schien das nicht sehr häufig zu tun.

Ich konnte mir einfach keinen Reim auf sein oder Dr. Thomas' Verhalten machen. Für Dr. Thomas war ich ein misslungenes Experiment. Aber wieso versuchte sie, mich zu überzeugen, dass ich zu ihrem Team gehören sollte? Sie bedrohte meine Familie und versuchte mir dann zu zeigen, wie nett sie sein konnte. Das verwirrte mich.

Mein Blick glitt zu 181011 und er brachte mich vollkommen aus der Bahn. Seine Augen sahen aus wie Gabes. Bevor das alles mit seiner Sucht passiert war. Ich biss mir auf die Unterlippe. Zuerst versuchte er mich umzubringen, dann entführte er mich und jetzt wollte er mir das Labor zeigen.

Das konnte doch kein normales Verhalten sein!

181011 hielt vor einer Tür an und bedachte mich mit einem bösen Blick. »Wir gehen jetzt kurz raus. Benimm dich! Wenn du etwas versuchen solltest, wird Dr. Thomas deiner Familie keine Schonfrist mehr geben, bis du dich entschieden hast.«

Mein Herz stolperte kurz. Sie wollte meiner Familie nichts tun? Sie wollte, dass ich mit ihr zusammenarbeitete, damit ich meine Geschwister davon abhielt. Ich nickte und 181011 machte die Tür auf.

Frische Luft schlug uns entgegen. Genießerisch schloss ich die Augen und atmete einmal tief den Geruch von Laub ein. Wir mussten uns mitten in einem Wald befinden. Ich öffnete wieder die Augen und trat hinter meinem Entführer ins Freie. Der Drang, tatsächlich einfach in die Wildnis zu rennen, zu meiner Familie und zu Gabe, war fast übermächtig. Allerdings kam ich ihm nicht nach, sondern zwang meine Füße, still stehen zu bleiben. Ich wusste nicht, wie lange ich ins Dorf brauchen würde und wie ich meine Geschwister überzeugen sollte, dass Nero kein Heiliger war, der das alles nur aus Nächstenliebe tat.

Ich ging hinter 181011 her, der eilig einen Fuß vor den nächsten setzte, um in das Gebäude gegenüber von uns zu gelangen. Plötzlich blieb er jedoch stehen und lauschte. Ich runzelte die Stirn und tat es ihm nach.

Es hörte sich an, als würde ein Wagen über den Kies angefahren kommen. »Erwartet ihr noch jemanden?«

181011 drehte sich grinsend zu mir um. »Nur noch einen.«

GABRIEL

Das Navi zeigte nur noch wenige Meter an. In meinem Bauch hatte sich ein harter Klumpen gebildet, der schwer in meinem Magen lag. Ich hatte keine Ahnung, was auf mich, auf uns zukam und das bereitete mir Sorgen.

»Geht es dir noch immer gut?«, fragte Sascha.

Ihr Blick lag sorgenvoll auf mir. Meine Stirn wurde von kaltem Schweiß benetzt und meine Lippen waren aufgerissen, aber nicht, weil ich gegen die Krankheit kämpfte, sondern durch die Sorge um Kaze. Noch immer spürte ich die Lust nicht. Ich wollte mich nicht darüber beschweren, auch wenn es mir etwas komisch vorkam. Das Einzige, was mich so fertigmachte, war die Ungewissheit, in die wir gerade fuhren.

Ich wusste nicht, ob das wirklich Lisa war, die uns erwartete. Ich wusste nicht, ob der Kerl, der bei uns zu Hause gewesen war, hier lebte. Ob er zu Lisa gehörte, oder etwas eigenes im Sinn hatte. Und vor allem wusste ich nicht, was mit Kaze war. Das war das Schlimmste. Alles wäre noch erträglich, würde ich wissen, dass es ihr gut ginge. Aber das tat ich nicht. Meine Finger krampften sich immer wieder um das Lenkrad. Hätte ich all meine Kraft benutzt, würde es nur noch aus Einzelteilen bestehen.

»Ja, mir geht es noch immer gut«, meinte ich und fixierte die Straße mit eisernem Blick.

Das Navi sagte mir, dass ich als Nächstes rechts einbiegen sollte.

Ich runzelte die Stirn und sah mich in dem Wald um. Abgesehen von Bäumen, konnte ich nichts erkennen. Die Straße, auf der wir uns befanden, schlängelte sich durch den Wald.

»Wo soll hier denn eine Abbiegung sein?«, wunderte sich Martin auf dem Rücksitz.

»Das frage ich mich auch«, murrte ich und behielt meine Umgebung im Blick.

Noch zweihundert Meter. Dann sollte sich rechts neben uns ein Weg befinden. Aber ich konnte noch nichts entdecken. Als ich den Weg fand, starrte ich ungläubig aufs Navi. Es war ein Kiesweg, der mitten ins nichts führte.

»Puh«, gab Sascha von sich. »Wenn es jetzt dunkel wäre, könnte man glauben, dass wir in einem Horrorfilm gelandet wären.«

Ich nickte zustimmend, lenkte den Wagen aber auf den Weg und hoffte, dass es nicht mehr lange dauerte. Mein Gefühl trog mich selten und es riet mir, mich zu beeilen.

Tatsächlich war der Weg wirklich nicht lang und nach kurzer Zeit sahen wir einen riesigen Gebäudekomplex, der sich an den Wald anschmiegte. Ich hätte nicht einmal erahnen können, dass sich so was hier befand.

»Wow«, kam es vom Rücksitz. »Das ist wirklich beeindruckend.«

»Das ist es und irgendwo darin ist Kaze«, knurrte ich und fuhr die Straße weiter hoch.

Wir fuhren in eine Lücke zwischen zwei Gebäuden rein. Mein Herz machte einen Satz. Kaze!

Sie stand neben dem Kerl, der in die Gänge eingebrochen war. Er hatte die Arme vor seiner Brust verschränkt und ein wissendes Grinsen zierte seine Lippen. Aber mein Blick wanderte schnell wieder zu Kaze. Ihre

Wange war geschwollen, als wäre sie geschlagen worden. Die Haare fielen nass an ihrem Körper hinab.

Hastig schnallte ich mich ab, ließ den Motor laufen und sprang aus dem Auto. »Kaze!«, rief ich und rannte auf sie zu.

Ich konnte ihr ansehen, dass sie erleichtert aufatmete und lief dann zu mir. Sie warf sich in meine Umarmung und ich presste sie an mich. »Gott, bin ich froh, dass dir nichts passiert ist.«

»Ich bin froh, dass du hier bist«, raunte sie an meinem Hals und schlang ihre Arme um meinen Nacken. Eine Gänsehaut überzog meinen Rücken, als ihr Atem auf meine Haut traf. »Aber wie …?«, hörte ich sie fragen, doch sie wurde von einer anderen Frau unterbrochen.

»Herzlich willkommen.«

Als ich die Stimme hörte, erstarrte ich. Kaze löste sich ebenfalls und drehte sich zu ihr um. Mein Blick richtete sich auf die Frau, die uns angesprochen hatte. Mir schien es, als würde mir der Erdboden unter den Füßen weggezogen werden. Ich konnte nicht glauben, dass sie da stand und mich ansah, als wäre sie niemals weg gewesen. Als hätte ich sie nicht zwanzig Jahre lang für tot gehalten. »Lisa …« Meine Stimme versagte ihren Dienst. Ich wollte noch so viel mehr sagen. So viel mehr wissen, aber nichts kam über meine Lippen.

»Hallo, Gabriel«, richtete sie ihre Worte an mich.

Ich hörte, wie die Autotüren des Wagens zugeschlagen wurden, aber ignorierte es.

Meine Beine trugen mich zu der Frau, die ich so schmerzlich vermisst hatte. Ich hob meine Hand zu ihrem Gesicht, berührte es. Sie war warm und echt. Eine Schnur zog sich um meine Lungen. Ich konnte nicht mehr atmen. Nicht mehr denken. »Wie …?«, stammelte ich.

Ihre braunen Augen erwiderten meinen Blick mit einer Eiseskälte, die mich innerlich erfrieren ließ.

»Ich glaube, es gibt einiges zu erklären«, meinte meine Schwester und trat einen Schritt von mir zurück.

Der Gedanke, dass sie wirklich lebte und hier vor mir stand, wollte noch immer nicht sacken. Ich starrte sie an wie einen Geist, der sie für mich war.

»Lisa«, hörte ich Sascha überrascht hinter mir zischen.

»Ja, ich weiß. Begleitet mich doch bitte zu meinem Büro. Dort kann ich euch die Sachen besser erklären. Vor allem, wieso ich wollte, dass du herkommst, Gabriel.«

Ich schüttelte mich, als sie mich ansprach. Eine warme Hand schob sich in meine und ich sah zu Kaze runter, die mir ermutigend zulächelte. Allerdings erreichte es ihre Augen nicht. Ich folgte mit meinem Blick meiner Schwester und wünschte, dass ich kurz mit Kaze reden könnte. Aber das war nicht möglich.

»Kommt ihr?«, fragte der Mann und deutete uns ungeduldig, Lisa zu folgen.

Ich biss die Zähne zusammen. Am liebsten würde ich ihn einen Kopf kürzer machen. Oder zwei. Für jeden Vampir einen.

»Zu dir komme ich noch«, knurrte ich und folgte meiner Schwester.

Sie führte uns in das Gebäude und ich merkte, wie sich Kaze verspannte. Auch ich erkannte die Ähnlichkeit. Ich unterdrückte einen Schauder und drückte Kaze' Hand einmal. Sie erwiderte den Druck.

Lisa brachte uns in ihr Büro, dessen eindrucksvolle Sicht über ganz Tamieh schweifte.

»Okay«, begann ich. Endlich hatte ich meine Stimme wiedergefunden. »Wo warst du all die Zeit?«

»Hier«, antwortete sie schlicht und deutete aufs Sofa. Martin, Sascha und Kaze taten es mir nach. Kaze' Blick wanderte nervös zu dem Mann, der neben dem Sofa stand. Die Arme hatte er vor der Brust verschränkt.

»Erstmal ist es wundervoll, dass ihr noch 161012 mitgebracht habt.«

»Martin«, korrigierte er und musterte meine Schwester eingehend.

Sie schenkte ihm ein Haifischlächeln, ging aber nicht weiter drauf ein. »Es ist praktisch, wenn wir die Daten von 161011 und 161012 auswerten können, um zu sehen, was falsch gelaufen ist.«

Ich runzelte die Stirn. »Bitte was?«

Lisa sah mich mit einer erhobenen Augenbraue an, als hätte ich die lächerlichste Frage der Welt gestellt.

»Okay, beginnen wir von Anfang an. Ich hasse Vampire.«

Ich sah sie mit großen Augen an. »Du bist selber einer«, unterbrach ich sie.

Sie schenkte mir ein herablassendes Lächeln. »Ich war einmal einer. Das stimmt. Ich habe einen Weg gefunden, uns von diesem Fluch zu heilen, dem wir alle wegen unseres stattlichen Vaters verfallen sind.«

Ich konnte nicht glauben, was ich hörte. Noch nie, wirklich noch nie hatte sie sich beschwert, dass sie kein Vampir mehr sein wollte. »Wieso?

Und wieso bist du keinen Tag gealtert?«

»Na ja, das ist ganz einfach. Damals, als ich Thomas gefunden habe, wollte er nicht glauben, dass es uns gab. Nur langsam freundete er sich mit dem Gedanken an. Aus der Zeit, als er dachte, ich sei noch ein Mensch, gab es aber etwas, dass ich ihm sagen musste. Ich war schwanger. Lange hätte ich es nicht mehr verbergen können, also sagte ich ihm die Wahrheit.« Sie schnaufte. »Er hat es nicht gut verkraftet und versuchte, mich umzubringen. Aber der Vampir in mir war stärker.« Sie holte tief Luft. »Daraufhin rief ich meine Geschwister an, die alle keine Zeit für mich hatten. Ich wusste nicht, was ich tun sollte. Ich hatte meinen eigenen Verbundenen umgebracht, den ich wirklich liebte. Ich gab der Vampirin die Schuld daran. Wäre ich ein normaler Mensch gewesen, wäre das alles nicht passiert. Also stellte ich mich dem Labor. Sagte ihnen, ich wollte mich ihnen anschließen, verbarg aber meine wahre Identität. Gab mir selbst ein Pseudonym mit Thomas' Namen als Andenken. Mit ihren Mitteln konnte ich dann etwas zusammenmischen, das mich von meinem Fluch befreite.« Sie stand auf und kam auf mich zu, nahm meine Hände. Ihre waren eiskalt, wie alles an ihr. »Ich bin frei, Bruder. Und ich will, dass du es auch bist. Du müsstest nie wieder vor dem Monster Angst haben, das du in dir trägst. Ich habe die Blutlust unter Kontrolle. Aber noch immer habe ich ein verlängertes Leben.«

Ich war geschockt. Ich erinnerte mich an ihren Anruf, aber sie klang damals so gefasst. Als wäre es nur eine Kleinigkeit.

»Gabe, du würdest keine roten Augen mehr haben«, versuchte sie, mich weiter zu überreden. »Du müsstest nur deine Verbundene loswerden und das Elixier trinken und wärst frei. Frei zu tun, was du dir wünschst.«

Kaze erstarrte neben mir. ›Deine Verbundene loswerden.‹ Ich löste mich aus Lisas Griff. »Das kann ich nicht.«

Sie zog die Augenbrauen zusammen. »Wieso nicht? Sie ist bloß ein Experiment. Niemand wollte sie. Nicht einmal ihre eigene Mutter«, bemerkte sie herablassend.

»Aber ich will sie jetzt, Lisa. Ich liebe sie, so wie du Thomas geliebt hast.«

Sie schnaufte. »Das ist lächerlich! Sie ist ein Ding!«

Mein Innerstes begann vor Wut, zu zittern. Ich stand auf und richtete mich vor Lisa zu meiner vollen Größe auf. »Sie ist kein Ding. Sie sitzt vor dir, hat Gefühle, einen Namen und ein Leben. Sie ist genauso ein

Lebewesen wie du und ich.«

»Du wirst sie aber nicht zurückbekommen«, meinte Lisa und fixierte mich mit ihrem eiskalten Blick.

»Bitte?«

»Ich brauche sie.«

»Wofür?« Meine Stimme grollte bei dem Wort.

Ich erkannte mit Schrecken, dass das Wesen vor mir nicht mehr meine Schwester war. Es war ein schwacher Abklatsch von der großartigen und intelligenten Frau, die sie einmal gewesen war.

»Gabriel. Sie ist ein Experiment. Sie ist aus dem entstanden, was ich zusammengemischt habe. Genauso wie 161012. Sie alle leben nur, weil ich es wollte.«

Mein Blut schien aus meinem Körper zu weichen. »Du warst das?«

»Natürlich! Kurz nachdem ich Vater in eine Falle gelockt hatte, kam eine Frau. Sie war von einem Vampir vergewaltigt worden und wollte ihre Kinder nicht. Ich habe sie überredet, sich zu opfern – damit niemand mehr so leiden muss wie sie. Und sie ging darauf ein. Sie gab ihren Körper für die Wissenschaft auf und ich konnte mit den Genen der beiden herumspielen.«

Ich wusste nicht mehr, was ich darauf sagen sollte. Ich war komplett sprachlos. Das war nicht mehr meine Schwester.

»181011, bringe bitte 161011 und 161012 in ihre Zellen.«

»Du bringst sie nicht weg«, knurrte ich und warf einen Blick über die Schulter. Kaze und Martin hatten sich schon aufgestellt und fixierten das neue Experiment mit ihren Blicken. Ihn ließ das kalt. Er trat mit hochgezogener Augenbraue einen Schritt auf sie zu, aber Sascha stellte sich dazwischen. »Wenn du an sie ran willst, musst du an mir vorbei«, knurrte sie.

»Nichts leichter als das«, erwiderte 181011 mit einem hungrigen Grinsen.

»Gabriel, ich will dir wirklich nichts antun, aber du musst doch auch einsehen – gerade in deiner jetzigen Verfassung –, dass das Vampirsein ein Fluch ist.«

Lisa zwang mich wieder dazu, mich auf sie zu konzentrieren.

»Ich weiß nicht, was mit deinem Kopf passiert ist«, sagte ich. »Aber du wirst Kaze und Martin nicht einsperren.«

Sie grinste mich an. »Du überschätzt dich, Bruder. Du bist bei mir.

Meinst du, 181011 ist der Einzige, der hier ist?«

Knurrend fixierte ich meine Schwester.

»Wie viele sind es noch?«, hörte ich Kaze' Stimme. Überrascht drehte ich mich zu ihr um.

»Genug, um deiner Familie zu schaden. Du erinnerst dich an unseren Deal, nicht wahr?«

Die Angst stand Kaze ins Gesicht geschrieben. Sie biss sich auf ihre Unterlippe, während ihr Blick zwischen 181011 und mir hin und her wanderte.

»Ich bleibe hier«, sagte sie schließlich. »Aber nur, wenn ihr Martin und den Rest gehen lasst. Sie schaffen es, dass meine Geschwister aufhören.« Ihre Stimme zitterte dabei.

»Was?«, fuhr ich sie an. »Ich lasse dich nicht hier zurück!«

»Du musst dafür sorgen, dass Nero seinen Willen nicht bekommt«, trichterte Kaze mir ein und versuchte, mich mit ihrem Blick zu beschwören.

»Was? Wieso?«

»Weil ich sonst alle ihrer Art auslösche.«

Mittlerweile begann ich, meine Schwester zu hassen. Langsam zerfraß die rasende Hitze die angenehme Wärme, die ich ihr gegenüber empfunden hatte. »Bitte?«

»Ich bin dafür da, die Menschen zu beschützen. Dieses Gebäude ist voll von Menschen, die gegen euch etwas ausrichten können. Auch gegen meine Experimente. Und wenn du glaubst, dass ich die Menschen schutzlos in Tamieh lasse, so schutzlos wie Thomas damals war, hast du dich geirrt. Ich werde alles tun, um sie zu schützen. Selbst wenn ich dafür meine eigene Kreation töten muss.«

»Wozu brauchst du Kaze dann hier?«

»Ich muss herausfinden, wieso ihr Befehl nicht mehr installiert ist. Dann kann ich das bei den anderen verhindern.«

»Welcher Befehl?«, verlangte ich, zu wissen. Mein ganzer Körper stand unter Strom.

»Vampire zu vernichten. Wozu sollte sie sonst da sein?«

Mein Geduldsfaden zerriss. Ich schlug meine Faust in die Wand neben mir. »Das kannst du vergessen, Lisa«, grollte ich und drehte mich um.

»Ihr werdet hier nicht wegkommen«, rief Lisa mir hinterher.

Doch ich ignorierte sie. Ich gab Sascha, Martin und Kaze das Zeichen, mir zu folgen. Niemanden würde ich hier lassen. Kaze blieb jedoch an Ort und Stelle. »Kaze«, mahnte ich sie. So dumm konnte sie nicht sein! Das konnte sie nicht von mir verlangen. Sie konnte nicht glauben, dass ich sie hier zurückließ, bei einer Frau, die komplett vernarrt war in ihre eigenen Vorstellungen.

»Gabriel, bitte …« Ihre Stimme zitterte noch immer aus Angst. Ihre Augen glänzten verdächtig.

»Das kannst du mir nicht antun!«, warf ich ihr vor.

»Und du kannst nicht von mir verlangen, dass ich meinen Geschwistern keine Zeit einräume. Solange sie mich hat … Habt ihr noch etwas Zeit.«

»Wie viel?«, knurrte ich. Ich schloss die Augen und wartete auf Lisas Antwort.

»Eine Woche. Wenn ich dann keine Besserung sehe, werde ich meine Armee auf sie jagen und glaube mir, keiner von ihnen wird überleben. 181011 wird euch begleiten und mir berichten.«

Mein hasserfüllter Blick traf den jungen Mann. »Er hat Leute umgebracht.«

»Vampire«, korrigierte er mich und sah zu meiner Schwester.

Sie zuckte mit den Schultern. »Erstmal wirst du keinem von ihnen schaden.«

Er hob eine Augenbraue, beugte aber den Kopf, dass er verstanden hatte.

Die Wut tobte in mir. Ich wollte alles kurz und klein schlagen. Ich wollte Kaze über meine Schulter schmeißen und einfach gehen. Die Konsequenzen waren mir scheißegal. Hauptsache, sie war bei mir und ich konnte sie beschützen. Ich wusste nicht einmal, ob sie hier in Sicherheit war, wenn ich sie jetzt verließ. Oder, was man mit ihr machen würde.

Bei der Vorstellung daran wurde mir schlecht. Aber wir bekamen Zeit. Meine Mutter hatte angedeutet, dass Nero anfing, zu spinnen. Wenn er die Menschen in Tamieh terrorisierte, hatte Lisa recht. Ihm musste Einhalt geboten werden.

Mein Blick glitt zu Kaze. Ihre Augen waren ebenfalls auf mich gerichtet. Dadurch sagten wir uns alles, was gerade nicht möglich war. Sie konnte nicht mit uns kommen, wenn das hieß, dass ihre Familie in Gefahr war. Sie wollte nicht, dass jemand verletzt wurde – am allerwenigsten Martin und ich.

»Ich hole dich hier wieder raus«, versprach ich.

Ich würde ihre Geschwister davon abhalten, die Stadt zu terrorisieren.

Ich biss die Zähne zusammen und lief zum Fahrstuhl. Meine Schritte donnerten auf dem Boden. Mein ganzer Körper zitterte vor Anstrengung, Lisa und 181011 nicht bewusstlos zu schlagen und Kaze einfach mitzunehmen.

Das Problem war, ich glaubte Lisa. Ich glaubte ihr, dass in diesem Gebäude eine Armee schlummerte, die uns Vampiren den Garaus machen konnte. Das mussten wir unter allen Umständen verhindern. Die Menschen waren mir egal. Sollten sie sich selbst bekriegen. Ich würde aber nicht zulassen, dass sie meine Familie auslöschte.

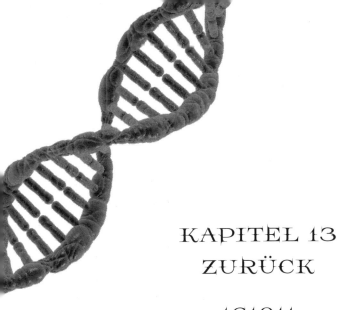

KAPITEL 13
ZURÜCK

161011

Ich zitterte und versuchte, meinen Körper zusammenzuhalten, während alles in mir zerbrach. Ich sah zu, wie Gabriel, Martin, Sascha und 181011 in den Fahrstuhl stiegen. Wie sich Gabriels feuerroter Blick auf mich legte. In ihm das Versprechen, dass er alles Erdenkliche tun würde, um meine Familie und mich zu retten. Mein Opfer würde nicht umsonst sein.

Mein Herz lag in Scherben und die Angst dominierte mein ganzes Sein. Ich wollte nicht wieder ein Experiment sein. Ich wollte keine Nummer sein und doch wurde ich wieder dazu gemacht. Bis die Fahrstuhltüren sich schlossen, hielt ich Gabriels Blick stand. *Ich werde nicht zusammenbrechen*, sagte ich mir und legte die Arme um meinen Rumpf, damit ich nicht vollends auseinanderfiel. Es fiel mir schwer, nicht in den Fahrstuhl zu springen, um zu fliehen. Ich würde alles lieber tun. Ich würde bis zum bitteren Schluss kämpfen- solange es nur um mich gehen würde. Aber es ging nicht nur um mich. Es ging um meine Familie.

Die Türen schlossen sich mit einem Rums und ich stand noch immer. Ich hielt mich auf meinen zitternden Knien, versuchte, mich innerlich auf das vorzubereiten, was jetzt kommen würde.

»Gut, 161011. Dann wollen wir mal beginnen.«

Eine Gänsehaut überzog meinen Körper. Ich wandte mich Dr. Thomas zu und suchte nach irgendeiner Reaktion. Sie hatte nach zwanzig Jahren ihren Bruder wiedergesehen. Aber ich konnte nichts erkennen. Weder Freude noch Hass. Sie war eiskalt.

»Zuerst nenne ich dir die Regeln. Verstanden?«

Ich nickte. Meine Arme ließ ich fallen. Ich war nicht mehr Kaze. Kaze verbarg sich, hielt sich zurück. Ich wurde wieder zu 161011.

»Erstens: Du isst alles, was ich dir gebe. Zweitens: Du stellst keine Fragen – Nichts hat dich etwas anzugehen. Du bist ein Experiment und nichts weiter. Alles, was ich mit dir tue, hat seinen Grund. Drittens: Du führst alle Befehle aus. Es ist egal, was ich dir befehle. Du tust es. Nicke, wenn du verstanden hast.«

Ich nickte. Es war alles wieder beim Alten. Ich war nicht wichtig. Ich war ein Objekt. Ersetzbar. Mein Kämpferwillen war mit Gabriel und dem Versprechen, dass er meine Familie schützen würde, gegangen. Ich musste dieses Spiel mitspielen, um meine Familie zu schützen.

»Gut. Ich lasse jetzt etwas zu essen für dich rufen.«

Das Essen wurde nach wenigen Minuten von einem Mann im weißen Kittel gebracht. Sie musterte ihn eingehend. »Ist alles drin?«

»Ja. Alles, was sie angefordert haben.«

»Gut.« Sie wandte sich mir zu. »161011, iss.«

Ich setzte mich auf das Sofa und der Mann brachte mir das Essen.

Es schmeckte nach nichts. Es wurde immer mehr in meinem Mund und jeder Bissen war eine Qual für mich. Jede Gabel, die ich mir in den Mund schob, erinnerte mich daran, dass ich nichts mehr war. Ich war nicht mehr wichtig und niemand interessierte sich dafür, was ich wollte.

Nach dem Essen legte ich das Besteck beiseite und wartete auf die nächste Aufforderung, die von Dr. Thomas kommen würde.

»Gut. So, dann erzähl mal, wie war es bei den Vampiren? Wie konnten sie dich überzeugen, dass sie gar nicht so böse sind?«

Es war eine Fangfrage. Das wusste ich. Allerdings hatte ich keinen Schimmer, was ich darauf antworten sollte. Ich sah zu Dr. Thomas auf. »Ich weiß es nicht«, murmelte ich, obwohl ich es natürlich wusste. Ich erinnerte mich an jede Geste, an jede Nettigkeit, die mir die Vampire entgegengebracht hatten, was meine *Schöpfer* niemals fertiggebracht taten. Sie hatten mir gezeigt, dass ich ein Mensch war. Ein Lebewesen, das es verdiente, zu leben, genau wie jeder andere. Dass jeder eine Chance verdiente. Aber das verschwieg ich ihr. Das Wissen schloss ich in mein Herz und bewahrte es. Hielt es fest. Denn das war das Einzige, was mich zu Kaze machte. Was mich von 161011 unterschied.

Dr. Thomas' Blick wurde bohrend und ich hatte das Gefühl, sie versuchte, mir in meine Seele zu schauen. »Okay. Also würdest du sagen, dass diese Vampire es verdient haben, zu leben?«

»Jeder hat es verdient, zu leben«, erwiderte ich.

Ich wusste, dass sie mich schlagen würde, ehe sie die Faust erhoben hatte und ich ließ es zu. Es würde nichts bringen, mich zu wehren. Es würde nur noch schlimmer werden.

»161011, mach es dir nicht kaputt. Du bist die erste, die von meiner Kreation aufgewacht ist. Der Doktor war so zufrieden mit dir. Danach wurdest du entführt. Daraus macht dir keiner einen Vorwurf. Auch nicht, dass sie dir vorgaukelten, sie hätten es verdient, zu leben. Aber du solltest wissen, dass weder Gabriel noch Sascha sich dafür einsetzen werden, dass deine Geschwister leben dürfen.«

Mein Herz zog sich krampfhaft zusammen. Ich schloss die Augen. Ich wusste, dass Gabriel alles dafür geben würde, damit sie aufhören würden. Er würde alles dafür tun, damit es ihnen gut ging. Das hatte er bewiesen. Den Beweis hatte ich in seinen Augen gesehen.

»161011, die Einzige, die deine Geschwister aufhalten kann, bist du. Das solltest du wissen. Gemeinsam können wir die Menschen vor den Blutsaugern beschützen. Wir könnten so viel gemeinsam aufbauen und erreichen. Niemals müsste irgendjemand Angst vor ihnen haben. Nie mehr.«

Ich öffnete die Augen und starrte in ihren eiskalten Blick, der mich überhaupt nicht mehr an Luisa erinnerte. »Gabriel würde alles tun«, sagte ich voller Überzeugung. »Er hat schon alles gegeben. Niemand braucht Angst vor diesen Monstern zu haben, denn das schlimmste Monster sitzt in uns selbst.«

Wieder spürte ich ihre Faust. Mein Kopf wurde zur Seite geschleudert und ich schmeckte Blut in meinem Mund.

»Habe ich dir nicht gesagt, dass du keine Fragen stellen wirst? Befehle, die ich dir erteile, ausführen wirst?«, grollte sie.

»Ja. Das haben Sie«, stimmte ich zu. »Und ich werde alles dafür tun, um Gabriel die Zeit zu ermöglichen, die er von Ihnen bekommen hat. Eine Woche. Keinen Tag mehr«, zischte ich.

Aber ich würde ihm noch Monate mehr geben. Jede Stunde, jede Minute, selbst jede Sekunde, die ich sie hier halten konnte, waren mir die

Schmerzen wert.

Ich konnte beobachten, wie sie ihre Zähne zusammenbiss und konnte hören, wie sie knirschend aufeinander rieben. »Das werden wir noch sehen, 161011. Eine Woche. Dann beginnen wir jetzt mit den Untersuchungen. Nicht wahr?«

Ich musste hart schlucken, aber ich stand auf und folgte Dr. Thomas. Folgte ihr in meine persönliche Hölle.

»Gute Nacht, 161011«, flötete Dr. Thomas, als sie mich in meiner Zelle alleine ließ.

Meine Haut war schweißnass. Mein Schädel brummte. Mir tat alles weh. Keuchend legte ich mich ins Bett. Ich wollte nur noch schlafen. In die Traumwelt versinken und Gabriel treffen. Ich brauchte ihn, seine Wärme, sein Verständnis, seine Stärke.

Lisa hatte mich nicht geschont. Wieso auch? Ich hatte ihr keinen Grund gegeben. Sollte ich bei ihren Untersuchungen sterben, wäre ihr das wahrscheinlich egal. Ich war ersetzbar. Eine Gänsehaut kroch meinen Körper hinauf und ließ mich erzittern.

Ich schloss die Augen und versuchte, mich zu entspannen. Schlaf war im Moment alles, was ich brauchte. Nichts anderes. Ich wollte in Gabriels Armen kurz vergessen, dass ich hier war. Dass ich in meinem personifizierten Albtraum festsaß.

Stundenlang lag ich da und versuchte, zu schlafen. Allerdings funktionierte es nicht. Ich war wach. Meine Hände ballten sich zu Fäusten und die Fingernägel gruben sich in meine Handballen. Die Gewissheit floss träge in mich, bis sie mir bewusst wurde. Ich konnte nicht mehr schlafen.

Lisa hatte mir das Einzige genommen, was mich aufrechterhalten konnte. Meine Verbindung zu Gabriel. Ich war alleine. Vollkommen alleine.

Mir wurde schlecht bei dem Gedanken. Ich war Lisa vollkommen ausgeliefert. Niemand würde auf mich warten, wenn ich hier war. Niemand würde mir Hoffnung geben.

Angst schnürte mir die Kehle zu. Aber ich durfte nicht aufgeben. *Eine Woche*, sagte ich mir. Eine verdammte Woche musste ich aushalten.

Aber die Angst wurde nicht weniger. Ich begann, am ganzen Körper zu zittern. Ich setzte mich wieder aufrecht hin. Es würde nichts bringen, mich hinzulegen, wenn ich eh nicht schlafen konnte. Tränen rannen mir über meine Wangen und Schluchzer erschütterten meinen Körper.

Ich verbarg mein Gesicht in den Händen. Die Verzweiflung griff nach mir und zog mich runter. Ich ertrank fast in meiner Angst. Lisa hatte alles getan, um mich abzuschotten. Ich war ihr Experiment. Es würde alles wieder so werden, wie es einmal gewesen war. Egal, wie sehr ich diese Zeit mittlerweile verabscheute und wie sehr ich das Labor dafür hasste, was sie uns angetan hatten. Ich war ihr ausgeliefert. Vollkommen mit Haut und Haaren gehörte ich ihr. Denn wir hatten niemals darüber gesprochen, dass ich jemals wieder freikäme.

Gabe musste schnell eine Möglichkeit finden. So schnell, dass ich nicht die Zeit hatte, den Willen zu verlieren. So schnell, dass sie mich nicht brechen konnte.

GABRIEL

Sascha saß am Steuer und fuhr zurück in die Siedlung. Ich hätte mich nicht auf die Straße konzentrieren können und war ihr dankbar, dass sie die Aufgabe übernahm. Mein ganzer Körper zitterte vor angestauter Wut. Nero war an diesem Schlamassel schuld. Nur wegen ihm musste ich meine Verbundene zurücklassen. Nur wegen ihm war Lisa auf uns aufmerksam geworden.

Martin saß neben mir und ihm schien es keinen Deut besser zu gehen. Er starrte auf seine Hände und tat ansonsten nichts. Sein Blick ging in die Leere. Ihn hatte es ebenfalls mitgenommen, Kaze dort zu lassen. Keiner von uns wusste, was Lisa mit ihr anstellen würde. Keiner von uns wollte sich das vorstellen, was Kaze auf sich nahm, um ihre Familie zu beschützen. Ich hoffte, betete, dass ihre Geschwister das einsehen würden. Dass sie sofort aufhören wollten, für Nero auf die Straße zu gehen. Denn das war das Einzige, was Lisa haben wollte. Ruhe. Die Sicherheit, dass den Menschen in Tamieh kein Leid geschehen würde. Das konnte sie haben. Mir waren die Menschen scheißegal. Ich wollte nichts mit ihnen zu tun haben. Sie waren unwichtig – dumme Schafe, die nicht das Ausmaß erkannten, das ihr handeln hervorrief. Ich wollte bloß Kaze zurückhaben. Wollte sie in meinen Arm nehmen und an mich drücken. Wollte vergessen, dass es die

Welt um uns herum gab.

Ich ballte meine Hände zu Fäusten. Daran würde uns niemand hindern. Auch nicht meine irre Schwester.

Noch immer kam ich nicht darüber hinweg, dass sie unserem Vater eine Falle gestellt und ihn dem Labor freiwillig ausgehändigt hatte … Wieso hatte meine Mutter davon nichts gewusst? Sie hatte mich davon abgehalten, ihn zu suchen. Sie sagte mir, dass es ihm gut ging. Plötzlich begriff ich.

Sie hatte es gewusst. Von Anfang an. Sie hatte alles gewusst. Dass meine Schwester noch lebte, dass sie Vater gefangen hielt. Meine Zähne trafen krachend aufeinander. Ich wusste nicht, wann ich das letzte Mal so wütend gewesen war. Selbst Kaze hatte mich mit ihrer Sturheit niemals so wütend gemacht.

Wir bogen in unser Dorf ein und stiegen aus. Mein Blick richtete sich auf 181011. »Du bleibst hier«, grollte ich und wollte mich von ihm abwenden.

»Dr. Thomas sagte, ich soll euch nicht aus den Augen lassen«, meinte er.

Mein ganzer Körper versteifte sich und ich drehte mich zu ihm um. Meine Hände ballte ich zu Fäusten, bevor er erahnen konnte, was ich vorhatte, platzierte ich einen Schlag in seinem Gesicht, der ihn zurückstolpern ließ. »Gut, dass Dr. Thomas«, ich äffte den Namen nach, »hier nichts zu sagen hat.«

Der Vampir richtete seinen Blick auf mich, erhob sich und wollte zum Schlag ansetzen, aber Sascha hielt ihn zurück. Sie nickte mir zu und ich wandte mich von den beiden ab. Ich musste mit meiner Mutter sprechen.

Ich knallte die Haustür nach innen auf. »Luisa!«, brüllte ich ins Haus.

Sie kam aus der Küche. In ihren Augen stand Verwirrung, als sie mich so wütend sah.

»Was ist …?« Ihr Blick richtete sich auf etwas hinter mich. Kurz glitt Unglaube über ihr Gesicht und sie musste sich an einem Stuhl abstützen, damit sie nicht den Halt verlor. »Du hast sie gefunden«, murmelte sie und sah mich wieder an.

Ich wandte mich um. Hinter mir stand 181011.

»Ja, das habe ich. Nun ja, nicht direkt. Sie hat Kaze entführt«, sagte ich und blickte wieder zu meiner Mutter. »Du hast es gewusst!«

Luisa ließ geschockt den Schöpflöffel los, den sie in der Hand gehalten hatte. Sie zog den Stuhl zurück und setzte sich. Mir fiel auf, dass sie noch schlechter aussah als beim letzten Mal, aber ich ignorierte es. Ich konnte gerade kein Mitleid mit ihr haben. Es ging nicht. Sie war an allem schuld. Wegen ihr war Kaze nicht bei mir.

Sie verbarg das Gesicht in ihren Händen. »Du hast recht«, gab sie leise zu. Sie flüsterte die Worte fast. Ich musste mich anstrengen, damit ich sie verstehen konnte. »Ich habe gewusst, wo Kain all die Zeit war. Und auch, wieso er dort war.«

»Wieso?«, fragte ich.

»Ich liebe alle meine Kinder. Ich liebe sie alle gleich stark. Genauso ging es deinem Vater. Nie konnte er lange auf einen von euch böse sein, weil ihr das größte Geschenk von allen wart.« Ihre Stimme bebte. »Als Lisa verschwand, machten wir uns Vorwürfe. Vor allem, als wir Thomas tot in der Wohnung vorgefunden haben. Euer Vater machte sich auf und begann, sie zu suchen und nach einer Woche klingelte sein Handy, mit Lisas Nummer. Du weißt gar nicht, wie erleichtert wir waren, ihre Stimme zu hören. Sie lockte ihn in das alte Labor, in dem Kaze auch gezü- geboren wurde. Kain hatte es mir bei einem unserer Treffen erzählt. Er berichtete mir außerdem davon, dass sie schwanger sei. Kain wollte nicht, dass wir ihn fanden. Er wollte nicht, dass ihr seht, was aus eurer Schwester geworden ist. Sie ist krank. Sehr krank. Sie hat Thomas' Tod nicht verkraften können. Deswegen bat mich euer Vater, euch nichts zu erzählen. Ich habe zugestimmt. Blauäugig wie ich war, habe ich es zugelassen, dass sie ihn quälten.« Schluchzer ließen ihren kleinen Körper erbeben und Tränen liefen ihr ungehindert über die Wangen.

Ich konnte keinen einzigen Funken Mitleid für sie empfinden.

Ihr feuchter Blick richtete sich auf 181011, der unbeteiligt in den Raum starrte. »Du bist 181011, oder?«, fragte sie und kniff die Lippen zusammen.

Geschockt sah ich zwischen meiner Mutter und ihm hin und her. »Was?«, fragte ich. Das konnte doch nicht sein.

181011 schaute skeptisch, nickte aber. Er hatte es noch nicht verstanden.

»Kain hat eine Menge von dir erzählt. Wenn er träumte, erzählte er mir alles. Alles, was er in Erfahrung bringen konnte. Alles … Alles, was er mitbekommen hatte. Willkommen in der Familie, mein Enkelsohn«, schluchzte meine Mutter. »Du siehst aus wie deine Mutter.«

Die Ähnlichkeit hätte mir auffallen müssen. Er hatte dasselbe Gesicht wie sie. Nur die Nase hatte er von Thomas.

18101 1s Augen wurden groß. »Das kann nicht sein. Ich bin ein ...«

Meine Mutter unterbrach ihn kopfschüttelnd. »Du bist kein Experiment, zumindest nicht komplett. Ich ... ich weiß nicht, ob Lisa dir noch mehr angetan hat. Aber ... aber Thomas und Lisa haben sich geliebt, als sie dich gezeugt haben.« Mit zitternden Beinen stand sie auf und stakste auf ihren Enkelsohn zu, den sie heute zum ersten Mal sah. »Es ist schön, dich endlich kennenzulernen.« Sie schenkte ihm ein unsicheres Grinsen.

Der junge Mann – mein Neffe – stand noch immer vollkommen geschockt im Türrahmen. Sie umarmte ihn und ich konnte beobachten, wie er sich versteifte. Ich konnte die verschiedenen Empfindungen beobachten, die im Wechsel über sein Gesicht huschten. Er war überfordert.

Mit einem Ruck befreite er sich aus der Umarmung meiner Mutter und rannte weg. Luisa stand wie vom Donner gerührt dort, wo sie noch eben ihren Enkel im Arm gehalten hatte. Sascha sah zu mir und ich deutete ihr, hinterherzurennen. Es wäre fatal, würde er zurück ins Labor stürzen und somit unseren Zeitpuffer vernichten, den Kaze uns ermöglicht hatte.

Kurz flackerte Mitleid für den Jungen in mir auf. Der Vampir war noch jung. Ich wollte mir gar nicht vorstellen, was Lisa ihm in ihrem Wahn angetan hatte. Immerhin verkörperte er das, was sie so sehr hasste. Doch dafür hatte ich jetzt keine Zeit.

»Ich muss mit Nero sprechen«, murmelte ich und ging in die Gänge unterhalb des Hauses. Ich überließ es Sascha, das zu regeln.

Meine Schritte halten in dem Gang und ich beeilte mich, zu Nero zu kommen. Umso schneller ich ihn überzeugen konnte, dass er eine schwachsinnige Idee hatte, desto besser.

»Nero«, rief ich und hämmerte gegen seine Bürotür.

»Was?«, kam es gereizt von innen.

Ich runzelte die Stirn. Das war nicht Neros Stimme gewesen. Ich öffnete die Tür und sah Melissa, die am Schreibtisch saß und über irgendwelchen Papieren brütete.

»Wo ist Nero?«, fragte ich sie.

»In Tamieh. Sich um irgendwas größter Dringlichkeit kümmern.« Sie schnaufte.

Ich hob entschuldigend die Hand. »Tut mir leid, dafür habe ich keine Zeit. Weißt du, wo er sich genau in Tamieh befindet?«

»Seh ich vielleicht so aus, als würde er sich bei mir melden?«, fuhr sie mich an. Ihre braunen Augen funkelten gefährlich.

Ich wollte nicht in Neros Haut stecken, wenn er nach Hause kam. »Also weißt du nicht, wo er ist?«

»Nein. Frag mal Max. Bei dem wollte er sich zuletzt gemeldet haben.«

Ich nickte und stürmte die Gänge zurück. Gerade wollte ich zu meinem Handy greifen, als mir auffiel, dass ich es seit Tagen – Wochen schon nicht mehr dabeihatte. Ich stöhnte und lief zu dem Haus meiner Mutter. Sie hatte die Rufnummer von Max' Bar in ihrem Telefon gespeichert.

Die Stufen knarzten unter meinen Füßen, als ich sie hinaufstieg und in der Küche meiner Mutter landete.

»Gabriel, pass auf dich auf, wenn du zu Max fährst, ja?« Ich runzelte die Stirn. »Woher weißt du …?«

Sie unterbrach mich. »Du wolltest zu Nero. Der ist aber zu Max gefahren.«

»Und das hättest du mir nicht eher sagen können?«

Sie verzog das Gesicht. »Ich habe in dem Moment nicht daran gedacht«, gab sie zerknirscht zu und wandte sich wieder dem Fenster zu, aus dem sie schon vorhin gestarrt hatte.

»Sascha ist bei ihm. Sie wird ihn zurückbringen«, sagte ich.

Kurz sah sie zu mir. Ich konnte ihr das schlechte Gewissen ansehen. »Es tut mir leid, dass ich euch nicht davon erzählt habe. Lisas Tod hatte euch alle verändert … Ich wollte … Ich glaube, ich wollte, dass sie für euch tot blieb. Sie hat sich verändert. Sehr.« Tränen standen in ihren Augen. »Kain sah es genauso. Es erschien uns besser, dass er litt, als wenn ihr Lisa so sehen würdet …«

Ich legte das Telefon zur Seite, das ich bereits in die Hand genommen hatte und ging auf sie zu. »Dazu hattet ihr beide nicht das Recht. Sie ist unsere Schwester. Noch immer. Nach all den Jahren und egal, was sie jemals tun könnte, wird sie immer unsere Schwester bleiben. Hätten wir eher davon gewusst …« Ich ließ die Tatsachen ungesagt.

Meine Mutter wusste, was ich sagen wollte. »Ich weiß. Aber jetzt ist es zu spät. Bitte versuch, uns zu verstehen.«

Ich schüttelte den Kopf und schnappte mir wieder das Telefon, um im *Bite* anzurufen.

»*Bite*.«

Ich rollte mit den Augen. »Hendrik, ich bin's, Gabriel. Gib mir mal

Max.«

»Oh … Ähm …«

»Was ist los, Hendrik?«, fragte ich. Ich konnte nichts dafür, dass in meiner Stimme ein Grollen mitschwang. Ich war genervt. Von allem. Von meiner Mutter, von Nero, seiner Frau. Von allen, die mich gerade daran hinderten, dass ich Kaze befreien konnte.

»Er ist weg.«

»Wie er ist weg?«, knurrte ich. Mein Geduldsfaden war kurz davor, zu reißen.

»Seit Tagen schon hat er sich nicht mehr gemeldet. Es tut mir leid, Gabriel, aber wir wissen auch nicht, wo er ist.«

»Ist ein gewisser Nero da?«

»Ähm … Nein?«

Ich knallte das Telefon auf den Tisch und brüllte. Mein ganzer Zorn wich aus mir heraus. Ich war umgeben von Irren. Keiner, den ich brauchte, war in Reichweite.

»Gabriel!«

»Was?«, fauchte ich meine Mutter an.

»Beruhige dich.«

»Würd ich ja, wenn mir irgendwer zuhören würde! Kaze wurde von deinem Enkelsohn entführt. Meine einzige Chance, sie zu retten, ist, wenn ich ihre Geschwister von Tamiehs Straßen hole.«

Luisas Blick wanderte zurück zum Fenster. Im Wald musste irgendwo 181011 sein, der von Sascha verfolgt wurde. Meine Mutter seufzte. »Fahr. Ich kümmere mich hier um alles. Nimm Martin mit. Du wirst ihn wahrscheinlich brauchen, wenn du seinen Geschwistern beibringst, dass Kaze im Labor ist.«

Ich grummelte und machte mich auf den Weg zu Martin, damit ich ihn mit ins Auto zerren konnte. »Martin!«, brüllte ich. »Wir fahren nach Tamieh, deine nichtsnutzigen Geschwister zurückpfeifen!«

Sofort hörte ich es rumpeln. Susan war hinter Martin in der Tür erschienen und sah besorgt aus. Sie blieb im Türrahmen stehen und verabschiedete sich von Martin.

Ich runzelte die Stirn. Ich verstand es nicht. So kannte ich sie gar nicht. Sonst war sie direkt immer eine der ersten gewesen, die sich in die Schlacht geworfen hatten. Momentan verdrängte ich den Gedanken aber. Am wichtigsten war, dass wir Kaze' Familie aus Tamieh herausholten, um dann das Labor im Wald angreifen zu können. Dieses Mal würden wir alles auslöschen. Niemand würde überleben. Nicht einmal diese irre Doktorin, die sich für meine Schwester hielt.

Ich biss die Kiefer aufeinander und stapfte zum Auto.

Die Fahrt nach Tamieh war nervenaufreibend. Es schien mir, als würde ich nicht vorankommen, obwohl ich das Gaspedal durchtrat.

Meine Nerven lagen blank, als wir vor dem *Bite* hielten. Es war Abend und normalerweise würde der Nachtclub gleich öffnen. Allerdings konnte ich noch keine Schlange am Eingang sehen. Ich kniff die Augen zusammen. Irgendwas stimmte hier nicht.

Ich lief auf den Hintereingang zu.

Die Hintertür zum *Bite* war nicht abgeschlossen. Von innen konnte ich nichts hören. Nicht einmal die Bluthuren und Tänzerinnen nahm ich wahr. Die wären schon lange in ihrem Umkleideraum, um sich fertig zu machen. Ich stapfte weiter in den Hauptraum, aber auch hier war niemand.

Ich runzelte die Stirn. Vor einer Dreiviertelstunde war Hendrik noch ans Telefon gegangen. Also musste zumindest er hier sein. Meine Beine trugen mich die Treppe hoch zu Max' Privat- und Büroräumen. Auch diese Tür war nicht abgeschlossen. Wäre Max nicht da, hätte er diese Tür abgeschlossen. Dafür befand sich dahinter zu viel Wissen, das einem einfachen Dieb nicht in die Hände fallen durfte.

Ich schlenderte in sein Büro und sah mich dort um. Der Stuhl wackelte noch leicht. »Hendrik«, grollte ich. »Komm heraus.«

Der blonde Schopf des Mitarbeiters kam unter dem Schreibtisch hervor. Seine blauen Augen musterten mich ängstlich. »Ich habe doch gesagt, dass Max nicht hier ist«, meinte er und richtete sich vollkommen auf.

»Ja, aber du bist hier. Er hätte dich niemals hier reingelassen. Wo. Ist. Er?« Bedrohlich kam ich dem Menschen näher, stützte mich auf den Schreibtisch und fixierte ihn mit einem bösen Blick.

»Im Keller«, nuschelte Hendrik und sah zu Boden.

Ich runzelte die Stirn. »Was will er im Keller?«, fragte ich überrascht.

Hendrik wechselte nervös den Stand von einem zum anderen Bein. Ich schloss die Augen. »Hendrik, wenn du gleich hier nicht mit dem Kopf auf den Schreibtisch fallen möchtest, sag mir endlich, was los ist!«

Sein Blick glitt nervös zum Fenster. Die Sonne ging unter. »Na gut!

Folgt mir.«

Er lief an uns vorbei, wieder in den Hauptraum zurück und dann Richtung Keller.

Mit mahlendem Kiefer folgte ich ihm. Ich hatte keine Zeit, um Verstecken zu spielen. Ich brauchte eine Lösung und dafür musste ich mit Nero sprechen.

Als Hendrik die Tür zum Keller öffnete, schlugen mir viele Gerüche entgegen. Allen voran Angst und Schweiß. Die Luft war stickig und in mir breitete sich ein ungutes Gefühl aus. Ich kannte diese Angst. Hatte es schon oft genug bei den Menschen erlebt. Sie versteckten sich. Nur wusste ich nicht, vor was oder wem.

Langsam folgte ich Hendrik die Treppe runter. Mein Blick schweifte durch den Raum und Entsetzen machte sich in mir breit. Dutzende von Menschen hockten auf engstem Raum zusammen und sahen uns panisch entgegen. Zwischen ihnen Max. Er redete mit ihnen und versuchte, sie zu beruhigen.

Als er mich sah, wurden seine Augen zu Schlitzen. Er entschuldigte sich bei den Menschen und kam auf mich zu. »Was zum Teufel wollt ihr hier«, knurrte er mir entgegen.

»Was ist hier los?«, verlangte ich, zu wissen.

»Diese Experimente sind los! Sie können scheinbar nicht mehr zwischen Gut und Böse unterscheiden. ›Oh, du bist ein Mensch? Dich müssen wir töten!‹«

Ich seufzte. »Nero hat die Kontrolle über sie verloren ...«, murmelte ich.

»Das kannst du laut sagen«, grollte mein großer Bruder. »Die Ambitionen, das wieder rückgängig zu machen, hat er anscheinend auch nicht!« Die Wut drang aus jeder Pore meines Bruders. Er war ein wandelndes Dynamitfass und ich hatte nicht vor, seine Wut auf mich zu ziehen.

»Wieso nicht?«

»Ich habe ihn angerufen und gesagt, er soll seine Experimente zurückpfeifen. Daraufhin wollte er vorbeikommen, aber ist er nie.«

Ich rieb mit meinen Fingern über meine Stirn. »Wir müssen sie wieder unter Kontrolle bekommen«, stellte ich fest.

»Ach nein. Ich kann hier nicht weg. Die Menschen haben Angst, alleine in ihren Häusern zu sein. So weit sollte es niemals kommen.«

Ich gab ihm recht. Auch, wenn mir die Menschen egal waren, hatten sie das nicht verdient. »Ich muss sie eh wieder zurückdrängen. Das ist die einzige Möglichkeit, wie ich Kaze zurückbekommen kann.«

»Was?«

Ich erzählte ihm alles, was ich wusste. Dass unsere Mutter die ganze Zeit gewusst hatte, wo Kain gewesen war und, dass Lisa noch lebte.

»Gabriel, wenn ich wüsste, wo Nero ist, würde ich es dir sagen. Aber er scheint verschwunden. Aber die ...« Er sah entschuldigend zu Martin. »Die Experimente kommen jeden Abend durch die Stadt und meinen, alles terrorisieren zu können. Das kann so nicht weitergehen.«

Nickend stimmte ich zu. »Ich geh raus. Mit Martin.«

»Ich weiß, dass du Kaze zurückholst«, meinte mein Bruder und lächelte mir aufmunternd zu. Ich nickte und die Treppe hoch. Martins Schritte folgten mir.

»Was hast du mit ihnen vor?«, fragte er mich.

»Ich weiß es nicht. Aber ich verstehe es nicht. Du, Kaze und Felix, ihr seid so ... normal. Aber sie ... Sie wirken abhängig von euch. Und nachdem Kaze weg war, scheint ihnen der Halt gefehlt zu haben.«

»Jemand, an dem sie sich orientieren können«, murmelte Martin.

Ich nickte und meine Stimmung wurde immer gedrückter. Ich hoffte, dass sie auf Martin hören würden, wenn er ihnen verriet, dass Kaze in der Klemme steckte. Ich wusste nicht, wie ich sie sonst überzeugen konnte.

Wir betraten die Straße und machten uns auf die Suche nach Kaze' Geschwistern.

KAPITEL 14

Lisa stand über den Proben, die sie 161011 am gestrigen Tag abgenommen hatte. Sie war ein Wunder! Ihre Organe und auch ihr Blutbild sahen exzellent aus. Ihr Blick glitt zu den Akten, die sie aus dem alten System geholt hatte. Damals war 161011s Blut zu dick und träge gewesen. Davon sah sie selbst nichts mehr.

Es juckte Lisa in den Fingern, zu befehlen, das Blut von 161011 abzunehmen und in ihre neuen Versuche zu pumpen, doch dafür hatte sie noch zu wenig Ergebnisse. Die Befürchtung, dass doch irgendwas schiefgehen könnte, war zu groß. Es gab zu viele offene Fragen. Zudem hatte Lisa Zeit.

Der Trank, den sie damals gemischt hatte, damit sie kein Vampir mehr war, raubte ihr bloß die Blutlust. All die anderen positiven Effekte blieben trotzdem vorhanden. Sie würde unendlich viele Jahre leben und forschen können. 161011 würde das ebenfalls. Sie konnte sich ein Grinsen nicht verkneifen. Es entwickelte sich alles perfekt.

Die Geschwister von 161011 würden zwar wahrscheinlich auf Gabriel hören, aber sie brauchten eine Aufgabe. Zudem war ihr Hirn theoretisch gesehen hinüber. Sie würden jedem Befehl folgen, den man ihnen gab. Sie brauchte diese Klone von ihr und 161012.

»Chefin?« Ihr Mitarbeiter sah sie nervös an.

»Ja?«

Sie hatte nicht mehr viele Wissenschaftler in ihrem Labor. Die meisten Leute in diesem Beruf konnten den Mund nicht halten, wenn sie einen Durchbruch hatten. Sie sehnten sich nach Macht und wurden von ihrer Habgier bestimmt. Daher waren abgesehen von ihrem Gegenüber und ihr nur noch drei weitere Wissenschaftler in dem Labor. Das Einzige, an dem Lisa nicht sparte, waren die Wachen. Die Proben und Analysen in ihrem Labor waren von unschätzbarem Wert. Keiner konnte dies besser nachvollziehen als ein Wissenschaftler und deswegen mussten diese Schätze geschützt werden. Trotzdem hatte sie nicht so viele Wachen da, wie sie selbst gern gehabt hätte. Sie hätte Gabriel mit ihnen nicht einmal ansatzweise aufhalten können, wenn er wirklich mit 161011 gegangen wäre. Sie hatte nicht einmal genug Wachen, um die 1600er-Reihe von der Straße zu holen und auszulöschen, wie sie 161011 gesagt hatte. Deswegen brauchte Lisa das Experiment. Würde sie ohne 161011s Hilfe an die Klone kommen, hätte sie es schon längst getan.

Sie hasste es, wenn sie von anderen abhängig war.

»Meine Tochter hat heute Geburtstag ... und ... na ja, ich wollte Fragen, ob ich etwas eher gehen könnte?«

»Aber natürlich!«, rief sie aus.

Erleichtert sackte ihr Mitarbeiter zusammen und wandte sich einer weiteren Probe von 161011 zu. Er war ebenso angetan wie Lisa von diesem Projekt.

Sie vermutete, dass die Reihe von 160000 die einzige war, die funktionierte, weil echte Menschen als Vorbild gedient hatten. 161011 und 161012 waren von ihrer Mutter ausgetragen worden, doch diese hatte sich in die Hände des Labors gegeben. Sie wollte keine Monster großziehen und stimmte zu, als die Wissenschaftler ihr anboten, den Vampirismus aus den Kindern zu entfernen. Lisa grinste. Das hatten sie aber nie getan. Sie hatten die Kinder im Mutterleib noch stärker gemacht und die Frau regelmäßig mit Kains Blut gefüttert, damit die Kinder wuchsen. Es hatte gefruchtet.

Leider kamen Schwangerschaften zwischen Mensch und Vampir nicht so häufig vor – vor allem nicht, wenn sie nicht miteinander verbunden waren. Sie dachte an ihre eigene Schwangerschaft. Sie war voller Angst gewesen, als sie Thomas davon berichtet hatte. Sie hatte recht mit ihrer Befürchtung behalten. Lisa kniff die Lippen zusammen. Doch obwohl ihr Sohn eine Missgeburt war, hatte sie es nicht übers Herz gebracht, ihn den Dingen auszusetzen, die sie 161011 zumutete. 161011 gehörte nicht zu ihrer Familie. Sie war kein Teil von ihr, so wie es 181011 war.

AUGENBLICK

161011

Keine Ahnung, wie lange ich ohne irgendwas in der Zelle saß. Ich versank in meiner Verzweiflung. Fühlte mich wie eine Ertrinkende. Doch ich konnte die Hoffnung nicht aufgeben. Immer wieder hielt ich mir vor, dass ich nur noch sechs Tage aushalten musste.

Ich schloss die Augen. Sechs Tage. Ich versuchte, es aus der Perspektive eines Vampires zu sehen und ein trauriges Lächeln schlich sich über mein Gesicht. Das war weniger als ein Augenblick. Aber in meinem Kopf hörte ich diese gehässige Stimme, die mir sagte, dass ich vielleicht gar nicht das lange Leben eines Vampirs hatte. Dass dieser Augenblick, den ich litt, verloren und nicht nur ein Moment war, sondern sechs Tage, die ich genießen sollte. Ich versuchte, sie zu verdrängen. Den Glauben, dass ich mehr als diesen kurzen Augenblick hatte, durfte ich nicht aufgeben. Wenn ich das tat, was hatte ich dann noch? Immerhin hatte ich einen vampirischen Vater gehabt ... Die Erkenntnis ließ mich noch immer nicht los. Ich hatte einen Vater und eine Mutter. Ich war nicht *nur* ein Experiment – nur zum Teil. Der andere Teil war ein Lebewesen. Ich hatte sogar eine Familie ...

Ich streckte meine Glieder und stand auf. Meine Muskeln kribbelten, weil sie endlich wieder mit Blut versorgt wurden. Mein Blick wanderte zur Kamera, die mich eifrig beobachtete. »Habt ihr einen Trainingsraum?«, fragte ich.

Die Gewissheit, dass sie mich hören konnten, nahm ich mir einfach. Wenn nicht, dann würden sie mir nicht antworten, aber ich konnte nicht mehr in dieser Zelle hocken. Ohne Schlaf, ohne meine Träume hatte dieser ›Rückzugsort‹ keinerlei Wichtigkeit für mich. Theoretisch war er sogar Zeitverschwendung. Ich bekam keine Antwort von der Kamera. Mit verschränkten Armen stand ich in der Zelle und sah mich um. In diesem Raum gab es nichts, was ich nutzen konnte, um zu trainieren.

Gerade überlegte ich, ob ich nicht einfach Liegestütze machen sollte, da hörte ich Schritte auf dem Flur. Ich zog die Augenbrauen hoch und wartete kurz. Die Schritte kamen näher und blieben vor meiner Tür stehen.

Ich hörte das Brummen des Scanners, dann wurde die Tür aufgemacht. Ein Mann mittleren Alters stand im Rahmen und betrachtete mich.

»Du willst trainieren?«, fragte er.

Ich nickte und er deutete mir an, ihm zu folgen.

Wir liefen durch unterschiedliche Flure, bis wir vor einer Metalltür stehen blieben. Er schob die Tür auf. Doch statt Trainingsgeräten sah ich medizinische Gerätschaften.

Ich biss mir auf die Unterlippe, alles in mir sträubte sich dagegen, den Raum zu betreten. Gestern war schrecklich gewesen. Viel zu viel.

Dr. Thomas stand im Raum und schien abzuwarten. »Komm, 161011. Wir haben heute viel vor.«

Tränen stiegen in meinen Augen hoch. Meine Hände ballten sich zu Fäusten und ich zwang mich, die Tränen zu ersticken. Ich würde nicht weinen. Nicht vor ihr. Nicht, wenn ich noch nicht am Ende war.

Ich streckte meinen Rücken durch und betrat den Raum. Ich erinnerte mich an die Folterkammer des Vampirs, der einen Menschen in den Himmel gehoben hatte, damit Blitze sich durch seinen Körper fraßen. Ich fühlte mich dorthin versetzt. Überall standen Glaskolben, in denen irgendwas köchelte. In der Mitte des Raumes stand eine metallene Liege und drum herum lag alles Mögliche an medizinischen Materialien bereit.

»161011!«, unterbrach Dr. Thomas meine Beobachtung.

Mit ehrgeizigen Schritten ging ich zu ihr. Ich würde ihr meine Schwäche nicht offenlegen. Würde ihr nicht meine Abscheu ihr gegenüber zeigen, die in mir brodelte und das Einzige war, was mich aufrechterhielt. Der Hass brachte mir meine Stärke – meinen Willen zurück. Ich erwiderte ihren bohrenden Blick.

»Zieh dich aus. Ich will heute noch mehr untersuchen.«

Ein Schauer rann meine Wirbelsäule hinab. Ich schluckte die Erwiderung hinunter und begann, mich auszuziehen. Zuerst die Schuhe. Dann die Hose und darauf das T-Shirt. Die Kälte in dem Raum ließ eine Gänsehaut auf meinem Körper entstehen.

Dr. Thomas deutete auf die Liege. »Leg dich dahin.«

Ich verzog die Lippen. Als ich mich auf das kalte Material setzte, zog ich die Luft erschrocken ein.

»Ist kalt, nicht wahr?« Dr. Thomas sah mich mit einem Funkeln in ihren Augen an. Sie zeigte mir, dass sie all das genoss. Sie amüsierte sich über mein Leiden. Ich war ihr egal. Ich war ihr Experiment. Jeden

Schmerz, den ich spürte, fand sie toll. Jede Träne, die ich vergoss, war wie Balsam für ihre Seele. Aber das wolle ich ihr nicht geben. Sie würde nichts von mir bekommen. Keinen Schrei. Kein Stöhnen. Keine Tränen. Das schwor ich mir. Ich würde diese sechs Tage überleben. Ich würde nicht vor ihren Augen zerbrechen. Ich würde stärker hieraus hervorgehen. Als Kaze. Ich würde nicht mehr die Nummer sein, die ich momentan war. Diese Nummer würde endgültig sterben, sollten sich die Labortüren ein letztes Mal hinter mir schließen.

Ich schloss die Augen und legte mich flach auf die Liege.

»So ist es gut«, murmelte sie.

Schritte kamen näher und ich fühlte, wie sie meine Hände und Füße nahmen und sie festbanden. Die Fesseln waren zu straff. Sie schnürten mir das Blut ab, aber ich beschwerte mich nicht. Kurz öffnete ich die Augen und sah an die Decke.

Ich hoffte, dass Gabe sich beeilte. Ich hoffte, dass meine Geschwister einsahen, dass sie nicht für Nero arbeiten mussten. Ich hoffte, dass sie lernten, dass sie nur für sich selbst einstehen mussten. Dass sie ihr eigenes Leben leben durften, ohne auf jemanden Rücksicht zu nehmen. Ohne auf jemanden zu hören, der sie nur benutzte. Danach schrie ich und brach meinen eigenen Schwur.

Zitternd wurde ich in meiner Zelle auf das Bett geschmissen. Sie hatten mir einen einfachen Papierkittel umgewickelt. Meine Wunden hatten das Material mittlerweile blutdurchtränkt, sodass es nass an mir klebte. Eiskalter Schweiß stand auf meiner Stirn. Ich fummelte die grobe Decke auseinander und legte sie über mich. Ich versuchte gar nicht erst, zu schlafen. Es würde mir nicht gelingen. Was auch immer sie in mein Essen taten – es wirkte. Sie hatten mir während meiner Behandlung Flüssignahrung gegeben.

Ich kniff die Augen zusammen und wollte vergessen, was sie getan hatten. Heute Morgen hatte ich wirklich geglaubt, dass ich das schaffen würde. Dass diese sechs Tage ein Klacks werden würden. Aber ich glaubte nicht mehr daran. Wenn sie mich nicht auseinandernahmen, dann würden diese sechs Tage die Hölle auf Erden werden. Sie würden mich brechen.

Ich biss mir auf die Wange, bis ich Blut schmeckte. Aber ich wollte nicht weinen. Ich hatte geschrien, sodass meine Kehle wund war. Aber ich hatte die Tränen zurückhalten können. Diese bewahrte ich mir. Ich wollte sie nicht hier verlieren. Sie waren alles, was ich noch hatte. Das Einzige, was sie nicht sehen sollten.

Mein Wunsch, zu schlafen, erfüllte meinen ganzen Körper. Ich sehnte mich nach der Leichtigkeit des Traumlandes. Ich sehnte mich danach, die Schmerzen vergessen zu können, die in jedem Nerv brannten. Ich sehnte mich nach dem Vergessen. Ich wollte vergessen, was sie mir angetan hatten. Wollte vergessen, dass ich jemals hier gewesen war. Aber es ging nicht.

Ich war in einem Albtraum gefangen, aus dem es kein Entkommen gab. Ich schloss die Augen, aber anstatt Gabe sah ich Dr. Thomas mit ihrem widerlichen Grinsen, während sie das Skalpell auf meine Haut setzte. Ruckartig öffnete ich wieder die Augen. Diesen Anblick würde ich niemals vergessen.

Nicht einmal in Ohnmacht gefallen war ich. Das musste ich Dr. Thomas lassen: Sie verstand ihr Handwerk. Mittlerweile sehnte ich mich sogar ins alte Labor zurück. Selbst dort hatten sie uns besser behandelt.

Ich musste mir vor Augen halten, dass sie glaubten, Gutes zu tun. Ich musste zulassen, dass ich wieder 161011 wurde, die alles guthieß, was die Wissenschaftler getan hatten. Die sogar alles dafür getan hätte, um wieder dorthin gelangen zu können.

Sie tun es, um die Menschheit vor Monstern zu beschützen. Die Monster, deren DNA in mir steckt und mich zu einem Teil von ihnen macht. Sie wollen wissen, wie gefährlich ich werden kann, um die Menschen vor mir und meinesgleichen beschützen zu können. Und ich kann damit meine Familie schützen.

Immer und immer wieder wiederholte ich es. Es wurde zu meinem Mantra. Langsam vergingen die Schmerzen. Sie waren noch immer präsent. Sie ließen mich noch immer zittern, aber ich konnte sie ertragen. Es waren gute Schmerzen. Dr. Thomas versuchte, den Menschen zu helfen. So konnte ich meinen Teil dazu beitragen.

Lange lag ich da. Unter der Decke, die mich nur schlecht wärmte, in einer Haltung, die mich winzig klein wirken ließ. Irgendwie hoffte ich, dass sie mich vergessen hatten. Dass sie mich hier unbeteiligt liegen lassen würden.

Aber ich hörte die Schritte. Das Zittern begann von Neuem. Obwohl ich wusste, dass sie Gutes tun wollten, hatte ich Angst. Angst vor den

Schmerzen, die sie mir antun würden.

Als die Schritte vorbeiliefen, atmete ich erleichtert aus. Noch hatte ich ein wenig Zeit. Ich starrte auf die Fliesen vor mir. Versuchte, alles andere zu verdrängen.

GABRIEL

Die ganze Nacht trommelten wir Martins Geschwister zusammen und drängten uns in ein verlassenes Haus, die es in Tamieh mittlerweile zu häufig gab.

Ein Schauer rann meinen Rücken hinab, wenn ich daran dachte, dass die Vampire – die Experimente – vor mir die Schuld daran trugen, dass Tamieh immer mehr verwaiste. Sie standen alle in dem großen Raum und sahen zu Martin und mir. Ich wusste nicht, was ich ihnen sagen sollte, ohne dass es wie ein Vorwurf klang. »Vielleicht solltest du mit ihnen reden«, meinte ich an Martin gewandt.

»Sie haben schon nicht auf Kaze gehört. Meinst du, sie hören dann auf mich?«

Ich biss die Kiefer aufeinander. Nein, wahrscheinlich nicht. »Na gut«, murrte ich. »Ich werde keine Samthandschuhe anziehen«, raunte ich Martin zu.

Er zuckte mit den Schultern. »Das interessiert mich nicht. Ich will meine Schwester wiederhaben.«

Ich nickte und wandte mich wieder den Experimenten zu. »Was zum Geier ist los mit euch?«, fuhr ich sie an. Die Wut, die durch meine Adern brannte, riss mich mit. »Eure Schwester ist wegen euch in Gefangenschaft und macht gerade wer weiß was durch!« Ihre Blicke sahen desinteressiert aus. Ich steigerte mich bei dem Anblick in meine Wut hinein. »Ich dachte, ihr seid keine Experimente, die man nutzen darf, wie man will? Ich dachte, ihr seid eigenständige Lebewesen, die ein eigenes Leben haben wollen?« Noch immer konnte ich nichts in ihren Augen sehen. Es war ihnen vollkommen egal. Wie konnte das sein?

»Ich bitte euch, dass ihr aufhört, Neros Befehl nachzugehen. Er selbst ist geflohen wie ein Feigling und hat euch hier zurückgelassen. Aber ihr könntet mir helfen, eure Schwester zu retten!« *Und sie aus den Fängen meiner irren Schwester befreien*, fügte ich ihn Gedanken hinzu. »Sie ist wieder in den Fängen des Labors.« Jetzt wurden einige Augen groß. Allerdings nicht vor Entsetzen. Ich sah das freudige Glitzern in ihren Augen.

»Soll das heißen, das Labor ... es existiert noch?«, fragten sie.

Mein Blick huschte zu Martin, der die Begeisterung ebenfalls herausgehört hatte.

»Ja, es existiert noch und hat eure Schwester gefangen genommen.«

Einige von ihnen begannen, zu tuscheln. Ich zog die Augenbrauen zusammen. Was hatten sie vor?

»Sicher, dass sie nicht dort ist, weil sie sich dort zu Hause fühlt?«, fragte ein anderer aus der Menge.

Mir klappte der Mund auf. Hatten sie in den letzten Wochen gar nichts gelernt?

»Leute!« Martin stellte sich neben mich und hob die Hände, damit das Tuscheln verstummte. »Kaze ist unsere Schwester. Das Labor vollführt Experimente an ihr und Untersuchungen, die ihr euch nicht vorstellen könnt. Sie fühlt sich dort mit Sicherheit nicht wohl. Sie hat sich selbst eingesperrt, damit Gabriel und ich die Zeit verschafft bekommen, euch von Tamiehs Straßen zu holen. Seht ihr nicht, wie ihr den Menschen Angst macht? Ihr seid keinen Deut besser als die Vampire, vor denen ihr sie am Anfang schützen wolltet!«

»Aber es ist eine Aufgabe!«, widersprach jemand.

»Ihr wollt eine Aufgabe?«, fragte ich verwirrt.

Ein synchrones Nicken ging durch die Masse. Überfragt wandte ich meinen Blick Martin zu. Sein Gesicht war ein Spiegelbild von meinem. Er war überfordert. Sie konnten sich nichts eigenes aufbauen. Alle von ihnen hatten Verbundene. Allerdings konnten sie nicht einmal ihre Träume miteinander teilen.

»Wollt ihr wirklich euer Leben davon abhängig machen, was ein anderer euch sagt?«, fragte Martin.

»Was sollen wir sonst machen?«

Ich bekam Mitleid mit den Lebewesen, die vor mir standen. Ich wusste nicht, was das Labor mit ihnen getan hatte, aber sie schienen nichts selbstständig machen zu können. Sie waren wie Marionetten, die eine Aufgabe brauchten.

»Ihr könntet euch mir anschließen«, sagte ich. »Ich will eure Schwester retten und das Labor zerstören, das sie gefangen hält.«

Wieder begann das Getuschel. Ich wusste nicht, was ich von alldem halten sollte. Kaze liebte ihre Geschwister. Sie hatte darauf vertraut, dass sie alle ihren Weg fanden. Aber wenn ich mir diesen Haufen so ansah, glaubte ich nicht daran. Sie waren überfordert. Überfordert vom Leben.

»Wir begleiten euch.«

Ein Stein fiel von meinem Herzen, als ich die Stimme aus der Menge hörte.

»Ich will, dass ihr euch vorher bei Gís einfindet, damit Felix und er euch Blut abnehmen!«, rief Martin in die Menge.

Verwirrt sah ich zu ihm. Die Masse löste sich auf und ich war mir sicher, dass sie Martins Befehl nachkamen. »Was hast du vor?«, fragte ich ihn.

»Ich habe da eine Befürchtung«, meinte er. »Ich habe im alten Labor noch einige Dokumente gefunden. Ergebnisse von den Untersuchungen, die sie mit uns gemacht haben.«

Er druckste herum und fing an, um den heißen Brei herumzureden. »Was willst du damit sagen?«, fuhr ich ihn an.

Meine Geduld war am Ende. Ich wollte zurück zu Kaze, bevor meine Schwester wer weiß was mit ihr anstellen konnte.

»Wir sind Soldaten. Seit wir wach geworden sind, haben wir Medikamente bekommen, die das Hirn schädigen. Sie haben unseren freien Willen zerstört. Aber bevor das bei Felix, Kaze und mir wirken konnte, habt ihr uns rausgeholt.«

Ich wusste nicht, was ich sagen sollte. Der Schock fuhr meinen ganzen Körper hinab. »Das heißt, sie haben keinen eigenen Willen. Sie werden niemals irgendwas selbstständig machen können?«, fragte ich.

Martin nickte. »Zumindest, wenn Gís das Medikament in ihrem Blut findet.«

»Warte ... Könnte ... Könnte es sein, dass meine Schwester mit ihrer Behandlung fortfährt?« Innerlich zitterte ich. Alles in mir zwang mich dazu, loszurennen und Kaze da rauszuholen.

»Sehr ... sehr wahrscheinlich«, meinte Martin und sah auf den Boden.

»Du hast es gewusst und nichts gesagt?«, fauchte ich und schlug meine Faust in die nächste Wand.

Ich konnte noch nicht ins Labor rennen und Kaze befreien. Ich musste abwarten, bis die Soldaten in unserem Dorf waren, Gís ihnen Blut abnahm und danach könnten wir los. »Wie lange dauert das? Bis es das Hirn zerstört?«

Martin zuckte mit den Schultern. »Ich weiß es nicht. Es tut mir leid.«

»Das sollte dir auch leidtun. Wenn deiner Schwester irgendwas passiert, schwöre ich dir, dass du niemals wieder laufen kannst«, knurrte ich und verließ den Raum.

Die Angst ließ mich wie betäubt durch die Straßen gehen. Es könnte sein, wenn ich Kaze wiederfand, dass sie nicht mehr meine Kaze war. Dass meine Schwester ihr Hirn zerstört hatte.

Verzweiflung spülte um mein Herz. Ich wusste nicht, was ich tun sollte. Am liebsten wollte ich sofort hin. Aber ich verstand, dass Martin wissen wollte, was mit seinen Geschwistern war. Ich würde es wahrscheinlich an seiner Stelle auch erfahren wollen.

Meine Schritte führten mich ins *Bite*. Noch immer war die Bar wie leer gefegt. Direkt lief ich in den Keller, in dem alle aneinander gepresst dasaßen und mich mit großen Augen musterten. Die Luft in dem Raum stank nach der Angst der Menschen. Sie hatten Dinge gesehen, die sich nicht erklären ließen. Zumindest nicht nach ihren Maßstäben. Nero hatte etwas ins Rollen gebracht, dessen er nicht Herr war. Ich rieb mir mit den Fingern über die Stirn. Es kam eine Katastrophe nach der nächsten. Ich war froh, wenn ich Kaze wiederhatte und wegkonnte. Wenn uns nichts mehr hier festnagelte.

»Weißt du, wo Nero ist?«, fragte ich Max.

Der schüttelte den Kopf. »Nein, ich habe versucht, ihn anzurufen, aber er geht nicht ran.«

Es war so typisch für Nero. Da baute er Mist, bekam ihn nicht unter Kontrolle und tauchte unter. Wenn wir alles beiseitegeschafft hatten, stand er da wie der Ritter in der strahlenden Rüstung.

Kurz erzählte ich Max den Stand der Dinge. Seine Mimik verriet nichts über ihre Gefühle, während ich ihm alles schilderte.

Max nickte mir zu und wandte sich an die Menschen in seinem Keller. »Ihr könnt wieder nach Hause!«, rief er und klatschte in die Hände.

Er hatte schon immer ein Talent dafür gehabt, die Menschen für sich einzunehmen. Ich beneidete ihn nicht darum. Solange mich die Menschen in Frieden ließen, war ich glücklich. Langsam kam Bewegung in die Masse und ich huschte schnell aus dem *Bite*, bevor es alle taten.

Die kühle Luft begrüßte mich und ich atmete tief ein. Versuchte, den

Gestank der Angst aus meiner Nase zu bekommen.

Wir stiegen ins Auto und ich fuhr uns nach Hause. Während der Fahrt sahen wir, wie Kaze' Familie am Straßenrand lief. Ich schloss die Augen.

Ich wusste nicht, was wir tun sollten, wenn Martins Befürchtung eintrat. Wie sollten wir sie die ganze Zeit über beschäftigen, dass sie niemals in ihre alten Muster verfielen, die das Labor ihnen eingetrichtert hatte? Wie sollten wir sichergehen, dass sie uns niemals in den Rücken fielen? Ihr Blick war starr. Sie unterhielten sich nicht, sondern hatten nur ihr Ziel vor Augen. Erst jetzt fiel mir das alles auf. Vorher hatte ich mir niemals Gedanken darüber gemacht. Warum auch? Und wann? Ich hatte meine eigenen Probleme gehabt.

Ich lehnte meinen Kopf an die Nackenstütze und versuchte, die Gedanken zu verdrängen. Das war momentan nebensächlich. Einzig wichtig war, dass wir Kaze da rausholten, bevor ihr Hirn beschädigt wurde. Alles andere würden wir danach klären. Irgendwie.

Ich stellte den Motor ab, als wir auf dem Versammlungsplatz standen. Noch immer hatte ich keinen Durst, was mich überraschte. Ich verspürte noch den Drang und auch die Lust, aber ich konnte mich beherrschen.

Ich lief gemeinsam mit Martin zu Gís. Felix war bei ihm. Er sah uns erwartungsvoll an. »Was gibt's?«, fragte Kaze' Bruder.

Martin erzählte es ihm. Ich wandte mich Gís zu, der eigentlich zuhören sollte. »Hast du noch etwas von Kaze' Blut?«, fragte ich. Wenn ich mich gegen das Labor und meine Schwester stellen musste, wollte ich vorbereitet sein.

Gís sah mich mitleidig an. »Einen einzigen Beutel.«

Er reichte mir den Beutel und lauschte Martins Bericht weiter, während ich meine Zähne ins Plastik hieb.

Kaze' Blut floss an meinem Rachen hinab. Der Duft von Beeren umhüllte mich und ich glaubte fast, dass sie neben mir stehen würde. Aber das tat sie nicht. Das wurde mir mit einem Stechen im Herzen bewusst.

Als der Beutel leer war, schmiss ich ihn in den Abfall. Gís starrte mürrisch auf seinen Computer. Martin holte die Akten, die er im alten Labor hatte mitgehen lassen.

»Was meinst du, wie hoch die Chance ist, den Teil des Hirns reproduzieren zu können?«, fragte ich.

Der Arzt schnaufte belustigt. »Das, was Martin mir berichtet hat, klingt nicht, als würden sie das Hirn schädigen. Sondern eher vernichten. Etwas zu reproduzieren, von dem das Hirn gar nicht mehr weiß, dass es da war, ist quasi unmöglich.«

»Also gibt es keine Chance für Kaze' Geschwister?«

»Die Chance auf ein normales, eigenständiges Leben? Die gibt es bei denen dann nicht. Ich hoffe, dass ich es im Blut sehen kann, ob sie das Medikament noch in sich haben. Ansonsten müsste ich ein MRT machen lassen.« Er fing an, auf einem Kugelschreiber herumzukauen. »Wir haben die Geräte dafür nicht hier.«

Ein Leben, in dem ich mich niemals entscheiden könnte, was ich wollte, klang schrecklich. Aber auf einmal ergab es Sinn, dass sie sich so schnell Nero angeschlossen hatten. Ohne darüber nachzudenken, hatten sie getan, was er von ihnen wollte. Es machte auch Sinn, dass sie alle hiergeblieben waren. Sie hatten sich an Kaze, Felix und Martin orientiert.

Nicht alle Entscheidungen waren leicht, aber das machte das Leben aus. Wir lernten, mit unseren Entschlüssen umzugehen. Aber wenn man diese Chance niemals hatte, wenn einem alles befohlen werden musste – war das überhaupt ein Leben? War das ein wirklich lebenswertes Sein?

Während ich zu meiner Mutter ging, dachte ich darüber nach.

Total in meinen Gedanken versunken, landete ich in Mutters Haus. Sie saß auf ihrem Sofa und starrte auf den Boden.

»Was ist los?«, fragte ich.

Sie zuckte überrascht zusammen. »Nichts. Es ist alles gut. Wann holt ihr Kaze?«

Ich zuckte mit den Schultern und erzählte ihr alles. Erschöpft ließ ich mich neben sie sinken. Mir fiel auf, dass ihre Wangen noch eingefallener waren. Die Ringe unter ihren Augen erschienen grau und sie sah aus, als hätte sie seit Wochen kein Blut mehr zu sich genommen. Es ging ihr schlecht. Ich verstand sie. Auch, wenn ich meinen Vater zurzeit gut verdrängen konnte, wusste ich, dass es sie mitnahm. Sie war seine Verbundene. Sie liebte ihn und hatte zugelassen, dass es ihm so schlecht ging.

»Was hast du mit den anderen vor?«, fragte sie mich.

Ich seufzte. »Ich weiß es nicht. Eigentlich dürfte das nicht meine Entscheidung sein, sondern ihre.«

Sie nickte nachdenklich. »Aber wenn sie keine Entscheidungen treffen können? Du bist dafür zuständig, deine Familie zu schützen und diese …

Experimente, sie könnten uns schaden.«

Ihr fiel das Wort schwer. Im Endeffekt unterschied sich nichts von ihnen und Kaze. Sie alle waren ein Teil von ihr. Aber ihnen fehlte der Wille. »Ich weiß es wirklich nicht, Mama. Erstmal will ich Kaze wiederhaben. Danach kümmere ich mich um den Mist, den Nero verzapft hat.«

Ihre eiskalte Hand legte sich auf meine und drückte sie sanft. »Ich bin unheimlich stolz auf dich, das weißt du, oder, Gabriel?«

Ich betrachtete sie. Liebevoll strich ihr Blick über mich und ich nahm sie in den Arm. »Ja, das weiß ich«, murmelte ich in ihren Scheitel.

In meiner Brust machte sich ein beklemmendes Gefühl breit. Ich kannte meine Mutter. Das war nicht mehr wirklich sie. Nur noch ein Schatten ihrer Selbst. Solange bei meinem Vater keine Besserung einkehren würde, würde es ihr nicht besser gehen.

»Gib nicht auf«, wisperte ich. »Wir finden eine Lösung.«

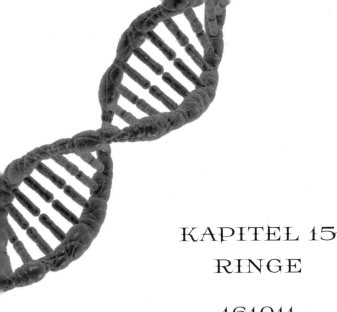

KAPITEL 15
RINGE

161011

Noch immer lag ich auf meinem Bett. Ich wollte nicht aufstehen. Ganz tief in meinem Inneren hoffe ich, dass sie mich vergessen hatten. Dass ich nie mehr zu ihnen müsste, selbst wenn ich dafür für immer in dieser Zelle bleiben müsste. Das wäre es mir wert. Nie mehr Schmerzen haben. Das klang in meinen Ohren nach einem Traum.

Traum. Mein Innerstes zog sich bei diesem Wort krampfhaft zusammen. Ich kniff die Augen zusammen und versuchte, die Gedanken an ihn zu verdrängen. Er konnte mir gerade nicht helfen. Ich war alleine. Ich schlang die Arme fester um meinen Körper, versuchte, mich zusammenzuhalten, damit ich nicht zerbrach.

Die Tür zu meiner Zelle glitt auf und ich zuckte zusammen. »161011, es geht weiter.«

Ich biss auf die Innenseite meiner Wange. Ich wollte nicht. Trotzdem richtete ich mich langsam auf. Versuchte, meinen Körper zu schonen, der bei jeder Bewegung protestierend aufschrie.

Das ist alles für einen guten Zweck, redete ich mir ein, *ich tue das für meine Familie und für die Menschen dort draußen.* Vorsichtig tapste ich mit nackten Füßen dem Mann hinterher. Er legte ein straffes Tempo vor, dem ich kaum folgen konnte. Nach wenigen Metern ging mein Atem nur noch stoßweise. Schweiß stand auf meiner Stirn und meine Muskeln zitterten unter meinem Gewicht.

Der Mann drehte sich zu mir um. »Beeilst du dich? Dr. Thomas hat nicht den ganzen Tag Zeit für dich.«

Ich presste die Lippen zusammen. Kaze versuchte, sich in meinem Inneren aufzubäumen, aber ich drückte sie nieder. Es würde mir nichts bringen. Er war mir überlegen. Obwohl er nur ein Mensch war. Selbst gegen eine Maus hätte ich keine Chance, wenn sie mich angreifen würde.

Tief holte ich Luft und fixierte einen Punkt hinter dem Mann. »Ich bin erschöpft«, kam es leise von mir. Ein kleiner Teil hasste mich für diese Schwäche. Ich sollte kämpfen! Sollte mich dagegen wehren, was sie mit mir taten. Selbst wenn es wirklich Menschen zugutekäme, dass sie mich auseinandernahmen.

Der Mann seufzte und kam mit polternden Schritten zurück. Er fasste unter meine Kniekehlen, unter meine Arme, hob mich hoch und trug mich den restlichen Weg. »Kannst froh sein, dass ich heute Schicht habe. Nicht jeder wäre so nett«, grummelte er.

Ich schluckte schwer. Er hatte wahrscheinlich recht. Für sie war ich bloß ein *Objekt*. Nichts wert. Ein Experiment, das man leicht ersetzen konnte. Bei dem Gedanken wollte ich schnaufen, verkniff es mir aber dann doch.

Der Mann brachte mich vor die Tür und setzte mich vorsichtig auf die Füße. »Geht's?«, erkundigte er sich, bevor er mich losließ.

Meine Beine zitterten noch immer unter meinem Gewicht, aber ich konnte mich auf ihnen halten. Ich nickte und er öffnete die Tür in meine Folterkammer.

Dr. Thomas stand schon bereit – wie immer. Ein Grinsen lag auf ihren Lippen. »161011, schön, dass du da bist. Dann können wir anfangen!«

Mein ganzer Körper begann, zu zittern – dieses Mal nicht vor Erschöpfung. Ich wollte zurückrennen, selbst wenn ich nicht weit kommen würde. Wollte nicht, dass sie da weitermachte, wo sie gestern aufgehört hatte.

»161011, komm her«, befahl sie und deutete auf die Liege.

Ich musste meine Füße zwingen, einen Schritt nach dem nächsten zu machen. Mir wurde schlecht. Alles in mir weigerte sich.

Es kommt allen, die du beschützen willst, zugute, sagte ich mir. Doch die Schritte wurden nicht leichter. Im Gegenteil. Meine Füße fühlten sich an, als wären sie aus Blei. Ich wollte mich auf die Liege heben, aber ich konnte nicht. Meine Arme waren zu schwach. Alles an mir war schwach und ich verachtete mich dafür. Das war ich nicht! Das war nicht meine Aufgabe! Ich sollte Vampire töten, die den Menschen wehtaten und nicht hier liegen.

Dr. Thomas schnalzte ungeduldig und befahl dem Mann von gerade, mich auf die Liege zu heben.

Ich senkte die Lider, starrte auf den Boden. Ich wollte nichts mehr sehen. Nichts mehr fühlen.

»Wie geht es dir?«

Wut wallte in mir hoch, aber ich rang sie nieder. Langsam glitt mein Blick zu Dr. Thomas. »Nicht gut.«

»Das ist schon in Ordnung«, murmelte sie nebenbei.

Was ich da raushörte, war, dass es nicht wichtig war, wie es mir ging. Es war eine bloße Floskel, um mir das Gefühl zu geben, wichtig zu sein. Ich blieb starr. Nichts regte sich in oder an mir.

»Gut, dann wollen wir mal. Aber zuerst, iss.«

Dr. Thomas hielt mir ein Tablett mit püriertem Essen hin, das ich nicht einmal kauen musste. Kurz schloss ich die Augen. Mein Appetit war mir vergangen. Der Hunger hatte mich auch verlassen. Ich existierte nur noch in einer Wolke aus Schmerz und Verzweiflung.

Lustlos schaufelte ich den Kartoffelbrei in mich hinein. Mein Magen widerstrebte die Nahrung. Er bäumte sich auf, aber ich ignorierte ihn und aß weiter. Doch auf einmal kam das Essen wieder hoch. Ich erbrach mich auf den Boden.

Das Krampfen schmerzte. Tränen schossen mir in die Augen, aber ich drückte sie zurück. *Nicht hier. Nicht jetzt.*

»Steh nicht so dumm rum. Mach das weg!«, schnauzte Dr. Thomas den Mann an und kurz tat er mir leid. Bis mir einfiel, dass er hier freiwillig war. Genau wie die Doktorin. Ich weigerte mich, anzuerkennen, dass sie zu Gabriels Familie gehörte. Abgesehen von Nero waren sie alle nett. Max war ein wenig komisch, aber auch er hatte mir geholfen, als ich auf der Suche nach Gabriel gewesen war. Keiner von ihnen würde so handeln wie sie. Keiner von ihnen würde alles vergessen und anfangen, die Menschen zu quälen, um an ihr Ziel zu kommen.

Zumindest weigerte ich mich, das zu glauben. Ich konnte mir die vier einfach nicht hier vorstellen. Auch die anderen Vampire nicht, die ich kennengelernt hatte.

Als ich an Luisa, Max, Gís, Susan und sogar an Nero dachte, begann mein Herz, zu schmerzen. Es zog sich zusammen. Der lebenswichtige Muskel krampfte und ließ mir schwarz vor Augen werden. Ich hatte Heimweh. Nach allen. Ich sehnte mich so sehr nach ihnen. Ich wollte meine Füße in den Bach tauchen, an dem Gabriel und ich zum ersten Mal ehrlich zueinander gewesen waren. Wollte neben Gabriel aufwachen, in seine braunen Augen blicken und spüren, dass alles in Ordnung war. Dass es nichts gab, um das wir uns Sorgen machen mussten.

Stattdessen befand ich mich hier und wollte einfach nur vergessen. Vergessen wer ich war. Vergessen, was mich ausmachte. Vergessen, dass es dort draußen ein Leben voller Freude gab, das auf mich wartete.

»161011, leg dich hin.«

Ich tat, wie Dr. Thomas mir befahl und legte mich auf die kalte Liege. »Dann wollen wir mal sehen, was deine Heilungskräfte bereits wieder hergestellt haben, oder?«

Es war eine rhetorische Frage. Sie genoss es, mich zu quälen, so zu tun, als würde ihr meine Meinung etwas bedeuten. Ich schloss die Augen und versuchte, zu träumen. Von einem besseren Ort. Von Gabes warmen Armen, die mich umschlossen und seine Stimme, die in mein Ohr raunte, dass er bald kommen würde. Dass ich nur noch ein bisschen durchhalten müsste.

Ich konnte nicht mehr aufrecht gehen, als ich in meine Zelle gebracht wurde. Stolpernd bahnte ich mir meinen Weg aufs Bett zu und legte mich darauf. Mein Körper zitterte. Alles tat weh. Jeder Atemzug brachte mich an meine Schmerzgrenze. Ich konnte nicht mehr. Sie würde mich zu Tode sezieren, wenn ich auch nur einen Tag länger bleiben würde.

Aber wie sollte ich fliehen? Die Türen würde ich niemals aufbekommen. Es würde wahrscheinlich schon an ein Wunder grenzen, würde ich nur zu meiner Zellentür in meinem Zustand kommen.

Ein trockenes Lachen kam über meine Lippen, das mich direkt schmerzerfüllt zusammenzucken ließ.

Ich war am Ende.

GABRIEL

Die innere Ungeduld ließ mich nicht schlafen. Gís und Felix hatten den Geschwistern die ganze Nacht über Blut abgenommen und der Arzt hatte mir versprochen, dass er sich melden würde, wenn er die Ergebnisse vorliegen hatte.

Ich hoffte, dass es nicht so schlimm um sie stand, dass sie bloß Zeit brauchten und Kaze' Beistand, um sich einzugewöhnen. Aber ich durfte – konnte – mir darüber keine Gedanken machen. Die Angst um Kaze zerfraß mich. Ich war gereizt. Keiner konnte normal mit mir sprechen. Ich war ein wildes Tier, gefangen in einem viel zu kleinen Käfig. Selbst meine Mutter konnte mich nicht beruhigen. Ich wollte nur noch los. Jede Minute, die wir Zeit verschwendeten, brachte mich um den Verstand.

Meine Schritte klangen dumpf auf dem Dielenholz von Mamas Haus. Doch ich konnte nicht aufhören, mich zu bewegen. Zumindest meinem Körper vorzugaukeln, ich würde etwas tun.

»Gabe, so kommt ihr auch nicht schneller los.«

»Aber auch nicht, wenn ich sitze«, grollte ich und lief weiter.

Ich sah im Augenwinkel, wie sie die Lippen schürzte. »So lief Kaze auch die ganze Zeit hin und her, bis sie zu dir konnte, um dich zu holen.«

Ruckartig blieb ich stehen. »Wann?«

»Als du noch im Labor warst. Sie tigerte hin und her, während entschieden wurde, was ihre Geschwister wollten.«

Ich presste die Lippen aufeinander. »Ich will los. Die Angst um sie bringt mich um den Verstand«, gab ich zu und ließ mich wie ein nasser Sack aufs Sofa neben meine Mutter plumpsen.

Sie legt mir ihre Hand auf den Schenkel. »Ich weiß. Und glaube mir, ich verstehe dich. Aber du darfst nichts überstürzen. Das bringt ihr auch nichts. Gís und Felix geben ihr Möglichstes, damit ihr schnell loskönnt.«

Ich nickte. Das wusste ich! Trotzdem half es mir nicht dabei, meine Ungeduld in die Schranken zu weisen. »Ich werde noch mal nach Martin sehen«, grummelte ich und stand auf.

»Gabriel!«, hielt mich meine Mutter zurück. »Ich will dir etwas geben.«

Verwirrt runzelte ich die Stirn. »Was?«

»Warte hier.« Meine Mutter eilte nach oben.

Kurz darauf kam sie wieder herunter und überreichte mir eine

Schatulle.

»Was ...?«

»Mach sie auf.«

Ich tat, was sie sagte und öffnete die Schatulle. Mein Herz begann, zu rasen, als ich sah, was sie mir vermachte. »Bist ... Bist du sicher?«, fragte ich abgehackt und wechselte einen überraschten Blick mit meiner Mutter, ehe ich wieder in das mit Samt verhüllte Innenleben sah.

Ihre Hand legte sich auf meine Schulter. »So sicher war ich mir noch nie. Ich wünsche mir, und ich bin mir sicher dein Vater auch, dass du diese Ringe bekommst.«

»Aber es sind eure Eheringe!«, widersprach ich und konnte es noch immer nicht glauben. Ich hatte schon als Kind verträumt mit den Titanringen gespielt, in die verschlungene Muster eingraviert waren.

»Aber dein Vater und ich haben keine Verwendung mehr dafür. Du schon.«

Völlig baff sah ich zu meiner Mutter. »Danke«, nuschelte ich und zog sie in eine Umarmung. Es freute mich ungeheuer, dass sie mir ihre Ringe vermachte. Ich wusste, wie viel sie ihnen bedeutet hatten.

»Ich sollte Kaze zurückholen«, murmelte ich mit einem letzten Blick auf die Schachtel. »Damit die Ringe erneut über eine Liebe wachen können.«

Meine Mutter wischte sich eine Träne von ihrer Wange. »Das solltest du. Ich liebe dich.«

»Ich liebe dich auch Mama.«

Sie nickte und ich wandte mich ab, um Kaze zurückzuholen.

Die Schatulle verstaute ich in meiner Hosentasche. Ich würde den richtigen Moment abpassen und sie ihr zeigen. Ein Lächeln stahl sich auf meine Lippen. Kaze würde es gut gehen. Alleine schon, damit sie mir weiterhin auf den Geist gehen konnte.

Martin stand vor Gís' Labor.

»Und?«, fragte ich ihn.

»Es sind alle durch. Wir könnten theoretisch los. Aber wir sollen auf Felix warten.«

Ich runzelte die Stirn. »Will er nicht bei Gís bleiben, um ihm mit den Ergebnissen zu helfen?«

Martin zuckte mit den Schultern. »Scheinbar nicht.«

Felix kam aus dem Labor raus. »Wir können«, verkündete er mit einem Grinsen.

»Und du bist dir sicher?«, fragte ich nach. »Schafft Gís die Arbeit ohne dich?«

»Klar. Er muss nur nach dem Medikament suchen und dann abgleichen, ob es überall ist.«

Ich zog die Augenbrauen in die Höhe. »Okay. Dann lass uns fahren.«

Ich schaute noch eben in Neros Büro vorbei, um mir die Schlüssel für den Bus zu nehmen. Melissa saß nicht mehr am Schreibtisch und ein beklemmendes Gefühl machte sich in meiner Brust breit. Ich wusste nicht, wo Nero war, keiner von uns wusste das. Dass er so kurz verschwand, nachdem Lisa auftauchte, beunruhigte mich. Aber ich konnte mir darüber gerade keinen Kopf machen. Davon abgesehen, wollte ich es auch gar nicht. Ich war immer noch sauer auf ihn.

Meine Füße trugen mich aus den Gängen hinauf zum Dorf und zu den Parkplätzen. Kaze' Geschwister standen schon abwartend vor dem Bus. Wir hatten mit Absicht keine Waffen mitgebracht. Wozu auch? Die größte Waffe waren wir selbst. Ich wollte nicht, dass die … Experimente etwas in die Hand bekamen, mit dem sie auch uns verletzen konnten.

Mir fiel es noch immer schwer, sie Experimente zu nennen. Aber es unterschied sich so viel in ihrem Verhalten, in ihrem geistigen Wachstum zu den anderen.

Martin, Felix und Kaze sah ich als Menschen oder auch Vampire an. Aber bei dem Rest fiel es mir schwer. Vielleicht auch, weil ich kaum etwas mit ihnen zu tun hatte.

Mein Blick glitt zu Martin, der seine Geschwister wachsam im Auge behielt. Anscheinend ging es nicht nur mir so. Ich kniff die Lippen zu einem schmalen Strich zusammen und setzte mich auf den Fahrersitz. Sascha und 181011 blieben hier.

Ich wusste nicht, was Sascha für einen Narren an meinem Neffen gefressen hatte, aber sie hatte es sich zur Aufgabe gemacht, ihm alles zu zeigen. Der gefährliche Killer fraß der Blondine bereitwillig aus der Hand. Ich zuckte mit den Schultern und verdrängte den Gedanken. Mir sollte es recht sein.

Langsam füllte sich der Bus. Ich wurde immer hibbeliger. Mein Körper sehnte sich danach, den Leuten im Labor ihren Kopf abzureißen und meinen Weg mit Leichen zu pflastern, damit ich Kaze retten konnte.

Als alle saßen, fuhr ich los. Nur noch wenige Minuten, die mich von Kaze trennten. Mein ganzer Körper vibrierte vor Anspannung. Ich freute mich darauf und dieses Mal würde ich meine Schwester nicht siegen lassen.

Die Fahrt verging wie im Flug. Dieses Mal hielt ich auf dem Waldweg und wir liefen den Rest.

Trockene Äste knackten unter unseren Füßen, während wir uns Schritt für Schritt dem Labor näherten. Als der Gebäudekomplex in Sicht kam, befiel mich eine innere Ruhe. Ich atmete bewusst ein und aus. Konzentrierte mich auf meinen Atem. Die Gerüche des Waldes strömten auf mich ein.

Kaze' Geschwister standen abwartend hinter mir, warteten auf mein Zeichen, um das Labor zu stürmen. Damals hatte das Labor noch überlebt. Dieses Mal würde ich alles vernichten und auf seine Grundmauern niederbrennen, damit kein Stein mehr stand, den man wiederverwenden könnte.

Entschlossen schritt ich auf das Labor zu. Meine Zähne fuhren aus und ich sehnte mich nach dem Kampf. Ich wollte Blut fließen sehen. Kaze' Geschwister folgten mir. Felix und Martin waren mit mir auf einer Höhe und ihre Zähne stachen ebenfalls spitz und scharf hervor. Ihre Augen glühten in der Dunkelheit.

Ein Grinsen schlich sich auf meine Lippen. Dieses Mal hatte meine Schwester die Falschen verärgert.

Mit einem Tritt riss ich die Eingangstür aus ihren Angeln. In dem Flur war niemand zu sehen und wir teilten uns auf. Zwei Gänge gingen von dem Eingangsbereich ab und ich lief mit Martin und ein paar seiner Geschwister in den einen, während Felix mit dem Rest den anderen nahm.

Ich verfluchte, dass wir 181011 nicht gezwungen hatten, mitzukommen. Es wäre erheblich leichter gewesen, wenn wir wüssten, wo was wäre.

Meine Schritte polterten in dem Flur. Dass uns niemand entgegenkam, verwirrte mich. Überall, an jeder Ecke waren Kameras. Meine Schwester hätte uns schon lange sehen müssen – oder einer der Mitarbeiter. Stattdessen war hier einfach nichts.

Ich presste die Kiefer aufeinander und versuchte, das ungute Gefühl in meinem Bauch zu unterdrücken, das mir riet, umzukehren. Doch ich konnte nicht ohne Kaze gehen.

Der Weg teilte sich erneut und wir gingen in den rechten Flur. Alle von uns waren angespannt. Die Luft zwischen uns schien zu vibrieren.

Dann hörte ich sie endlich.

Schwere Schritte, die auf uns zukamen.

Martin sah zu mir und grinste mich überheblich an. Die engen Gänge waren praktisch. Sie konnten uns nicht überfluten, auch wenn wir es ebenfalls nicht konnten, spielte es uns in die Karten.

Die Männer kamen um die Ecke. Sie trugen diese lächerlichen Brillen und hatten Schusswaffen bei sich.

»Ihr habt etwas, das mir gehört«, grollte ich und sprang auf den ersten Mann los. Das Blut seiner zerfetzten Kehle spritzte mir ins Gesicht. Allerdings kümmerte es mich nicht, denn ich war wie im Wahn. Mich interessierte nicht, dass diese Menschen Kaze nicht quälten. Es reichte mir, dass sie hier arbeiteten und meinten, mir eine Waffe entgegenhalten zu können.

Meine Finger schlangen sich um eine Waffe und ich richtete sie auf die Männer, denen sie eigentlich gehörte. Sie fielen alle vor meine Füße. Mein Weg war gepflastert von Leichen, genauso, wie ich es gewollt hatte.

Mein Körper zuckte zusammen, als ich von einer Kugel getroffen wurde. Mein Blick richtete sich auf den bedauernswerten Mann neben mir, der mich mit schweißüberströmtem Gesicht musterte.

»Das hättest du nicht tun sollen«, knurrte ich und warf mich auf ihn.

Dank der Brille konnte er meinem Sprung ausweichen und versuchte, noch einen Schuss abzufeuern, aber ich hatte mich schnell gefangen und trat den Lauf des Gewehres nach oben, sodass die Kugel in den Putz der Decke gefeuert wurde.

Ich umfasste den Lauf und ließ all meine Kraft spielen. Das Gewehr verbog sich unter meinen Fingern, sodass es unbrauchbar war. »Wie willst du mich jetzt verletzen?«, fragte ich ihn herausfordernd, riss ihm das nutzlose Gewehr aus den Händen und warf es hinter mich.

Meine Lippen verzogen sich zu einem Grinsen.

»Du bist ein Monster!«, warf der Soldat mir vor. Seine Stimme klang piepsig vor Angst, sodass mein Grinsen nur noch breiter wurde. Er war ein Kind, also würde ich ihn auch wie eines behandeln. Erst würde ich ihm alles rauben, was ihm Sicherheit gab. Das erste war seine Waffe gewesen. Jetzt würde die Brille folgen.

»Was ist nun?«, fragte ich und forderte ihn heraus, mich endlich anzugreifen.

Ich sah, wie er unsicher über seine Lippen leckte. Wenn er einen funktionierenden Menschenverstand hatte, würde er rennen. So weit weg, wie er konnte. Aber ich glaubte nicht mehr daran, dass jeder Mensch über einen gesunden Verstand verfügte.

Seine Hände ballten sich zu Fäusten, ehe seine Rechte zu seinem Gürtel griff und ein Messer hervorholte.

Ich unterdrückte das Lachen, das in meiner Kehle aufstieg und versuchte, möglichst ernst zu bleiben. Ich liebte dieses Spiel zwischen Beute und Jäger. Ich genoss den Geruch der Angst, der mir in die Nase stieg und mein Blut durch die Adern rauschen ließ.

Der Soldat sprang vor und versuchte, mich mit seinem Messer zu erwischen. Lässig sprang ich ihm aus dem Weg. Ich hatte ein Ziel und das war Kaze' Rettung. Niemand, nicht einmal meine Schwester, würde mich aufhalten können.

Mit einem schnellen Griff hatte ich den Jüngling von seiner Brille befreit, die ich lässig an meinem Finger baumeln ließ. »Die brauchst du ja nicht, oder?«, fragte ich und warf sie ebenfalls über meine Schultern.

Er war mir ausgeliefert. Ich sah es an seinem verzweifelten Blick, den er nach links und rechts warf, um sich nach seinen Kollegen umsehen zu können. Aber da war niemand mehr. Der Gang war geflutet von Blut und Leichen, die sich mir in den Weg gestellt hatten – und er würde der nächste sein.

Mit einem Sprung war ich bei ihm und versenkte die Zähne in seinen Hals. Ohne einen Tropfen zu trinken, zerriss ich die Haut und Adern und spuckte die Reste aus.

Ich sah mich nach hinten um. Kaze' Geschwister hatten ebenfalls ganze Arbeit geleistet. In allen Gesichtern sah ich dasselbe zufriedene Grinsen, das auch auf meinen Lippen haftete. Wir freuten uns. Wir alle hatten unser Monster rausgelassen, um zu holen, was uns gehörte.

Einer war noch am Zappeln. Ich schnappte ihn mir und zog ihn an der Wand entlang hoch. »Wo werden die Experimente aufbewahrt?«, fragte ich ihn und hielt ihn an der Kehle gegen die Wand gepresst.

Der Mann schluckte nervös. Angstschweiß stand auf seiner Stirn. Er blickte sich zu allen Seiten nach Hilfe um, aber überall sah er das Gleiche: Den Tod.

»Ich … Ich weiß es nicht«, stammelte er.

Ich hob eine Augenbraue und belächelte ihn. »Und wer soll dir das bitte glauben?«, zischte ich und drückte seine Kehle noch etwas mehr zu. Er schnappte nach Luft. Sein Arm hob sich nach rechts. »Dort entlang. Danach den dritten Gang links«, keuchte er. Ich ließ ihn fallen und ging los. Er hatte mir geholfen. Ihn ließ ich am Leben. Solange er mir nicht erneut in die Quere kam. Das bezweifelte ich allerdings bei der Schwere seiner Wunden. Er würde Glück haben, wenn er nicht verblutete.

Meine Schritte waren sicher, als ich den Gang entlanglief. Nichts konnte mich davon abhalten, Kaze hier rauszuholen. Lisa hatte sich mit dem Falschen angelegt.

Ich bleckte die Lippen und starrte kurz provokativ in eine der Kameras, ehe ich nach links abbog und die Tür aufstieß, die uns vom Flur trennte.

Eine Gänsehaut breitete sich auf meinem Rücken aus und wanderte über meinen ganzen Körper. Schreie. Gellende Schreie klangen durch den Gang.

»Das ist Kaze«, stellte Martin fest.

Ich presste die Kiefer aufeinander. Das Monster in mir war schon im Vordergrund. Niemand, aber auch wirklich niemand durfte Kaze wehtun. Ich rannte in die Richtung, aus der die Schreie kamen. Meine Welt bestand nur noch aus Rottönen. Wut war alles, was in mir herrschte. Der heiße Zorn ließ mich vor Kraft nur so strotzen und mich die Gefühle, wie Mitleid gegenüber meiner Schwester, und die Verzweiflung wegen Kaze zur Seite drängen, damit ich stark genug war, um meine Verbundene zu retten.

Schlitternd kam ich zum Stehen, als ich nicht mehr weiterkonnte. Eine Betonwand blockierte den Weg. Ich hörte Kaze' Schreie dahinter. Ich sah mich nach einem weiteren Gang oder einer Tür um, doch es führte nichts hinter die Wand. Ich mahlte mit meinen Kiefern. »Sucht einen Eingang«, knurrte ich und die Klone folgten meinem Befehl.

KAPITEL 16

Lisas Blick fixierte die Bilder, die die Monitore von den Überwachungskameras wiedergaben. Ihr Kollege hatte sich steif neben sie gestellt. Sie konnte seine Angst riechen. Ihr wurde schlecht von dem Geruch.

»Hol das Blut«, sagte sie und strahlte Ruhe aus, in der Hoffnung, dass sich ihr Angestellter ein Beispiel an ihr nehmen würde.

Ruckartig sah er zu ihr. »Sind Sie sicher? Sollten wir nicht lieber …?«

Lisa schnitt ihm das Wort ab. Sie wollte nichts von einer Flucht hören. Sie war das Oberhaupt des Labors. Sie hatte sich durch harte Arbeit ihren Platz erkämpft und sie würde nicht zulassen, dass ihr eigener Bruder sie aus ihrem Revier verscheuchte. »Wir haben eine Aufgabe. Wir wollen die Menschen beschützen. Dazu müssen wir herausfinden, wieso nur die 1600er Reihe erfolgreich war.«

Sie sah zu 161011, die emotionslos an die Decke starrte. Sie hatte sich beruhigt und sich damit abgefunden, dass sie hier nicht mehr rauskam. Sie hatte akzeptiert, dass sie ein Experiment war, das nichts wert war. Sie schien alles verdrängt zu haben, was sie bei Gabriel gelernt hatte. Sie schien wieder zu dem zu werden, was sie immer hätte sein sollen: ein willenloser Soldat.

Ein Grinsen umspielte Lisas Lippen. Genauso wie sie es sich erhofft hatte. Ihr Angestellter drückte auf den roten Knopf und die Betonwände fuhren runter und schützten sie vor dem Angriff ihres Bruders. Sie hatte gewusst, dass er vernarrt in dieses Experiment war. Aber nicht, dass er sich ihr voll und ganz verschrieben hatte.

Sie strich über 161011s Arm und gab ihr die Spritze, die ihr Kollege aus dem Schrank geholt hatte.

Ihr Experiment riss die Augen auf, als das Blut von Kain durch ihre Venen schoss und ihren Körper zwang, zu heilen. »161011, du musst uns vor diesen Monstern beschützen, die den Menschen wehtun und sie ermorden. Einfach nur zum Spaß, weil sie es können.«

ERLÖSUNG

GABRIEL

Wie ein Tiger im Käfig lief ich den Gang auf und ab. Martin war gegen die Wand gelehnt und beobachtete mich.

Die Schreie waren versiegt und es machte mich nervös. Um nicht zu sagen, unglaublich nervös. So schlimm es sich auch anhörte, hätte es mich beruhigt, wenn sie weiterhin erklungen wären. Was war, wenn Lisa bei ihren Experimenten übertrieben hatte? Was war, wenn wir zu spät waren? Wenn Kaze bereits tot war, oder sonst was? Meine Gedanken fuhren in meinem Kopf Karussell. Ich konnte mich nicht konzentrieren und wanderte weiter. Ein Klumpen bildete sich in meinem Magen. Es musste doch irgendeinen Weg hinein geben! Ich starrte wieder auf die Betonwände, versuchte, irgendeine Schwachstelle zu entdecken. Aber abgesehen von dem bisherigen Wissen, dass sie aus der Decke gefahren worden war, konnte ich nichts erkennen. Es machte mich wahnsinnig, so untätig sein zu müssen, während die anderen gerade herumliefen und nach einer Möglichkeit suchten.

Aber ich wollte der Erste sein, den Kaze sah. Das war egoistisch, aber in diesem Fall erlaubte ich mir den Charakterzug. Ich konnte so nah vor dem Ziel nicht gehen.

»Gabriel!«

Überrascht sah ich auf und entdeckte meinen Bruder. Er wurde von den Klonen flankiert. Sein Gesicht hatte schon einmal bessere Tage gesehen. Wut züngelte in mir hoch und ich lief zu ihm. »Wo zum Henker warst du?«, fuhr ich ihn an.

»Hier«, gab er knurrend zu. »Lisa hat mich entführt.«

»Was?«

»Guck nicht so. Was meinst du, wie überrascht ich war, als sie plötzlich vor mir stand, als ich zu Max wollte? Aber sie ist nicht mehr dieselbe.« Ich sah wieder zu den Betonwänden. »Nein, das ist sie wirklich nicht. Aber es ist gut, dass du hier bist.«

»Wieso?«

»Diese Wände sind aus der Decke gefahren. Ich denke, dass man sie über ein System wieder hochfahren kann.« Abwartend schaute ich zu meinem Bruder. Er erkannte sofort, was ich von ihm wollte und drehte sich um.

Ich folgte ihm in den nächsten Raum, in dem ein Computer stand.

»Das kann ein wenig Zeit in Anspruch nehmen«, warnte er mich.

Ich schluckte die Ungeduld herunter. »Beeil dich«, sagte ich nur und ließ ihn wieder alleine.

Er hatte schon immer besser gearbeitet, wenn er in Ruhe gelassen wurde. Ich starrte auf die Wände und wartete.

Ein Zischen ertönte und riss mich aus meiner Starre. Ich hatte keine Ahnung, wie viel Zeit vergangen war. Doch als ich mich umsah, erkannte ich, dass Kaze' Geschwister hinter mir standen und auf die Betonwände hinter mir starrten.

Die freudige Anspannung machte sich in meinen Gliedern breit, als die Wand hinter dem Beton sichtbar wurde und ein Fenster offenbarte, durch das man direkt in den Raum schauen konnte, der vor uns geschützt gewesen war.

Ich leckte über meine Lippen. Meine Füße bewegten sich auf die Tür zu und mit einem Tritt brach ich die Pforte auf. Sie schlug zur Seite und hing nun schief in ihren Angeln.

Mein Blick erfasste den Raum. Lisa stand gelassen an der hinteren Ecke mit einem weiteren Menschen, der vor Angst fast verging. Hinter ihr befanden sich noch mehr Wachleute, die ihre Waffen gezogen hatten, und nur auf Lisas Kommando warteten.

Die Liege in der Mitte des Raumes war leer. Das Blut auf dem Boden roch nach Kaze. »Wo ist sie?«, knurrte ich meine Schwester an und trat auf sie zu. Die Wut ließ mich unvorsichtig werden. Ich würde Lisa hier und jetzt umbringen, wenn sie Kaze getötet hatte.

»Ganz in deiner Nähe«, antwortete sie mit einem Lächeln, das mich stutzen ließ.

Plötzlich riss mich ein Gewicht zur Seite. Ich stolperte über meine eignen Beine und konnte mich gerade so eben noch fangen, ehe ich mit dem Gesicht auf dem Boden aufschlug. Mein Blick glitt zu der Person, die mich gestoßen hatte. Glühend grüne Augen trafen auf meine und ich verlor mich wieder in ihren Tiefen. »Kaze«, keuchte ich und rappelte mich auf.

Sie trug nur ein kurzes Papierhemdchen, das voller Blut war und mich aus meiner Starre riss. Wieder rannte sie auf mich zu und versuchte, mir in die Nieren zu schlagen. Überrascht wich ich ihrer Faust mit einer Drehung aus und sah wieder zu ihr. »Kaze! Was soll der Mist?«

»Nenn mich nicht so«, spuckte sie mir entgegen und stellte sich angriffslustig vor mich.

Ihr Blick war stumpf. Als hätte sie keine Gefühle mehr, als hätte sie alles vergessen. So hatte ihr Blick nicht einmal im ersten Labor ausgesehen. Sogar dort hatte sie bereits das Feuer, das ich so sehr liebte, besessen. Aber nichts davon war mehr da. Mein Blick wanderte zu meiner Schwester. »Was hast du ihr angetan?«, verlangte ich, zu wissen.

Sie zuckte mit den Schultern. »Ich habe sie nur daran erinnert, wer sie ist und wo sie wirklich hingehört.«

Angst schloss sich um mein Herz wie eine Faust. Das Medikament. Sie musste Kaze das Mittel gegeben haben, das das Hirn angriff und zerstörte.

Kaze stürzte sich wieder auf mich und versuchte, Schläge zu verteilen, die alle ins Leere liefen. Sie war unkonzentriert und verzog das Gesicht, als hätte sie Schmerzen, wenn sie ihren Arm ausstreckte, als sei eine Wunde noch nicht richtig geheilt.

Mir widerstrebte es. Ich erinnerte mich zu gut an unseren letzten Kampf, in dem ich sie verletzt hatte. Es hatte mir schon immer widerstrebt, sie zu verletzen. Bei ihrem nächsten Schlag umfasste ich ihr Handgelenk und zog sie ruckartig zu mir. Ich hörte ein erschrockenes Keuchen und presste sie an die nächste Wand. Sperrte sie zwischen mich und dem Beton ein, damit sie nichts anderes mehr wahrnehmen konnte als mich.

Sie zog zischend die Luft ein, als ich scheinbar ihre Wunde traf und musterte mich aus bösen Augen.

»Lass mich los!«, fuhr sie mich an.

»Ich denke nicht einmal dran.« Ich zwang sie dazu, mich anzusehen. Mir in die Augen zu schauen. »Jetzt bist du wohl das Tier, im Gegensatz zu mir«, versuchte ich, zu scherzen.

Doch der Witz kam nicht bei ihr an.

»Erinnere dich daran, wer du bist«, sagte ich ihr.

Sie fauchte mich an und wehrte sich gegen meinen Griff. Sie trat mir in die Seiten. Ihre Fingernägel krallte sie in meine Arme, aber das war mir egal. Sie musste sich wieder erinnern.

»Sind wir wieder ganz am Anfang?«, raunte ich und legte meine Stirn an ihre. »Müssen wir wirklich ganz von vorne anfangen?«

Sie knurrte mich an. »Ich muss die Menschen schützen!«, hielt sie mir vor.

Ich schüttelte den Kopf, hielt sie fest und versuchte, ihr mit meiner Nähe irgendwie die Erinnerungen, die Gefühle zurückzugeben. Die Angst, dass Lisa ihr das Hirn zerfetzt hatte, raubte mir den Atem, aber ich war noch nicht bereit, aufzugeben. Noch nicht.

Meine Hand wanderte unter ihr Kinn und zwang sie dazu, meinen Blick zu erwidern, während mein Körper sie an die Wand presste.

Ich hörte, wie die anderen gegen die Wachmänner kämpften und konzentrierte mich auf Kaze. Uns würde keiner stören. Ich vertraute Martin, dass er alles in der Hand hatte. »Kaze! Ich lasse nicht zu, dass du alles vergisst. Erinnere dich. Erinnere dich daran, dass du zu mir gehörst und wir alles schaffen – egal, was sie dir angetan haben sollte.«

Meine Lippen presste ich auf ihre und beobachtete dabei ihre Reaktion. Ihre Augen weiteten sich überrascht. Ihr Körper spannte sich zuerst an, nur, um sich dann zu entspannen. Tränen sammelten sich in dem unendlichen Grün und meine Anspannung ließ ebenfalls etwas nach. Sie schloss die Augen, ebenso wie ich. Wir fielen in den Kuss und für mich gab es nichts anderes mehr als Kaze. *Meine* Kaze.

»Gabe«, hauchte sie atemlos, als wir uns voneinander trennten.

Ich lehnte meine Stirn gegen ihre. Genoss die Nähe, die zwischen uns herrschte.

»Es tut mir leid«, raunte sie.

»Muss es nicht«, erklärte ich.

Ein lauter Schuss hallte durch das Labor und Schmerz raste von meiner Brust durch meinen ganzen Körper. Meine Muskeln verloren an Kraft. Meine Knie sackten einfach unter mir weg und ich fiel zu Boden.

»Gabriel!«

*

Die Waffe in ihrer Hand fühlte sich sicher an. Sie hatte sich an die hintere Wand gepresst. Ihr Blick glitt durch das Labor, das sie aufgebaut hatte. Sie verspürte Trauer, angesichts der Zerstörung, die sie sah. Aber das tat nichts zur Sache. Sie hob die Pistole in ihrer Hand an und zielte auf ihren Bruder, den sie mal geliebt hatte, der sie ebenfalls geliebt hatte. Doch nichts anderes als Hass rührte sich in ihrem Herzen, als sie ihn sah. Er hatte alles zerstört. Er hatte sie wieder alleine gelassen. Sie hatte ihn zu sich holen wollen. Hatte gewollt, dass sie alle wieder eine Familie waren. Sie und ihre Brüder. Aber genauso wie Nero hatte er ihr nicht zugehört.

Ihr Herz wurde von einer Eisschicht überzogen und sie betätigte den Abzug. Die spezielle Kugel, die sich mit seiner Blutlust verbinden und ein Monster erschaffen würde, bohrte sich in seinen Rücken und er brach zusammen.

161011 stand zuerst steif an der Wand, ehe wieder Bewegung in ihren Körper kam. »Gabriel!«, schrie sie panisch und ließ sich neben ihn fallen.

Lisa verzog die Lippen. Sie war zurück. Ihre Manipulation war nicht stark genug gewesen. Sie hatte sich nicht genug Mühe gegeben. Mit einem Ruck wurde ihr die Luft aus ihren Lungen gepresst.

»Das hast du nicht getan, Lisa«, fauchte ihr Bruder, der sie auf den Boden geworfen hatte.

Ein Lächeln umspielte ihre Lippen, weil sie wusste, was er meinte. »Doch.«

Trauer spiegelte sich in seinem Blick. Doch das interessierte Lisa nicht. All die Jahre hatte sie daran gearbeitet, die Vampire zu vernichten. Hatte das Labor in die richtigen Richtungen gewiesen. Sie konnte nicht zulassen, dass das alles jetzt vorbei sein sollte. Sie kniff die Lippen zusammen und wehrte sich gegen Neros Griff, der sie noch immer an den Boden fesselte.

»Du bist nicht mehr Lisa«, sagte Nero leise, als er ihr in die Augen sah.

»Nein. Ich bin Doktor Thomas«, fauchte sie und versuchte, seinen Körper von sich zu stoßen.

»Lisa hätte niemals auf ihren eigenen Bruder geschossen.«

»Lisa war schwach. Lisa hätte alles für ihre Familie getan. Und ich wollte euch ebenfalls retten. Aber zu meinen Bedingungen – die ihr scheinbar nicht versteht. Vampire sind Gift für die Menschheit!«

Er sperrte die Gefühle aus seinem Blick aus, zog die Schutzmauer hinauf, die ihn vor dem Schmerz bewahrte. Lisa wusste, was das bedeutete. Er breitete sich darauf vor, jemanden zu töten. Schon immer hatte er dabei alles von sich geschoben.

Zum ersten Mal in ihrem neuen Leben empfand Lisa so etwas wie Angst. Es jagte durch ihre Adern und ließ ihr Herz schnell pumpen. Aber ein kleiner Teil in ihr sehnte sich danach. Nach der Erlösung. Nach dem Frieden. Nach Thomas. »Das ... das wirst du mir nicht antun«, stammelte sie. »Das ... das kannst du gar nicht.« Ihre Stimme zitterte und all die Sicherheit, die sie vermitteln wollte, war wie weggeblasen, während sie gleichzeitig herbeisehnte, dass er ihr das Leben nahm.

»Weißt du, ich würde gerne sagen, dass es mir leidtut. Aber das kann ich nicht. Du bist ein Parasit im Körper meiner Schwester.« Er legte seine Hände auf ihre Kehle und drückte zu.

Ihr ganzer Körper schrie dagegen an. Sie kämpfte, versuchte, Nero von sich zu stoßen, aber er war stark und langsam umhüllte sie die Dunkelheit und riss sie mit sich. In eine vollkommene Leere, die sich wie das Paradies anfühlte, glitt sie schlussendlich dahin.

KAZE

»Gabriel!«, schrie ich. Meine Beine wurden schwach und ich sank neben ihm auf die Knie. Ich wusste nicht, was in mich gefahren war. Ich hatte mich voll und ganz Dr. Thomas hingegeben. Hatte all das Gute in mir weggeschoben, um nicht zu zerbrechen. Hatte mir eingeredet, dass das alles richtig war, was sie mir antat und all jenen, die ich liebte.

Gabe lag vor mir, aus seinem Rücken trat immer mehr Blut aus, sodass der Boden unter ihm schon vollkommen rot war. Angst schnürte mir die Kehle zu. Er holte schnappartig nach Luft. »Du ... du bist ... wieder da«, keuchte er.

Die Tränen, die ich die ganze Zeit im Labor zurückgehalten hatte, lösten sich und liefen hemmungslos über meine Wangen. »Natürlich bin ich wieder da«, schluchzte ich und strich ihm die Haare aus dem Gesicht.

Seine Augen waren noch immer blutrot, doch es störte mich nicht mehr. Er war Gabriel. Mein Gabe. Er hatte mich gerettet - mal wieder.

»Vergiss es«, murmelte ich und ließ meine Zähne wachsen, damit ich in mein Handgelenk beißen konnte. Ich drückte ihm meine Haut auf die Lippen. Er wehrte sich, das Blut lief an seinem Gesicht herunter. »Trink, du Sturkopf«, fluchte ich.

Er schüttelte den Kopf. »Lust«, brachte er hervor.

»Du verblutest mir hier gleich!«, stieß ich hervor. »Mir ist es egal, ob du mich danach fressen willst. Trink endlich!«

Verunsichert sah er mich an, doch ich presste mein Handgelenk wieder auf seine Lippen. Zuerst trank er zögerlich. Das Ziehen machte sich in meinem ganzen Körper bemerkbar. Ich hielt Gabriels Blick stand und versuchte, mich nicht in den Empfindungen zu verlieren, die über mich hereinbrachen.

Ich blinzelte verwirrt, als es mir auffiel.

Gabriel musterte mich und wollte sich von meinem Handgelenk lösen, doch ich drückte es weiterhin auf seinen Mund. »Trink weiter«, hauchte ich und konnte das Glück kaum fassen, das mich heimsuchte.

Mit jedem Schluck, den Gabriel aus meinen Adern zu sich nahm, verschwand das Rot. Das Braun erkämpfte sich seinen Platz zurück.

Ich grinste ihn an, als ich mein Handgelenk von ihm löste. »Willkommen zurück«, murmelte ich.

»Was?«, fragte er.

»Deine Augen sind wieder braun.«

Überrascht riss er sie auf. »Wirklich?«

Ich biss mir auf die Lippe und nickte. »Ja.«

In diesem Moment hätte ich nicht glücklicher sein können. Gabriel zog mich an seine Brust und ich genoss das Gefühl seiner Wärme und der Sicherheit, die er ausstrahlte.

Um uns herum war es still geworden. Die meisten Wachleute lagen tot auf dem Boden. Nero raffte sich in dem Moment von einem Leichnam hoch und ich erkannte Dr. Thomas. Sie lag mit weit aufgerissenen Augen auf dem Boden und starrte an die Decke.

Ich half Gabriel aufzustehen. Sein Körper hatte die Kugel beim Heilen abgestoßen.

Martin und Felix kamen auf uns zugerannt und warfen sich mir an den Hals. Ich klammerte mich an sie, aber ließ Gabriels Hand dabei nicht los. Nie mehr würde ich sie loslassen.

KAPITEL 17
FEUER

KAZE

Erleichterung durchflutete mich. Jede Zelle meines Körpers zitterte, nicht mehr vor Angst, sondern vor Glück. Ich klammerte mich an Gabe. Ich verbarg mein Gesicht an seinem Hals, als er mich aus dem Labor raustrug. Ich verabschiedete mich von 161011. Nie mehr würde ich sie brauchen. Dieses Mal gab es das Labor nicht mehr. Keine weiteren Doktoren, keine Wissenschaftler. Es gab nur noch uns.

Die frische Luft traf kalt auf meine nackten Beine und ich erschauerte glücklich. Martin hatte mir sein T-Shirt gegeben, damit ich es gegen das lästige Papierhemd austauschen konnte. »Danke«, hauchte ich. Meine Stimme klang durch die Tränen gepresst. Aber Gabe verstand mich, er drückte mich fester an sich.

»Nicht dafür«, raunte er. »Wir sind quitt.« Ich hörte das Schmunzeln in seiner Stimme. »Wie wäre es, wenn wir jetzt mal ganz normale Sachen machen, anstatt immer bei Irren zu landen?«

Ich konnte nicht anders und begann, zu lachen. Die Situation war so verkehrt. Gerade erst wurde ich auseinandergenommen, aber er schaffte es, mir selbst in dieser Situation ein Lächeln aufs Gesicht zu zaubern. »Meinst du, wir schaffen das?«, erwiderte ich.

»Ich hoffe es. Noch einmal halte ich das nicht ohne dich aus.«

Wärme floss bei seinen Worten durch meine Glieder und sammelte sich in meinem Bauch. »Ich auch nicht ohne dich«, meinte ich und kuschelte mich enger an ihn.

Ich wollte ihn noch nicht loslassen. Wollte in seiner Körperwärme baden und nie mehr auftauchen.

Gabriel trug mich zu einem Auto und setzte mich auf der Motorhaube ab. Das Metall war kalt unter mir, aber mich störte es nicht – nicht mehr.

Er lehnte sich zurück und musterte mich. »Ich lasse dich niemals mehr irgendwo zurück«, sagte er.

Ich erwiderte seinen ernsten Blick. »Das will ich dir auch geraten haben.«

Seine Stirn lehnte er gegen meine und atmete tief ein. »So eine Angst hatte ich schon lange nicht mehr«, gab er flüsternd zu.

Ich biss mir auf die Lippe. Das schlechte Gewissen regte sich in mir. »Es tut mir leid.«

Er schüttelte den Kopf. »Das braucht es nicht. Du hast es für deine Familie getan.«

Seine Stimme bekam einen merkwürdigen Unterton und ich betrachtete ihn skeptisch. »Was ist los?«, fragte ich.

Gabriel sah sich kurz in dem Hof um, aber wir waren noch alleine.

»Es geht um deine Geschwister …«

Ich runzelte die Stirn. Sorge krallte sich um mein Herz. »Was meinst du?«, fragte ich. Obwohl ich die Angst hatte, dass ich die Antwort darauf gar nicht wissen wollte, so wie Gabriel aussah.

»Martin hat aus dem alten Labor noch Akten mitgenommen. Und darin standen einige Sachen – die vieles erklären. Zum Beispiel, dass du erst nicht geschlafen hast, oder … Na ja, dass du nicht zugeben wolltest, dass Vampire doch gut sein konnten.«

Auffordernd hob ich meine Augenbrauen. Was wollte er sagen?

»Und er hat rausgefunden, dass ihr ein Medikament bekamt … Das euer Gehirn zerstört.«

Das ganze Glück, das mich vorhin durchflossen hatte, war mit einem Schlag fort. Mein ganzer Körper fühlte sich plötzlich leer an. Ich wusste nicht, was ich darauf sagen sollte. Am liebsten würde ich aufstehen. Aber meine Beine fühlten sich noch zu zittrig an, als dass sie mich tragen könnten.

»Was … was genau bedeutet das?«, fragte ich zittrig.

»Du, Martin und Felix solltet damit keine Probleme mehr haben. Es war wohl doch etwas Glück dabei, als wir euch entführt haben.«

Ich erinnerte mich noch zu genau daran, wie diese Entführung ausgesehen hatte und schenkte Gabriel einen bösen Blick.

»Aber deine anderen Geschwister ... Sie werden wohl ...« Ein Vibrieren unterbrach ihn und er zog das Handy hervor. »Das ist Gís.«

Nickend gab ich ihm zu verstehen, dass es okay war, wenn er das Gespräch annahm. Das schenkte mir noch etwas Zeit. Zeit, in der ich versuchte, nicht vor Angst irgendwas Dummes zu tun. Gabriel stand zwischen meinen Beinen und hielt mich damit auf der Motorhaube fest. Ich fuhr mir mit den Händen durch mein Gesicht. Wieso konnte nicht einmal alles in Ordnung sein? Wieso mussten nach einem Problem immer Dutzende weitere kommen?

»Hey, Gís. Hast du die Ergebnisse?«

Gabriel sah mich während seines Gespräches die ganze Zeit an, als befürchtete er, ich würde durchdrehen. Hätte er mich nicht auf die Motorhaube gesetzt, wäre ich das wahrscheinlich auch. Ich zwang mich zur Ruhe. Wenn Martin, Felix und ich das Medikament nicht bekommen hatten, was war dann mit meinen restlichen Geschwistern? Gab es irgendwelche Probleme?

Die Sorge zog sich wie eine Schlinge immer enger um mein Herz. Es tat in meiner Brust weh. Ich wusste nicht, was ich dagegen tun sollte.

»Ja, ich habe verstanden. Danke.« Gabriel legte auf. Seine Mimik versprach keine guten Nachrichten.

»Was?«, fragte ich. Ich wollte die ganze Wahrheit.

»Deine Geschwister sind gefährlich.«

Ich wollte widersprechen, doch Gabe hielt mich zurück. »Das Medikament hat den Teil ihres Hirns zerstört, der sie eigene Entscheidungen treffen ließ.«

»A–Aber, als sie geblieben sind und als sie sich ...«, redete ich verzweifelt drauflos. All ihre Wagnisse waren doch ihre Entscheidungen?

Gabriel schüttelte den Kopf. »Es tut mir leid ... Als sie geblieben sind, taten sie es, weil du, Martin und Felix das gesagt habt. Als sie dann anfingen, für Nero zu arbeiten, war niemand von euch für sie da, der sie hätte abhalten können. Sie wollten etwas tun. Sie wollten denken, dass sie für etwas wichtig sind. Du, Martin und auch Felix hattet eure Aufgaben schon, aber sie hatten nichts. Sie konnten nicht einmal eine richtige Verbindung zu ihren Verbundenen aufbauen«, erklärte mir Gabriel.

Bei jedem Wort wollte ich ungläubig den Kopf schütteln. Das durfte nicht sein! »Und was jetzt?«, hörte ich mich fragen. Aber ich wollte die Antwort nicht wissen. Ich wollte nicht wissen, was sein Plan war.

»Ich weiß es nicht. Aber wir können ihnen keine Aufgaben geben. Die Gefahr, dass irgendeiner sie wieder benutzen könnte, ist zu groß.«

Ich schaute auf Gabriels Brust. Seinen Blick zu erwidern, schaffte ich nicht. Noch immer konnte ich nicht glauben, was er sagte, obwohl es so logisch klang.

»Wir können sie doch nicht für den Rest ihres Lebens einsperren«, wisperte ich. Meine Stimme hatte keine Kraft mehr. Ich schaute zu dem Gebäude, aus dem Gabriel mich gerade getragen hatte. Dort drin waren alle meine Geschwister, die niemals eigene Entscheidungen treffen würden, weil die Wissenschaftler ihnen die Gabe dazu genommen hatten.

Ich biss mir auf die Unterlippe. »Kann man es wieder rückgängig machen?«

»Nein. Teile des Hirns produzieren sich nicht nach.«

Die kleine Hoffnung, die ich hatte, wurde direkt in winzige Stücke gesprengt. Tränen sammelten sich in meinen Augen. Ich wusste nicht, was ich tun sollte. Ich könnte sie nicht einsperren und es gutheißen. Gleichzeitig konnte ich die Vampire verstehen. Sie würden keine Gefahr eingehen, indem sie sie einsetzten und ohne etwas, das sie tun konnten, würden meine Geschwister unglücklich und unzufrieden werden.

Ich raufte mir die Haare. Ich war überfragt. Was sollte ich tun? Als große Schwester müsste ich doch irgendeinen Plan haben, damit sie bei mir bleiben konnten, oder nicht? Mir sollte doch irgendetwas einfallen, damit sie eben nicht willenlos waren. »Sie sind die perfekten Soldaten«, raunte ich traurig.

Gabriel lehnte sein Kinn auf meinen Scheitel und drückte mich an sich. »Es tut mir leid«, flüsterte er.

Ich wusste, dass er es ernst meinte. Aber was hätte er tun sollen? Wäre er eher ins Labor gefahren, um sie zu retten, wäre ich ihm niemals nachgegangen. Dann wäre er jetzt tot – oder schlimmer, er wäre wie Kain.

Mein Herz zog sich schmerzhaft bei dem Gedanken zusammen. Ich wollte nicht einmal an eine Welt denken, in der es ihn nicht geben würde. »Sie sind bloß Kopien, oder?«, fragte ich. Die Verzweiflung griff nach mir.

»Ja.«

Das Wort zerriss mich. Ich wusste nicht, was ich tun sollte. Mein Herz gehörte meinen Geschwistern, aber es gehörte auch Gabriel, Luisa und Sascha. Sie waren wie eine Familie für mich. Ich konnte sie nicht der Gefahr aussetzen, dass meine Geschwister sich irgendwann gegen uns stellen würden, weil jemand anderes überzeugender war als wir.

»Was sollen wir tun?«, fragte ich.

»Es gibt keine gute Möglichkeit«, gab Gabriel ebenso leise zu.

Tränen liefen mir an meinen Wangen herunter und benetzten Gabriels T-Shirt, aber das war mir egal. Ich war überfordert. Es ging um meine Familie. Meine neue und alte, die ich beide unglaublich liebte. Ich würde alles für sie aufgeben. Mein Leben war nichts im Gegensatz zu ihrem. Selbst damit konnte ich sie jedoch nicht schützen.

Gabriel zog mich enger an seine Brust. Obwohl die Situation so falsch war, obwohl ich mir Gedanken darüber machen sollte, wie ich meine Geschwister retten konnte, wollte ich gerade nichts mehr, als einfach nur hier zu sitzen und seine Arme um mich zu spüren, die mich hielten. Die mich wärmten und Stück für Stück den Horror im Labor vergessen ließen.

»Was ist mit deiner Schwester?«, fragte ich nach einiger Zeit.

»Sie ist seit zwanzig Jahren tot. Das im Labor war nicht Lisa. Es war etwas Böses, das nichts mehr mit ihr gemeinsam hatte.«

»Es tut mir leid«, raunte ich.

Er hatte jemanden verloren. Zum zweiten Mal, nur dass er dieses Mal geglaubt hatte, dass sie bereits tot gewesen war. Ich wusste nicht, was schlimmer war. Das Wissen, dass sie noch lebte, oder das Wissen, dass etwas Böses statt ihrer überlebt hatte.

Ich schlang meine Arme um Gabriels Mitte und zog ihn an mich. Er erwiderte den Druck.

Für einen kurzen Moment wollte ich vergessen. Vergessen, dass wir uns eine Lösung für meine Geschwister überlegen mussten, das, was Dr. Thomas mit mir gemacht hatte. Doch dazu kamen wir nicht. Die Tür wurde aufgestoßen und meine Geschwister kamen heraus.

Nero gesellte sich zu uns. Sein Gesicht war verhärmt. Er hatte seine Schwester ... Dr. Thomas umgebracht.

»Wie bist du eigentlich hier gelandet?«, fragte er und setzte Nero auf die kalte Erde.

Neros Blick war voller Wut, als er zu Gabriel aufsah. »Sie hat mich besucht. Erst wollte ich nicht glauben, dass es tatsächlich sie war, die mich vor dem *Bite* abfing. Aber ihre Mimik, ihre Bewegungen, alles war gleich.

Es war so identisch. Auch wie sie gesprochen hat und ... Aber dann lockte sie mich weg. Sie wollte spazieren gehen, wollte frische Luft schnappen und plötzlich wurde alles schwarz und ich wachte in so einer verdammten Zelle auf. Sie ließ mich dort zusammenschlagen! Weil ich diesen Trank nicht nehmen wollte. Diesen Trank, der uns allen Erlösung bringen sollte.« Er lachte spöttisch. »Als ob ich ein Mensch werden wollte«, spie er aus.

Ich zog die Augenbrauen hoch, aber sagte nichts dazu. Ich konnte ihn verstehen.

Neros braune Augen richteten sich auf seinen Bruder. »Wir sollten nach Hause«, sagte er dann und neue Kraft schien durch ihn hindurchzufließen. Nero raffte sich auf und starrte auf das Gebäude hinter ihm. »Und das Ding sollten wir niederbrennen«, knurrte er.

Zum allerersten Mal waren Nero und ich einer Meinung. Ich wollte das Labor nicht in meiner Nähe wissen. Ich wollte, dass alles verbrannte und nichts als Asche davon zurückblieb. Anscheinend war ich nicht die Einzige mit dieser Meinung. Felix und Martin nickten, während meine restlichen Geschwister unbeteiligt zusahen.

Erst jetzt fiel mir auf, dass ich kaum eine Gefühlsregung auf ihren Gesichtern gesehen hatte. Sie passten sich an, aber hatten sie jemals etwas gefühlt? Ich biss mir auf die Lippe und rutschte von der Motorhaube. So vieles ergab auf einmal Sinn.

Mit wackeligen Beinen lief ich zu Martin, Felix kam mir schon entgegen und ich fiel ihm um den Hals. Ich war so froh, dass es nicht alle betraf, dass ich nicht alleine war.

»Was ist mit ihnen?«, fragte ich.

Ich nahm an, dass Martin und Felix Bescheid wussten. Betroffen sahen sie zu Boden. Sie hatten ebenfalls keine Ahnung, was wir tun sollten. Ich warf meinen Geschwistern einen besorgten Blick zu. Was sollten wir tun? Sie waren Lebewesen, genau wie wir. Sie hatten ein Recht, zu leben. Sie sollten es auch tun. Aber war ein Leben wirklich lebenswert, wenn man nichts entscheiden konnte? Wenn man immer von anderen abhängig war? Konnte man das Leben nennen? Oder war es bloß eine hässliche Kopie von dem, was hätte sein können?

Ich fuhr mir durch die Haare. Ich konnte sie nicht im Ungewissen lassen. »Leute?« Meine Stimme erklang leise und schwach aus meiner Kehle, aber alle drehten sich zu mir um.

Gabriel sah mich mit großen Augen an. Ich erkannte in ihnen die

Frage, was ich vorhatte. Aber ich hoffte, dass sie einmal eine Entscheidung treffen könnten.

»Wir haben etwas erfahren ...« Ich erzählte ihnen alles, was ich wusste. Martin ergänzte mein Halbwissen durch seines und gemeinsam konnten wir ein Bild aufzeigen, das niemandem gefiel.

Meine Geschwister – Martins und meine Klone – sahen sich hilflos untereinander an. Sie wussten ebenfalls nicht, was sie tun sollten, was sie wirklich wollten.

»Und was sollen wir deiner Meinung nach tun?«, fragte Daniel.

Überfragt zuckte ich mit den Schultern. »Ich weiß es nicht. Wirklich nicht, wüsste ich eine Lösung, würde ich sie euch sagen.«

»Wir können euch nicht so leben lassen.« Nero stellte sich neben mich.

»Was?«, fuhr ich ihn an. »Wir können sie nicht umbringen!«

»Nein, das weiß ich. Das würde ich auch nicht tun«, versicherte er mir.

Ich schnaufte über seine Worte. Nero war, was so was anging, eiskalt. Er würde vieles auf seine Schultern nehmen, damit die anderen leben konnten. Deswegen hatte er auch meine Geschwister ausgenutzt.

»Ihr solltet wissen«, fuhr er an meine Geschwister gewandt fort, »dass ihr nicht bei uns bleiben könnt. Ihr werdet, wenn ihr weiterlebt, verschwinden müssen. Nicht zusammen, sondern alleine. Ihr müsstet in einer Welt leben, die jeden Tag Entscheidungen von euch verlangt. Damit müsstet ihr zurechtkommen – alleine. Ich kann euch niemanden zu eurem Schutz mitgeben. Es braucht nur einen anderen und ihr würdet euch gegen die Leute wenden, die euch nur Gutes wollen.« Er holte tief Luft. »Ich werde dieses Gebäude jetzt anzünden und ich hoffe, dass ihr die richtige Entscheidung treffen könnt. Dieses eine Mal.«

Fassungslos sah ich ihn an. Er appellierte an sie. Er überzeugte sie nicht, sondern sagte ihnen, wie es werden würde. Ich ließ meinen Blick über die überforderten Gesichter schweifen. Sie alle wussten nicht, was sie tun sollten. Ich wollte ihnen so gerne ihre Entscheidung abnehmen. Ich wollte, dass sie lebten. Aber Nero hatte recht, so ungern ich das auch zugab. Dieses eine Mal mussten sie selbst eine Entscheidung treffen, obwohl sie es eigentlich nicht konnten.

Nero wandte sich ab und sammelte etwas Holz ein, das er durch die Tür brachte. Ein schwerer Arm legte sich um meinen Körper und zog mich an Gabriels warme Brust. Er gab mir einen Kuss auf die Schläfe. »Ich werde ihm helfen«, raunte er mir ins Ohr.

Wieso verstand ich ›verabschiede dich von ihnen‹? Tränen kamen schon wieder hoch und ich drehte mich zu ihnen um. Ich wusste nicht, was ich erwartet hatte, aber die Entschlossenheit auf ihren Gesichtern ließ mich frösteln.

»Wir werden das Feuer legen«, sagte Daniel.

Ich ballte die Fäuste. Ich wollte ›Nein!‹ schreien. Wollte mich weigern, dass sie alles aufgaben. Aber was war dieses *alles* für sie? Sie konnten keine Verbindung zu ihren Verbundenen aufbauen. Sie konnten keine Entscheidungen treffen. Sie würden niemals wirklich leben. Sie waren die perfekten Soldaten ... mehr nicht.

Ich versuchte, die Tränen zu unterdrücken, versuchte, die Starke zu sein, zu akzeptieren, dass dies ihre Entscheidung war. »Sicher?«, fragte ich. Meine Stimme zitterte.

»Was sollen wir sonst anderes tun? Ich will nicht alleine sein. Keiner von uns will das.« Sein Gesichtsausdruck wurde verkniffen. »Aber wir haben auch gesehen, was wir den Menschen angetan haben.«

Ich biss mir auf die Innenseite meiner Wange und nickte. Meine Gedanken spulten die Zeit zurück, zeigten mir meine Familie, die in den Duschräumen gemeinsam gelacht hatte, wie wir im Unterricht gebannt von Kains Geschichte waren und wie wir gemeinsam trainiert hatten. Ich wollte sie nicht gehen lassen. Lieber wollte ich alles Mögliche tun, damit sie hierblieben. Aber wie sollte ich das bewerkstelligen? Es brauchte nur einer zu kommen, der überzeugender in ihren Augen war. Ich schaute zu Boden. Wie zum Beispiel Nero, der sie auf die Menschen gejagt hatte. Ich wollte sie alle an mich drücken, in mein Herz einschließen und nie mehr gehen lassen. Ich wünschte, wir hätten ein normales Leben gehabt. Ein Leben, in dem wir alle normale Kinder gewesen wären, ganz normal gewachsen wären und uns ganz normal kennengelernt hätten. Aber das hatten wir nicht. Diese Zeit würden wir auch niemals bekommen. Das Wissen zerstörte mich. Es riss mich auseinander. Meine Beine gaben unter mir nach und ich fiel auf den Kies. Schmerzhaft drückten sich die kleinen Steine in meine Knie.

Meine Geschwister kamen auf mich zu, hockten sich zu mir und umarmten mich alle nacheinander. Zum letzten Mal spürte ich sie. Nach den Umarmungen gingen sie ins Labor. Martin musste mich festhalten, damit ich ihnen nicht hinterherging. Dabei wollte ich sie nicht alleine lassen. Sie waren meine Familie. Genau wie Martin und Felix. Es war so unfair. Uns wurde alles genommen, obwohl wir nichts besessen hatten.

Schluchzer erschütterten meinen Körper. Langsam rappelte ich mich hoch. Ich klammerte mich dabei an Martin und Felix. Ich sah in ihre verkniffenen Gesichter und wusste, dass sie ebenfalls reinwollten. Sie wollten die anderen auch nicht alleine lassen. Aber es war noch nicht unsere Zeit. Wir waren noch nicht am Ende.

Ich sah, wie Gabriel, gefolgt von Nero, aus dem Labor kam. Unsere Zeit hatte gerade erst angefangen.

GABRIEL

»Alles okay mit dir?«, fragte ich Nero, während wir die brennenden Holzscheite im Labor verteilten.

»Nur ein angeknackstes Ego«, murrte er.

»Deine Ansprache draußen war gut.«

»Kaze wird mich hassen«, stöhnte Nero. »Genau wie Felix und Martin.«

Ich konnte mir ein Schmunzeln nicht verkneifen. »Kaze hasst dich, seitdem du das erste Mal vor ihr gestanden hast.«

»Ich hab mich ihr gegenüber auch nicht gut verhalten.«

Erstaunt sah ich zu meinem Bruder. Er hatte sich verändert. Irgendwie. Ich wusste nicht, ob ich es gut finden oder es mir Sorgen bereiten sollte. Doch ich hatte keine Lust mehr, Sorgen zu fühlen, also ließ ich die Freude darüber zu. »Nein, aber du hast jetzt die Zeit, es wiedergutzumachen.«

Nero sah mich mit einer erhobenen Augenbraue an. »Meinst du?«

»Ja. Was hat dich geritten, sie auf die Straße zu schicken?«, fragte ich ihn. Die Frage brannte mir schon die ganze Zeit unter den Nägeln.

Er lachte freudlos auf. »Du hast es nicht gemerkt, oder?«, erkundigte er sich und betrachtete mich kurz.

Ich runzelte die Stirn.

»Natürlich nicht. Lisas Tod fiel mir nie leicht. Ich habe sie genauso geliebt wie du, tue es noch immer. Es war hart, zu glauben, dass sie weg war. Ich gab den Menschen die Schuld daran und fing an, sie zu hassen. Ich wollte sie alle leiden lassen für das, was sie uns angetan hatten. Und plötzlich stand sie vor mir. Lebendig. Verändert. Da erkannte ich, dass niemand die Schuld daran trug. Nur Lisa selbst.«

Ich musste schwer schlucken. »Ich glaube, wir hatten es alle damals nicht leicht. Jeder ist mit seiner Trauer anders umgegangen. Aber jetzt haben wir die Chance auf etwas Neues. Ich mit Kaze und du mit Melissa. Wir können alles verzeihen. Ich denke, dass auch Kaze dir verzeihen kann.«

Nero sah zu mir. »Meinst du? Ich hatte den Eindruck, sie ist etwas stur.«

Laut lachte ich. »Etwas? Ich habe noch niemand Dickköpfigeren in meinem Leben kennengelernt.«

Nero fiel in mein Lachen mit ein. »Das kommt wohl hin.«

Wir ließen den letzten Holzscheit fallen und gingen wieder nach draußen.

Ich hoffte, dass Kaze und ich ihm verzeihen konnten. Er machte nicht immer alles richtig. Aber wer tat das schon? Wir waren noch immer irgendwo Menschen und es lag in unserer Natur, Fehler zu begehen. Die Hauptsache war, dass wir dazu stehen konnten und verhinderten, dass wir erneut diesen Fehler begingen. Wir lernten. Das konnte schmerzhaft sein, aber auch befreiend. Je nachdem, wie wir damit umgingen.

Als ich nach draußen kam, standen Kaze, Martin und Felix alleine da. Kurz war ich verwirrt, wo waren …? Doch dann sah ich Kaze' Gesicht, das sich vor Schmerzen verzogen hatte und eilte zu ihr. Felix und Martin stützten sie, genauso wie sich selbst und sahen auf das Gebäude hinter uns.

Nero kam ebenfalls zu uns. Er legte Kaze eine Hand auf die Schulter. »Es tut mir leid, wäre es anders gegangen …« Seine Stimme verließ ihn, als Kaze zu ihm hochsah.

Ihre Augen waren vor Kummer getrübt. Sie waren mit Tränen gefüllt, die ihr unaufhörlich über die Wangen liefen. Es tat weh, sie so zu sehen. Obwohl jeder von uns wusste, dass es notwendig gewesen war.

Nero wandte sich ab und starrte nun mit uns zu dem Gebäude, das langsam vom Feuer zerfressen wurde.

Eigentlich sollte dies ein Freudenfeuer werden. Das Labor war nun endgültig zerschlagen. Wir alle könnten jetzt in Frieden unsere Leben weiterführen und niemals mehr daran zurückdenken, was uns dieses Labor gekostet hatte. Aber der Preis … Er war zu hoch gewesen, als dass wir es jemals vergessen könnten. Kaze verlor auf einen Schlag fast ihre ganze Familie. Mir hatte es fast alle schönen Erinnerungen an meine

Schwester geraubt, aber wir standen hier. Wir waren lebendig und das konnte uns keiner mehr nehmen.

Die Sonne war aufgegangen und noch immer brannte das Haus. Wir sollten so langsam nach Hause gehen. Felix, Kaze und Martin standen noch immer im Bann der Flammen, denen ihre Geschwister zum Opfer gefallen waren – freiwillig. Ich seufzte und setzte mich neben Nero. Keiner von uns wollte sie bei ihrem Abschied drängen. Wir hatten nicht das Recht dazu. Also warteten wir, beobachteten, wie die Sonne ihrem Lauf nachging und dachten nach. Ich wusste nicht, worüber sich Nero den Kopf zerbrach. Zwischen seinen Augenbrauen hatte sich eine Falte gebildet, was zeigte, dass es nichts Erfreuliches war.

»Was ist los?«, fragte ich ihn leise, um die anderen nicht zu stören.

»Ich weiß nicht. Ich habe ein ungutes Gefühl.« Er warf den dreien einen Blick zu. »Wir sollten nach Hause gehen.«

Ich verzog das Gesicht. »Willst du sie wirklich unterbrechen?«

»Nein. Das ist das Problem«, gab er zerknirscht zu. »Sie haben das Recht, trauern zu dürfen, so lange, wie sie wollen. Es ist wahrscheinlich gar nichts.«

Ich warf ihm noch einen Blick zu und richtete mein Augenmerk dann wieder auf das prasselnde Feuer. Wir hatten keine Schreie gehört. Ich wusste nicht einmal, ob Kaze ahnte, was für Schmerzen ihre Geschwister erlitten haben mussten.

Den Gedanken verwarf ich. Sie waren mutig gewesen. Hatten eine Entscheidung getroffen, obwohl sie es eigentlich nicht konnten. Vielleicht war auch Neros Rede daran schuld. Aber jetzt konnte keiner mehr nachfragen. Sie hatten ein mutiges Opfer gebracht, das ihnen keiner zugetraut hätte und das sollten wir bewundern und ehren.

Die drei standen langsam auf. Nero und ich beeilten uns, es ihnen nachzutun. Sie drehten sich zu uns um. Bei allen waren die Wangen gerötet und die Augen geschwollen.

Kaze kam zu mir und warf sich mir in die Arme. Ich fing sie auf und zog sie an mich. »Lass uns nach Hause gehen, okay?«, murmelte ich in ihr Haar.

Sie nickte und gemeinsam liefen wir zurück zum Bus. Ich presste die Lippen aufeinander. Noch eine Erinnerung daran, dass wir viele hatten zurücklassen müssen. Mein Blick streifte besorgt meine Verbundene. Wir hielten Händchen, was sich komisch anfühlte, aber gleichzeitig gut. Ich liebte es, wenn wir uns berührten. Aber es war neu. Ich hatte noch nie mit jemandem Händchen gehalten.

Als der Bus in Sicht kam, stockten die drei kurz. Ich hatte es geahnt. Doch sie liefen weiter. Kaze' Hand hatte den Druck um meine verstärkt. Jeder Schritt, den wir näher an den Bus herankamen, schien schwieriger für sie zu werden. Ich drückte ihre Hand kurz, nur um ihr zu zeigen, dass ich da war.

Die Fahrt nach Hause verlief still. Alle hingen ihren Gedanken nach und die Lust, ein Gespräch zu beginnen, hatte auch keiner.

»Ich bin froh, dass wir wieder zu Hause sind«, gab Martin von sich und zog damit alle Blicke auf sich.

»Stimmt«, fügte Kaze hinzu. »Hoffen wir mal, dass uns ein wenig Ruhe gegönnt ist.«

Ich spürte ihren Blick heiß in meinem Rücken. »Das hoffe ich auch.«

Ich zog den Schlüssel und wollte aussteigen, als ich Sascha sah. 181011 stand neben ihr, gab ihr Halt. Ihre Wangen waren tränennass. Mir wurde eiskalt. Ich wechselte einen Blick mit Nero, der ebenfalls blass aussah. Vorsichtig stiegen wir aus.

»Es tut mir leid«, begann Sascha, zu schluchzen.

»Was ist los?«

»Ich habe versucht, sie davon abzuhalten. Aber … Aber sie sagte, die Zeit ist reif.«

Ich verstand kein Wort von dem, was sie sagte. »Sascha, was meinst du?«

»Eu-Eure Mutter.«

Den Schock, der sich in mir breitmachen wollte, versuchte ich, beiseitezuschieben. »Sascha, was ist los?«

»Sie hat sich umgebracht.«

Die Welt zog mir den Boden unter den Füßen weg. Anders konnte ich das Gefühl nicht beschreiben, das mich beherrschte.

»Nein«, zischte Nero und rannte an mir vorbei. Ich folgte ihm und gemeinsam begaben wir uns zum Haus meiner Mutter, das leer war.

»Mama?«, schrie ich, obwohl ich wusste, dass ich keine Antwort bekommen würde.

Nero riss die Tür zu den Gängen auf und stolperte hinunter. Unsere

Schritte hallten in dem Flur nach, während wir uns immer weiter der Zelle meines Vaters näherten.

Ich roch das Blut, bevor wir es sahen. Ein Zittern überfiel meinen Körper. Meine Mutter und mein Vater lagen in einer Umarmung auf dem Boden. Tot.

Meine Knie gaben unter mir nach. »Nein«, keuchte ich. »Nein. Nein!« Ich konnte nicht glauben, was ich sah. Konnte nicht akzeptieren, dass sie weg sein sollte.

Nero tastete sich langsam heran, fiel vor unseren Eltern auf die Knie und nahm Mutters Kopf auf seinen Schoß. »Nein«, wisperte auch er.

Ich hörte Schritte den Gang entlangrennen. Es interessierte mich aber nicht. Meine Mutter war tot. Mein Vater war tot. Sie waren einfach weg. Für immer. Ich hatte mir nie Gedanken darum gemacht, was sein könnte, wenn sie einmal sterben sollten – wieso auch? Wir waren quasi unsterblich. Aber da lagen sie. Vereint.

Ich wollte nicht weinen. Wollte nicht zulassen, dass mich der Anblick schwach machte. Das Problem war, ich war nie stark gewesen. Hatte es nie sein müssen. Meine Mutter war die starke gewesen. Sie hatte alle unsere Lasten getragen. Sie war für uns da gewesen – immer. Nur jetzt nicht mehr. Nie mehr.

»Gabe …«

Ich fühlte, wie sich Kaze neben mich hockte und mich in den Arm nahm. Sie versuchte, mich zu trösten. Wie sollte das funktionieren? Ich konnte mir ein Leben ohne meine Mutter nicht vorstellen. Sie war der Grund, wieso Kaze und ich uns zusammengerauft hatten. Wieso Kaze überhaupt Vampire an sich rangelassen hatte. Wieso ich lebte. Sie war der Grund, wieso ich der Vampir war, der ich heute war. Mit all meinen Macken und Kanten hatte sie mich gebildet. Mich aus einem Baby geformt und mich mein Leben lang begleitet und jetzt war sie einfach weg.

Ein Sturm aus Trauer und Fassungslosigkeit wütete in mir. »Wie?«, flüsterte ich.

»Sie hat sie beide vergiftet«, antwortete Sascha.

Sie hatte uns die Chance genommen, uns zu verabschieden. Sie hatte das alleine getragen, diese Last. Bis zum Schluss war sie die starke gewesen.

»Was ist lo–?« Max' Stimme brach ab, bevor er noch etwas sagen konnte.

Ich wollte mich nicht zu ihm drehen, stattdessen verbarg ich mein

Gesicht an Kaze' Hals. Versuchte, über den Sturm in mir Herr zu werden, der mich auseinanderzureißen drohte. »Es tut mir leid. Sie war ...«, raunte Kaze in mein Haar, aber ich unterbrach sie.

»Unbeschreiblich. Sie war unbeschreiblich. Sie war eine Mutter für alle. Sie hat jeden aufgenommen. Und sich jedem Problem gewidmet«, erklärte ich mit erstickter Stimme.

Kaze drückte mich an sich. *Wie schnell sich Rollen vertauschen können*, ging es mir durch den Kopf. Zuerst musste sie gestützt werden. Nun ich.

Ich war froh, dass ich es nicht alleine durchstehen musste. Mein Blick wanderte zu Max, der noch immer im Türrahmen stand. Seine Augen waren mit Tränen gefüllt. Ich löste mich von Kaze. Er hatte niemanden. Ich lief auf ihn zu und nahm ihn in den Arm. Max ließ sich gegen mich sacken und wir stützten uns gegenseitig. Waren füreinander da.

Nach kurzer Zeit liefen wir zu Nero und saßen zu dritt neben den Leichen unserer Eltern. Trauerten um sie, um unseren Verlust, der uns allen ein Loch in die Seele gerissen hatte.

Nur wegen ihnen waren wir, wer wir waren und ihr Tod kam zu überraschend. Zu schnell. Ich war überrollt von meinen Eindrücken, von meinen Gefühlen. Wieso jetzt? Wieso ausgerechnet jetzt? Wieso hatte sie nicht noch etwas warten können? Damit wir uns verabschieden konnten.

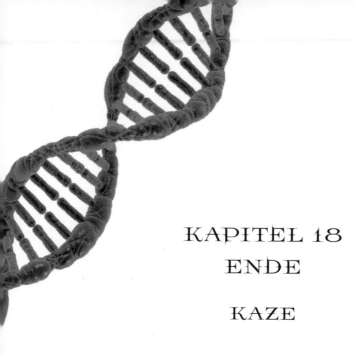

KAPITEL 18
ENDE

KAZE

Ich wusste nicht, was ich tun sollte. Ihr Tod kam so überraschend. Für alle und ich wusste nicht, wie ich mich verhalten sollte. Meine Tränen waren versiegt. Ich hatte das Gefühl, ich sei leer. Leer an Emotionen und an Tränen. Ich hatte die letzten Tage so viel durchgemacht, hatte so viel verloren, dass ich Luisas Tod nicht realisieren konnte. Ich verstand ihn nicht. Sie hatte sich und Kain umgebracht, wieso?

Sascha hielt den Arm um 181011. Als ich ihn bemerkt hatte, wollte ich ihm zuerst an die Kehle gehen, aber Sascha hatte mich zurückgehalten. Er war Gabes Neffe. Er war ein neues Mitglied seiner – meiner, unserer – Familie. Aber selbst er hatte Luisa nicht aufhalten können. Niemand von ihnen.

Mein Blick glitt zu den Brüdern. Sie hatten heute beide Elternteile verloren. Ich meine Geschwister. Wir waren alle vom Verlust geprägt. Hatten heute Narben davongetragen, die wir den Rest unseres Lebens spüren würden. Die uns an traurige und schöne Zeiten zurückdenken lassen würden.

Ich erinnerte mich an mein erstes Treffen mit Luisa. Sie hatte mir etwas zu essen angeboten. Ein flüchtiges Lächeln glitt über meine Lippen. Eine warme Mahlzeit war für Luisa die Lösung jedes Problems gewesen. Ihre Mahlzeiten hatten in den meisten Fällen sogar geholfen. Wir hatten uns zusammen an ihren Tisch gesetzt und während ich die köstlichste Suppe meines Lebens aß, erzählte sie mir von Gabe, der alles tat, um die zu schützen, die er liebte. Um ihren Standpunkt zu erklären, dass sie nicht alle böse waren, damit ich lernte.

Sie hatte es erreicht. Ich hatte gelernt. Langsam hatte ich mich damit abgefunden, dass jedes Lebewesen einen Grund hatte, um das zu tun, was es tat. Ich ahnte ihren Antrieb, wieso sie sich umgebracht hatte. Hätte ich mit so einem Gabe leben können? Hätte ich die Kraft gehabt, weiterzumachen, wenn er nicht mehr lebte?

Ich überlegte kurz, vielleicht. Aber nicht, wenn wir schon so lange zusammen gewesen wären wie Kain und Luisa. Nicht dann. Mein Herz gehörte jetzt schon vollkommen ihrem Sohn und ich würde alles tun, damit sie nicht bereute, dass sie gegangen war. Ich würde auf ihren Sohn aufpassen. Ihn glücklich machen, wann immer ich es konnte. Wir würden unsere Wunden heilen und Narben davontragen, aber wir hatten uns. Das war schon eine Menge wert.

Hastige Schritte näherten sich dem Raum und Melissa kam mit wirren Haaren zu uns. Ihr Blick richtete sich auf Nero. Ohne uns zu beachten, lief sie zu ihm und schlang ihre Arme um seinen Rumpf. Gab ihm Halt, den er brauchte.

Ich wollte Gabriel seinen Freiraum lassen. Er wollte für seine Geschwister da sein. Aber ich hoffte, dass er wusste, dass nur ein Blick von ihm reichen würde und ich wäre da.

Sascha umfasste meinen Arm und ließ ihre Hand zu meiner sinken. »Sie schaffen das«, raunte sie und wir zogen uns zurück.

Wir ließen uns in Saschas Haus nieder. Mein Blick richtete sich abwartend auf 181011. »Du brauchst einen Namen«, sagte ich, um die Stille zu durchdringen.

»Wozu?«, fragte er verwirrt.

Sascha setzte sich neben ihn und nahm seine Hand in ihre. Ich runzelte die Stirn, fragte aber nicht nach. Nach dem Tod von Devil hatte Sascha jedes Glück verdient – auch wenn es mein Entführer war.

»Sie hat recht. Ein Name macht einen zu einem Individuum. Du bist keine Nummer, sondern ein Vampir. Du solltest einen Namen tragen.«

181011 sah zu Boden. Ich erinnerte mich, dass ich selbst genauso unschlüssig gewesen war, als Gabriel mir das erzählt hatte.

»Gabriel gab mir meinen Namen«, erzählte ich. »Er sagte, ich würde ihn an jemanden erinnern.« Ein Lächeln bildete sich auf meinen Lippen, als ich daran zurückdachte.

»Aber ich kenne keine Namen«, gab 181011 zu.

»Was soll dein Name bedeuten?«, fragte Sascha.

»Ich will, dass es ein Name ist, der mich erinnern lässt. Daran erinnert, wer ich bin und wohin ich gehöre.«

Ein Brocken bildete sich in meinem Hals. 181011 hatte wahrscheinlich genauso wenig zu lachen gehabt wie wir – vielleicht sogar noch weniger.

»Wie wäre es mit Kai?«

181011 runzelte die Stirn bei Saschas Vornamen. Sie zuckte mit den Schultern. »Es ist eine aktuellere Form von Kain. Deinem Großvater, dem Urvater aller Vampire. Ich denke, das wäre ein guter Name, oder, Kai?«

Kai grinste. »Stimmt.« Sein Blick wurde weicher, als er Sascha betrachtete. »Danke.«

Sie erwiderte sein Strahlen und drückte seine Hand. Schlagartig fühlte ich mich fehl am Platz und stand vom Sofa auf.

»Ich gehe ein bisschen frische Luft schnappen«, entschuldigte ich mich und ging hinaus.

Die Sonne war schon untergegangen. Dieser Tag war ein schlimmer gewesen. Heute hatten wir zu viel zu beklagen gehabt. Ich wusste gar nicht, dass man so viel an einem Tag verlieren konnte, ohne auseinanderzubrechen. Aber anscheinend konnte man das. Wir konnten das. Ich sah hinauf zu den Sternen. Es waren die Wünsche der Menschen, die uns die Dunkelheit erhellten und ich wünschte mir, dass Luisa, Kain, Daniel, Anja und der ganze Rest meiner Geschwister an einem Ort waren, der so hell erleuchtet war wie das Firmament, das über mir erstrahlte.

Meine Füße trugen mich, ohne dass ich ein wirkliches Ziel vor Augen hatte.

Sie führten mich auf den Trainingsplatz. Ich musste grinsen, als ich die Erinnerungen von Luisas und meinem Training hervorholte. Wie versessen ich darauf gewesen war, die zwei Minuten zu knacken. Wie Luisa versucht hatte, mich zu einer Pause zu zwingen. Wie mir aufgefallen war, dass ich Gabriel liebte.

Eine Träne lief an meiner Wange hinunter, die ich energisch wegwischte. Luisa hatte von Anfang an recht gehabt. Gabriel würde alles tun, um diejenigen zu schützen, die er liebte. Gegen ihn anzukämpfen war, wie gegen eine Wand zu rennen. Er würde nicht aufgeben, nicht solange es jemanden gab, den er beschützen musste. Das liebte ich an ihm. Ich liebte alles an diesem Mann. Ohne zu wissen, was uns erwartete, hatten wir gegeneinander gekämpft, hatten uns gehasst. Irgendwann war der Hass gewichen. Hatte der Liebe Platz gemacht und die Jägerin mit dem Vampir vereint.

Das alles war Luisa zu verdanken. Hätte sie mir nicht am Anfang so gut zugeredet und mir erlaubt, zu gehen ... Ich wäre wahrscheinlich noch immer so verbohrt wie zuvor. Ich hatte es Gabriel wahrlich nicht einfach gemacht. Jeder bei klarem Verstand hätte mich wahrscheinlich fallen lassen. Aber nicht er. Er hatte mich seiner Schwester vorgezogen, auch wenn sie nicht mehr sie selbst gewesen war. Ich schluchzte. Die Trauer hatte sich auf meine Lungen gelegt und erschwerte mir das Atmen.

Luisa war eine Frau gewesen, die allen jedes Glück wünschte. Egal, was man getan hatte. Sie glaubte an mich, an das Gute in mir. Und jetzt war sie weg. Sie hatte es nicht mehr ertragen, ihrem Verbundenen so nah und gleichzeitig so fern zu sein.

Ich sah in den Himmel und wünschte mir, dass es ihr gut ging, egal, wo sie nun auch sein mochte. Dass sie ihren Verbundenen wiederhatte. Ich ließ mich in den Sand plumpsen und starrte einfach in die Sterne.

Die kühle Luft machte mir nichts aus. Ich genoss es. Es schien, als würde sich mein Kopf endlich wieder klären. Ich konnte meine Gedanken in Ruhe ordnen und versuchen, zu verdauen, was ich heute erlebt hatte.

Hinter mir erklangen schwere Schritte. Ich fühlte, dass es Gabe war und drehte mich nicht um. Langsam ließ er sich neben mich sinken und legte seinen Arm um meine Schultern.

»Ihnen geht es gut, oder?«, fragte er. Seine Stimme klang leise und schwach.

Ich wusste, dass er nach meinen Geschwistern und seinen Eltern fragte, also nickte ich. »Es muss ihnen gut gehen. Dafür wird Luisa schon sorgen.«

Ich schaute zu Gabriel auf, der schmunzelte. »Stimmt. Und wenn nicht, wird meine Mutter wohl alle bekochen, bis es endlich so weit ist.«

Kurz lachte ich. »Wahrscheinlich. Niemand wird zu ihren Kochkünsten Nein sagen können.«

»Nein, wahrscheinlich nicht.«

Schweigend saßen wir eine Weile aneinander gekuschelt da. Wir beide hingen unseren Gedanken nach, liefen durch unsere Erinnerungen und gaben uns ihnen hin. Ab und an erzählte Gabriel von einer Geschichte und ließ mich damit mehr an seinem Leben teilhaben. Das gefiel mir.

Irgendwann musste ich eingeschlafen sein, denn ich wachte auf Gabriels Armen auf. Ich lehnte mich an ihn, während er mich in sein Haus trug. Sanft legte er mich in sein Bett. Er betrachtete mich still. Ich wand mich unter seinem Blick, wollte aber nicht, dass er aufhörte. »Ich muss zugeben, dass du mir in meinen T-Shirts besser gefällst«, sagte er nach einer Weile.

Ich musste lachen. »Morgen zieh ich eins von deinen an«, versprach ich ihm und kroch unter die Bettdecke. Gabriel zog sich T-Shirt und Hose aus, sodass er nur noch in Boxershorts zu mir ins Bett kam. Ich kuschelte mich wieder an seinen warmen Körper und schlief in seinen Armen ein.

Ich öffnete meine Augen am See. Amüsiert verzog ich die Lippen zu einem Grinsen und sah mich nach Gabe um. Er stand schon im Wasser. Es reichte ihm bis zur Hüfte.

»Kommst du?«, fragte er und hielt mir seine Hand hin.

Ohne nachzudenken, lief ich ins Wasser zu ihm. Er schlang seine Arme um mich und schenkte mir einen Kuss. Ich hielt mich an ihm fest. Ich liebte das Gefühl von seinen Lippen auf meinen. Genoss die Liebe, die ich dadurch spürte. Gabriels Hände wanderten zu meinem Hintern und hoben mich hoch. Ich schlang meine Beine um seine Hüften und hielt mich an seinem Nacken fest. Wir vertieften den Kuss.

»Ich bin froh, dass du wieder bei mir bist«, raunte er an meinen Lippen, bevor unsere Münder wieder miteinander verschmolzen.

»Und ich erst«, gab ich zurück, als wir uns kurz voneinander lösten.

Ich wollte nicht aufhören. Ich genoss seine Berührungen und gab mich ihnen hin. Kurz konnte ich verdrängen, wieso wir eigentlich trauern sollten. Für einen Augenblick wollte ich nur genießen. Diese Träume, sie gehörten uns. Die konnte uns keiner nehmen – nie wieder.

So vertiefte ich den Kuss, gab Gabriel alles an Liebe und Zuversicht, was ich hatte, und ich spürte die seine ebenfalls. Mir wurde warm ums Herz. Gabriel brachte uns aus dem Wasser und setzte mich am Ufer ab. Mein Herz raste und ich wollte noch immer mehr.

»Ich liebe dich.«

Gabriels braune Augen, die mein Herz zum Hüpfen brachten, als ich

in sie hineinsah, sahen sanft zu mir. »Ich liebe dich auch«, raunte er und presste seine Lippen auf meine. Ich lehnte mich zu ihm. Er umfasste meine Hüften und hob mich auf seinen Schoß.
»Versprichst du mir etwas?«, fragte ich zwischen unseren Küssen.
»Was?«
»Lauf nie wieder weg.«
Ich spürte sein Grinsen, als sich unsere Lippen wieder trafen. »Nie wieder, du hast mich jetzt am Hals.«
»Ein Glück«, wisperte ich und versank in meinen Gefühlen für ihn.

GABRIEL

»Definitiv«, antwortete ich und vertiefte unseren Kuss.
Obwohl die Trauer noch immer in meinem Herzen war, genoss ich die Zeit mit Kaze. Sie ließ mich kurzzeitig vergessen, dass wir beide heute sehr viel verloren hatten. Ich wusste, dass es noch lange schmerzen würde. Aber auch, dass der Schmerz zu einem kleinen Pochen werden würde. Irgendwann. Das ließ mich weitermachen. Ich würde meinen Vater, meine Mutter oder auch Kaze' Geschwister niemals vergessen, aber der Gedanke an sie würde irgendwann erträglicher werden.
Wir lösten uns voneinander und schauten auf den mit Sternen besetzten Himmel.
»Ich habe dir doch die Geschichte von der Frau erzählt, deren Wünsche den Himmel erstrahlen ließen. Wusstest du, dass eine andere Legende besagt, dass die Seelen der Verstorbenen dort sind und über ihre Liebsten wachen?«
Kaze schürzte die Lippen und betrachtete den Himmel. »Und was ist, wenn die Wünsche der Lebenden und Toten dort oben sind? Dass die Verstorbenen sich wünschten, immer auf ihre Liebsten hinabsehen zu können, um sie zu behüten?«, fragte sie.
Ich grinste. »Klingt nach einer guten Geschichte.«
Kaze lachte und der Klang war Musik in meinen Ohren. »Vielleicht erzähle ich irgendwann genauso gute Geschichten wie du.«
Schnaufend schüttelte ich den Kopf. »Niemals. Ich werde immer der beste Geschichtenerzähler sein.«
Sie runzelte die Stirn. »Und wer wird darüber entscheiden?«

»*Vielleicht unsere Kinder?*«

Ich sah, wie sich Kaze versteifte und wollte meine Worte fast bedauern, aber ein Lächeln zierte ihre Lippen. »Darüber würde ich mich freuen – irgendwann.«

Die Trauer wurde etwas abgelöst und Glück entfaltete sich in meinem ganzen Körper, als hätte ich Glücksklee gegessen. »Und ich mich erst«, erwiderte ich und küsste ihren Hals.

Sie bot ihn mir freiwillig an und ich nahm ihr Geschenk an. Meine Zähne fuhren aus und versanken in ihrer Ader. Mit jedem ihrer Herzschläge pumpte sie Leben in mich. Der Geschmack von Beeren entfaltete sich in meinem Mund, aber als ich gesättigt war, löste ich mich von ihr und gab einen kleinen Kuss auf die Stelle. Ich hatte mich wieder unter Kontrolle und liebte es.

Kaze sah glücklich zu mir. »Ich mag deine braunen Augen«, murmelte sie.

»Ich auch.«

Nero und ich hatten abgesprochen, dass wir morgen den Scheiterhaufen für unsere Eltern vorbereiten würden, damit wir sie abends verbrennen konnten.

Ich schloss bei dem Gedanken die Augen und versuchte, die Trauer nicht übermächtig werden zu lassen.

Kaze streichelte über meinen Rücken. »Alles okay?«

Ich drehte mich zu ihr. »Ja. Habe nur gerade daran gedacht, dass wir morgen alles vorbereiten müssen.«

Sie schürzte die Lippen und legte sich ebenfalls hin. »Was muss denn vorbereitet werden?«

»Nun ja, eigentlich nur der Scheiterhaufen.«

»Scheiterhaufen?« Sie runzelte die Stirn.

»Vampire werden verbrannt, falls sie sterben sollten.«

Nachdenklich sah sie auf den Boden und zupfte am Gras. »Bei Lisa gab es aber kein Feuer«, erinnerte sie sich an unseren ersten Traum.

»Nein, weil wir keinen Körper hatten.«

»Oh.«

Ich nahm ihre Hand und gab einen Kuss drauf. Gerade wollte ich nicht über Beerdigungen sprechen, sondern nur die Zeit genießen. Einen kleinen Teil unseres Traumes zu einem Leben machen.

Ich wachte früh auf, während Kaze neben mir noch schlummerte. Ein Lächeln fuhr über meine Lippen und ich gab ihr einen sachten Kuss auf die Schläfe, bevor ich aufstand und zum Friedhof ging.

Melissa und Nero waren schon da. Sie hatten das Holz bereits auf den Friedhof getragen und begannen gerade damit, die Scheite zu schichten.

»Morgen«, murmelte ich und half den beiden.

»Morgen«, erwiderte Nero. »Wie geht es Kaze?«

»Gut. Sie schläft noch. Ich dachte, sie könnte den Schlaf gebrauchen.« Ich zuckte mit den Schultern. Um ehrlich zu sein, sah sie zu friedlich im Schlaf aus und ich hatte ihren Frieden nicht stören wollen. Wir würden noch eine Menge Zeit haben.

Schweigend machten wir uns an die Arbeit. Ein Scheit folgte dem nächsten.

Als es Mittag war, gesellte sich Kaze zu uns. Ein entschuldigendes Lächeln lag auf ihren Lippen. »Kann ich euch noch helfen?«, fragte sie.

Ich musste grinsen, als ich sie näher betrachtete. Kaze hatte sich eines meiner T-Shirts geschnappt, das ihr bis zu ihren Knien reichte und eine der Hosen, die ich ihr zu Beginn gekauft hatte.

»Klar.« Nero gab ihr einen Scheit und erklärte ihr kurz, wie sie ihn hinlegen musste, damit alles nicht wieder zusammenfiel.

»Sagt mal, was sind eure schönsten Erinnerungen an eure Eltern?«, fragte Kaze und nahm sich dabei ein weiteres Holzscheit.

Nero und ich sahen uns überrascht an. Ich musste überlegen, doch schnell fiel mir etwas ein. »Das ist gar nicht einfach«, fing ich an, zu erzählen. »Aber das schönste war, als ich noch klein war. Gemeinsam lagen wir damals in meinem Bett und mein Vater hat Schattentiere an die Wand gemacht und meine Mutter hat dabei die Geschichte dazu vorgelesen.«

Kaze grinste, während wir gemeinsam den ersten Scheiterhaufen fertigten.

»Mein schönstes Erlebnis war bei einem Picknick. Damals sind wir mit Pferden ausgeritten, an einen verlassenen See. Ich erinnere mich daran, dass ich ihn damals für Zauberei hielt. Er war komplett verlassen. Nur der Wind brachte das Wasser in Bewegung und wir saßen einfach da. Mama und Papa hielten Händchen, während sie mich beobachteten, wie ich mit meinen Zinnsoldaten spielte. Irgendwann kam Vater zu mir und meinte, dass er mir das Schwimmen beibringen würde.«

Ich sah zu Nero. Ich konnte mich an den See erinnern. »Ist das nicht der, in dem du mir das Schwimmen beigebracht hast? Und mir erzählen wolltest, dass Nymphen mich hinabziehen würden, wenn ich nicht endlich aufhören würde, wie ein Hund zu paddeln?«

Nero gluckste. »Genau der ist es. Was meinst du, wie ich das Schwimmen beigebracht bekommen habe? Bei mir waren es aber damals Nixen.«

Ich verdrehte die Augen. Aber so ging es weiter. Während die Scheiterhaufen wuchsen, erzählten wir uns von den schönen Erlebnissen, die wir mit unseren Eltern gehabt hatten. Wie sie uns Dinge beigebracht hatten oder auch die Strafen, die sie sich für uns ausgedacht hatten.

Sie waren tot. Aber solange wir sie in Erinnerung hatten, würden sie niemals sterben. Meine Eltern würden in Maximus, Nero und mir weiterleben und in unseren Kindern, denen wir dasselbe beibringen würden, wie sie uns beigebracht hatten.

Ich ging zu Kaze und gab ihr einen Kuss auf den Scheitel. »Danke«, raunte ich ihr ins Haar.

Überrascht betrachtete sie mich. »Ich habe doch gar nichts getan.«

Lächelnd zwinkerte ich ihr zu und legte den letzten Holzscheit auf den Scheiterhaufen. In einer Reihe standen wir auf dem Friedhof und betrachteten unser Werk. Wir hatten uns schlussendlich dazu entschieden, nicht zwei einzelne Haufen vorzubereiten, sondern einen großen. Sie sollten verschwinden, wie sie gelebt hatten – gemeinsam.

Der Himmel färbte sich orange und wir hatten nicht mehr viel Zeit, bevor der Abschied begann. »Ist Max noch da?«, fragte ich.

Nero schüttelte den Kopf. »Er wollte nach Deutschland, aber wieso, hat er nicht gesagt.«

Mein Kopf ruckte zu meinem Bruder. »Nach Deutschland?«

Ich spürte, wie sich Kaze' Hand um meine krampfte.

»Ja.« Schulterzuckend sah Nero mich an. »Weißt du, was er da machen könnte?«

»Ich denke«, meinte ich. Ich wusste nicht, ob ich mich darüber freuen sollte, dass er den Mut endlich fasste, oder ihn verfluchen sollte, weil sie mir etwas hatte antun wollen, dass niemand gutheißen konnte. »Seine Verbundene lebt dort.«

»Seine …?« Neros Augen wurden groß, ebenso wie Melissas.

»Wieso hat er denn nie etwas gesagt?«, fragte sie atemlos.

»Sie ist eine Hexe. Ich hatte keinen wirklichen guten Start mit ihr.«

»Sie …?«, erkundigte sich Kaze.

Ich zuckte mit den Schultern. »Ja.«

Kurz schloss sie die Augen. »Wenn sie dich noch einmal anfassen sollte, muss ich sie leider umbringen – egal, wer sie ist.«

Lachend zog ich sie an mich. »Glaub mir, ich glaube nicht, dass Max zulässt, dass sie mich oder irgendwen anderes anrührt.«

Ich wusste nicht, was ich davon halten sollte, dass Max bei der Beerdigung unserer Eltern nicht dabei sein würde. Aber was sollte ich machen? Es war seine Entscheidung. Die leise Vermutung, dass er keine Zeit mehr verschwenden wollte, drängte sich mir in den Vordergrund. Vielleicht hatte er seine Verbundene nie gesucht, weil er sie nicht aus ihrem Leben reißen wollte. Seufzend wandte ich mich von dem Haufen ab.

»Lasst uns noch eine Kleinigkeit essen. Ich habe noch etwas Gulasch in der Tiefkühltruhe.«

Nero, Melissa und Kaze folgten mir.

Wir machten uns gemeinsam zu den Gängen auf. Gís und Felix hatten die Leichen meiner Eltern vorbereitet. Wir würden sie auf einer Bahre zum Friedhof tragen. Mein Herz wurde, während wir den Flur entlangliefen, schwerer. Jeder Schritt schien mich herabzuziehen. Die Trauer hatte mich wieder in ihrem Griff. Meine Hand hatte sich krampfhaft um Kaze' geschlungen.

Ich hatte Angst. Angst vor den Gefühlen, die mich überrumpelten, wenn ich sehen würde, wie sie verschwanden. Sie würden niemals miterleben, wie ihre Enkel geboren würden. Niemals würden sie diese im Arm halten können und niemals würden sie sehen, wie sie aufwuchsen.

Ein Kloß bildete sich in meinem Hals. Tränen wollten über meine Wangen laufen, aber noch konnte ich sie zurückhalten. Ich wollte mutig sein. Mich nicht verlieren. Ich hatte so viel. Und meine Eltern waren stolz und glücklich – auf jeden von uns vieren. Wir würden lernen, zusammenzuwachsen, und uns zu lieben, selbst wenn wir einander an die Kehle wollten. Wir waren eine Familie. Selbst wenn wir uns diese nicht aussuchen konnten, war sie dennoch wichtig.

Ich streckte meinen Rücken durch und bereitete mich vor. Wir waren gleich bei Gís. Nervös biss ich mir auf die Innenseite meiner Wange. Mein Herz raste in meiner Brust. Alles in mir wollte wieder gehen. Wollte nicht akzeptieren, dass sie weg waren – für immer. Ohne sie zu beerdigen, wäre es vielleicht möglich, dass wir alles beim Alten belassen konnten. Einfach ignorieren, dass es sie nicht mehr gab. So tun, als wäre alles wie immer.

Ich verwarf den Gedanken. Das war Irrsinn. Ich konnte nicht vergessen, dass sie nicht mehr da waren. Wie sollte ich jemanden vergessen, der sich ständig in mein Leben eingemischt hatte? Der Schicksal bei Kaze und mir gespielt hatte. Ich schluckte schwer. Gar nicht. Und deswegen musste ich stark sein.

Wir traten durch die Tür. Gís und Felix standen nebeneinander und sahen uns traurig an. Als wir den Raum betraten, senkten sie die Köpfe und ließen zu, dass wir zu viert die beiden Körper trugen. Es würde unsere Ehre sein, dass wir ihnen bei ihrem letzten Weg helfen konnten.

Mein Herz schmerzte. Ich hätte Max gerne hier gehabt. Er sollte ebenfalls die Chance bekommen, sich zu verabschieden. Aber ich würde ihm keinen Vorwurf daraus machen. Es war seine Entscheidung und er hatte noch so viel mehr mit unseren Eltern erlebt. Hatte Königreiche wachsen und fallen sehen, gemeinsam mit ihnen.

Vielleicht verabschiedete er sie auch anders als wir.

Ich schloss die Augen. Eine Träne kullerte meine Wangen hinab. Schluchzer wollten hinaufkommen, aber noch drängte ich sie zurück. Sie waren zusammen. Ich sollte das Positive sehen. Mein Vater war nicht mehr er selbst gewesen. Jetzt hatten sie die Möglichkeit, zusammen zu sein. In einem neuen Leben.

Der Friedhof hatte sich gefüllt. Ich hatte das Gefühl, der ganze Clan hatte sich versammelt, um sich zu verabschieden. Als wir an ihnen vorbeiliefen, beugten sie die Köpfe, genau wie Gís und Felix. Sie verabschiedeten sich von ihrem König und ihrer Königin. Ich biss die Zähne zusammen. Jeder meiner Schritte fühlte sich an wie eine Prüfung, die schwer auf meinem Herzen lastete.

Mein Blick glitt zu Kaze. Ihre Augen waren rot geädert und Tränen liefen ihr über die Wangen. Sie hatte unseren Vater nicht gekannt, aber Luisa. Ich wusste, dass sie die erste Vampirin war, die sie hatte leiden können, die sie zuerst in ihr Herz gelassen hatte.

Ich wollte Kaze meine Hand reichen, aber noch ging es nicht. Mein Blick richtete sich wieder nach vorne auf den Scheiterhaufen. Nur noch wenige Schritte trennten mich davon. Am liebsten wäre ich umgekehrt. Wollte mich weigern, mich zu verabschieden. Aber das hatten unsere

Eltern nicht verdient.

Eine schwere Hand legte sich auf meine Schultern und schob mich sachte vorwärts, als hätte sie meinen inneren Streit mitbekommen. Ich sah nach hinten und schaute in die braunen Augen meines Bruders. Erleichtert atmete ich aus. Er hatte es geschafft. An seiner Seite lief Alexandra. Sie sah wie ausgewechselt aus. Ich konnte nicht beschreiben, wieso, aber ihr Anblick machte mir nichts aus. Es war, als wäre sie ein anderer Mensch. Ich wollte mich jetzt allerdings nicht damit beschäftigen. Wozu auch? Das war jetzt nicht wichtig. Wäre es vielleicht niemals. Jeder von uns hatte Fehler gemacht. Irgendwann mussten wir lernen, zu verzeihen. Es gab Momente, da war die Vergangenheit nicht mehr wichtig. Es zählte nur noch das, was auf uns zukommen würde.

Sanft legten wir die Bahre auf den Scheiterhaufen und traten einen Schritt zurück. Kaze' Hand umfasste meine und unsere Finger verschlungen sich ineinander.

Mit einem traurigen Lächeln sah ich zu ihr. Sie erwiderte es und trat neben mich, sodass sich unsere Körper berührten.

Ich genoss ihre Nähe. Lehnte mich an sie.

Nero räusperte sich. Wir schauten über den Scheiterhaufen zu der Gemeinschaft der Vampire, die sich hier versammelt hatte. Sie standen in Reih und Glied. In allen Augen lag ein trauriger Glanz. Sie alle hatten ihren Vater verloren. Auf gewisse Art und Weise. Ebenso wie ihre Mutter.

»Wir haben uns heute hier versammelt, um uns zu verabschieden. Von Kain und Luisa Abel. Sie waren für uns alle wie Mutter und Vater.« Neros Stimme zitterte. »Sie hatten für jeden ein offenes Ohr und eine offene Haustür. Ich weiß gar nicht, wie oft Vampire uns besuchen kamen, als wir noch in einem Haus gelebt haben.« Ein leises Lachen begleitete seine Worte, das auch aus der Menge erschallte. »Und genau deswegen schmerzt dieser Tod uns alle. Wir alle haben ein Stück unseres Herzen verloren. Aus diesem Grund wollen wir uns verabschieden. Hoffen, dass sie jetzt wieder zusammen sein können. Ohne Krankheiten, ohne Leid. Dass sie glücklich sind und als Stern an unserem Himmel scheinen. Seien wir mal ehrlich, Mutter könnte niemals aufhören, uns zu beobachten und ich bin mir sicher, heute Morgen ihre Stimme gehört zu haben, dass ich mir nicht so viel Butter aufs Brot schmieren soll.« Er lachte wieder. Tränen liefen an seinen Wangen hinunter. »Ich will auch gar nicht so viel reden. Jeder von euch bekommt noch einen Augenblick Zeit, um sich zu verabschieden.«

Er senkte das Haupt und die Menge löste sich in eine Schlange auf. Sie alle wollten noch etwas zu ihnen sagen, ihnen danken oder sich einfach nur verabschieden.

Bis die Schlange fertig war, leuchteten bereits die Sterne am Himmel und der Mond schien auf uns herab.

»Danke, dass ihr alle da wart. Danke, dass ihr uns alle begleitet habt.«

Nero zündete eine Fackel an und legte sie neben unsere Eltern auf den Scheiterhaufen.

Wir blieben, bis es nichts mehr gab. Die Asche von Luisa und Kain verteilte sich im Wind und ich war mir sicher, dass sie wieder vereint waren und auf uns hinabsahen.

Sie würden sehen, wie ihre Enkel geboren, wie sie immer größer werden würden und irgendwann selbst eine Familie gründeten.

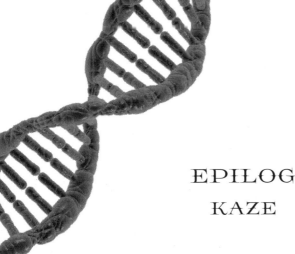

EPILOG
KAZE

Das Geräusch des Meeres beruhigte mich. Mit geschlossenen Augen lag ich im Sand und genoss die warmen Strahlen der Sonne. Die Wellen kitzelten mich an meinen Füßen und ein Grinsen lag auf meinen Lippen. Gabriel und ich hatten es tatsächlich geschafft, zu verreisen. Nach der Beerdigung war so viel los gewesen, dass wir zuerst nicht dazu gekommen waren. Zum Schluss hatte unsere Familie uns fast fortgeschickt.

Susan war schwanger! Jeden Tag warteten wir auf den Anruf, dass der kleine Mann endlich auf die Welt kam. Aber anscheinend hatte er es nicht eilig.

Kai und Sascha waren zusammengekommen, obwohl sie sich sooft stritten, dass Nero oftmals dazwischengehen musste. Aber Kai hatte sich dazu entschlossen, seinem Onkel zur Hand zu gehen und Leute zu trainieren, damit nie wieder jemand unbemerkt in die Gänge des Clans schleichen konnte.

Max und Alex waren auch glücklich. Obwohl es mich überrascht hatte. Ich merkte selbst, wie ich Alex noch immer skeptisch über den Essenstisch hinweg ansah, wenn Gabriel sie wieder eingeladen hatte. Es war eine alte Angewohnheit, die ich wohl nie wieder loswerden würde.

Gabriel war momentan in unserem Strandhaus und bereitete das Essen vor, während ich die letzten Sonnenstrahlen genoss. Ich hatte mir niemals vorstellen können, jemals so glücklich zu sein. Mein Herz schien fast überzulaufen vor Glück. Wer hätte das auch schon gedacht? Mein Start ins Leben war nicht glücklich verlaufen, aber ich war meinen Weg gegangen. Mit Hilfe, die mir zur Seite stand, die mir den Rücken deckte und mich auffing, wenn ich verloren zu sein glaubte.

Ich streckte mich und ein Gähnen kam über meine Lippen. Gabe kam näher. Seine Schritte klangen dumpf auf dem Sand.

»Bist du es noch immer nicht leid, am Strand zu liegen?«, fragte er. Ein Lächeln begleitete seine Stimme und ich öffnete schläfrig die Augen.

»Nein. Ich glaube nicht.«

Er trug zwei Teller bei sich und bloß eine kurze Jeanshose. Schmetterlinge flogen in meinem Bauch umher, während er sich neben mir niederließ. Ich setzte mich hin und nahm ihm einen Teller ab. Ich hielt ihn mir unter die Nase und seufzte genüsslich. »Das duftet himmlisch«, schwärmte ich.

Gabriel lachte. »Natürlich, habe auch ich gemacht.«

Ich sah mit einem Grinsen zu ihm. Das blonde Haar war während der Zeit in der Sonne heller geworden. Seine braunen Augen glänzten. Ich konnte mich nicht an ihm sattsehen. Nie. Würde ich wahrscheinlich auch niemals.

»Ich habe noch etwas für dich«, meinte er. Ein leises Zittern begleitete seine Stimme und er legte den Teller weg. Ich tat es ihm gleich. Er wirkte nervös. Seine Hand verschwand in seiner Hosentasche und er holte eine kleine Schatulle hervor.

»Ich trage sie schon länger bei mir, wollte aber auf den richtigen Zeitpunkt warten, um dich zu fragen.«

Verwirrt runzelte ich die Stirn. »Was wolltest du mich fragen?«

»Sie gehörten meinen Eltern und Mama gab sie mir, bevor sie … Bevor sie ging. Sie meinte, dass sie die nicht mehr bräuchte, im Gegensatz zu mir. Und … Na ja, ich hoffe, dass du ihn tragen möchtest.«

Noch nie hatte ich Gabriel so nervös gesehen. Er wich meinem Blick aus, fuhr sich mit seiner freien Hand über den Nacken und starrte auf den Sand.

»Was möchte ich denn tragen?«, drängte ich ihn, zum Punkt zu kommen.

»Na ja …« Er machte die Schatulle auf und darin lag ein Ring. Feine Gravierungen zogen sich über das Metall. Mein Herz begann, zu rasen. »Willst du meine Frau werden?« Kurz setzte mein Herzschlag aus, nur um danach weiterzurasen. »Willst du den Rest deines Lebens mit mir verbringen? Egal, wie nervig ich bin?«

Tränen traten mir in die Augen. Es hatte mir die Sprache verschlagen. Ich fiel ihm um den Hals und drückte mich an ihn. Euphorisch nickte ich.

»Ja«, raunte ich. »Ich will deine Frau werden und dich für den Rest meines Lebens ertragen.«

ENDE

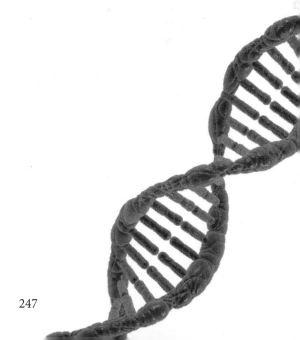

DANKSAGUNG

Abschied zu nehmen, ist nicht immer leicht. Es fühlt sich an, als würden wir ein Stück unserer Seele verlieren. Mit jedem Abschied fühlen wir uns meistens leerer. Glauben oftmals, dass es nie wieder hell werden kann, zumindest nicht hell genug, um uns den Weg zu leuchten, damit wir wiederfinden. Ins Licht. Ins Leben.

Aber ist nicht jeder ein Abschied ein Neuanfang? Wachsen wir nicht mit jeder Narbe, die wir mitnehmen? Wachsen an jedem Unglück, das uns passiert? Die Hauptsache ist doch, dass wir uns nicht aufgeben. Dass wir aufstehen und weitermachen. Und, dass wir nicht alleine sind. Dass wir Menschen haben, die uns auf diesem Weg begleiten, uns unterstützen und uns auch aufhelfen, wenn wir glauben, dass es nicht mehr weitergeht.

Band 2 von 161011 war schwer für mich, zu schreiben. Diejenigen, die mir auf Facebook folgen, haben es wahrscheinlich mitbekommen. Die Charaktere und auch die Geschichte haben mich an meine Grenzen getrieben. Ich habe mich mit Dingen auseinandergesetzt, die ich schon lange verdrängt hatte.

Ich bin so froh, dass ich euch hatte – Caro, Ricky, Lena und Nicci. Ihr habt mir so oft wieder aufgeholfen, habt mich ermutigt und mir zur Seite gestanden, dass ich gar nicht mehr nachzählen kann, wie oft. Ihr unterstützt mich in meinen Entscheidungen und manchmal sagt ihr mir auch, dass ich einfach scheiße bin oder meine Entscheidungen doof sind. Dafür liebe ich euch.

Sanne, meine Rettung in letzter Sekunde! Danke, dass du dir den zweiten Band noch einmal durchgelesen hast, in der knappen Zeit, die dir zur Verfügung stand. Danke, dass du mir meine Unsicherheit genommen und mir geholfen hast, 161011 noch ein wenig besser zu machen.

Brian, ich weiß gar nicht, ob du das jemals lesen wirst. Aber dir danke ich auch. Dass du mich so oft aus der Dunkelheit herausziehst, einfach nur, indem du da bist. Dass du mich aushältst, obwohl ich wirklich nicht leicht bin. Ich danke dir für jede Minute, die du mein Leben mit Liebe bereicherst.

Mama, ich weiß, dass ich es dir oftmals nicht leicht gemacht habe und das tut mir leid. Danke, dass du nach allem immer noch für mich da bist und mir zur Seite stehst, egal, welche Fehler ich mache. Dass du mir sogar aus der Patsche hilfst, damit ich es beim nächsten Mal besser machen kann. Danke.

Mein Nightrudel. Ihr seid klasse! Eure Unterstützung und eure Hilfsbereitschaft in puncto Aktionen ist mehr, als ich jemals erwarten konnte! Danke dafür.

Caroline, du darfst dich auch angesprochen fühlen. Die nervige, langsame Autorin hat endlich fertig! Danke für deine Begeisterung gegenüber Kaze und Gabriel.

Jessica, auch dir habe ich zu danken. Du hast an diese Geschichte geglaubt, hast mir die Zeit gelassen, die ich brauchte, um Band 2 zu schreiben und mich viel über das Leben gelehrt. Danke, ich hoffe, das Ergebnis gefällt dir genauso sehr wie der erste Band.

Sabine, danke, dass du dich mit meinem Kommata-Rudel auseinandersetzt und die Geschichte noch mal ein Stückchen besser machst, wie jede meiner bisherigen Geschichten.

Und dir, Leser, danke, dass du dies liest. Ich danke dir für jede Minute, jede Sekunde, die du der Geschichte von Gabriel und Kaze gewidmet hast.

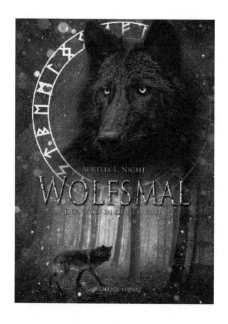

Wolfsmal-Der Wolf in deinem Blut
Aurelia L. Night

›Wenn all die Sagen, Mythen und Legenden wahr wären, welches Schicksal würde dich erwarten?‹

In einer Welt voller Magie und Geheimnissen zu leben war für Emilia immer ein Traum. Dieser entwickelt sich jedoch zu einem Albtraum, als sie an ihrem 18. Geburtstag in eben jene Welt gerät und die tiefen Abgründe erkennt, die sich ihr auftun.
Denn nicht alles, was die Magie bereithält, ist zauberhaft. Dies muss Emilia auf einem schmerzhaften Weg ohne Zurück lernen – denn, wie es scheint, sind Götter egoistische Wesen.

Die Seelenlichtchroniken-Yven und Dajana
Katrin Gindele

Am selben Tag, zur selben Stunde, auf die Minute genau werden zwei Kinder geboren. Ein Junge und ein Mädchen. Von Geburt an miteinander verbunden, werden sie ihrer Bestimmung folgen und auf die Suche nach ihrem Seelenlicht gehen.

»Ke shalan dour«,
sagte er voller Inbrunst und küsste mich auf die Stirn.
»Ich gehöre dir.«